Os Artistas da memória

Jeffrey Moore

Os Artistas da memória

Tradução de
Marcelo Mendes

EDITORA RECORD
RIO DE JANEIRO • SÃO PAULO
2009

CIP-Brasil. Catalogação-na-fonte
Sindicato Nacional dos Editores de Livros, RJ.

Moore, Jeffrey
M813a Os artistas da memória / Jeffrey Moore; tradução de Marcelo Mendes. – Rio de Janeiro: Record, 2009.

Tradução de: The memory artists
ISBN 978-85-01-08469-9

1. Alzheimer, Doença de – Ficção. 2. Mãe e filho – Ficção. 3. Distúrbios da memória – Ficção. 4. Romance canadense. I. Mendes, Marcelo Alves. II. Título.

09-3189 CDD: 819.13
CDU: 821.111(71)-3

Título original em inglês:
The Memory Artists

Editoração eletrônica: Abreu's System

Texto revisado segundo o Novo Acordo Ortográfico da Língua Portuguesa.

Impresso no Brasil

ISBN 978-85-01-08469-9

PEDIDOS PELO REEMBOLSO POSTAL
Caixa Postal 23.052 – Rio de Janeiro, RJ – 20922-970

EDITORA AFILIADA

À memória de meus pais,
e à Marlene

Que a memória sempre recupere
A mais breve cor do mais breve dia:
Tempo é a escola onde aprendemos,
Tempo é a chama onde nos aquecemos.

– Delmore Schwartz

Prefácio

O que se segue é uma história real. Por mais de vinte anos estudei um indivíduo fascinante, um sinesteta hipermnésico referido como "NB" em minhas inúmeras monografias e manuais. Já próximo ao fim do nosso relacionamento, no inverno/primavera de 2002, NB e sua mãe (SB) entraram em contato com três participantes (NXB, SD, JJY) dos experimentos mnemônicos que eu vinha conduzindo ou supervisionando. Esse contato resultou numa feliz e fortuita descoberta, como se cinco compostos voláteis tivessem sido jogados aleatoriamente num crisol e produzido uma droga de efeitos prodigiosos.

O escritor-tradutor profissional incumbido de recontar a história dessas pessoas combinou "reconstruções dramáticas" com entrevistas, anotações de laboratório e entradas de diário. Tais registros não foram adulterados, nem mesmo quando pouco lisonjeiros à minha própria pessoa; no interesse da ciência, e por respeito à história, julguei meu dever não suavizar nada, tampouco suprimir. Uma vez que o pós-pós-modernismo não é minha "onda" (minhas gírias talvez não estejam muito em dia) e que o inglês não é meu "forte" (minhas línguas natais são o francês e o alemão), fiz apenas algumas revisões menores à prosa, removendo passagens fracas ou supérfluas quando seguro dos benefícios da remoção, e enriquecendo a narrativa com breves notas ao fim do livro.

E agora a pergunta que não quer calar: por que *mais um* livro sobre essa odisseia científica, o terceiro no espaço de um ano? Todos sabem que uma descoberta revolucionária no campo da memória foi realizada sob os meus brilhantes auspícios. Todos sabem que por esse motivo fui agraciado com um prestigioso prêmio escandinavo. Pouco mais de algumas horas após meu retorno da Europa, no entanto, a controvérsia começou a espiralar feito os vapores de um gás venenoso. Cegados, ao que parece, pelos poderes diabólicos de um "alcaguete", três jornais americanos, de maneira bastante tortuosa, me acusaram de assumir os créditos por uma descoberta realizada por terceiros — e de uma conduta profissional equivalente ao assassinato.

Hoje, semiaposentado, os dias de glória já enterrados no passado, meu intento não é macular a reputação de NB (à sua maneira, o rapaz era um gênio), muito menos engrandecer a minha própria. Todavia, antes de submergir no poço negro do esquecimento, a amnésia final, gostaria de colocar os devidos pingos nos is — em prol da minha mulher, da minha filha e da história da medicina.

Dr. ÉMILE VORTA, *Magister Litterarum*, PhD
Neuropsicólogo e professor emérito
Departamento de Psicologia Experimental, Universidade de Quebec
Editor-chefe, Editora Memento Vivere
www.writeaprisioner.com

Capítulo 1

"NB"

A maioria das pessoas quer aprender a lembrar mais; para Noel Burun, o grande desafio, o mais penoso de todos, era aprender a esquecer. Não só as passagens dolorosas da vida, que todos queremos expurgar da memória, mas as coisas em geral. Pois sempre que Noel ouvia uma voz ou lia uma palavra, formas multicolores lhe brotavam na mente, servindo de marcadores ou mapas que o ajudavam a reproduzir, nos mais ínfimos detalhes, uma emoção, um estado de espírito, um tom de voz, as palavras propriamente ditas — de eventos acontecidos até três décadas antes.

Em 1978, por exemplo, quando vieram lhe dar a notícia da morte do pai, foi isto que iluminou o cérebro de Noel Burun, à época com nove anos de idade:

> Uma voz seca e quebradiça feito a areia onde os gatos urinam [...] [transformando-se] numa faixa de bronze pintalgado e fosco, que foi se afinando como a lâmina de uma espada, aparentemente sumiu, para depois ressurgir como um pêndulo vermelho-sangue. Esse pêndulo começou a oscilar em tons de vermelho cada vez mais brilhantes, que chegavam a ofuscar, e depois houve uma mudança, outra voz, uma mancha esponjosa amarelo-gema, emanando anéis de um rosa queimado. Tudo isso foi interrompido por uma terceira voz, mais forte e aguda, um vulto cruciforme, vermelho-amora, no eixo vertical; o brilho ia perdendo

intensidade do centro para fora, de modo que as bordas se delimitavam por um branco perolado. Outra voz, metálica e grave feito um trombone-baixo, e o lampejo de um raio amarelo-bário, de contorno dentado, rasgou o céu do meu cérebro ao meio. Aos poucos, os dentes desse raio foram se desfazendo, o amarelo foi se desintegrando num pulsante prata-aço, dando a impressão de que uma adaga havia perfurado minha espinha. Depois, a voz quebradiça do primeiro homem, o bronze fosco, e depois... silêncio, tendo como fundo o cinza da lousa de um Traço-Mágico. O "clima da morte", tal como eu costumava dizer, a calmaria antes de as coisas voltarem ao normal. Abri os olhos: mamãe estava falando, a garganta estrangulando as sílabas. Um homem de terno preto, da Adventa Pharmaceuticals, tentava consolá-la, enquanto dois outros, de terno azul-marinho e bigode, olhavam para mim...[1]

Sobretudo quando Noel era mais novo e não sabia o que fazer para detê-las, essas imagens podiam seguir explodindo feito um interminável espetáculo pirotécnico, desencadeando um número cada vez maior de padrões cromáticos e *clusters* mnemônicos, levando-o para tão longe, para os confins mais recônditos de seu próprio universo, que ele tinha dificuldade em acompanhar até mesmo as conversas mais banais. Exceto nos casos de comunicação passiva, como ver televisão, Noel precisava *absorver* a voz de seu interlocutor, visualizar as diferentes cores e formas, antes que pudesse decifrar as palavras propriamente ditas.

Naturalmente, todos achavam que Noel tinha alguns parafusos a menos, o que para ele não representava nenhum problema. Sua mãe o amava, seu pai o amava, e por causa das cores que lhe vinham à cabeça, ele podia faltar à escola muito mais do que todos os colegas juntos. Além disso, as imagens tinham uma finalidade prática. Noel pensava: apesar de todos os pesares, tenho uma memória extraordinária. O que às vezes vinha a calhar.

Quando de fato ele ia à escola, os colegas eram implacáveis ("Seria melhor", disse um deles certa vez, "que você nem tivesse nascido"), mas aos poucos esses mesmos colegas foram se acostumando às ausências e névoas de Noel. "O comandante está em mais uma de suas jornadas espaciais", diziam. Especialmente no início, os professores costumavam reagir com irritação ou sarcasmo: "Será mais um... dos seus convenientes períodos de vadiagem mental, meu caro Burun?" E todos caíam na gargalhada. Quando ouviram a explicação de Noel, que os procurara em particular para contar sobre as explosões cromáticas, eles imediatamente suspeitaram de algum envolvimento com drogas: tudo era muito parecido com o LSD, com a mescalina ou com qualquer outro alucinógeno de circulação mais recente. Seria o caso de procurar as autoridades? E foi assim que os boatos se espalharam. Os geniozinhos e os certinhos passaram a evitá-lo, ao passo que pessoas como Radar Nénon, o primeiro delinquente da escola a experimentar ácido, se viu tomado de uma repentina simpatia pelo esquisitão. Noel finalmente havia encontrado alguém que via coisas mais bizarras do que ele.

"Os esquizofrênicos têm uma percepção incomum das cores", disse-lhe certo professor, enquanto outro disse: "Só pode ser afasia ou autismo, um dos dois." A enfermeira da escola, uma viúva galesa de mau humor crônico, tinha outra explicação: "Você sem dúvida tem um problema, meu filho. Talvez tenha sofrido falta de oxigenação durante a gestação... ou caído de cabeça na mesa de parto." Mas o problema era bem outro, como ele logo ficou sabendo por meio de um amigo do pai, o célebre neurologista Émile Vorta.

— Parabéns — disse o médico com incontido entusiasmo, em francês, após uma exaustiva bateria de testes de memória e percepção. — Você é um em vinte mil. Foi abençoado, embora às vezes se sinta amaldiçoado, com uma complexa sensibilidade que chamamos de *sinestesia*.[2]

"Por que tanta alegria?", perguntou-se Noel, recebendo o aperto de mão do médico. "Decerto porque ele vai poder me usar como um dos seus chimpanzés de laboratório."[3]

— Você é o primeiro sinesteta do sexo masculino que conheço pessoalmente. Quero que faça algo que será de grande ajuda para nós dois. Quero que escreva um diário. Sabe o que é um diário?

— Sei. Já escrevo um.

— Um diário é um caderno em que a gente escreve todas as coisas que nos aconteceram durante o dia. Ou no passado. Ou nos sonhos...

— Uma vez sonhei que estava andando num gigantesco jogo de palavras cruzadas...

— Ou as cores e formas que a gente vê na cabeça quando as pessoas falam. E eu gostaria de ver esse diário ao final de cada mês. Está entendendo?

— Às vezes, quando as pessoas falam, minha vontade era ter um anel decodificador...

— Alguém mais na sua família tem qualquer coisa parecida com... com isso que você tem?

Noel refletiu um instante.

— Por quê? Há algum componente genético associado a meu quadro, doutor?

Pois foi o dr. Vorta quem agora refletiu um instante. O garoto era uma caixinha de surpresas. Ele tinha 7 anos!

— Na verdade, há, sim... como você mesmo disse, um componente genético associado a seu quadro.

— Bem, a mãe da minha mãe também tinha umas coisas estranhas na cabeça, feito eu. O papai achava que a culpa era do pudim de conhaque. Ela colocava três vezes mais bebida do que a receita original. Teve uma vez que eu...

— Muito interessante. É verdade, na maioria das vezes a transmissão se dá pelo lado feminino da família.

— Ela era uma bruxa. Uma bruxa do bem.

— É mesmo?

— A gente recebia toneladas de cartas que ela mandava da Escócia, com feitiços dentro, só que a gente não sabe mais onde elas foram parar. Perdemos durante a mudança. Uma vez estive com ela.

— Esteve, é?

— Eu balancei a cadeira de balanço dela quando não tinha ninguém sentado, e ela disse que isso dava azar, que os fantasmas vinham sentar.

— Puxa vida! Bem, não faltarão oportunidades para conversarmos sobre tudo isso. Acho que vamos passar muito tempo juntos. Você gostaria disso?

— Não muito. Ela sempre usava um sapato diferente do outro. Porque gostava de amaciar um sapato novo de cada vez. Foi a mamãe que falou. Ah, e ela tinha a língua preta de tanto mascar biscoitos de carvão. Por causa dos puns. Foi o papai que falou.

Para o pai de Noel, que esperava na antessala, o dr. Vorta finalizou seu entusiasmado diagnóstico assim:

— Parabéns, Henry. Seu filho está em ótima companhia. Liszt, Rímski-Kórsakov e Scriábin, todos eles eram sinestetas, assim como Baudelaire, Rimbaud e Proust![4]

Artista frustrado que era, o sr. Burun ficou radiante com a notícia.

— Você se esqueceu de Nabókov — acrescentou.

— Além de um ou outro cientista laureado![5]

— Émile, isso merece uma comemoração.

À maneira de dois colegiais mancomunados, médico e pai não paravam de sorrir, de se apertarem as mãos, como se aquilo fosse a coisa mais importante e mais auspiciosa de todo o planeta. Noel não estava achando a menor graça.

— Qual é a forma mais elevada de arte? — o sr. Burun perguntou ao filho na noite seguinte, após o jantar. — Qual é o *nec plus ultra*, o zênite da criatividade artística? — Ele sempre falava assim a Noel, mesmo quando o filho ainda usava fraldas. Nada de tatibitate. Nada que pudesse prejudicar o desenvolvimento cerebral da criança.

— Valete de copas, valete de paus — veio a réplica. — Dois de paus, dois de espadas. Dez de copas... Quatro de ouros. Sua vez.

— Noel, eu lhe fiz uma pergunta. Na sua opinião, qual é a forma mais elevada de arte?

Noel levantou os olhos das cartas e lentamente esquadrinhou cada objeto da sala, como se pudesse encontrar a resposta em um deles. Deteve-se no armário da televisão Zenith, cujas portas se achavam trancadas, como de costume.

— TV? — respondeu afinal.

O sr. Burun fez que não com a cabeça.

— Não. A televisão está na masmorra. Não há forma de arte mais baixa do que essa. Porque as crianças não leem mais. Que arda no fogo do inferno o inventor faustiano dessa praga, Vladímir Zworíkin!

Se tivesse compreendido o que o pai falara, Noel teria discordado frontalmente. Ele olhou para as paredes, depois para o armário do aparelho de som.

— A pintura? — sugeriu. — Talvez a música.

— Essas estão lá em cima, mas carecem do mais importante de tudo. O que você acha que é o mais importante ao se comunicar alguma coisa?

Essa, Noel sabia.

— As palavras.

— Exatamente. Pois bem, o que combina tudo isto: palavras, imagens e música?

— Desenhos animados?

— Verdade. O que mais?

— Cinema?

— Que mais?

Noel se calou um instante, fechou os olhos.

— Poesia?

— Exato. No topo da pilha está a poesia, pelo menos aquela que se fazia antigamente. Nada chega tão alto, nada atinge profundezas tão grandes no sangue e na alma. Shakespeare supera Beethoven porque tinha som *e* significado. Lembre-se sempre disto quando crescer. A poesia é o empíreo; a TV, o poço.

Noel sacudiu a cabeça cordatamente.

— A poesia é o empíreo; a TV, o poço — sussurrou para si mesmo, memorizando as palavras sem compreendê-las. — Agora é sua vez — disse.

Mas a cabeça do pai não estava no jogo.

— Por mais que os cientistas falem sobre a natureza humana, apenas os poetas podem libertar aqueles sentimentos que confinamos no coração.

— Pai, é sua vez.

Sentados de pernas cruzadas sobre o tapete de retalhos marrom da sala de estar da casa, na região de Mile End de Montreal, eles estavam no meio de uma partida do jogo infantil Memória. Talvez você o conheça: 52 cartas são espalhadas, viradas para baixo; você escolhe duas aleatoriamente e as desvira; se forem iguais, elas vão para a sua pilha; se não forem, são novamente viradas. Vence aquele que, com o auxílio da memória, recolher o maior número de cartas iguais. Esse era o primeiro jogo de cartas que, aos 3 anos, Noel aprendera — e dominara. Jamais se cansava dele.

— Dama de espadas — disse o pai, abrindo uma das cartas. Correu os olhos pelo mar de navios piratas, com insígnias pretas e canhões flamejantes. Abriu a segunda carta. — Merda. Quer dizer, droga. Nove de copas.

— Nove de copas — repetiu Noel, abrindo calmamente a mesma carta. — E nove de ouros...

Enquanto observava o filho, o sr. Burun deu uma forte tragada no cachimbo de sepiolita, com uma cabeça de sultão à guisa de fornilho, que ele havia comprado na Turquia quando era mais jovem e mais feliz.

— A mãe das Musas era a deusa da Memória — disse, insistindo na conversa. Poderia muito bem ter falado em turco.

— Quatro de copas e... quatro de paus. Valete de ouros, valete de espadas...

— Mnemósine era o nome dela. A deusa da Memória.

— Nove de espadas, nove de paus... — Mne-mó-si-ne, a mãe das musas, a deusa da Memória, repetiu Noel para si mesmo, depositando as palavras em seu cofre de elétrons, a combinação cifrada em cores e formas. Para onde estava indo aquela conversa?, imaginou. — O que é uma musa? — perguntou em seguida. Sabia que o pai gostava de perguntas.

— Uma musa é algo... é alguém que inspira a gente, na arte, uma espécie de espírito-guia. Na mitologia grega havia nove delas, um bando de adoráveis irmãs. — O sr. Burun levantou os olhos para o teto, fechou-os e recitou: — "Feliz aquele a quem amam as Musas", diz Hesíodo. "Pois, apesar dos remorsos e penas que traz na alma, quando canta, o servo das Musas imediatamente esquece os pensamentos sombrios, os próprios reveses."

Seguiu-se um arrastado silêncio. Noel ficou olhando para o pai.

— Pai, o senhor andou bebendo?

O sr. Burun abriu os olhos, depôs o cachimbo no cinzeiro.

— Então, por que será que a deusa da Memória está vinculada à criação artística?, você decerto deve estar se perguntando.

Não, não estou me perguntando nada, pensou Noel. Vamos jogar.

— Porque, para os gregos, a criatividade não estava associada à ideia de produzir algo novo, como hoje. O artista aprimorava, ou retrabalhava, as grandes conquistas intelectuais e culturais do passado. Portanto, claro, uma boa memória era considerada fundamental para a criação;

dava ao artista mais material para trabalhar, bem como um intelecto mais rico e complexo. Quando James Joyce disse "Não inventei nada, mas tampouco esqueci", acho que se referia exatamente a esse tipo de coisa.

Noel olhou de relance para o fornilho do cachimbo do pai. Silicato hidratado de magnésio, lembrou-se, $H_4Mg_2Si_3O_{10}$.

— Ás de ouros — disse. — Rei de espadas.

— Ah, um raro lapso do artista da memória. Ás de ouros... ás de espadas. Oito de ouros... droga, rei de copas, o soberano suicida. Veja, Noel, como ele espeta a faca na própria cabeça.

— Oito de ouros, oito de copas. — *O soberano suicida?* — Cinco de copas, cinco de paus... — A essa altura restava apenas uma dezena de cartas sobre o tapete, e Noel as emparelhou todas.

— Parabéns, filho, estou muito orgulhoso de você. Você herdou a memória de sua finada avó. Ela, *sim*, seria um bom páreo pra você. Sorte sua, garoto. Com um cérebro desses, você vai longe.

Abraçando a si mesmo como se estivesse com frio, a sra. Burun entrou na sala. Noel correu para a mãe, jogou-se nos braços dela e exclamou:

— Eu ganhei, eu ganhei! Sou igualzinho à vovó quando ela era finada, e eu vou muito longe!

— Claro que vai, meu querido. — A sra. Burun abriu um sorriso. — Você é meu geniozinho, não é? Você é meu...

Noel poderia ficar ouvindo a voz da mãe para sempre, e a do pai também. Elas não o confundiam como as outras, não embaralhavam suas ondas cerebrais. Anos mais tarde, ouviria as pessoas reclamando dos pais e não conseguiria entender. Partia do princípio de que todos tinham pais como os seus: perfeitos e lindos em todos os aspectos.

— Estávamos falando da importância da poesia — explicou o pai, batendo o cachimbo contra um cinzeiro em forma de cisne sobre o qual Noel havia afixado um adesivo dos

New York Islanders. — Neste nosso mundo temporal, neste mundo espiritualmente morto, os poetas são tudo que nos resta. Lembre-se sempre disso, Noel. E também se lembre de que tem um ilustre ancestral: um Burun lá das antigas.

— Você sabe o que é um ancestral, Noel? — perguntou a sra. Burun, acariciando os cabelos do filho. Noel ficava eufórico sempre que a mãe lhe alisava a cabeça. Quando a ouvia falar, via lâminas de capim laranja-queimado, oscilando suavemente em meio a uma névoa magenta.

— Filho, você ouviu o que eu disse? Será que sua roda das cores está girando?

— Está, mãe, eu... O que foi que a senhora disse?

— Perguntei se você sabe o que é um ancestral.

— É alguém que viveu antes da gente. Quer dizer, na nossa família.

— Isso mesmo — disse o pai. — E você sabe quem foi seu ilustre ancestral?

— Bem — interveio a mãe —, não sabemos ao certo se...

— Temos as árvores genealógicas para provar. Uma longa linhagem de melancólicos, suicidas, incendiários, pedófilos incestuosos...

— Quem é meu ancestral? — perguntou Noel.

O sr. Burun largou o cachimbo e fez uma pausa de efeito dramático.

— George Gordon. O sexto barão Byron de Rochdale.

Noel sacudiu a cabeça, matutando. Olhou para o pai sorridente em busca de uma pista, e depois para a mãe, também sorridente.

— Mas o nosso sobrenome é Burun.

— Burun é uma antiga corruptela escocesa para Byron — explicou a mãe. — Ralph de Burun, que talvez seja um parente distante de seu pai, é mencionado no Domesday.*

---

* Espécie de censo realizado para o rei Guilherme, o Conquistador, na Inglaterra do século XI. (*N. do T.*)

Lentamente, Noel repetiu os nomes para si mesmo, observando as formas coloridas das letras. Sua mãe era professora de história, decerto sabia do que estava falando.

— Mas quem... *quem* era ele?

O sr. Burun sorriu.

— Lorde Byron? Trata-se do maior poeta do século XIX.

— Bem, talvez um dos maiores — disse a mãe. — Certamente o mais bonito. Tão bonito quanto você, meu querido Noel. Com os mesmos adoráveis cachinhos castanhos, os mesmos olhos azul-celeste.

— Puxou à mãe nesse aspecto — disse o sr. Burun, caminhando rumo às prateleiras de livros, divididas em três seções: história, poesia e química. — Graças a Deus. — Empoleirou-se num banquinho de metal e retirou um fino volume em tons de sépia; sobre a capa de couro mole se lia em letras douradas: *Os poetas românticos*. — Isto pertenceu à sua bisavó, depois à sua avó. Foi publicado em 1873. Dê uma olhada. É ilustrado.

No dia seguinte, à mesa do café da manhã, nem o sr. nem a sra. Burun ficaram surpresos ao ouvir Noel recitar os vinte poemas de Byron, sem o livro, tropeçando na pronúncia de inúmeras palavras entre as bocadas de cereal. Coisas assim já haviam acontecido antes, diversas vezes, a primeira delas quando Noel tinha cinco anos: ficara de tal modo embevecido com *As mil e uma noites*, um dos volumes da coletânea Tesouro Infantil, que a sra. Burun ameaçara tirar-lhe o livro, preocupada com o tempo que o filho consumia na leitura, "obcecado" com ela, teimosamente se recusando a ler qualquer outra coisa. Apavorado com a possibilidade de perder o livro predileto, Noel decidira passar uma noite em claro e memorizar as 52 páginas.

Como ele fazia isso? Noel tinha dois métodos: um deles envolvia "fotografias" de letras coloridas; o outro, "mapas", o método utilizado no caso de Byron. Tal como explicaria mais tarde ao dr. Vorta, Noel "entregava as palavras como se fossem jornais", em fileiras e sequências mentais, ao longo de rotas internas e externas que ele visualizava na cabeça:

> É como se você estivesse fazendo uma caminhada na cabeça, como num sonho. Você se vê fazendo uma viagem, sabe? Vai largando as palavras, às vezes um monte delas de uma vez, em lugares diferentes. Por exemplo, você vai andando pelo corredor e se depara com uma grade de ventilação, certo? Então você joga umas palavras ali, segue em frente, para diante de um quadro e deixa mais umas palavras ali; depois chega a uma porta, a uma escada, talvez um cômodo. De repente você entra nesse cômodo. Tipo assim, se for uma sala de estar, você vai colocando as palavras debaixo das cadeiras, das mesas, dos abajures; ou, se é uma cozinha, você põe na geladeira, no forno ou no buraco da torradeira... Você também pode usar o porão ou o espaço debaixo do assoalho. Pode ir pra fora, pra calçada, pode ir pros bosques, pros parques, pros estacionamentos, pros bueiros, pras lojas, pras igrejas... Pode até usar os semáforos se quiser. Cada viagem da memória é diferente. Você vai assim, largando um bocadinho aqui, outro acolá. E por algum motivo, tudo fica claro na sua cabeça, como numa rota de entrega de jornal, depois que você já conhece as casas e nem precisa ficar procurando os números. E no fim é sempre a mesma coisa: eu estou lá, deitado na minha antiga cama de Babylon, ou na cama nova de Montreal, com o Farquhar do meu lado. Meu cachorro. É um King Charles Spaniel.[6]

Isso explica como, naquela manhã à mesa do café, Noel conseguiu recitar os poemas de Byron também de trás para a frente; precisou apenas fazer seu itinerário no sentido inverso (*".innocent is love whose heart ... like beauty in walks She"*).

Depois da publicação de um artigo na *Psychology Today*, histórias começaram a pipocar às dúzias nos jornais e revistas.[7] O telefone também desandou a tocar. Todos, ao que parecia, queriam uma demonstração, um showzinho de parque de diversões por parte do Garoto Prodígio. Uma produtora do *Johnny Carson Show*, Laura Pratte, ofereceu passagem aérea e estada de uma semana para Noel e os pais na cidade de Burbank, na Califórnia. Um homem de Princeton, um agitado professor de Cultura Clássica, chegou a oferecer dinheiro para que Noel comparecesse ao ajuizamento de uma denúncia de plágio na universidade, a fim de corroborar a defesa que ele tinha em mente, baseada na própria "memória fotográfica". Um investigador do Esquadrão Antidrogas da polícia de Montreal perguntou se Noel poderia ajudar num caso que envolvia a escuta telefônica de um par de gêmeos, do qual, apenas um era o culpado. Um professor de xadrez de Chomedy se ofereceu para transformar Noel num imbatível enxadrista. E o finado Manfredo Mastromonaco, em nome do hotel Desert Inn de Las Vegas, ofereceu aos pais de Noel a remuneração semanal de 5 mil dólares para que ele dividisse o palco com um mágico, o próprio Manfredo, durante uma temporada de oito semanas. "Posso transformar o filho de vocês numa caixa registradora!", ele berrou ao telefone, mais de uma vez, em meio a diabólicas risadas. Tratava-se de um belo dinheiro à época.

Todavia, nem Noel nem os pais estavam interessados nesse tipo de coisa. Noel era capaz de memorizar quase tudo que os médicos e jornalistas lhe davam como teste. Podia reproduzir uma lista de cinquenta palavras aleatórias, em praticamente todas as línguas, depois de apenas alguns segundos de reflexão; podia recitar o valor de pi até cem casas decimais; podia memorizar as 52 cartas de um baralho, devidamente misturadas, em menos de sessenta segundos, as cartas de oito baralhos em uma hora, um número de cem dígitos depois de ouvi-lo apenas uma vez em alta velocidade, um número de quinhentos dígitos em uma hora.[8] Podia fazer isso tudo, mas não queria. Recitaria poesia caso alguém pedisse, mas ninguém pediu. Tudo o mais o enfastiava ou resultava numa terrível dor de cabeça. "Por que só poesia?", perguntavam o dr. Vorta e seus assistentes, suspeitando que a métrica e a rima servissem de recursos mnemônicos. "Porque a poesia é o *zênite* da criatividade", respondia Noel. "Nada mais chega tão alto, nem atinge profundezas tão grandes no sangue e na alma. Jamais se esqueçam disso."

Já um pouco mais velho, Noel descobriu alguns truques para "desligar" a máquina sinestésica: por vezes a música clássica, especialmente Liszt, Scriábin e Rímski-Kórsakov, lhe esvaziava a mente ou reduzia sua atividade; mordiscar legumes picantes, como raiz amarga, pimentas-cereja ou nozes-de-areca, frequentemente resolvia o problema; a vigorosa concentração também funcionava, mas ao custo de uma enxaqueca que podia durar até dois dias. E na década de 1990, quando passou a ingerir uma série de antidepressivos (entre os quais Zoloft e Paxill), Noel constatou que sua audição colorida havia perdido intensidade.

No entanto, apesar desses e de outros expedientes, Noel tinha dificuldade para dar rumo à vida; não conseguia manter nenhum emprego que envolvesse a interação com terceiros. Na ausência da providencial ajuda de certo alguém — que o aconselhava, escrevia cartas de recomendação, empregava-o como assistente de laboratório, tratava-o como filho —, o mais provável era que tivesse ido parar num asilo. E esse alguém, seu salvador, era o dr. Émile Vorta.

Capítulo 2

"NXB"

Norval Xavier Blaquière sonhava apenas dois sonhos. O primeiro reproduzia, com diferentes atalhos e variações, algo que de fato acontecera em 1978. Ele estava no quarto dos pais, no sétimo *arrondissement* de Paris, escondido do outro lado de cortinas de veludo, de onde planejava irromper em dado momento, muito bem escolhido. Com ambas as mãos apertava uma espada de papel-alumínio semelhante à que vira em *Asterix, o gaulês*. Maman, ele sabia, ficaria furiosa ao vê-lo ainda de pé, e ao constatar o desperdício dos rolos de papel, mas Papa entenderia a brincadeira. Riria e começaria a persegui-lo em volta do quarto.

O pai estava prestes a partir numa viagem de negócios; já havia se despedido do filho e agora, com desmesurado carinho, se despedia da mulher. Ao ver a mãe subitamente se desmanchar em lágrimas, Norval ficou de tal modo surpreso que se esqueceu de irromper das cortinas e, espada em riste, impedir o pai de partir. Nunca tinha visto a mãe chorar.

Estupefato, ficou ali, observando-a soluçar enquanto o pai deixava o quarto. Será que ele jamais voltaria? Aquilo seria uma lágrima no rosto de Papa? Assim que o sr. Blaquière saiu, Norval viu a mãe se endireitar diante do espelho por alguns segundos e depois se dirigir à janela que dava para o pátio. Ela apagou e acendeu a luz do quarto, esperou alguns instantes e abriu um sorriso ao ouvir a chave girar na porta dos fundos lá de baixo. É o Papa!, pensou Norval. Ele está voltando! Era tudo brincadeirinha! Quando Papa entrar no quarto, vou sair do esconderijo e repetir aquela frase do filme; aposto que ele vai morrer de rir! Norval ouviu os passos na escada.

E depois viu, perplexo, um homem de camisa e terno pretos entrar no quarto. Um gângster? A mãe correu para os braços dele e o beijou com furor enquanto... lhe desabotoava a camisa! Tratava-se de um homem mais velho, com uma pança e tufos de cabelos brancos nas costas. Resfolegando como um touro, o homem rasgou a diáfana camisola da mãe. Enquanto eles se apalpavam na cama de casal, Norval se esgueirou para fora e voltou ao próprio quarto. Afundou a cabeça no travesseiro, que logo ficou ensopado de lágrimas. Quando enfim levantou a cabeça em busca de ar, lembrou-se de que tinha deixado a espada atrás das cortinas.

Vinte e quatro anos mais tarde, em Montreal, Norval acordou com a repugnante imagem daquelas costas cabeludas, amplificadas como se estivessem sob a lente de um microscópio: um vasto campo repleto de sórdidas arvoretas grisalhas, sulcos incrustados de sujeira, suor pestilento, gigantescas verrugas. Ainda tonto de sono, abriu os olhos e, bem à sua frente, viu mais cabelos: os pelos púbicos, louros, de uma mulher. Mais abaixo, a poucos centímetros da própria virilha, viu orelhas apinhadas de brincos em forma de balas de espingarda, bem como um nariz perfurado por um trio de anéis de prata.

Mas essa não era a parte mais estranha do *tableau*. Diante dele, numa postura ameaçadora semelhante à caricatura enregelada de um homem furioso, se encontrava... um homem furioso. Bigodinho *à la* Fu Manchu, um minguado rabo de cavalo pendurado à nuca, sobrancelhas unidas sobre um par de pálpebras apertadas. Um namorado ciumento? Antes que Norval pudesse indagar, o homem disse algo num indecifrável *joual*,* com a entonação de um juramento de morte, e depois saiu do quarto, pisoteando o chão com o par de botas Harley Davidson.

Norval sorriu. Em seguida, com a cautela de um lapidador, desvencilhou-se da mulher à sua frente e saiu à cata das próprias roupas, espalhadas em meio a cinzeiros transbordantes, garrafas de vinho vazias, velas derretidas, comprimidos e restos de pó. Uma peça de cada vez, localizou as cuecas cor de gelo, as meias brasonadas, a alvíssima camisa de linho com gola Byron, as calças de camurça champanhe, as botas de pelica preta, a câmera digital e o diário. Olhou-se no espelho, aparentemente com admiração, e escovou as longas e onduladas madeixas castanhas. Como era mesmo o nome dela? Alguma invencionice *new age* do tipo Rapsódia, Relva ou Resplendor. Começava com R, caso contrário ele não estaria ali.

Por fim, abandonando Rapsódia, Relva ou Resplendor a roncar na cama, Norval saiu à rua em busca de café e cigarros. Sobre a calçada recentemente desentulhada de neve, seguiu caminhando com certa ginga nos passos, uma orgulhosa consciência das roupas elegantes, da estatura acima da média, do abdômen forte. Num café chamado Metaforia, em meio a goles de *espresso*, lembrou enfim o nome da moça. Da bolsa, tirou um livro encadernado com couro de cabra cinza-pombo, *Rover's Diary* escrito à capa, guias alfabéticas na lateral. Abriu no R e escreveu:

R Rainbaux.** Descreve a si mesma como uma "*biker-bitch*". Fisicamente impecável, mas nunca se lembra de quem veio primeiro, os gregos ou os egípcios. Por conta de diversos tóxicos debilitantes, não me lembro de muito mais. E à noite, aquele maldito sonho outra v...

---

* Dialeto do francês canadense, repleto de liberdades gramaticais e fonéticas, bem como de empréstimos do inglês. (*N. do T.*)

** *Rainbaux*: Corruptela de *rainbow*, arco-íris. (*N. do T.*)

Ele depôs a lapiseira de prata porque o grafite havia quebrado; acendeu outro Gauloise e depois voltou algumas páginas:

Q Quincy. Do tipo quieto, encantadoramente tímida, talvez um tanto recatada demais: daquelas que nunca vão ao banheiro sem abrir a torneira da pia. Daquelas que levam o amor demasiadamente a sério...

P Paola. Uma força da natureza, um vulcão siciliano com lava nas veias. Olhos negros aveludados, lindos cabelos corvinos, um corpo apto a gerar gladiadores. Uma noite foi pouco, mas tenho de me ater às regras...

O Odile. Mais de 1,80 metro de altura, absurdamente saudável, mas fez plástica nos peitos. Mulheres, anotem isto: pequenos são bons, caídos também. SILICONE É REVOLTANTE. Quando queremos balões, vamos ao circo.

N Niagara. (Os pais passaram a lua de mel nas cataratas.) Uma daquelas que fazem bronzeamento artificial, que se acham mais sexy ou mais sofisticadas com um rosto cor de abóbora.

M Marietta. Quarentona baixinha, hiperinteligente. Furacão sexual de origem afro-portuguesa, que berrava e unhava enquanto era lambida dos pés à cabeça...

L Laurie. Pelos pubianos raspados não funcionam nem nas revistas de sacanagem, na vida real então... Mulheres, parem com isso. Pelos raspados servem apenas para alimentar as fantasias de algum pornógrafo pedófilo, E PELO AMOR DE DEUS: nada de desenhar raios, corações, setas, pontos de exclamação ou logotipos de times esportivos. Piercings e afins também são pecados mortais. Da mesma forma que calcinhas fio-dental...

Uma garçonete de cabelos verdes interrompeu a leitura de Norval. Debruçando-se sobre a mesa, empurrou a conta sob a xícara de café, junto com outra coisa: um cartãozinho do restaurante. Sob a blusa dela, Norval notou, não havia nada além da própria garçonete.

— Você é Norval Blaquière — disse, chiando em razão do piercing na língua. — O ator/escritor. Estava ótimo no *Rimbaud em Londres*. Também li theu livro. Duath vezeth. Tão romântico! E tão triste... Caramba, como chorei com aquele livro...

Discretamente, Norval desviou o olhar para o cartão, que exibia um bilhete manuscrito em vermelho.

— Aposto que toda hora alguém te pergunta isso — ela prosseguiu, com olhar sonolento e ths no lugar de todas as sibilantes —, mas você não apanhou muito da crítica depois do *Degraus imotivados*?

— Não.

— Se deu bem assim, logo no primeiro livro?

— Comecei no topo e fui descendo a ladeira.

— Também queria te perguntar uma coisa. Deve ter sempre alguém te pedindo isso, mas... Por acaso você não teria algumas dicas pra alguém que está pensando em começar a escrever?

Norval observou a letra estranha do bilhete, aparentemente escrito com a mão errada.

— Tenho — disse. — Não comece.

— E por quê?

— Porque já tem escritores demais, muito desempregado que anda por aí se chamando de escritor ou artista, gente que não faz porra nenhuma além de preencher formulários em busca de um mecenas.

A garçonete riu, varreu os cabelos do rosto.

— Sério, qual a melhor maneira de conseguir um editor hoje em dia? Algum conselho?

— Sim. Não reconte seus sonhos, não vomite seu diário, não escreva nada antes dos trinta anos.

— É mesmo? Não é isso que diz meu professor de criação literária.

— Por isso ele é professor.

— Mas você não escreveu seu romance aos vinte e poucos?

— Aprenda com o meu erro. — Norval levantou os olhos do bilhete e lançou um olhar fulminante para a garçonete, tal como fazia com todas as mulheres. — Um raro Z. Pena, ainda não é sua vez.

— Como?

— Sua vez ainda vai chegar. — Norval fez um rápido cálculo mental. — Daqui a uns dois meses. Eu *vou* ligar, Zoe, pode apostar. — Tirou da carteira uma nota de vinte novinha em folha.

— Mas eu não estava...

— Agora, se me der licença...

Na calçada, ou melhor, na rua de paralelepípedos reservada a pedestres, fruto da invasão da classe média na área, Norval observou os passantes: uma mixórdia de turistas de quinta categoria, *fashion victims* e comediantes inadvertidos. Algumas das mulheres, ele constatou, se vestiam de maneira bastante razoável. Mas nenhum dos homens. Que diabos tinham em mente quando se metiam naquelas roupas? O que será que *viam* no espelho? Não havia nenhum motivo para que a década de 1990, que decerto será lembrada nos anais da moda como a década do ridículo, perdurasse no novo milênio. Um boné virado para trás subtrai cinquenta pontos do QI de quem usa. Chapéu de pescador? Setenta e cinco. Calças com o gancho nos joelhos, deixando o cofrinho de fora, fazendo que as pessoas andem como pinguins? Cem pontos. Esse tipo de roupa talvez seja aceitável para uma criança de quatro anos, ou para chimpanzés de circo, mas para homens adultos?

— Desculpa — ele disse —, que diabos alguém pode guardar num bolso na altura dos *tornozelos*? Por acaso você não se dá conta de que, ao guardar papel higiênico e o almoço de ontem nos bolsos das coxas, suas pernas ficam da espessura de um tronco de carvalho? E você aí? É, você mesmo. Por que sua família inteira está usando agasalho de atleta? Por acaso Montreal está sediando uma olimpíada familiar? E você, com as calças-balão amarelo-canarinho e a faixa verde-marciano na cabeça. *Nunca* vai conseguir levar alguém pra cama numa roupa dessas.

Um celular tocou.

— Desliga essa porcaria! Você é novo demais pra ter um telefone. Não tem nada de importante pra dizer a ninguém! Blá-blá-blá. Geração Y: a geração da idiotia, dos cem canais de televisão, da felicidade na ignorância. A humanidade passou por não sei quantas guerras, tanta gente morreu, só pra que imbecis como vocês possam correr numa esteira ergométrica ou ficar brincando com um videogame. Ninguém quer ouvir esse falatório num lugar público, ninguém quer ouvir esses ringtones ridículos. "Devil's haircut"? A *Quinta* de Beethoven? Muito bonitinho. Pra cadeia, todos vocês!

Isso mesmo, ele pensou, *cadeia*. Deveria haver um Ministério da Estética, bem como esquadrões do refinamento. No lugar de detectores de metal ou cães farejadores, haveria detectores de mau gosto, raios *laser* ou espectrógrafos especiais. Se o alarme tocasse, você ficaria retido numa delegacia até que roupas apropriadas fossem encontradas, e as multas, devidamente pagas. Preso em caso de reincidência. Três recaídas e pronto, tchau pra você. Pena de morte não seria o caso, mas você ficaria confinado por um bom tempo, longe das nossas vistas. Na Antártida, por exemplo. Ou em Netuno. E até o fim da pena, você teria aulas de estética.

Desculpa, mas o senhor ouviu o alarme. Eu sei, eu sei, estava com pressa hoje, não estava? Nome, por favor. Obrigado. Vou dar uma olhada aqui no laptop. (...) Bem, parece que o senhor tem uma ficha bem suja: manuseio irresponsável das cores, assalto à sensibilidade alheia, atentado ao senso de ridículo... Agora o caso é de estupidez. Isso mesmo, essas calças não fazem o menor sentido. Por acaso o senhor se olhou no espelho hoje? Um uniforme de prisão teria ficado melhor. Estão na moda, é? Pois então aqui vai outra multa: por rebanhismo. Agora preste atenção: não quero apanhá-lo de novo com essas calças na rua, ouviu bem? Tente pensar por conta própria. Beba óleo de salmão, que, segundo dizem, é muito bom para o cérebro. Examine-se com cuidado no espelho antes de sair, reflita bastante, e se não conseguir encontrar algo inofensivo, fique onde está, não saia da sua casa. Que aliás deve ser tão horrível quanto o senhor. Peça comida pelo telefone. Ligue para o Ministério, e alguém virá lhe ajudar...

O monólogo interior cessou assim que Norval entrou no prédio do Departamento de Psicologia Experimental e avistou uma mulher diante do elevador. Aprovou as roupas dela e estugou o passo. As portas do elevador se abriram, a mulher entrou. Norval passou a correr. Jogou-se na direção do elevador e, com o braço, à maneira de um exímio espadachim, bloqueou as portas segundos antes que se fechassem.

Capítulo 3

"SD"

Com uma dor que começava nos dedos do pé e terminava no crânio, como se portas de metal fechassem e refechassem sobre suas têmporas, Samira Darwish escalou os degraus de mármore preto que conduziam ao Departamento de Psicologia Experimental da Universidade de Quebec. Hesitou antes de empurrar a porta giratória, e voltou a hesitar antes de entrar no elevador de portas escancaradas. Apertou o botão do nono andar, e elas se fecharam. Quase. Algum imbecil as bloqueou com o braço.

Assim que o homem entrou, ela voltou os olhos para baixo, determinada a ignorá-lo. Mas quando o fitou rapidamente de través, algo aconteceu. Uma espécie de campo hipnótico dentro do elevador. Ela não conseguiu despregar os olhos do tal homem, que parecia pertencer a outra raça, uma raça superior: cachos cor de sabre em profusão, varridos para trás a partir de uma fronte alta, olhos escuros e brilhantes, de aspecto profundo; um sobretudo preto impecavelmente talhado, de botões prateados; calças de camurça champanhe e pernas retas; botas pretas de cano curto, de um couro visivelmente macio. Uma espécie de elegância parisiense oitocentista... da qual ele decerto tinha consciência, dada a arrogância principesca que trazia estampada no rosto inteiro.

Não exatamente uma rainha, pensou Norval, mas bem acima da média. Ele a encarou de volta, mirando-a profundamente nos olhos escuros. Olhos sobrenaturais, pejados de sonho, como se ela tivesse acabado de se despedir de

Galahad ou Lancelot... Ele observou melhor. Não, talvez Gilgamesh ou Simbá.

— Do Oriente Médio, acertei?

Samira sentiu um frio na barriga, como se os cabos do elevador fossem de borracha e tivessem se estirado por completo, prestes a catapultá-los rumo ao espaço.

— Parabéns.

— Vejo que está indo para o nono andar como eu. Vai ver o dr. Vorta?

Ela fez que não com a cabeça.

— Dra. Rhéaume.

— É aluna dela?

Samira apoiou-se no corrimão para não cair.

— Sou — disse —, mas não é por isso que vim. — Não soube ao certo por que havia acrescentado essa última parte.

O elevador parou, e as portas se abriram. Norval convidou-a a sair.

— E então, como se chama?

Já no corredor, Samira ouviu o ronronar das portas se fechando.

— Quer mesmo saber?

— Quero. O prenome. Será... Zubaydah? Gulbeyaz? Nefertiti?

Com um meio-sorriso entre os lábios, Samira balançou a cabeça na sequência de cada nome.

— Sherazade?

Ela abriu o sorriso por inteiro.

— Isso pode durar o dia todo — disse. — Meu nome é Samira.

— Samira com S?

Revirando os olhos para o alto, ela respondeu:

— Humm, sim, Samira com S.

— Perfeito. É de um S que estou precisando. Venha. Tenho algumas coisas pra resolver com o dr. Vorta, vou apresentá-la a ele. Depois vamos almoçar juntos. Não, é por aqui... Aquela porta aberta à esquerda.

Diante da tal porta, Samira avistou um pedestal estriado, empoleirado sobre um armário de arquivo cinzento; sobre o pedestal, uma cabeça humana de plástico, dividida em seções numeradas. Dois homens ladeavam o armário como se estivessem conversando. Em meio a um leve cheiro de fenol e fezes de macaco.

— Veja, lá está o velho Vorta. O que se parece com um urubu. Meu nome, aliás, é Norval Blaquière. Talvez você já tenha ouvido falar de mim.

Horas depois, ela não sabia dizer exatamente quantas, Samira se viu nas alturas de um *loft* na região de Old Port, esparramada numa cama de lençóis de seda divinamente macios. Através de uma claraboia no teto, avistou um retorcido emaranhado de nuvens; pelas janelas, ao longe, o leito enregelado do São Lourenço; a seu redor, algo parecido com uma galeria de arte de outro século.

Fileiras de quadros adornavam as paredes, pinturas do fim do século XIX; a decoração combinava Regência, um gótico adulterado e objetos meramente insólitos. Um alvo de arqueiro pendia do teto numa das extremidades da imensa sala, enquanto um extravagante candelabro de velas, o maior que Samira já tinha visto, pendia no lado oposto. Viam-se ainda uma escada espiralada com balaustrada de ferro fundido, uma lareira gótica com consolo de pedra, paredes cobertas por lambris gelo-névoa, tacos de mogno brasileiro no assoalho. No canto mais distante da cama, uma escada azul-feldspato levava a lugar nenhum: simplesmente parava, como num quadro surreal, a uns dois metros do teto.

— Norval? — chamou Samira. — Norval? — Seu príncipe a havia abandonado. — Por que diabos fui almoçar com ele? — ela se perguntou, olhando para o ventilador do teto, marchetado de madrepérola, que girava langorosamente. — Porque estava morrendo de fome. Tudo bem. Mas por que voltei para este lugar?

Ela fechou os olhos e tentou repassar os últimos acontecimentos na tela escura das pálpebras. Dessa vez não teve dificuldades. Lembrou-se de tudo: o encontro com Norval no elevador, depois o dr. Vorta e... aquele rapaz que parecia ser o irmão de Norval. Noel? Que ficava lá, mudo, só olhando feito um bobo. Samira se lembrou de ter descido pelo elevador na companhia desse mesmo rapaz, depois esperado por Norval num restaurante japonês do outro lado da rua; lembrou-se de ter chegado ao apartamento dele e perguntado se podia tirar uma soneca. Mas por que tanto sono? Porque o dr. Vorta lhe tinha dado algo para tomar. Um sedativo? Sim, hoje as coisas estavam claras, hoje ela se lembrava de tudo. Fora na semana anterior que ela tivera problemas com a memória. Encontrava-se numa festa qualquer, numa galeria de tiro ao alvo ou algo parecido na Mile End, o lugar pertencia ao amigo de um amigo... Não, não foi *aquela* festa, foi outra, em Villeray, algo a ver com uma escola. Mas depois as lembranças ficaram turvas e monstruosas, assim como as águas de Loch Ness.

A mochila, onde estava? Samira abriu os olhos e viu a mochila que havia largado sobre uma bancada ao lado da cama, sob o tripé de um telescópio. Abriu-a, conferiu o conteúdo e por fim tirou um diário. Folheou as páginas em busca de alguma pista. Nada. Nenhuma anotação desde a festa. Então ela escreveu:

Memórias de uma amnésica. Janeiro (ou talvez dezembro). Estava numa festa em Villeray, e de repente não estava mais. As coisas começaram a escurecer e a girar, até que acordei com um buraco no cérebro e vômito nas botas. Depois o dr. Ravenscroft estava lá, e a dra. Rhéaume, que me levou de carro até a polícia. Depois pra casa. E disse pra que eu fosse vê-la na

Nesse ponto, Samira largou a caneta, cuja tinta havia acabado. Vasculhou a mochila em busca de outra, mas não encontrou, e em seguida olhou à sua volta. Acima da cabeceira da cama, incrustadas na parede, havia três pequenas gavetas, pintadas na mesma cor da própria parede, portanto quase invisíveis. Com as unhas, abriu a primeira e encontrou o que pareciam ser lentes: de um telescópio e de uma câmera fotográfica.

A segunda continha papéis de carta creme, de alta gramatura; um cartão-postal de uma igreja, com um retrato desenhado no verso; uma caixinha de joias e... uma caneta-tinteiro com bico de ouro. Antes de pegar a caneta, mais uma vez ela olhou ao redor, temendo que, valendo-se de algum dom diabólico, Norval a estivesse observando. Enfim tirou a caneta. E o cartão-postal. E a caixinha de joias.

Pela terceira vez olhou à sua volta, antes de abrir a caixinha, cuja chave, uma minúscula peça de ouro, se encontrava na fechadura. Dentro havia um anel de prata, com duas mãos entrelaçadas. Fechado, era apenas um tradicional anel da amizade. Aberto, revelava um aro interno sobre o qual estavam gravados dois corações e a seguinte inscrição:

Nor,
Para sempre,
Terry

Terry? Norval seria gay? Samira examinou o desenho no verso do cartão-postal:

Cautelosamente, ela voltou com os objetos para a gaveta, confiando na memória para colocá-los no lugar exato em que estavam antes. Ainda ardendo de curiosidade, sem falar na culpa, rapidamente abriu a terceira gaveta. E fechou-a com a mesma rapidez. Você ficou maluca, disse a si mesma. Contou até três, e depois reabriu a última gaveta: camisinhas Rakehell, uma atadura de seda preta, uma máscara de Zorro. E um frasco de... pó branco. Apenas com um K no rótulo. De novo ela fechou a gaveta.

Caneta em punho, folheou o diário até encontrar uma seção intitulada "HOMENS ou ERROS que cometi" e, com a tinta vermelho-real, acrescentou:

Norval. Conheci dois sujeitos estranhos no elevador da universidade hoje, num intervalo de apenas alguns minutos. O primeiro, na subida; o segundo, na descida. Tinham uma estranha semelhança entre si, como se fossem irmãos. O segundo, bonitinho, mas com certeza um doido fugido do hospício, mal abriu a boca para falar; o primeiro, absurdamente lindo, falou o tempo todo. Não consegui tirar os olhos dele. Quem era essa pessoa? Um barão almofadinha e decadente a caminho de casa depois da ópera? Um conde misterioso com um passado manchado de sangue? Com certeza um filho da puta empedernido, com uma atitude imperiosa, capaz de congelar nitrogênio... além de uma beleza viril, quase animal, que se revelou simplesmente irresistível. Daquele tipo que me enreda com suas teiazinhas pegajosas, que me puxa para o desastre. Fico pensando se esse rostinho estranhamente atormentado faz parte do meu destino. Por que diabos sou tão previsível? Por que sempre me deixo levar pelos canalhas bonitões? Li certa vez que todas as sociedades devem recear os machos solteiros, sobretudo os mais bonitos, porque desencadeiam um sem-número de mazelas sociais

Ela largou a caneta-tinteiro de Norval e voltou algumas páginas:

Claude. Talvez o problema seja eu. Talvez me sinta atraída pelos doidos *borderline*. Topo com eles em toda parte: bares, livrarias, festas, cinemas, museus. Sejam velhos ou jovens, ricos ou pobres, o roteiro é sempre o mesmo: depois do nosso "envolvimento", eles começam com o jogo duro. Às vezes ficam agressivos, ameaçam bater. Outras vezes urram porque não quero "compromisso". Ambas as coisas aconteceram hoje. Então tomei uma decisão: vou entrar para o convento. Fazer voto de castidade. Chega, acabou. Nada de sexo, de relacionamentos...

Pietro. Sentou ao meu lado no trem — num vagão completamente vazio. Quarenta e cinco minutos na companhia de um pitecantropo pegajoso, com monocelhas e hálito de vômito...

Nick. Por que os homens fazem isso? Ele começou babando em cima de mim, a língua giratória fazendo as vezes de um lava-ajato no meu rosto. Terminou mordendo meu clitóris. Dei um berro, e o pateta achou que eu estava gozando...

Max. Meio efeminado, o que geralmente não faz meu tipo. Mas um rosto legal, a pele boa. Além do mais, eu estava muito bêbada. Rapidamente, muito mais do que seria razoável, chegamos ao momento da verdade, aquele momento de agonia em todas as trepadas inconsequentes: a hora de tirar a roupa. Banana-ouro ou banana-da-terra, o que será? Nem uma coisa nem outra. Max não tinha banana. Era mulher.

Howard. Mais um marmanjo em busca da juventude eterna, alérgico às responsabilidades da vida adulta, morando no porão da casa dos pais. Um daqueles "adultescentes" de vida vazia que, quando não estão brincando com um *videogame* qualquer, estão brincando com a própria virilha.

Jérome. Um encontro às cegas. Depois do qual cortei relações com a amiga-cupido. Pra sempre. As primeiras coisas que notei foram o caríssimo terno Armani e a estranha atitude impositiva do sujeito, como se ele tivesse amealhado uma fortuna no mercado imobiliário. Em seguida, notei o rabo de cavalo. Homens, anotem isto: rabo de cavalo é coisa de cafetão, de diretor de filme pornô, de psicopata. Depois de educadamente ouvir a ladainha dele, uns vinte minutos de um discurso autoaclamatório, levantei da mesa e disse que estava indo ao banheiro. "Está indo para o lado errado, meu bem", ele falou. "Não estou, não, meu bem", falei de volta. E lá fui eu para o banheiro da minha casa.

Samira voltou para o verbete mais recente, Norval, e anotou:

Os muçulmanos acreditam que levamos dois anjos nos ombros: um deles vai registrando nossas boas ações; o outro, as más. As boas ações são chamadas de "hasanna": tudo aquilo que doamos aos outros desinteressadamente, sem pensar em custos ou benefícios. Pois bem, embora eu seja uma muçulmana relapsa, é chegada a hora de um pouco de hasanna. Não vou fazer amor com esse Norval, por mais atraída que eu esteja. Tenho minhas razões. Em primeiríssimo lugar está a listinha da aposta que ele fez, a tal "Alpha-bet",* sobre a qual ele fez a besteira de me contar. Isso me faz lembrar do imperador das 1001 noites, que promete desposar uma mulher todos os dias, pra depois executá-la no dia seguinte. Mas não só vou resistir a Norval como também encontrar um modo de dar fim a esse empreendimento estúpido, que insulta todas as mulheres...

Por outro lado, se fizermos amor, é possível que ele goste tanto que queira repetir a dose, e isso ferirá as regras da aposta, que será perdida. Isso mesmo, talvez seja meu dever fazer amor com ele. A título de uma boa ação.

Mais uma coisa: aquele pó branco, o que será? Fiquei apavorada quando vi, espero que não seja o que estou pensando. Esse apartamento está começando a me dar arrepios — sobretudo os quadros nas paredes. É sombrio, depravado e fetichista. Meu Deus, agora estou com medo de que ele vá me matar. O que estará naquele frasco? Não consigo pensar em outra coisa. K... Será paranoia minha? O que não seria nenhuma surpresa, visto o que aconteceu. Mas o que aconteceu exatamente? Uma tentativa de estupro em plena luz do dia? Tudo não passa de uma maldi-

* *Bet*: aposta. *Alpha-Bet*: trocadilho com a palavra "alfabeto". (*N. do T.*)

ta névoa, não consigo me lembrar. Seria o caso de tentar uma hipnose? Hoje de manhã, no metrô, recolhi do chão um exemplar imundo da Maclean's e li um artigo sobre o pai de Wayne Gretzky. Ao que parece, quando acordou no leito de um hospital, dez anos depois de um AVC, ele não se lembrava de nada. Nem dos nomes e rostos da própria mulher e dos cinco filhos — nem dos feitos deles, incluindo os de Wayne, um dos maiores jogadores de hóquei de todos os tempos. Segundo ele mesmo conta, tudo que aconteceu a partir de meados da década de 1970 até meados da década de 1990 "deixou de existir". Será isso que está acontecendo comigo, numa escala menor? Será que a última semana da minha vida deixou de existir? Ou simplesmente...

Uma melodia se fez ouvir num dos espaços do loft que se confinavam por biombos: a marcha fúnebre de uma campainha de telefone. Em seguida, uma voz abafada se pôs a engrolar coisas incompreensíveis.

Capítulo 4

Noel & Norval

— Eu sei que você está me ligando desde ontem — disse Norval ao celular, calmamente. — Não tinha como não saber. Você deixou *seis* recados.

— Dá pra gente se encontrar? — disse Noel. — Tenho uma coisa pra lhe dizer. É sobre... bem, sobre aquela mulher do elevador. Quer dizer, a mulher que você me apresentou no consultório do dr. Vorta...

— O que tem ela? — disse Norval, displicentemente. Sentava-se à escrivaninha, uma mesa de biblioteca com patas de leão e marchetaria em flindérsia. Depois de examinar a própria imagem num espelho, e ajeitar o colarinho da camisa de gaze de algodão azul-claro, voltou a atenção para a tela de um laptop azul-cobalto.

— Por acaso você tem ideia de quem ela é? Não vai adivinhar nunca.

Norval pressionou uma tecla translúcida.

— Estou pronto para a surpresa.

— Reconheci as imagens da voz dela. O engraçado é que eu já a tinha visto uma vez, quer dizer, em carne e osso. Foi em Nova York. Ela estava saindo de um hotel. Não nos falamos, mas ela sorriu pra mim enquanto entrava num táxi. Da outra vez que a vi, foi no cinema. Ela é atriz!

— Não, não é.

— Estava naquele filme, *The bride and three bridegrooms*, do Zappavigna. Lembra? O nome dela é...

— Samira.

— Heliodora Locke. Lembra-se dos créditos iniciais? Estava escrito: "Apresentando Heliodora...".

— O nome dela, repito, é Samira. É um S. Caso contrário não estaria aqui. É do Oriente... e não é atriz.

— Nunca achei que fosse vê-la outra vez, pelo menos não pessoalmente. Então imagina o susto que levei quando a vi no consultório do dr. Vorta. Ainda por cima naquele estado...

— Noel, quero que você se concentre no que estou dizendo. Estou falando, mas você não está ouvindo.

— Acho que a gente devia ajudá-la. Quer dizer, é claro que ela está com algum tipo de problema...

— Não está mais. Venha para cá e veja com os próprios olhos.

— Ver quem?

— Samira.

— Samira? — Nesse instante, Noel calou-se para visualizar a cor da voz dela. Ah, e os olhos! Como seria possível descrever aquela mistura, aquela fusão tão rara quanto o rádio?

— Noel. Pare a roda das cores. Estou falando com você.

— Desculpa, eu... É por causa da atriz, os olhos dela, a voz...

— Noel, abra bem os ouvidos. Ela *não* é atriz. Entendeu o que eu disse?

Noel respirou fundo, concentrou-se quanto pôde, deixou as palavras do amigo sedimentarem. Por que estou *sempre* fazendo isso?, perguntou-se. Sempre viajando dessa maneira, passando o carro na frente dos bois... O estranho é que as duas mulheres formam um par: têm as mesmas cores sonoras. Exatamente as mesmas. Puxa, quanta coincidência. Tudo bem, já me enganei outras vezes. Enganei de novo agora. Não é à toa que não tenho amigo algum. Bem, pelo menos *um* amigo eu tenho.

— Eu sei, Nor. Eu só estava... zoando com você. Claro que ela não é a atriz famosa. Como poderia ser, se está aqui em Montreal? Mas... até que ela lembra a atriz. Pelo menos um pouco.

— É, pensando bem, lembra sim. Uma espécie de irmã menos bonita. Seu engano não foi de todo infundado.

— Obrigado, mas eu não diria que ela...

— Hoje é terça, Noel. Não vamos nos encontrar no cinema?

— Achei que você... estivesse acompanhado.

Norval fechou o laptop. Noel pôde ouvir os passos dele caminhando para outro cômodo.

— Vou ver se ela está consciente. Vejamos... Samira? Sam? Não, parece que não.

— Mas como foi que ela... foi parar aí?

— Porque é um S.

Noel fechou os olhos.

— Merda.

— Sofreu um apagão. Numa festa. Deram alguma porcaria pra ela tomar.

— Meu Deus... Sério? Quando? O quê?

— Ela não se lembra de nada. Mas acho que foi Special K.

— Merda. Então foi a polícia que a encaminhou pro Vorta?

— Não, fui eu. Ela tinha uma consulta com a Rhéaume. Mas recomendei o Vorta.

Noel começou a pensar em Samira, no estado deplorável em que ela se encontrava. Isso decerto explicava tudo. De repente, feito um golpe de judô, a voz imperiosa de Norval cortou o ar para trazê-lo de volta ao telefonema. Noel rebobinou a fita em sua cabeça.

— Você *recomendou* o Vorta? Achei que não o suportasse...

— Não suporto mesmo. Mas devo um favor a ele.

— Por causa das drogas gratuitas, aposto.

— Não, porque coloquei um par de chifres na cabeça do infeliz.[9] Vejo você às quatro. Não se atrase.

Na porta do cinema, Norval esmagava um cigarro Arrow com o pé quando viu Noel se aproximar numa bicicleta, derrapando no gelo. Uma bicicleta de mulher, velha, com um cesto de vime esfiapado diante do guidom. Esperou Noel acorrentá-la a uma placa de "Proibido Estacionar", cumprimentou-o com um econômico aceno da cabeça e ignorou a mão estendida pelo amigo.

— Noel, você não se lembra da estação em que estamos? Ninguém anda de bicicleta na neve.

— Bem, é que... estou tentando economizar.

— Ah, sei. O escocês avarento, que mora no chiquérrimo bairro de Outremont, mas precisa ficar catando moedinhas para...

— Não é bem isso, é que...

— Vamos entrar. Meu saco congelou.

No interior do cinema, cujas poltronas já haviam perdido o suntuoso estofamento do passado e se encontravam quase todas vazias, Norval apontou o queixo na direção de dois lugares próximos ao corredor.

— Conseguiu dormir pelo menos um pouco na semana passada? — ele perguntou a Noel enquanto ambos se acomodavam. — Está com um aspecto horrível, como se sofresse de uma doença que deveria receber seu nome.

— É que... você sabe, um pouquinho de insônia e...

— Você está com aquelas olheiras e aquela palidez de quem está na fase terminal da hemofilia.

— Não, não, estou bem. Estou ótimo.

— Ainda é cedo — disse Norval, consultando o relógio de bolso. — Acho que vou sair de novo pra fumar.

— E a Samira... como está?

Norval arremessou o palito de fósforo no chão e deu um longo trago.

— Você verá por si mesmo. Amanhã à noite. Ela atende aos critérios.

— Critérios do quê? Da sedução?

— Do estudo que o Vorta está fazendo sobre a amnésia.

— Quer dizer então que foi *mesmo* a polícia que a encaminhou... — Noel parou de falar porque não havia mais quem o ouvisse; Norval já se encontrava a meio caminho do corredor.

Noel vasculhou o bolso do casaco, retirou o *pager* da mãe e o pôs no modo "vibrar". Recostou-se na poltrona e, admirando o teto pintalgado de lantejoulas douradas e os pilares jônicos de papel machê do cinema, deixou a mente vagar para onde quisesse.

Uma voz amarelada lhe invadiu os pensamentos.

— Você está fumando? — perguntou um homem inteiramente glabro, duas vezes, mas Noel viu apenas um pulular de minhocas da cor de manteiga queimada. Palavras negativas, a julgar pela cabeça balançante e o dedo estirado num gesto de censura. O homem prosseguiu no corredor e voltou a seu lugar, a vasta careca piscando à medida que ele entrava e saía do foco das luzes. Dali a pouco, a atenção de Noel se voltou para as cortinas carmesins, que lentamente começavam a se abrir.

Ao longo de mais ou menos um ano, essas "Matinês Clássicas" das terças-feiras haviam se tornado um ritual, ou quase isso. Aliás, os dois amigos haviam se conhecido exatamente naquela sala. Noel, que agora se achava sentado exatamente na mesma poltrona, lembrou que o filme daquela primeira tarde havia sido o *Zabriskie point*, de Antonioni, com Daria Halphrin, Mark Frechette, Harrison Ford e... bem, ele seria capaz de recitar o elenco inteiro, ainda via os créditos diante de si. Havia apenas três pessoas na sala, uma delas dormindo. Uma tempestade de granizo se formava do lado de fora.

— Quanta bobagem! — dissera Norval à época, em francês, depois de terminado o filme. Eles se encontravam na escada rolante, e Norval, um degrau acima, havia se virado para dizê-lo.

As cores na cabeça de Noel o haviam distraído, mas não com o arrebatamento habitual das vozes desconhecidas. Tratava-se ali de um meio-termo entre a voz do pai e a da avó. Treliças balançantes e reluzentes em tons de verde-esmeralda e púrpura. Uma voz muito agradável, familiar.

— Eu disse: "Quanta bobagem!" — repetiu Norval, agora em inglês.

Noel se concentrou no rosto do interlocutor. Também familiar. Ele o tinha visto duas vezes antes, à saída do laboratório do dr. Vorta. Um homem cáustico, empedernido.

— Ah, claro, concordo. Uma porcaria... Eu... eu até ouvi você roncando.

Ao chegar ao topo da escada, eles ficaram ali, constrangidos, olhando-se em silêncio, nenhum dos dois demonstrando pressa para se afastar. Não se tratava do cauteloso exame mútuo de dois possíveis adversários, mas sim de certa perplexidade diante da inusitada semelhança física entre eles. Como se estivessem diante de um espelho, ou quase isso. Tinham os cabelos exatamente do mesmo comprimento e do mesmo castanho avermelhado, os quais ondulavam sobre as têmporas da mesmíssima maneira. Tinham o mesmo nariz reto, o mesmo queixo furado, os mesmos lábios carnudos, os mesmos olhos azulados e o mesmo olhar firme que emanava de rostos pálidos, quase femininos. A expressão, no entanto, era bem diferente: Norval exsudava confiança e inteligência; Noel, timidez e parvoíce. Além disso, com 1,85 metro de altura, Norval era mais de sete centímetros mais alto que Noel, mais esguio também, mais atlético — tinha o corpo forte de um nadador ou de um arqueiro, com abdômen reto e ombros largos. Noel, meio gorducho e de ombros caídos, teria porte bem melhor se comesse direito e não limitasse a atividade física ao levantamento de peças de xadrez e páginas de livro. Norval falava de modo articulado e ligeiramente prosaico; Noel se valia de frases inacabadas, hesitantes. E, embora tivessem a mesma idade, 33, Norval aparentava ser dez anos mais velho: trazia no rosto as marcas do cigarro, das drogas e da nutrição coronária, o que tudo indicava contribuir para seu sucesso com as mulheres. Noel era um ávido consumidor de vitaminas e passava longe das drogas, o que pelo jeito contribuía para seu fracasso com as mulheres. Ele havia se deitado com apenas duas delas durante a vida inteira, dedicando a ambas um amor férreo e monógamo; Norval, por sua vez, se deitara descompromissadamente com mais de duas centenas, inclusive as duas meias-irmãs.

Era essa reputação de atleta sexual que havia levado ao projeto de arte/performance do qual ele já havia completado dois terços: a aposta Alpha-Bet. A ideia não fora sua; brotara do cérebro alcoolizado de um colega da Universidade de Quebec, um pornógrafo (ou erotólogo, como ele gostava de dizer) chamado Antoine Blorenge. Tratava-se do seguinte: Norval teria de seduzir um alfabeto inteiro de mulheres — de A a Z, conforme o primeiro nome — no prazo de seis meses. Vinte e seis mulheres em 26 semanas A prova: fotografias "artísticas" das mulheres no apartamento dele (ou delas), datadas digitalmente, bem como a palavra de honra de Norval de que algum ato sexual havia ocorrido, sem recurso a nenhuma transação monetária. As consequências: em caso de sucesso, Norval receberia do Federal Arts Council uma bolsa de 26 mil dólares (ocorre que o dr. Blorenge fazia parte da banca de seleção daquele ano). Em caso de fracasso, teria de dar aulas de catequese todos os domingos na capela ecumênica da universidade por 26 semanas, abstendo-se de sexo de qualquer espécie, incluindo o de natureza solitária, pelo mesmo período. De novo, palavra de honra. Muitos pecados haviam sido cometidos na elástica teologia de Norval, mas faltar à palavra dada não era um deles. O único revés até então: a dra. Édith Dallaire, chefe do Departamento de Estudos da Mulher, de algum modo ficara sabendo do projeto.

Pois agora surgira um segundo revés. O cérebro de Norval havia sido tomado por um mantra que dizia: "Samira,

Samira...". Como era possível *não* pensar nela? Era essa a mulher com quem ele vinha sonhando durante anos, e só agora a havia encontrado. Mas naquelas circunstâncias alfabeticamente limitantes! Ele teria de fazer algo para evitar aquele atentado à arte, aquele... letricídio.

Era nisso que vinha pensando o letricida em pessoa enquanto segurava um Toblerone gigante com uma das mãos e um toco de cigarro aceso com a outra. Norval deu uma derradeira e hercúlea tragada no filtro antes de apagá-lo contra a poltrona à sua frente.

— É proibido fumar no cinema! — berrou o mesmo glabro de antes, algumas fileiras adiante.

— Não amola, bundão! — foi o que respondeu Norval. Em seguida ele se sentou, refestelando-se na poltrona, joelhos apoiados na poltrona da frente. Retirou do bolso uma latinha de aspirina, que Noel desconfiava conter outra coisa.

Por pelo menos quinze segundos, exasperando-se, Noel fulminou o amigo com o olhar. Norval lentamente virou o rosto na direção dele.

— E você... está olhando o quê?

— Por acaso já lhe ocorreu... — A indecorosa aposta de Norval era o que Noel queria trazer à tona, mas ele já havia expressado sua opinião sobre o assunto, muito claramente. Também tentara dizer que tinha um terrível pressentimento com relação a ela, uma sensação de perigo, de desastre, mas Norval não lhe dera ouvidos. Tinha total desdém por esse tipo de coisa: pressentimentos, superstições. Agora, no entanto, havia uma nova variável na equação: Samira Darwish. Seria possível que ela fizesse parte da premonição? — Por acaso já lhe ocorreu... — "Desistir dessa aposta estúpida", era o que Noel queria dizer, mas não encontrou forças. Só o que conseguiu expressar foi uma espécie de bravata infantil: — Será que existe alguma coisa, Nor, a não ser essa sua galinhagem inconsequente, que eu não seja capaz de fazer melhor do que você?

Indiferente ao tom de voz do amigo, Norval não precisou contar além de dois para responder:

— Em primeiro lugar, com essa barra de chocolate, posso acertar a careca daquele panaca sentado seis fileiras abaixo; em segundo, posso atravessar a nado o ponto mais largo do rio São Lourenço; e em terceiro, posso lhe dar uma surra como você nunca viu na vida.

Noel simplesmente sacudiu a cabeça, incapaz de negar qualquer uma das afirmativas de Norval, de retrucar o que quer que fosse.

— Certo — disse Norval. — Então me diz: o que é que está rolando naquele laboratório de masmorra de que você tanto fala? Por acaso anda transformando chumbo em ouro? Urânio em plutônio?

Noel ficou aborrecido. E, quando se aborrecia, atrapalhava-se com as palavras, cujas letras se misturavam a outras do passado. Portanto, não foi à toa que os símbolos do chumbo e do ouro, tanto os químicos quanto os alquímicos (Pb, Au; ♄, ☉), lhe brotaram à mente, seguidos da frase inicial de *Miss Julie* ("Miss Julie está furiosa outra vez — positivamente furiosa!"), uma vez que Strindberg, que ele havia lido na noite anterior, se interessava pela alquimia. Com uma concentração que chegava a doer, primeiro ele tentou decifrar as palavras de Norval, e em seguida formular uma réplica inteligente.

— Não... não estou transformando chumbo em ouro.

— Mas *está* tramando alguma coisa, não está? O que é? Magia negra? *Frankenscience*?

Tive a estranha sensação de que o fim ainda não havia chegado, que Frankenstein ainda cometeria algum crime horrendo, o qual, dada sua enormidade, chegaria perto de apagar a lembrança do passado... Para congelar as linhas que rolavam à sua frente, Noel tirou do bolso um saco de balinhas, jogou a cabeça para trás e esvaziou o conteúdo na boca.

— Não, eu... Eu estou trabalhando numa coisa pra você — disse, as pastilhas friáveis espumando na boca. — Uma cura pra essa sua compulsão sexual.

Norval ergueu uma das sobrancelhas, igualmente espantado com as balinhas e o comentário.

— Uma cura? Você não deveria estar tentando se infectar também? Quando foi a última fez que esteve com uma mulher? Ou homem, ou bicho, ou seja lá o que apetece vocês, escoceses?

Noel não precisou pensar. Sabia exatamente o dia e a hora. Esperou que a saliva se acalmasse.

— Norval, pela décima sétima vez, *meus pais* são escoceses, não eu, OK? Será tão difícil assim de lembrar?

— *You rotten wee scunner, what are you girning at noo? No need to raise a stushie** — disse Norval, caprichando no sotaque escocês.

Noel fechou os olhos, determinado a não pôr lenha naquela fogueira, nem mesmo com o mais discreto dos sorrisos. O sotaque, ele tinha de admitir, havia sido perfeito.

— Então, responda à minha pergunta — disse Norval.

— Que pergunta?

— Quando foi a última vez que você esteve com uma mulher?

— Eu... não vou responder isso.

— Rápido, qual é o nome daquela cor? — Norval apontou para a tela, sobre a qual o gigantesco logotipo do cinema acabara de surgir. — O perímetro.

— Amaranto.

— Amaranto?

— É.

— Pensei que fosse uma flor imaginária, uma sempreviva.

---

* Enunciado em registro coloquial do inglês da Escócia, livremente traduzido como: "Seu mala sem alça, está choramingando aí por quê? Não precisa dar chilique." (*N. do T.*)

— E é. Mas também é um pigmento químico.

— Fórmula?

Noel exalou um suspiro.

— $Na_3C_{20}H_{11}N_2O_{10}$.

— Principal uso comercial?

— Pigmento para farmacêuticos. Proibido na América do Norte, mas não na Europa.

Norval sacudiu a cabeça, coçou o queixo. Não sabia ao certo se Noel era um gênio ou alguém prestes a pular da Champlain Bridge.

— Amaranto. Não é Keats ou Shelley que usa essa palavra em algum lugar?

— Keats. No "Endymion". "*The spirit culls unfaded amaranth, when wild it strays through the old garden-ground of boyish days...*"*

— OK, OK. Agora fecha essa matraca e assiste ao filme...

Mas Noel não estava ouvindo. As letras de "amaranto" piscavam freneticamente em seu cérebro, trazendo consigo palavras, frases e parágrafos de tempos distantes. Algo como a projeção de *slides* de um bibliotecário maluco, ao qual ele decidiu dar vazão. Primeiro veio Esopo — as frases jorrando em espirais, umas sobre as outras, feito graciosos fogos de artifício —, que ele ouvia da mãe aos cinco anos de idade.

A Rosa e o Amaranto

Rosa e Amaranto vicejavam lado a lado num jardim, e Amaranto disse à vizinha: "Como invejo tua beleza e teu doce perfume! Não é à toa que és a preferida de todos." Mas Rosa retrucou com uma pontinha de tristeza na voz: "Ah, meu caro amigo, pois minha vida é curta; quando mãos cruéis não vêm me arrancar do caule, as pétalas logo

---

* Tradução livre: "O espírito vai colhendo o sempiterno amaranto, quando se perde nos veteranos jardins da infância..." (*N. do T.*)

murcham e caem, e então morro. Mas tuas flores nunca esvanecem, mesmo quando arrancadas; elas são imortais."

A grandeza tem lá o seu preço

Em seguida vieram as palavras macias e elásticas de *Dom Quixote*, que ele havia lido na cama, na noite de seu aniversário de 14 anos:

> formosas donzelas, nenhuma das quais aparentava menos de 14 anos ou mais de 18, todas vestidas de verde, as madeixas em parte trançadas, em parte livres, de tal modo douradas que competiam com o sol, encimadas por grinaldas de jasmins, rosas, madressilva e amaranto...

Noel abriu os olhos, virou o rosto na direção de Norval e depois para as legendas amareladas do filme de Bergman, que logo se dissolveram em frases cor de cobre, imbricadas feito telhas, do *Pinóquio*. Encontrava-se no ano de 1973, no quarto com búfalos no papel de parede, usando o pijama favorito, estampado de palhacinhos; ouvia a mãe contar:

> O burrico Pinóquio adentrou a arena do circo. Usava uma nova brida de couro envernizado, com fivelas e tachas douradas, bem como duas camélias nas orelhas. A crina se encontrava partida e cacheada, os cachos, atados com laços de fitas coloridas. O lombo se cobria com uma cilha de ouro e prata, e a cauda se trançava com amarantos...

Por fim, numa torrencial linha dupla, oscilando feito a agulha de um polígrafo, vieram as letras cintilantes, cor de safira, do livro que Noel mais adorava: *As mil e uma noites.*

> Ela parou diante da banca do fruteiro e comprou maçãs levantinas, marmelos e pêssegos omanis, pepinos cultivados às margens do Nilo, limões egípcios e laranjas sultanis; parou na banca do boticário para tinturas de jasmim alepino e bagas de murta, óleo

de alfena e óleo de camomila, anêmona cor de sangue e flores de romã, rosas-mosqueta e amarantos...

Minutos se passaram até que as formas coloridas desapareceram, a letargia se desfez e as imagens em preto e branco do filme lhe invadiram o cérebro.[10] Noel já havia visto *Morangos silvestres*, portanto não teria de perguntar a Norval sobre o início perdido. Aliás, se quisesse, descreveria com detalhes essas primeiras cenas ao amigo, que as compreenderia sem criticar. Embora tudo mais fosse passível de troça, Norval jamais caçoava da sinestesia de Noel, jamais se irritava com as ausências dele. Por quê? Porque ele próprio tentava enxergar esse mesmo tipo de coisa, em experimentos com o dr. Vorta. Também porque sabia de Baudelaire e Rimbaud, de Poe e Nabókov, e achava que um dia Noel se tornaria igualmente célebre.

Tão logo o filme terminou e as luzes se acenderam, Noel reconfigurou o *pager* e o guardou de volta no bolso interno do paletó.

— O que é isso? — perguntou Norval. — Uma arma?

Noel, que já vestia o paletó sobre a camiseta-regata, enrubesceu.

— Não, é um... *pager*.

— E isto aí? — perguntou Norval depois de um instante, apontando para a tatuagem no bíceps de Noel. — Pura década de 1990. Deixa eu ver.

Relutante, Noel puxou o braço da manga, revelando a cabeça de um touro negro, com chifres prateados entre duas bandeiras vermelhas com mastros pretos. As palavras hold fast em vermelhão, se arqueavam sobre o desenho.

— O brasão dos McLeod.

— O clã da sua mãe? — perguntou Norval.

Noel hesitou. Não porque receasse ser chamado de "filhinho da mamãe". Àquela altura já estava acostumado; não se importava nem um pouco. Jamais lhe ocorrera cortar laços com a mãe, laços que nunca o haviam oprimido.

Mas certas coisas eram de caráter particular. E ele já estava cansado de ouvir aquela maldita ladainha sobre a Escócia toda vez que o nome da mãe era mencionado. Mas talvez Norval se contivesse só aquela vez, só para surpreender...

— É.

— *Ay, yer daft aboot her, yer right radge. Och weel...**

Fora do cinema, nuvens carregadas cobriam o céu: nimbos plúmbeos e noctilúcios, observou Noel, misturados a nimbos-estratos violeta-Marte. Norval chamara um táxi, mas já via o carro acostar quando mudou de ideia e acenou para que ele seguisse adiante. Do bolso do sobretudo, tirou um maço fechado de Mohawk Arrows. Os normais, de alto teor de nicotina.

— Como se explica — disse, rasgando o celofane com a unha do polegar — que eu ainda não tenha recebido um único convite para a mansão de Outremont? Já nos conhecemos faz o quê? Seis meses?

— Nos conhecemos no cinema no dia 6 de março de 2001. Portanto faz dez meses, uma semana e um dia. Lembra? Foi pouco antes da chuva. Na verdade, uma tempestade de gelo...

— Não me lembro de chuva nenhuma.

— ... e o filme era *Zabriskie point*...

— Nem do filme. Mas a questão é a seguinte: por que você nunca me convidou pra entrar em casa? Já esperei por você diante daquela porta feito um panaca, já toquei aquela campainha, mas nunca fui convidado a entrar. O que você está escondendo? Um laboratório de *crystal meth* no sótão?

Noel estremeceu, assustado.

— Não é isso...

Norval acendeu o cigarro.

---

* Enunciado em registro coloquial do inglês da Escócia, certas palavras com escrita fonética. Tradução livre: "Ah, você é louco por ela, não é, seu zureta? Ai, ai..." (*N. do T.*)

— É verdade o que dizem? — falou, exalando um jato de vapor e fumaça contra as narinas de Noel.

— E o que é que dizem? — devolveu Noel, tossindo, abanando a mão no ar.

— Que sua mãe é linda, muito bem-conservada para uma mulher de...

— Cinquenta e seis.

— Cinquenta e seis. E que ela tem uma leve semelhança... não, uma incrível semelhança com Catherine Deneuve. Ou será Charlotte Rampling?

— Talvez um pouco com ambas.

— Como é que ela se chama mesmo?

— Sra. Burun.

— E o primeiro nome?

— Stella.

Norval sacudiu a cabeça, ruminando as ideias.

— Também ouvi dizer que o principal motivo para você nunca ter tido uma namorada é que você está perdidamente, bizarramente, apaixonado pela mulher.

Noel abriu um sorriso frouxo.

— Mas quem anda dizendo essas coisas todas? — disse. — O dr. Vorta é que não é...

— Na semana passada, quantas vezes você a viu sem roupa?

Noel suspirou.

— Sei lá, um monte de vezes.

— Eu *sabia*. Sabia que tinha alguma...

Nessa altura, Noel se deixou levar por mais uma de suas viagens mentais. Samira de novo lhe invadira o cérebro. Havia algo de irresistível nela. A voz, por exemplo. Um ótimo sinal. Grave e aveludada, ligeiramente rouca, aquela voz fazia que diamantes índigo, cercados de halos azulados semelhantes aos anéis de Saturno, rodopiassem na cabeça dele... E aqueles olhos incríveis, cintilando de ironia, da cor... que nome dar àquela cor? Mais do que qualquer outro, Noel sabia que os olhos humanos são capazes de distinguir cerca de 10 milhões de cores diferentes, e que portanto é impossível nomeá-las todas. Nem mesmo em seu léxico de 2 mil cores havia um nome para aquela tonalidade. Tratava-se de um híbrido complexo: terra-de-siena, seguramente, mas com nuanças opalinas, toques de um topázio esfumaçado e...

— Noel, acho que estou falando sozinho aqui.

— Amaranto!

— Sim, mas já passamos para outro assunto.

— Desculpa, sobre o que mesmo estávamos falando?

Norval suspirou. Tinha uma teoria, que agora repetiu, segundo a qual Noel só conseguiria fazer amor com alguém muito próximo, alguém que ele conhecesse desde muito, a quem pudesse confiar a própria vida, cuja voz não lhe vandalizasse os pensamentos.

— Concluindo... — prosseguiu Norval. — Fico pensando se, naquela casa em que não me deixam entrar, você não estaria dando vazão a seus impulsos edipianos. Dividindo uma cama incestuosa com alguém. Noel, você não estaria diabolicamente apaixonado pela sua mãe?

"*Amor matris*, genitivo objetivo e subjetivo: amor da mãe pelo filho e amor do filho pela mãe."

— Bem, tem noites em que a gente acaba mesmo dormindo na mesma cama... E amo minha mãe, sim, mais do que a qualquer outra pessoa no mundo. Você não ama a sua?

— Deixa minha mãe fora disso. A mulher é um saco de esterco. Responde minha pergunta.

— Essa sua pergunta está me deixando desconfiado. Talvez seja *você* quem está escondendo algum segredo sombrio. Uma aventura homoerótica, por exemplo? Sexo com um menor de idade? Com uma aluna. Por acaso não é *você* quem está tendo uma relação incestuosa?

— Aventura homoerótica? No internato, todas as formas de transgressão sexual eram abertamente experimentadas, desde a masturbação mútua, os trenzinhos de punheta e o sadomasoquismo até a sodomia grupal. Sexo com um menor de idade? Todos os garotos mais bonitinhos, eu inclusive, tinham um nome de mulher e eram vistos como prostitutas públicas. Sexo com uma aluna? Nos últimos cinco anos, não atravessei um único semestre sem levar pra cama pelo menos três alunas. Incesto? Meu pai se casou outra vez e teve duas filhas. Antes que elas atingissem a adolescência, eu já havia dormido com ambas. No caso da Claire, a mais velha, foi o primeiro, e último, orgasmo da vida dela. A infeliz se casou com um crítico literário.

Noel riu.

— Você está inventando tudo isso. É... byroniano demais pra ser verdade.

Como num passe de mágica, um novo cigarro surgiu entre os dedos de Norval, que o acendeu com o anterior.

— Não estou inventando nada. A verdade é que *você* está escondendo algo, não eu.

Noel exalou um suspiro, mordeu os lábios.

— "Escondendo" não é bem a palavra certa. Quer dizer, o problema é que... Acho que eu deveria... bem, eu deveria ter explicado tudo muito tempo atrás. Que tal... Por que você não volta pra casa comigo e vê com os próprios olhos?

— Ah, até que enfim um convite das Terras Altas. Excelente. Estou louco pra ver... aquela furna de iniquidade, a *mère fatale*. Sem falar no laboratório do alquimista, que decerto anda inventando e sintetizando umas coisinhas...

— Na verdade, tenho mesmo. Quanto à casa, devo avisar que...

— Ponha aquele troço na mala de um táxi. — Norval apontou o queixo para a bicicleta da mãe de Noel, desfalecida contra o poste, a roda dianteira e o guidom tombados para o lado. — No caminho eu lhe conto sobre a vítima mais recente da minha Alpha Bet.

Noel fechou a cara e disse:

— Você se aproveitou dela?

— Se eu "me aproveitei"? O que é isso? Uma expressão do tempo da sua mãe, claro.

— Você trepou com a Samira?

Norval tragou quase metade de seu Arrow e exalou uma nuvem vulcânica de vapor e fumaça contra a árvore mais próxima, um bordo de galhos marcados ou decepados pelas tempestades de gelo.

— Não passei nem perto. Quando chegamos ao loft, ela era praticamente uma sonâmbula. Por falar nisso, talvez seja melhor darmos uma passada por lá, para ver se ela já está melhor. Você se importa se ela for conosco?

Não posso receber esses dois em casa, pensou Noel. Não quero fazer papel de palhaço...

— Não, não me importo nem um pouco se a Samira for também. Mas, pensando bem, talvez seja melhor se... se a gente se encontrar por lá mais tarde. Daqui a umas duas horas mais ou menos. Tenho... umas coisas pra fazer.

Norval fitou o amigo com desconfiança.

— Quando eu tocar aquela campainha, ai de você se não atender, hem? E nem pense em escamotear qualquer um dos indícios sórdidos.

— Então a gente se vê daqui a pouco?

— Táxi! — veio a resposta.

Capítulo 5

"SB"

Ao chegar em casa, Noel desligou o *pager* conectado ao alarme, digitou as letras na tranca digital, abriu algumas fechaduras. Pelo lado de dentro, a porta havia sido disfarçada de modo a não lembrar uma porta, misturando-se perfeitamente à parede. Ele dispunha de 45 segundos para desativar o alarme, que ficava a meio-caminho do corredor.

— Mãe! Está tudo bem? — Ele apertou os botões do alarme, e estava prestes a correr escada acima para o quarto dela quando ouviu um barulho na sala de estar.

— É você, meu querido? — respondeu a mãe, com um ligeiro sotaque escocês. — O jantar está quase pronto!

— Já estou indo! — Noel exalou um suspiro de alívio e seguiu adiante no corredor, passando sob o novo alarme de incêndio, pelo extintor recém-instalado, rumo ao novo banheiro. Já estava suando. Sempre que entrava em casa, tinha a impressão de estar a bordo de uma enorme pá de padeiro, sendo jogado no interior de um forno. Conferiu o termostato e baixou a temperatura para 26 graus. A lampadazinha vermelha logo abaixo, que servia de luminária noturna, ainda se encontrava acesa, e ele se abaixou para desligá-la. Temos de economizar energia, estamos jogando dinheiro fora.

Sobre a porta do banheiro se via o desenho grande de um vaso sanitário, com a legenda BANHEIRO. Dentro, o vaso propriamente dito se encontrava cercado de corrimões de alumínio e barras de apoio corrugadas. Tal como sugerido pelos fabricantes, os corrimões se assentavam nos caibros das paredes de gesso, e não no próprio gesso. Noel olhou para o assento do vaso, acolchoado de um plástico amarelo-vivo, cuja tampa havia sido removida. Sobre o chão se encontrava um *seat raiser*: um segundo assento mais alto e com braços, apoiado sobre quatro pernas de metal, uma das quais estava quebrada, aguardando conserto. Numa das paredes ao lado do vaso havia instruções:

1. Levantar saia/baixar calcinhas etc.
2. Sentar no tampo amarelo.
3. Relaxar.
4. Aguardar o egresso.
5. Usar o papel higiênico. ↓
6. Apertar alavanca verde (descarga). →

Noel seguiu as instruções fielmente, inclusive a de usar o papel higiênico cor-de-rosa e apertar a alavanca com o adesivo "DESCARGA". Ficou de pé e se olhou no espelho, sobre o qual uma nova série de instruções havia sido colada:

1. Pegar a escova de dentes. ↓
2. Colocar pasta sobre a escova. →
3. Escovar os dentes de cima. ↑
4. Escovar os dentes de baixo. ↓
5. Enxaguar boca. ↓

Noel lavou as mãos, saiu do banheiro e voltou pelo corredor. Ao longo do caminho, buscou sinais de que tudo estava bem.

— Oi, mãe. Como estão as coisas?

— Não muito boas.

— Mas... o que a senhora está fazendo?

Livros se encontravam espalhados sobre o forro de sisal da sala, e uma das estantes havia tombado. A mãe de Noel sentava-se de pernas cruzadas sobre o tapete persa, dois livros abertos no colo.

— Nunca lembro onde guardei o...

— Guardou o quê?

— Você sabe.

— O dinheiro?

A mãe fez que sim com a cabeça.

— Mãe, a gente não esconde mais o dinheiro. Eu escondia quando criança, lembra? Porque você também escondia quando criança.

— Está num desses livros, mas não lembro mais qual. Minha fortuna inteira.

— Não, não é...

— É, sim. Só que nunca contei pra você.

— Mãe, nós não temos uma fortuna. Não mais. O pouco dinheiro que ainda temos está guardado num banco. Quer ir até lá e fazer um saque? Quer que eu vá junto?

— Foi ele.

— Ele quem?

— Esse nosso vizinho, Fred.

— Fred? O sr. Pickett? De Babylon? O presidente da Long Island Parrot Society?

— Ele roubou nosso dinheiro. Nunca gostei dele.

— Mãe, o sr. Pickett morreu em 1988. Acho que sei onde está o dinheiro. A senhora não lembra? Eu costumava guardar no *Oxford English Dictionary*. No tomo "LOOK–MOUKE", porque a palavra "*mouke*" significava "dinheiro" antigamente. Olhe só: a senhora continua procurando aí, que eu vou dar uma olhada no dicionário, está bem?

Noel foi até o dicionário de vinte tomos, abriu o volume em questão e, certificando-se de que a mãe não estava olhando, tirou da carteira um maço de dinheiro e o alojou no livro.

— Mãe, encontrei! A senhora tinha razão! — Ele entregou o livro à mãe, que sorriu ao retirar o dinheiro, apertando-o contra o peito.

— Quero ir ao banco — ela disse. — Agora mesmo. E depositar isto na minha conta.

— Boa ideia. Mas não quer que *eu* deposite? Já estava mesmo indo pra lá.

Ela contou o dinheiro e entregou ao filho.

— Por que a senhora não vê um pouquinho de TV até eu voltar? — sugeriu Noel.

— Não posso.

— Não pode? A televisão quebrou de novo?

— Quebrou.

Noel foi até o aparelho e inseriu um quadradinho de plástico. A TV voltou à vida.

— Quebrou não, mãe. Olhe só.

— Os programas são diferentes hoje em dia. Eles, sim, parecem quebrados. Não entendo patavinas. É muita coisa pra cabeça da gente. O mundo está andando depressa demais. Indo longe demais. Como era mesmo que seu pai dizia?

Lá vamos nós outra vez, pensou Noel.

— Sobre o quê, mãe?

— Você sabe.

— Não, não sei.

— Sabe, sim. Só está escondendo de mim. Como sempre.

— Não estou escondendo nada.

— Está, sim.

— "A poesia é o empíreo; a TV, o poço." É isso?

— Não, a outra.

— "A TV é a oficina do diabo"?

— Não. Você sabe... Nunca lembro o nome de nada em inglês. Não consigo me lembrar do *inglês* da coisa. De nada.

— Como é em francês?

— Não lembro.

— Volto já, mãe. Só vou dar um pulinho no banco. Não deixe ninguém entrar enquanto eu estiver fora, ouviu bem? Promete?

— Sei muito bem o que está se passando. Não pense você que não sei.

— Não está se passando nada, mãe.

— O dinheiro está curto. Sei que você não me quer mais aqui. Não precisa mostrar a porta da rua.

Depois de retrancar a porta, mas sem acionar novamente o alarme e o *pager*, Noel atravessou quatro quadras até o Prince de Tyr, um *slow-food* libanês na rua Laurier. Suava copiosamente sob o casaco enquanto esperava para fazer o pedido. Eu deveria ter acionado a tranca digital também, disse a si mesmo, e acionado o alarme, e pegado o...

— *Le numéro deux, s'il vou plaît. Je reviens tout de suite.**

Pisoteando a neve desbotada, em meio às buzinas do trânsito, Noel foi a uma floricultura do outro lado da rua e voltou; quase não chegou à calçada, pois um utilitário do tamanho de um tanque de guerra por pouco não lhe decepou a orelha com o espelho retrovisor. Os sinais de "Pare" são meras sugestões para os Montrealenses, ele refletiu ao se reacomodar no restaurante, massageando a têmpora direita. Em seguida, preocupou-se com a mãe durante uns 45 minutos, embalado pela música árabe.

No caminho de volta, pôs-se a inventar presságios. Se o sinal à sua frente permanecesse verde, por exemplo, a mãe recuperaria a saúde; se um carro preto passasse na rua, ela continuaria como está. Ao abrir a porta da frente, estorvado pelas flores e pela comida, notou algo diferente no interior da casa, algo desagradável. Pois ele havia visto um carro preto, e o sinal havia ficado vermelho.

— Ei, mãe! Voltei! Trouxe comida! Da Fenícia!

— Estou aqui, querido!

Noel voltou à sala.

---

* "O número dois, por favor. Volto já." (*N. do T.*)

— Trouxe o número dois do cardápio, seu favorito! Falafel, *baba ganoush*, charutos...

Ele se calou assim que viu uma mulher com jeito de autoridade, óculos presos a uma corrente e gigantescos brincos de pressão, sentada na cadeira diante da mãe. Tinha uma prancheta sobre o colo e um corpo que tangenciava o imenso. Essa não, mais uma vendedora. Como foi que ela conseguiu entrar?

A mulher se apresentou, a voz infectando o cérebro de Noel com retângulos tortos, de um marrom cor de lontra, que se abriam e fechavam à maneira de um acordeom. Em vez de cumprimentá-la de volta, Noel ligou o aparelho de som e colocou um disco prateado na bandeja: *O poema do êxtase*, de Scriábin. Depois foi à cozinha, largou a comida e as flores sobre a bancada, abriu a geladeira e retirou um pimentão.

— Desculpe — disse ao voltar. — Eu estava meio distraído, sra...

— Sra. Holtzberger. Da Assistência Domiciliar.

Enfrentando o perfume forte que por pouco não lhe arrancava lágrimas, Noel se apresentou.

— Se a senhora não se incomoda em dizer, como foi que entrou aqui?

— Bem, eu... sua mãe abriu a porta.

— Certo.

A mulher olhou para o que restava do pimentão.

— Vim entrevistar sua mãe, para ver se ela se qualifica.

— Qualifica?

— Para a assistência. Uma enfermeira diurna. Duas ou três vezes por semana, para ajudar sua mãe.

— Certo. — Fora ele mesmo, Noel, quem preenchera o formulário, seis meses antes. Para substituir a enfermeira que eles não podiam mais pagar.

— Vim também para verificar a veracidade de diversas denúncias encaminhadas ao nosso departamento...

Noel se debatia contra o som dos retângulos da sra. Holtzberger, além da imagem de seu rosto neve-e-rosa e do batom vermelho-sinal-de-pare que em muito ultrapassava os limites da boca. O que ela estava dizendo? Reclamações dos vizinhos? Um bando de reclamões crônicos. Eu sei, eu sei, ela costumava se perder por aí, mas isso é coisa do passado. Sim, mamãe já tem uma pulseirinha de Informações Médicas... *Sei* que ela não está usando agora. A gente vai encontrar, deve estar por aí em algum lugar. A casa está uma bagunça? Também não precisa exagerar. Mas ela *não quer* viver em outro lugar. Quer ficar em casa, comigo. Além disso está melhorando, está mesmo. Sim, eu entendo perfeitamente...

— Então, se você não se importar, posso começar o MMSE?*

Noel se abaixou para desligar os trombones surdinados de Scriábin.

— Ela já fez uma infinidade de exames, sra. Holtzberger. Na verdade, o médico dela é um neurologista mundialmente conhecido: Émile Vorta. Talvez a senhora já tenha ouvido falar dele.

— Não vou me demorar. Não precisa se afligir. Podemos começar, sra. Burun? Posso lhe chamar de Stella?

A sra. Burun crispou os lábios ligeiramente como se estivesse prestes a irromper numa gargalhada. Relembrava aquele episódio na Espanha — seria mesmo na Espanha? —, quando Noel a fizera rir para uma fotografia com um desengonçado salto de balé. Como se chamava mesmo esse salto? Quando o bailarino fica trançando as pernas no ar?

— Talvez fosse melhor o senhor nos deixar a sós por um instante, sr. Burun.

— Não, eu... eu prefiro ficar, se não for problema. — Noel se distanciou até a janela da frente.

— Muito bem, sra. Burun, a primeira pergunta é a seguinte: em que ano estamos, a senhora pode me dizer?

---

* *Mini-mental Status Exam* (mini-exame do estado mental), também conhecido como Teste de Folstein. Questionário de 30 itens para avaliar as funções cognitivas do entrevistado. (*N. do T.*)

Terá sido na Espanha... ou naquele outro país? A sra. Burun viu tijolos escuros e envelhecidos, dispostos em ziguezague, além de extensas arcadas. Seria Turim?

— *Entrechat* — ela sussurrou, sorrindo.

— Como? Sra. Burun? Pode me dizer em que ano estamos?

A sra. Burun olhou confusa para a mulher à sua frente. Quem seria ela? Tudo indica que está esperando que eu diga alguma coisa...

— O ano, Stella. Sabe em que ano estamos?

— O ano? Ai, meu Deus... Eu diria... Mil novecentos e... Estamos na década de 1990, mas...

A sra. Holtzberger anotou algo com um toco de lápis.

— E a estação?

— Outono?

Olhando janela afora, Noel suspirou profundamente. Do outro lado das vidraças embaçadas de gelo, árvores negras balançavam contra o céu de nuvens carregadas.

— Em que mês estamos?

— Outubro?

— E a data?

— Domingo?

— Onde estamos? Em que país?

— Eu não... No Canadá?

— Em que cidade?

— Aberdeen?

— O que ela quis dizer é que nasceu em Aberdeen — interveio Noel. — A pergunta foi confusa.

— Obrigada, sr. Burun, pela... informação suplementar. Sinto muito, mas o exame é exclusivamente para sua mãe. Pois bem, sra. Burun, como é o nome de sua rua? Sra. Burun?

— Coppertree Lane?

— Acho que é a rua em que ela morava antes — disse Noel. — Em Babylon, Long Island. Onde Rodney Dangerfield nasc...

— E em que cômodo da casa estamos agora, sra. Burun?

— Na sala de jantar?

Noel plantou os braços no parapeito da janela, em busca de apoio. Levantou os olhos para o céu escuro do inverno, e um vento gelado lhe varreu o rosto. Ela tem tomado os remédios mais recentes, pensou. De última geração, caralho. *Por que* não estão dando resultado? Por que *nada* está dando resultado?

— Agora vou dizer três palavras para que a senhora memorize. Em seguida, quero que as repita para mim, está bem? Pronto? Vamos lá: pepino, abajur, moeda. Pode repetir essas três palavras para mim, sra. Burun? Pepino, abajur, moeda.

Stella crispou o rosto num esgar de concentração.

— Pepino, abajur... não me lembro da outra. Desculpa. Não estou muito bem hoje, sabe...

— Não se preocupe, minha querida, você está indo muito bem. Nossa próxima tarefa não é lá muito fácil. Começando de cem, quero que a senhora vá contando de trás para a frente, subtraindo sete de cada vez.

Um demorado silêncio invadiu a sala enquanto, na cozinha, a torneira da pia pingava em moto-contínuo, um relógio marcando o tempo, um tambor batendo um ritmo fúnebre. Imagens da Europa voltaram à mente de Stella. Um funeral em... naquela cidade cheia de água, com barquinhos amarrados com fitas pretas, como era mesmo o nome deles? Alguém percutia um tambor. Ela havia pensado no marido enquanto as batidas ficavam mais ruidosas, enquanto o caixão boiava pela...

— Sra. Burun?

— Sra. Holtzberger — disse Noel. — Nem *eu* sou capaz de subtrair múltiplos de sete...

— Sra. Burun? A senhora é capaz de contar de trás para a frente, subtraindo sete de cada vez? Não? Tudo bem, vamos em frente. Pode soletrar a palavra "radar" de trás para frente? Não? Consegue se lembrar daquelas três palavrinhas que eu disse antes? — A sra. Holtzberger olhou para o relógio encastoado nas carnes do pulso. — Não? Sra. Burun, a senhora gosta da vida?

— Infelizmente não.

— Como se sente em relação à vida?

— A verdade é que não sinto nada. — Stella estampava no rosto uma expressão de infinita tristeza, de resignação.

— Ela não tem passado bem nos últimos dias — disse Noel. — Verdade. Ela... pegou uma gripe. Gripe aviária, uma crise terrível. Por isso vou pedir à senhora que volte outro dia para repetir...

— Sr. Burun, um novo teste pode ser solicitado quando o respondente está muito nervoso ou abalado, mas segundo meus critérios...

— Ficamos muito agradecidos que a senhora tenha vindo, mas acho que mamãe precisa descansar um pouquinho agora e...

— Então serei obrigada a encaminhar estes resultados incompletos — ela disse exaltada, fazendo trepidar as pelancas do pescoço. — O que poderá afetar negativamente sua solicitação para uma enfermeira. Além disso, temos outro assunto a discutir. Em particular, se o senhor não se importar.

— Eu e mamãe não temos nenhum segredo.

— Muito bem, então. Recebi denúncias, mais de uma, de que sua mãe tem vagado pelas ruas do bairro, batendo nas janelas das casas.

— Eu... não tenho conhecimento de nenhum incidente dessa natureza.

— Tem conhecimento de um incidente envolvendo a gata de sua mãe?

— Do que... do que a senhora está falando?

— Antes de você chegar, sua mãe contou que um dos vizinhos matou a gata dela, intencionalmente.

— Ele matou a Morven — disse Stella.

Noel sabia que Morven havia morrido de um tumor em 1991.

— É verdade... — disse, no entanto.

— Contou ainda que esse mesmo vizinho afogou os gatinhos da Morven na banheira de hidromassagem dele.

— Um horror... — exclamou Noel, consternado.

— E que em seguida sufocou a gata, trancando-a no interior de uma mala.

— Posso mostrar essa mala se a senhora quiser — disse Noel. — Com as marcas dos dentes e das unhas. Posso buscar agora mesmo.

A sra. Holtzberger revirou os olhos.

— Não será necessário, sr. Burun. Mas o senhor terá notícias nossas *muito* em breve. Não precisa me acompanhar até a porta.

Um dia ruim, Noel disse a si mesmo enquanto botava a mãe na cama. E daí? Todo mundo tem lá seus dias ruins. Amanhã tudo vai melhorar...

A sra. Burun piscou os olhos na tentativa de afugentar as lágrimas, receando ter feito algo de errado, intuindo ter decepcionado o filho.

— O que está acontecendo comigo, Noel? Tenho a impressão de que há algo de errado comigo, mas não sei dizer exatamente o quê.

Embora já tivesse ouvido isso antes muitas vezes, Noel precisou refrear as lágrimas. Era triste demais.

— Não se preocupe, mãe. — Ele reuniu forças e abriu um sorriso. — Amanhã é outro dia. Estamos no século XXI. As coisas hão de melhorar. Amanhã a gente vai se divertir à beça, a senhora vai ver. Ah, já ia me esquecendo. Tenho uma surpresa pra senhora.

A sra. Burun parou de chorar, distraída feito uma criancinha com aquelas palavras. Noel podia ver o reflexo dela no espelho de báscula ao lado da cama. Saiu um instante e voltou com um buquê de flores.

— Olha só o que eu trouxe pra senhora. Amarantos.

Os olhinhos brilhando de felicidade, Stella cheirou as flores e acariciou as pétalas.

— Lembra-se de quando a senhora lia "A Rosa e o Amaranto" pra mim? Do Esopo? A flor que não morre nunca? Não lembra? Não tem importância. Foi há séculos. — No interior de um copo de suco, ele despejou o líquido verde-sapo de um frasco âmbar, sem rótulo. — Tome mais um pouquinho disto, mãe. É bom pra senhora. — E por sorte sem efeitos colaterais. — Tive umas ideias novas, mais alguns coelhos pra tirar da cartola, a senhora vai ver. — Ele esperou a mãe beber. — Ah, já ia esquecendo. Uma coisa extraordinária aconteceu comigo hoje. A senhora nunca vai adivinhar quem foi que encontrei. Sabe quem? Heliodora Locke. Em Montreal, acredita?

Stella o encarou com um olhar vago.

— Heliodora Locke! — berrou Noel desnecessariamente, como se um berro fosse despertar a memória da mãe. — A senhora sabe, aquela do filme *The bride and the three bridegrooms*! É claro que a senhora se lembra...

Stella chegou a se assustar quando o filho tentou lhe espevitar a memória com caretas e mímicas.

— Lembra? A gente *adorou* esse filme. É um dos nossos prediletos. Heliodora Locke, aquela dos olhos de caleidoscópio. Lembra que a senhora costumava brincar, dizendo que eu estava apaixonado com... Deixa pra lá. — Noel sorriu, tentando esconder a frustração. — Tudo bem, mãe. Não esquenta. Não é importante. Na verdade, não podia ser *menos* importante...

A expressão no rosto de Stella aos poucos foi se modificando.

— Ela encontrou três homens na praia. Três náufragos. Eles estavam desmaiados.

Noel parou de respirar, assombrado.

— Ela cuidou deles, até ficarem bons, depois os três se apaixonaram por ela.

Encarando a mãe, Noel mal acreditava no que tinha acabado de ouvir. Dali a pouco se jogou na cama e a tomou entre braços, sacudindo-a, rindo.

— Isso mesmo, mãe. Eu *sabia* que senhora ia se lembrar! Mas que *ótima* novidade! — Os medicamentos do Vorta finalmente estão fazendo efeito, disse ele a si mesmo. Eu *sabia* que dessa vez ia funcionar!

Stella pôs-se a alisar os cabelos do filho, tal como costumava fazer. Depois, de supetão, disse:

— Seu pai... adorava as árvores genealógicas. Mas o que você não sabe, porque nunca lhe contei, é que ele era facilmente ludibriado. Apesar daquela... daquela inteligência toda.

Noel tentou acalmar o coração, que retumbava diante daquela inesperada lucidez.

— A senhora está dizendo que... Byron não é meu ancestral?

Stella simplesmente sorriu.

— Os poetas são os legisladores anônimos do mundo, seu pai costumava dizer...

Noel ficou se perguntando por que a mãe se lembrava daquilo. Talvez por causa dos amarantos?[11] Seu cérebro começou a produzir fileiras de letras coloridas, mas, com certo esforço, ele conseguiu desligar o gerador.

— Eu... eu nunca o ouvi dizer isso, mãe.

— Seu pai não gostava nem um pouco dos legisladores renomados.

Noel queria ouvir cada vez mais. Stella nunca havia falado da infelicidade do marido daquela forma. No entanto, ela mudou abruptamente de assunto:

— Tenho uma coisa pra entregar ao Émile. Você pode levar pra ele? Pode ler se quiser.

Num piscar de olhos, antes que o filho pudesse responder o que quer que fosse, Stella adormeceu. Noel cogitou acordá-la a fim de prolongar aquele precioso momento, mas não teve coragem. Fazia semanas que ela não conseguia dormir. Portanto, com muita delicadeza ele se desvencilhou da mãe e a beijou na testa. Em seguida, pé ante pé, caminhou até a Olivetti Lettera azul de Stella (presente do marido, que um computador jamais conseguiria substituir) e recolheu o maço de papéis que jazia ao lado do surrado dicionário. Uma folha datilografada pela metade ainda se achava na máquina, quase ilegível. A fita já estava velha, ele pensou. Depois de uma última olhada na mãe, Noel apagou a luz e saiu. No corredor, após separar uma chave do molho, trancou a porta pelo lado de fora — o carcereiro da própria mãe! — e sentiu a garganta se apertar, as lágrimas que de novo ameaçavam brotar.

Distraiu-se ao ouvir uma barulheira no andar de baixo. Alguém tocava a campainha, com insistência, ao mesmo tempo que esmurrava a porta. Um quadro trepidava na parede do hall. A cacofonia perdurou por minutos até que um silêncio morto voltou a descer sobre a casa. No topo da escada, Noel sentou-se e começou a ler os escritos da mãe.

Capítulo 6

O Diário de Stella

Like one, that on a lonesome Road
Doth walk in fear and dread,
And having once turned round walks on
And turns no more his head;
Because he knows a frightful fiend
Doth close behind him tread.
— *Coleridge,* "A balada do velho marinheiro"*

Sexta-feira, 9 de fevereiro de 2001. Um grande dia, mas no pior sentido possível. Segundo o médico, tenho uma "deterioração cognitiva ligeira". O que de início não parece tão mal assim, mas o que isto significa é o seguinte: estou no estágio inicial do... Mal de Alzheimer. Só o nome de certas doenças basta para nos apavorar, e o MDA é uma delas. É uma sentença de morte. Longa e lenta.

* Como alguém, que numa rua baldia/caminha com medo e apreensão,/ E depois de se virar uma vez segue adiante/ E não se vira mais;/ Pois sabe que um terrível demônio/ Vem de perto no seu encalço. (*N. do T.*)

Émile pediu que eu mantivesse este diário enquanto ainda tenho "autodiscernimento", ou seja, a capacidade de entender o que está acontecendo comigo. Mais tarde, em razão da deterioração das células do meu lóbulo temporal, onde aparentemente se forma o discernimento, não conseguirei mais fazer isso. "Não se esqueça de escrever todos os dias", ele me disse.

Ótimo, ainda tenho discernimento, mas isso é muito mais um fardo do que uma bênção. Porque sei como será o futuro, e o futuro será assim:

Não me lembro da expressão, por isso desenhei (antes eu desenhava melhor).

Se não for como a espada sobre a cabeça, é como o velho marinheiro de Coleridge, mas não me lembro por quê. E não quero incomodar o pobre Noel outra vez. ~~Eu costumava desenhar melhor~~.

A espada de Dâmocles! (Acabei de perguntar a Noel.)

Por sorte tenho o Noel por perto. No entanto, mesmo com ele, muitas vezes me sinto terrivelmente solitária. Não tenho mais nenhum contato com os colegas do passado. Nem com as amigas. Porque, para mim, sustentar uma conversa às vezes pode ser uma verdadeira batalha. Frequentemente, nem sequer consigo lembrar o que acabei de dizer. Lembro-me de estar balançando o berço de Noel há 32 anos, de meu marido propondo casamento há 35 anos, mas não do que falei há 35 segundos.

Sempre fico com a impressão de que estou prestes a me lembrar, como alguém que tenta recordar um sonho, que vislumbra só uma pontinha dele, antes de a coisa toda evaporar.

Além disso, é sempre um martírio explicar aos outros o que está acontecendo comigo. Ninguém entende direito. Meus lapsos, sabe? Minhas amigas dizem coisas como: "Todo mundo se esquece disto ou daquilo, Stella. Todo mundo perde o raciocínio. É muito normal nessa era de números e senhas. Não tem nada de errado com você." E eu simplesmente abano a cabeça, em vez de dizer: "Não, não é isso; não é nada disso. É muito mais do que isso."

~~Émile falou que tenho uma "deterioração cognitiva ligeira".~~ Nas conversas, justo quando penso em algo relevante ou inteligente para dizer, acabo me esquecendo de algum detalhe importante. E fico insegura. Ou então fico com medo de já ter feito a mesma pergunta e que minhas amigas já estejam fartas de repetir a mesma história. E muitas vezes repito algo, não porque esqueci que já tinha dito, mas porque não lembro se disse mesmo ou só pensei.

Às vezes minha vontade é sair correndo e me refugiar em algum canto para chorar. O que faz um elefante quando sabe que vai morrer? Ele se isola na selva. Às vezes é isso que tenho vontade de fazer, pressupondo, claro, que seria capaz de encontrar a selva.

~~Isso que tenho, uma deterioração cognitiva ligeira, é o primeiro sintoma do Mal de Alzheimer.~~ Tenho a impressão de que estou no mundo da lua, num lugar estranho onde não sou mais aquela mulher segura e erudita que um dia fui. Uma professora de história, caramba!

Por outro lado, ainda não estou louca - ainda sou capaz de pensar, de raciocinar. O que me incomoda é o comportamento do Émile, que tem me ignorado, passando todos os detalhes do meu caso, e dedicando todo o contato visual, ao meu filho. Fico furiosa quando ele faz isso. Da próxima vez, vou falar com ele. Se me lembrar. Talvez eu deva escrever um lembrete na mão.

13 de fevereiro de 2001. *Fugaces labuntur anni.*[12] Como será que fui me lembrar disso, dos meus longínquos tempos de escola? Ah, como eu queria voltar para Aberdeen... Lembro coisas que me aconteceram lá muito melhor do que coisas que aconteceram aqui, duas semanas atrás! Fico pensando se o Noel toparia ir comigo.

Puxa, quanta saudade eu tenho de certas coisas daquela época, coisinhas pequenas, dessas que a gente nunca acha que irá perder. A capacidade de conversar fiado, fazer piadas, lembrar o nome das pessoas, ler um livro ou ver um filme sem me perder. De caminhar ou dirigir sem me perder!

Não consigo encontrar as chaves do carro, o que já aconteceu diversas vezes antes, claro, mas dessa vez é diferente. Dessa vez não acho que as perdi, que as deixei em algum lugar mas não lembro onde. Dessa vez tenho a impressão de que elas foram roubadas.

Se foi Noel quem as pegou, decerto foi porque realmente fiquei perdida, porque fui longe demais... A mãe que sempre se preocupava com o paradeiro do filho agora tem um filho que está sempre preocupado com o paradeiro da mãe.

15 de fevereiro. Acordei com a sensação de que meu cérebro estava com algum problema na rede elétrica. Minha vontade foi consultar as Páginas Amarelas e ligar para um bom eletricista, desses que sabem o que estão fazendo, que não vão dar de ombros diante do problema. "Posso trocar a fiação se a senhora quiser", ele provavelmente diria, "ou então a senhora pode ficar aí, esperando pelo curto-circuito." Depois entrei em pânico, fiquei ainda mais confusa; puxei as cobertas sobre a cabeça e voltei a dormir.

18 de fevereiro. Hoje de manhã, Noel e eu estávamos remexendo numa caixa de tralhas do passado, e ele me mostrou um cartão de Dia das Mães que ele havia escrito faz anos. O cartão usava as letras de MOTHER para compor um poema. Não sei mais onde está esse cartão, nem lembro o que ele dizia, sei apenas que era algo adorável. Passei as últimas horas com lápis e borracha em punho, escrevendo uma versão atualizada. Aqui está:

M is for the miseries of Menopause,
O is for the road to Oblivion,
T is for the Tailspin of ageing,
H is for the feeling of Helplessness,
E is for the feeling of Emptiness,
R is for my Rage over losing my Role of MOTHER.*

---

* M é para as agruras da Menopausa, / O é para o caminho rumo ao Oblívio, / T é para a derrocada do Envelhecimento, / H é para a sen-

20 de fevereiro. "O futuro é uma coisa que eu morro de vontade de chegar lá", Noel costumava dizer quando tinha lá uns seis ou sete anos de idade (eu ria, percebendo o humor negro). Hoje, penso justamente o oposto: o futuro não é algo que eu tenha a menor pressa de alcançar. O futuro não é mais o que costumava ser.

O contrato que assinei previa que eu trabalhasse meio-expediente, o que sempre foi minha vontade, mas hoje sei que isso nunca será possível. Tenho a sensação de que passei a vida subindo os degraus de um escorrega.

22 de fevereiro. A Alzheimerlândia é um país estrangeiro. O tempo não se move aqui como em outros lugares, os calendários são confusos, os dias e meses se misturam feito as cartas de um baralho. E o espaço também é diferente: a terra parece trepidar, as placas mudam de lugar. A gente chapinha na lama ou na areia, tropeça em minas e armadilhas. E é difícil conversar com as pessoas aqui, falar a língua delas. É tão difícil se acostumar... Não é como na terra onde cresci.

Por acaso já lhe aconteceu de entrar numa sala e esquecer completamente o que foi fazer lá? Entrar no ESQUECIMENTO, é como eu costumava dizer. Ou meu marido costumava dizer, sei lá. Seja como for, naquela época a gente ria da coisa, mas hoje não acho graça nenhuma – porque é assim que nós, os alzheimerlandeses, passamos as horas do dia.

26 de fevereiro. Será que Alois Alzheimer não está se revirando no túmulo, sabendo que é lembrado unicamente por conta de uma doença do esquecimento? Será que muitos alemães têm esse sobrenome? Ou será que o sobrenome Alzheimer sumiu do mapa assim como "Hitler"?

---

sação de Impotência,/ E é para a sensação de Vazio, / R é para minha Revolta ao perder o papel de MÃE. (*N. do T.*)

2 de março. Alguém apareceu aqui hoje. Não sei quem era, embora o rosto me parecesse familiar. Tentei fingir, mas acho que não enganei ninguém.

Isso me deixa furiosa e frustrada. E tenho medo de descontar minha fúria e frustração em cima do pobre Noel. O que seria de mim sem ele? A essa altura estaria trancafiada numa cela acolchoada, isso sim.

~~Meu plano era voltar a dar aulas, em meio expediente,~~
Posso me ver passando o resto dos meus dias num asilo, e isso para mim é de uma tristeza fatal (lapso freudiano: eu queria dizer "total"). Não quero ir. Rezo para que meu cérebro aguente mais um pouquinho, até eu morrer...

9 de março. Um vazio interior, uma secura, um cinza. Cérebro vazando memória e esperança. Um terrível cinza! Tenho a impressão de que estou submersa em águas turvas. Talvez como aquelas que meu marido viu antes de morrer.

13 de março. Três dias se passaram. Sei disso só porque vi a data no jornal (a única linha que leio hoje em dia). Mais três dias cancelados, desaparecidos sem nenhum vestígio. Um trio de buracos cortados do calendário.

15 de março. Tenho visto televisão demais. Parece que é só o que tenho feito nos últimos tempos. Gosto de programas como ~~Who Wants to be a Millionaire~~ Jeopardy, que Noel detesta. Ele acha as perguntas fáceis demais. Antes eu concordava com ele, mas agora estou vendo que não consigo responder nem as perguntas iniciais. As respostas não me vêm à cabeça! Tem outro programa de perguntas e respostas de que gosto também, mas não lembro o nome.

18 de março. Vim para a máquina porque tinha algo importante a escrever, mas não lembro mais o que era. Faz mais de uma hora que estou sentada aqui, com uma massa de bolo no lugar do cérebro, olhando para as letrinhas brancas

das teclas ou para as datas circundadas no calendário, sem saber por que foram circundadas...

Ah, acabei de lembrar – depois de assistir a um programa imbecil de perguntas e respostas na televisão. É sobre um artigo de jornal que recortei. (Tenho tentado ler o máximo possível, pois Noel falou que isso é bom para o cérebro, mas ver televisão é muito mais fácil; além disso, talvez já seja tarde demais para dar jeito nessa minha cabeça.) De qualquer modo, o artigo está aqui ao meu lado. Um artigo do *Gazette*.

Matricida comete suicídio

Condenado por ter sufocado a própria mãe "num gesto de clemência", um detento matou a si próprio durante um dia de liberdade condicional.

Noel Burun, de 32 anos, confessou em juízo ter assassinado Stella Burun, que sofria do Mal de Alzheimer. Admitiu ter coberto a cabeça da mãe com um saco plástico enquanto ambos se hospedavam no Château Frontenac da cidade de Quebec, no dia 6 de setembro de 2000.

Condenado a cinco anos de reclusão, Burun já havia tentado se matar duas vezes desde o matricídio.

Em 16 de março, o Conselho Nacional de Livramento Condicional concedeu a Burun o benefício de prisão em regime aberto, prescrevendo que ele passasse os dias em um centro de reintegração social. Além disso, parte da sentença vinha sendo cumprida no Instituto Philippe Pinel, hospital psiquiátrico da província de Quebec. Segundo um relatório do Conselho, Burun não conseguia lidar com a morte da mãe e vinha passando por períodos de "depressão aguda, com pesadelos recorrentes".

Não sei por que copiei isto. Muito menos por que coloquei o nome de Noel e o meu próprio no lugar dos verdadeiros. O que isso pode significar? Será que estou antevendo o futuro? Será que devo ligar para o... como é mesmo o nome do médico? Émile. Será que devo contar a Noel o que fiz? Agora estou ficando preocupada. Entrando em pânico. Será que fiquei maluca de vez? Melhor ir para a cama dormir.

23 de março. Passei o dia inteiro procurando as chaves do carro. Até o Noel confessar que não queria mais que eu dirigisse. Fiquei furiosa e, de penhoar, corri até a garagem para ver se a chave não estava na... naquela coisa do painel do carro. Quando cheguei lá, as portas estavam todas trancadas, e eu já não lembrava mais o que estava procurando. Depois olhei para a placa do carro e ri. "Je me souviens", é o que está escrito nela.[13]

Na ignição. (Obrigada, Noel.)

Maio? Isso é tão difícil de escrever. O problema não é a datilografia, ainda tenho a destreza e a memória dos dedos, mas a todo instante tenho de consultar o dicionário em busca de certas palavras, de certas grafias, e depois esqueço o que estava procurando!

A confusão provocada pelo Alzheimer é parecida com a confusão que se instalou quando o governo decidiu adotar o sistema métrico e nossos hábitos de anos foram jogados no lixo. De uma hora para outra os números já não eram mais os mesmos, não significavam a mesma coisa. Ninguém sabia ao certo o preço das coisas, a temperatura do dia, a distância entre uma cidade e outra.

Também é parecida com a confusão que tivemos de enfrentar quando nos mudamos para os Estados Unidos e passamos a dirigir pelo lado direito. Tudo bem, com o tempo a gente acaba se acostumando, mas ainda estou naquela fase anterior, de adaptação.

Junho? Tomei uma decisão. Se não consigo me fazer entender quando falo, então não vou falar mais.

Julho? ~~Acho que perdi as chaves do carro~~ É terrível o estado a que deixei as coisas chegarem nesta casa. Mas as cercas vivas estão podadas. Talvez eu funcione melhor quando estou fora do ar. Acordo de uma soneca, olho pela janela... e as cercas estão podadas. Alguém foi lá e podou. Só pode ter sido eu. Quem mais poderia ser?

Preciso ir ao oftalmologista. Ou trocar a fita desta máquina. As coisas estão começando a sumir.

Preciso ir ao oftalmologista. Ou trocar a fita desta máquina. As coisas estão começando a sumir.

Quinta. (ou domingo?) Não faço a menor ideia de onde estou nem do que estou fazendo aqui. Acordei de manhã e me vi neste lugar. Falaram que é minha casa, mas acho difícil acreditar. Sei que não estava aqui ontem. Um rapaz apareceu à porta. Ou uma moça, hoje em dia a gente não sabe direito. Talvez nem sequer fosse jovem. Com uma escova. Eles estão sempre entrando e saindo. Não gosto dessa agitação, fico tão... não sei qual é a palavra. E ela não sabe fazer chá. Falei com ela. Não admito saquinhos, essas coisas horríveis. E ela não escalda o bule! Acho que vou tomar meu chá em outro lugar. Não consigo achar as chaves do carro. Por que será que estas gavetas estão todas abertas? Quem foi que abriu? Um ladrão? Será que as chaves estão aqui? Tem muitas meias aqui. Devo pôr algumas na mala. A que horas mesmo sai o trem? Também quero levar esta fotografia. Ele me parece familiar. Não me lembro de ter colocado esta papoula aqui. Por que alguém faria uma coisa dessas? De qualquer forma, esta não é minha escova de dentes. Deve ser de uma daquelas pessoas que estiveram aqui. Vou descer e devolvê-la à dona. Aquela mulher que apareceu à porta. Agradeci por ela ter vindo e falei que não estava me sentindo bem, mas ela se recusa a ir embora. Não tem o direito de continuar aqui depois de eu ter educadamente pedido para ela ir embora. Esta casa ainda é minha. Ela falou que preciso conversar com meu filho. Ótimo, é só me dar um telefone que eu ligo imediatamente. Quando o banco atender, vou perguntar quanto ainda tenho na conta. Vou precisar de dinheiro para a viagem. Mas antes vou comer esta comida da bandeja. Será para mim? Não. Vou descer e fazer um pouco daquelas... bem, daquelas coisas redondas. Por que minha manga está toda molhada? A que horas vai sair o trem? Minha cabeça está uma confusão só. Parece recheada de algodão. São os barulhos que me deixam assim. Provocam dores, provocam o cinza. Antes eu era branquinha por dentro, mas agora sou cinza. Meu filho (às vezes nem tenho certeza de que ele é meu filho mesmo) fica dizendo que estou melhorando, mas... sei não. Ele também diz que está chegando perto. Perto do quê? Não me lembro do nome de ninguém. Nem do rosto. Reconheço meu filho. Mas quem são os outros? Por que ela está aqui, com o sabão? Que ruído é este agora? Será que acendi alguma coisa? Que número preciso discar?

XXXX. Perguntei ao Noel quais eram os dias da semana, e o pateta respondeu outra coisa completamente diferente. Não é desses dias que estou falando! É dos outros! Daquele jeito que seu pai costumava dizer! Ele ou sei lá quem. Datilografa numa folha para mim.

Mas agora não sei onde guardei as malditas folhas. Tudo parece

Ah, achei.

Moanday. Eu.. dshhe

Tearsday. Não fui

Wailsday. Não consigo

Thumpsday

Frightday

*Shatterday**. Nunca vou entend

Um pequeno jabuti xereta um pqno j viu frz ceg)

Upeqnojabixetera ummmujbutaumumumumvicsolmosemlk oi alkdoajklcd aramauum umumumm Ueraçdf m mosm aoa=arare ver slxy Uje wuivk noten aoc

Foh.pimen;dlgkeopop0e2848u9havndk,gfkfkfkfkfkfkfkf kfkfkffkfkfeoeoeoeoeoeoedla;;kkpojk.Lfldjdgfjlgjlenjte Ioogfdghoioioihnhnnrgfnogdfondfdgongldsj8888888888888 88888888888888888888888888888888888888888888888888888 88888888888888888888888888888888888888888888888888888 88888888888888888888888888888888888888888888888888888 88888888888888888888888888888888888888888888888888

* Moanday (corruptela de Monday, segunda-feira) = Moan (gemido) + day / Tearsday (Tuesday, terça-feira) = Tears (lágrimas) + day / Wailsday (Wednesday, quarta-feira) = Wails (lamentos) + day / Thumpsday (Thursday, quinta-feira) = Thumps (baques) + day / Frightday (Friday, sexta-feira) = Fright (medo) + day / Shattersday (Saturday, sábado) = Shatters (estilhaços) + day. (*N. do T.*)

Capítulo 7

O Diário de Noel (I)

Um lírio dura uma semana ou duas,
~~Um mês ou dois para as rosas~~ Uma rosa morre com a tempestade.
Mas como o amor de mãe,
O amaranto vive por toda a eternidade.

— Noel Burun, oito anos

8 de dezembro de 2000. Depois de passar o dia inteiro na biblioteca, fui jantar em casa com mamãe, um jantar tardio, que ela costuma chamar de "europeu". Pus a mesa, acendi duas velas e servi um Riesling com um castelo medieval no rótulo; mamãe, por sua vez, trouxe da cozinha dois pratos de peixe com molho de amêndoas. Parece uma delícia, eu disse. Mas na primeira garfada constatei que o peixe estava frio, quase congelado. Deixa que eu esquento no micro-ondas, mamãe disse. Volto no mesmo pé. Fiquei esperando na sala, lendo o New York Times *que ela havia colocado ao meu lado (mais um gesto atencioso em meio a uma constelação de gestos atenciosos por parte dela). E continuei esperando. E esperei mais um pouco. Podia ouvir os cliques que vinham da cozinha. Tudo bem aí?, berrei. Mais ou menos, mamãe respondeu. Então fui para a cozinha. Aflita, mamãe pelejava com os botões da máquina de lavar louça. Nunca lembro como funcionam essas máquinas infernais, ela falou. Me aproximei para ver qual era o problema. Puxei a porta do lava-louça e me deparei com algo estranho: no cesto de cima se encontravam dois pratos de peixe com molho de amêndoas, purê de batata e cenouras carameladas. Pingando de tanta água. Abri a boca, surpreso, mas logo a fechei de novo. Fiquei ali, paralisado, sem saber o que fazer ou dizer. O que seria mais adequado naquelas circunstâncias? Respirei fundo. "Essas geringonças são mesmo uma dor de cabeça, mãe. Também nunca sei como funcionam. Por que a senhora não... volta pra sala, relaxa, lê um jornal, enquanto eu cuido disto aqui, hem?" Ela abriu um sorriso débil e saiu. Depois de escorrer a água da comida, e de esquentá-la no micro, voltei à sala de jantar com dois pratos fumegantes de tão quentes. Contei algumas piadas para distrair mamãe, charadas infantis que no passado a faziam gargalhar, mas não dessa vez. Dessa vez ela simplesmente ficou olhando para mim, muda, garfo e faca apertados na mão. Depois de espetar o peixe algumas vezes, dar um ou dois goles no vinho, falou que não estava com fome.*

27 de dezembro. Mamãe e eu estávamos terminando de comer um peru, bebericando o que ainda restava de uma garrafa de Drambui depois de quase uma década desde a compra, quando ela começou a falar sobre a cláusula de aposentadoria antecipada de seu contrato de professora, dizendo que estava determinada a fazer uso dela e explicando por quê. Não precisava explicar nada: mamãe foi destruída pelos 25 anos de ensino, bem como pelos 30 anos de preocupações constantes com o filho. Perguntei se ela ainda tinha a intenção de continuar com o trabalho voluntário, e ela disse que sim. A senhora ainda é jovem, falei, com a beleza e a sagacidade de uma mulher vinte anos mais nova. Ela refutou o cumprimento com um abano da mão. E o curso noturno?, perguntei ainda. Vai continuar com ele? Será que tem espaço na sua parede para mais diplomas? Dessa vez não houve nenhum abano de mão, nenhum sinal de que ela havia ouvido. Que diplomas?, falou enfim. Como assim, que diplomas? Os seus diplomas de História da Arte! Mais silêncio enquanto mamãe roçava o polegar e o indicador contra os relevos do cabo de uma faca. No seu escritório, falei. Não tenho a menor ideia do que você está falando, ela disse. Puxa, mãe, deixa de brincadeira. Quer que eu vá lá e busque um? Mamãe fez que não com a cabeça, o medo começando a vazar de seus olhos. Ela largou a faca. Não, não precisa, disse.

2 de fevereiro, 2001. O primeiro médico declarou que não havia nada de errado com ela. Mas os lapsos de memória e a confusão mental ainda vinham acontecendo, portanto a levei para ver um especialista, o dr. Vorta. Ele fez alguns exames de urina e sangue, radiografias, ultrassons. Um técnico estagiário colocou a cabeça dela dentro de um tomógrafo PET (por emissão de pósitrons), que ia mostrando a circulação do açúcar radioativo pelo cérebro e revelando o grau de atividade em cada uma das partes. Fiquei observando o monitor enquanto o dr. Vorta explicava o significado de cada uma das cores na imagem: azul-pirata para a superfície do crânio, vermelho-sangue para os lóbulos cerebrais, roxo-ameixa para o contraste. Em seguida ele levou mamãe para outro tomógrafo, de sua própria invenção, que usa contrastes radioativos para mostrar a confusão mental provocada pelo Alzheimer, as placas errantes de proteína beta-amiloide que vão destruindo os neurônios. Isso feito, o estagiário prosseguiu com uma série de testes mnemônicos, pedindo a mamãe que repetisse grupos de três ou quatro palavras sem nenhuma relação entre si: azul, Chevrolet, rabanete, sírio. Depois pediu a ela que multiplicasse 6 por 12, que dissesse o nome do atual primeiro-ministro do Canadá, do anterior etc. Mamãe estava indo muito bem, e cheguei a pensar que de fato ela não tinha problema algum. No entanto, terminado o teste, que durou cerca de dez minutos, foi solicitada a relembrar algumas das palavras ditas anteriormente. Não conseguiu se lembrar de nenhuma. Nem mesmo depois de receber pistas (uma das palavras era um tubérculo; outra era uma marca de carro...). Nem uma única.

11 de fevereiro de 2001. Hoje recebemos a notícia. Um visível encolhimento do hipocampo, onde as lembranças de curto prazo são armazenadas. Prova da existência de uma placa amiloide. Isso, além dos testes mnemônicos, indica que mamãe tem uma "deterioração cognitiva ligeira", ou uma "demência senil precoce". Em outras palavras: mal de Alzheimer. Qual é o prognóstico?, perguntei ao dr. Vorta, bem longe dos ouvidos da mamãe. Ela tem uma doença degenerativa crônica, ele respondeu depois de um instante. A menos que um tratamento seja descoberto muito em breve, Noel, sua mãe estará morta em cinco anos.

21 de fevereiro. Não há nada que eu possa fazer. Não tenho condições de ficar integralmente por conta dela. Tenho minha própria vida, bem como o apartamento que levei anos para encontrar: fica perto da biblioteca e é barato. Não posso simplesmente abrir mão dele. Tenho um contrato de aluguel. Além do mais, não disponho das qualificações necessárias para cuidar dela. Mamãe ficará melhor nas mãos de pessoas que sabem o que estão fazendo. Vou ficar com ela esta semana. Depois vou ter de colocar seu nome numa lista de espera qualquer.

1º de março. Subloquei o apartamento. Mudei hoje de tarde para a casa da mamãe. Ela ficou mais feliz; portanto, também fiquei.

4 de março. Hoje fomos a um restaurante chinês, o Dragon Rouge de Chinatown, e mamãe se divertiu à beça: ficou sorrindo para os garçons, dizendo "obrigado" e "por favor" em cantonês, rindo enquanto rodopiava os hashis como se fossem bastões (tomamos um litro de saquê). Mas quando tirei o cartão de crédito para pagar, ficou brava, acusando-me de gastar todo o dinheiro dela. Depois jurou solenemente que ia se mudar para um apartamento e morar sozinha. "Simplesmente não está dando certo."

6 de março. Nada de bom a relatar. Mamãe passou boa parte da semana num estado de confusão mental, irrompendo em lágrimas, esquecendo o caminho para a casa dos amigos, esquecendo se o tráfico era pela direita ou pela esquerda "neste país", obsessivamente chorando a morte do marido e dos bichinhos de estimação da infância.

Que estrada escura será essa agora? Mamãe tem apenas 56 anos, caramba. Será que terminará seus dias como Claude Jutras?[14]

7 de março. Fui ao cinema hoje à tarde e quando voltei para casa, encontrei mamãe furiosa, perguntando por que eu a tinha abandonado "durante dias". Ainda no cinema, conheci esse sujeito estranhamente magnético, alguém que eu já tinha visto duas vezes antes, no nono andar do prédio da Psicologia Experimental. Chama-se Norval (não sei o sobrenome) e fisicamente se parece... comigo. Uma versão bem melhorada. A menos que estivesse imaginando coisas — e decerto estava mesmo, dado meu antitalento para fazer amigos —, imediatamente simpatizamos um com o outro. O mais provável é que nunca voltemos a nos encontrar.

11 de março. Mamãe passou o dia inteiro ouvindo canções da década de 1960 — um milhão de vezes cada uma delas, feito criança. (Tinha 14 anos no início da década.) Ao longo dos últimos anos, a cada aniversário, tenho dado a ela alguns CDs para substituir os discos de vinil arranhados. Também lhe dei um fone de ouvido, que acabou se revelando inútil. Agora estou ouvindo uma canção que já ouvi umas trezentas vezes. Levando-se em conta o número de repetições, aqui está o hit parade de mamãe para a década de 1960:

1. Love is all around — *The Troggs*
2. A world without love — *Peter & Gordon*
3. I only want to be with you — *Dusty Springfield*
4. Don't throw your love away — *The Searchers*
5. Silhouettes — *Herman's Hermits*

6. Catch the wind — *Donovan*
7. Paint it black — *Rolling Stones*
8. Bad to be me — *Billy J. Kramer & the Dakotas*
9. Wishin' and hopin' — *Dusty Springfield*
10. As tears go by — *Marianne Faithful*

13 de março. Apesar das súplicas histéricas da mamãe para que eu não a deixasse, fui outra vez à matinê de terça-feira. Depois de um tempo ela se acalmou e permitiu que eu saísse. Norval estava lá quando cheguei, fumando do lado de fora. Fiquei de fato feliz em vê-lo, e ele parecia igualmente feliz em me ver. Sentamos juntos, por insistência dele, e não me senti nem um pouco intimidado, embora ele esteja quilômetros adiante de mim em diversos aspectos. É um sujeito incrível: ainda custo a acreditar no que ele fez depois do cinema. Enquanto caminhávamos pela Avenue du Parc, discutindo a primeira cena de Quando fala o coração, *ele fez uma coisa... como vou dizer? Tão inesperada quanto possível. Alguns metros à nossa frente, na calçada, o cachorro de uma mulher resolve, digamos... se aliviar. Bem no meio da calçada. Mas a mulher não se deu ao trabalho de recolher a obra do seu bicho de estimação. Ela e o cachorro calmamente seguiram seu caminho. Quando chegamos ao local da cena, segundos depois, Norval parou, tirou do bolso um lenço branco, abaixou-se... e cautelosamente embrulhou um toco de bosta. Achei que fosse correr atrás da mulher, mas não. Simplesmente seguiu adiante, tranquilo, sem dizer palavra. Mal acreditei no que vi. Quando nos aproximamos de uma agência do Banque Nationale, nos deparamos com um moleque carrancudo, um pedinte, desses que sempre ficam à porta dos bancos para abrir a porta do carro de quem vai usar o caixa automático. Assim que ele nos viu, estendeu o boné e falou em francês para Norval: "Ei, estou me lembrando de você, abri a porta pra você algumas horas atrás. Poxa, seu mão de vaca de merda, estou com fome!" "É mesmo?", falou o Norval. "Pois hoje é o seu dia de sorte. Aqui está, bom apetite. Acabou de sair do forno." "Ah,* merci monsieur, merci beaucoup!", *disse o sujeito. E o Norval: "Não há de quê. Outro dia eu trago mais."*

14 de março. Acabei de reler a última entrada. Achei que era um desses casos do tipo "você tinha de estar lá pra ver", então resolvi contar pra mamãe hoje de manhã. Ela nem sequer esboçou um sorriso. Então contei de novo, sob um ângulo ligeiramente diferente, enfatizando certas coisas, e ela riu com gosto. Mas não tanto quanto eu mesmo ri quando a coisa aconteceu: uma gargalhada dessas de sacudir a barriga, de tirar o fôlego; dessas que a gente dá, com sorte, quando é jovem, e quase nunca depois de velho.

20 de março. Mamãe tem passado por altos e baixos: dias bons e dias ruins; segundos bons e segundos ruins. A cabeça dela é como uma televisão velha: às vezes as cores somem, a imagem fica com chuviscos, as linhas horizontais ou verticais tremem. Às vezes, depois de uma boa sacudida, as coisas voltam altissonantes e límpidas — ou mudas e vazias.

21 de março. Equinócio de primavera. O dr. Vorta não estava no laboratório hoje de manhã (tinha uma entrevista coletiva sobre um prêmio qualquer que ele ganhou), então perguntei ao dr. Ravenscroft sobre um tratamento de reposição hormonal, uma combinação de estrogênio e progesterona, que parece ser a grande novidade para as mulheres na menopausa. Ele disse que tomografias do cérebro levam a crer que a reposição hormonal estimula o fluxo sanguíneo para partes do cérebro que são importantes para a aprendizagem e para a memória. Falou também que estudos longitudinais sugerem que as mulheres que se submetem a esse tratamento reduzem em 50 por cento o risco de Alzheimer. Mais tarde, quando contei tudo isso ao dr. Vorta, ele disse: "Noel, Charles Ravenscroft é um simplório. Jamais usaremos a reposição hormonal para nenhum tipo de disfunção mnemônica. Todas as hipóteses de benefícios desse tratamento caíram por terra como um castelo de cartas de baralho. Meus próprios estudos sugerem que ele duplica o risco de demência. Os resultados serão publicados no mês que vem."

23 de março. Hoje descobri que mamãe tem aceitado ofertas de telemarketing. Um tal de "Ray" conseguiu vender a ela algo chamado X-TERPA, "uma máquina prodigiosa que mede fluxos e bloqueios de energia eletromagnética por meio de eletrodos na pele; depois altera esses fluxos para curar todo tipo de doenças, inclusive câncer e distúrbios cerebrais". Somando-se os impostos e as taxas de envio, mamãe pagou quase 1,5 mil dólares pela geringonça.

25 de março. Mamãe recebeu mais uma entrega hoje, a terceira desta semana, e cheguei a achar que ela está tendo um caso com o cara da Federal Express. Dessa vez escondeu o embrulho, sem abrir, até pouco antes de se deitar. Depois de ouvir o conto que li ("O dr. Sabe-Tudo", de Somerset Maugham), sussurrou no meu ouvido que havia um pacote atrás das cortinas, ou dentro do armário, e que eu podia abrir se quisesse. Não havia nada atrás das cortinas. Tampouco no armário. Por fim encontrei o tal pacote debaixo da cama, ao lado de uma "Lanterna de Caça Australiana". Abri a caixa, desajeitadamente, e entre bolotas de isopor, embrulhada em plástico-bolha, encontrei uma pistola preta semelhante a uma dessas armas de laser dos filmes de ficção científica. Segundo o manual, tratava-se de uma "Pistola de Raios Gama, que ativa os quarks e supercordas que matam os parasitas que causam o câncer e outras doenças, incluindo os males de Parkingson [sic] e Alzheimer". De acordo com a nota fiscal, mamãe a havia comprado por um preço de oferta, em cinco módicas parcelas de 99 dólares.

26 de março. Pela manhã, depois de bater baixinho à porta do quarto e entreabri-la, vi que mamãe estava navegando na internet. Fiquei contente: era a primeira vez que a via fazendo isso desde que instalei o computador, semanas atrás. Mas, depois de vergonhosamente espreitá-la por trás, vi que estava se correspondendo com um tal de Alex H., de Hartford, Connecticut. O sujeito lhe havia mandado uma foto em que se exibia completamente nu; tinha os pelos pubianos depilados, piercing nos mamilos e peito empapado de óleo, feito um lutador. Uma combinação nada feliz. Em troca, pedia uma foto dela em pose semelhante, bem como uma meia-calça enviada pelo correio. Depois do jantar, enquanto mamãe tomava um banho, troquei o endereço de e-mail dela.

27 de março. Mamãe agora deu para circular datas no calendário e escrever coisas na pele. A mão esquerda está coberta de lembretes, tanto a palma quanto os cinco dedos. No pulso, estas tristes palavras: "Sou Stella Burun."

28 de março. À noite, eu e mamãe ficamos folheando um álbum de fotografias — incluindo uma em que ela se dobrava de tanto rir — de uma viagem que fizemos à Itália em 1989. Ir para a Europa com mamãe foi uma grande delícia porque, entre outras coisas, ela sabia quase tudo sobre a história dos lugares. Os reis e rainhas, as guerras, os escândalos, as intrigas etc. Eu ficava horas a fio escutando os casos dela. Aliás, não só eu. Em Ferrara, no Palazzo Diamanti, um grupo de neozelandeses ficou nos seguindo de sala em sala por quase uma hora, saboreando cada palavra enquanto mamãe discorria sobre os Borgia.

Agora ela anda de sala em sala, carregando um balde ou uma vassoura, sem saber o que fazer com eles.

29 de março. Hoje à tarde, eu terminava um trabalho para o dr. Vorta quando mamãe veio dizer que queria ir ao cemitério Monte Real para colocar gladíolos no túmulo do papai. "Volto no mesmo pé", falou. Quando enfim percebi o que ela pretendia fazer, corri para fora, ainda de chinelos nos pés. Mas o carro já ia longe na rua. Bem, pensei, o cemitério fica só a uns cinco minutinhos daqui. Acontece que mamãe se ausentou por quatro horas e meia. Durante todo esse tempo fiquei dizendo a mim mesmo que havia alguma explicação racional para tanta demora (por exemplo, uma amiga dela mora próximo ao cemitério; talvez elas tivessem acabado de sair quando liguei), mas quase morri de preocupação. Estava prestes a chamar a polícia quando por fim a vi entrar na garagem. Explicou que não lembrava onde ficava o cemitério, então deu meia-volta e só depois de um tempo (após entrar numa balsa que a levou até uma reserva indígena) conseguiu achar o caminho de volta.

30 de março. Hoje mamãe fez um teste computadorizado para avaliar sua habilitação como motorista; foi com a Danielle, uma das assistentes do dr. Vorta. Teve de reagir a diversos comandos e situações relacionados à direção, tocando a tela do computador ou apertando um botão. Aqueles que obtêm resultados no tercil superior estão perfeitamente habilitados para dirigir; os do tercil mediano devem repetir o exame; e os do inferior devem "dar o fora da rua".

"Madame Burun", disse Danielle ao fim do teste, "devo enfatizar o seguinte: este teste não tem absolutamente nada a ver com sua inteligência, apenas com sua capacidade para continuar a dirigir. Está entendendo?"

Mamãe fez que sim com a cabeça. Havia ficado no tercil inferior.

31 de março. Novamente escondi as chaves da mamãe. Um suplício, tanto para mim quanto para ela. Mas finquei o pé, mesmo quando lágrimas tão espessas quanto glicerina lhe brotaram aos olhos e escorreram pelo rosto. Tenho medo de que ela esqueça a diferença entre os sinais vermelho e verde.

3 de abril. Hoje assistimos a um dos programas de TV prediletos da mamãe: Jeopardy. *Tenho a impressão de que ela sempre quis participar. Sem dúvida alguma, era tão boa quanto qualquer um dos campeões. Mas há uns dez anos, quando insisti que se inscrevesse, ela disse que se tratava de um programa ridículo que obrigava as pessoas a responder coisas com uma pergunta. Ainda posso ouvi-la dizendo que achava uma estupidez responder "Quem é Abraham Lincoln?" diante da afirmativa "Foi assassinado na Sexta-feira da Paixão". Bem, de qualquer modo, lá pela metade do programa de hoje, mais uma vez ela se desmanchou em lágrimas, o que tem acontecido com certa frequência nos últimos tempos. Eu sabia muito bem por que ela estava chorando, mas perguntei assim mesmo. Soluçando, ela respondeu: "Porque tento... mas não consigo... nem uma única...".*

Apesar disso, depois do jantar ela se revelou bastante animada. Ficamos jogando baralho, jogos infantis como o mau-mau, até bem depois da meia-noite. E a certa altura tivemos uma súbita crise de riso: começamos a chacoalhar, a chorar de tanto rir. Sem nenhum motivo aparente.

4 de abril. Mamãe parece bastante feliz com sua nova Lanterna de Caça Australiana, que ela acende enquanto vaga pela casa no meio da noite. Deu para entrar no meu quarto de madrugada para ver se está tudo bem, apontando um feixe de 200 watts, feito aquelas luminárias de interrogatório, contra meu rosto enquanto durmo.

5 de abril. Dar banho na mamãe ainda é um desafio e tanto para mim, algo como escalar o Everest. Se não abro a água e praticamente não arranco as roupas do corpo dela, mamãe se recusa a se lavar. Então liguei para a Previdência e pedi que mandassem alguém duas vezes por semana, às terças e sextas, para dar banho nela. Talvez essa pessoa dê um jeito no armário da mamãe e consiga fazer que ela troque de roupa. E lave os lembretes da mão.

6 de abril. Aniversário do papai. Será que ainda estaria vivo se tivesse tomado um dos antidepressivos tricíclicos ou SSRIs do tipo Prozac, lançados depois da morte dele? Faz anos que essa pergunta me assombra. Sei, porque vi uma das amostras grátis, que ele vinha tomando sulfato de fenelzina e tranilcipromina, dois venenos de rato.

8 de abril. Antes de dormir, mamãe pediu: "Conta uma história pra mim, filho. A história da minha vida." Então contei sobre o acampamento que fizemos no Algonquin Park, em 85, quando eu tinha 16 anos e um urso cor de canela surgiu diante da nossa barraca. Sob o lume da minha lanterna, ele calmamente vasculhou dois sacos de lixo, farejou a barraca (mal conseguíamos respirar) e foi embora assim como veio. Passamos o resto da noite em claro. Quando amanheceu, mamãe notou que o urso havia levado algo que ela havia pendurado numa árvore: o maiô dela. Desandou a rir, talvez imaginando a besta-fera em traje de banho... Mas hoje simplesmente sorriu, por certo não se lembrando de nada, depois falou que não julgava adequado que morássemos juntos, eu e ela. Falei que não havia problema algum, que éramos mãe e filho. "Não, meu filho se chama Noel." Falei que era Noel, e ela exigiu provas. Mostrei a certidão de nascimento. Ela disse que aquilo não provava nada.

13 de abril. Ao que parece, o francês de mamãe desapareceu. Ela era fluente, mas agora só fala inglês quando as pessoas, inclusive o dr. Vorta, lhe dirigem a palavra em francês. Também costumava gostar de Ultimatum, *a versão francesa do* Quem quer ser um milionário. *Mas agora simplesmente se irrita. Hoje falou: "Desliga essa babaquice. Que país é este? Babaquistão?"*

Ontem à noite tive aquele mesmo sonho outra vez, aquele em preto e branco, no qual fico correndo pelos quadrados de um gigantesco jogo de palavras cruzadas, à procura de pistas e números que não estão lá. Então fico cego, e os quadrados se transformam em ruelas baldias, e as ruelas se transformam num labirinto com sebes imensas, só que não há saída alguma, mas continuo correndo assim mesmo, à espreita de alguma placa, ficando cada vez mais perdido, cansado, apavorado... Ontem, no entanto, pela primeira vez pensei ter visto uma luz ao longe — a saída? —, mas quando abri os olhos vi que era o lume da lanterna de caça da mamãe.

14 de abril. Mamãe está com uma assadura na parte interna da coxa; falou que é por causa dos "produtos químicos" que ando borrifando nela. Falou ainda que eu a tenho tratado como uma espécie de "erva daninha". Vou ter de pedir à Mulher do Banho (Barba Azul segundo mamãe, porque a tal mulher se casou várias vezes) que veja o que está acontecendo.

A Mulher do Banho (talvez "enfermeira doméstica" seja mais apropriado) é uma portuguesa chamada Sancha Ribeiro, de voz âmbar e resfolegante, eu diria até agradável. Também é muito carinhosa e tem o hábito de tocar meu braço com a mão de múltiplos anéis enquanto conversa. Talvez por causa do calor, anda quase nua pela casa, trabalhando com trajes de verão ou de praia.

16 de abril. "O Mal de Alzheimer é uma doença que mata duas pessoas ao mesmo tempo." Essa frase não me sai da cabeça. É de Iris Murdoch. Hoje à noite, eu e mamãe assistimos a um vídeo sobre os últimos dias que ela passou ao lado do papai. Minha intenção era assisti-lo sozinho, e tentei fazer isso no quarto, mas mamãe apareceu por volta da meia-noite, com a inseparável superlanterna, e pediu que eu voltasse o vídeo. "Quando vamos embora?", era a pergunta que Murdoch repetia sempre. A da mamãe é muito parecida: "A que horas sai o trem?"

17 de abril. Mamãe perambulou a noite inteira. Às três da manhã, encontrei-a à porta da casa, de camisola e sapatos de ioga, uma bolsa pendurada ao pescoço; carregava dois sacos repletos de fotos e roupas íntimas. "A que horas sai o trem?", perguntou. Não sei que trem é esse. Depois que papai morreu, adquirimos o hábito de voltar a Long Island de tempos em tempos, para rever amigos e parentes. Mas, quando jovem, ela também costumava tomar um trem de Aberdeen para Edimburgo, quase todo fim de semana, para ver o namorado (meu pai). De qualquer modo, consegui convencê-la a voltar para a cama sem maiores problemas.

19 de abril. Busquei um maço de cartas velhas da mamãe e li algumas para ela. Já passa da meia-noite, mamãe já dormiu, e cá estou eu, remoendo de remorso ao pensar em todas as cartas que ela me escreveu depois que saí de casa, viajei e fui morar sozinho. Joguei todas fora; certa vez, cheguei ao ponto de mostrar uma delas a um amigo e fazer troça dos resumos tão banais que mamãe fazia de suas atividades diárias. Mas a vida não passa disso! De pequenas bobagens que vão se acumulando ao longo do tempo. Os problemas com o aspirador de pó, uma planta que morreu, um cachorro que fugiu, os presentes que fazemos com as próprias mãos para os amigos... Ah, como eu gostaria de ter guardado essas cartas, invariavelmente repletas de amor e carinho. Ou de tê-las arquivado na memória, no lugar de algum poema ou história ou fórmula química! Eu raramente terminava de lê-las, o que agora me deixa arrepiado de vergonha. Muito menos as respondia. E a cada carta ela incluía um artigo de jornal ("Achei que você ia gostar disto", escrevia num post-it amarelo, ou "Pensei em você quando li isto..."). Puxa, como eu queria ter essas cartas e esses artigos de volta, de agradecê-la do fundo do coração por pensar em mim enquanto ninguém mais pensava.

21 de abril. No café da manhã, enquanto bebia seu chá preferido (Yorkshire Gold), mamãe falou que estava preocupada com "a montanha". Que montanha, mamãe? "Você sabe muito bem qual." O Monte Real? "Essa mesma. Está prestes a entrar em erupção. Ouvi no rádio." Seu rádio está quebrado, observei. "Estou preocupada com você, não comigo. Por mim eu morreria lá mesmo, despencaria na... como é mesmo o nome?" Cratera? "É, na cratera." Depois mamãe pediu que, chegada a hora, eu desse fim à agonia dela, rapidamente. "Noel, se você gosta mesmo de mim, faça isso. Me empurre na cratera. Promete?"

24 de abril. Quando voltamos da biblioteca, assim que a Mulher do Banho saiu, mamãe me cravou de perguntas: "Quando vamos voltar pra outra casa e parar de alugar esta aqui?" Esta casa é sua, mãe. "Quanto foi que pagamos por ela?" Muito dinheiro. "Quantos quartos tem?" Sete. "Onde conseguimos dinheiro pra comprá-la?" Vendemos a casa da sua mãe em Aberdeen. "Quando é que aquela senhora vai se mudar daqui?" Que senhora? "Quanto é o aluguel desta casa?" Não pagamos aluguel, mãe, a casa é sua. "Onde conseguimos dinheiro pra comprá-la?" Papai deixou um seguro, e vendemos a casa da sua mãe em Aberdeen. "Quando se mudar daqui, será que aquela senhora vai levar o relógio e o micro-ondas?" Que senhora? "Pra onde dá aquela porta?" Pro porão. Mais alguma pergunta, mãe? "Sim, onde estão as chaves do carro?" Mais alguma? "A que horas sai o trem?"

*2 de maio. Matinê com Norval (*Dia de festa, *de Jacques Tati). Mamãe deu um ataque quando soube que ia passar a tarde inteira com a Mulher do Banho. "Detesto aquela devassa, e detesto esse fulano, Norval!"*

No cinema também se encontrava um funcionário do dr. Vorta, um cara excêntrico chamado Jean-Jacques Yelle ("JJ"). Quando Norval o viu, tentou se encolher na poltrona, porém tarde demais: JJ nos avistou e logo veio se sentar conosco. Apertava entre os dentes um cigarro branco, de chocolate, e usava um par de meias rosa. Na verdade é um bom sujeito, vive sorrindo, mas às vezes tenho problemas com a voz dele, um tanto desafinada, como a dos adolescentes. Assim que o filme começou, Norval lhe disse para voltar a seu assento.

Depois do cinema, descobri que Norval é o mais ferrenho crítico da própria mãe. Quase todo mundo reclama dos pais, assim como eu costumava reclamar da minha mãe na adolescência. Mas a verdade é que, sem nenhuma parcialidade da minha parte, mamãe ~~era~~ é uma das mulheres mais lindas do mundo, por fora e por dentro. A pessoa mais generosa que conheço. Fico pensando se mulheres assim ainda existem, ou se são coisa do passado.

8 de maio. Assistimos a um vídeo hoje á tarde: A essência da paixão. *Mamãe falou que queria uma "matinê, dessas que você vai com seu namorado, sei lá o nome dele. Aliás, cuidado com esse moço, porque ele carrega uma faca". Ela nunca viu o Norval na vida (e nunca verá). Em seguida falou que minha prima Rita havia se casado e que deveríamos ter ido à cerimônia "na St. Rose's". Repetiu isso três vezes, e três vezes concordei com ela, muito embora não tenha nenhuma prima chamada Rita. E St. Rose's não é uma igreja, é um prédio não muito distante de onde morávamos em Long Island, na autoestrada 110 de Farmingdale. Hoje está abandonado, as vidraças, quebradas, o telhado desde muito em ruínas. Costumava abrigar moças de vida fácil.*

11 de maio. Mais uma noite em claro. Primeiro às 2:15, e depois às 4:30, mamãe veio me acordar com sua indefectível lanterna. Como é que ela perde tudo, menos a maldita Lanterna de Caça Australiana? Quando gritei com ela, mandando que voltasse para a cama, ela disse: "Isto não está dando certo. É impossível morar com você." Saiu pisando duro e voltou ao quarto, batendo a porta. Revirei na cama por uma meia hora, depois fui falar com ela; peguei mais um cobertor, pois mamãe parecia estar tremendo. Pedi desculpas, mas ela não fez mais que me encarar em silêncio, o rosto desprovido de expressão, uma espécie de estátua de cera de si mesma.

19 de maio. Para o jantar de hoje preparei um tartar de atum com tomates assados, que na minha opinião não estava tão mal assim. Mas, ao fim da refeição, mamãe disse: "Não entendo por que este lugar continua servindo essa porcaria. Duro feito pedra. Dava pra usar de sola no sapato."

24 de maio. Mamãe só acordou às 16h30. Tentei acordá-la três vezes, sem sucesso. Quando enfim se levantou, falou que a culpa era minha, por ela ter dormido até tão tarde. "Durmo muito melhor quando você não está ouvindo aquela maldita música", disse. Respondi que só ouço música clássica (que ela costumava apreciar), e nunca quando ela está dormindo. Mamãe olhou para mim e disse: "Durmo muito melhor quando você não está ouvindo aquela maldita música."

29 de maio. Mamãe estava de péssimo humor hoje. Entre outras coisas, me acusou de "rasgar" as coisas dela, inclusive a touca de banho. Em seguida irrompeu numa interminável e confusa ladainha, dizendo que eu deveria "despedir aquele maldito carteiro, que não entrega a maldita correspondência todos os dias".

12 de junho. Nos últimos dias tenho tentado ficar fora da linha de fogo da mamãe, sem muito sucesso. Passei o dia exausto, mais que de costume, mal podia me mexer. Acho que esqueci como dormir. Num vídeo que recebi da Canadian Alzheimer's Association, uma mulher conta que, enquanto estava cuidando do marido, não conseguiu dormir por três anos.

15 de junho. Mais uma vez mamãe ficou perambulando pela casa de madrugada, de cômodo em cômodo, acendendo as luzes. Usando uma papoula na camisola. Em junho.

21 de junho. Solstício de verão, o dia mais longo do ano. Encontrei quase 3 mil dólares na gaveta da mamãe, em notas de vinte. Quando fui depositar o dinheiro novamente, o caixa do banco contou que ano passado mamãe foi ao banco quase todos os dias para fazer saques. Quando perguntei por que ele não havia avisado ninguém, o caixa disse que havia avisado, sim, à gerente, que avisara ao cunhado em Nova York. Também encontrei um envelope contendo 48 bilhetes da loteria Super 7, que acabei de conferir na internet. Ganhei dez dólares e dois novos bilhetes.

2 de julho. À meia-noite de ontem fui acordado pelo nosso alarme. Pulei da cama e, de cuecas, disparei escada abaixo. Antes que pudesse tomar qualquer providência, ouvi alguém bater forte à porta da frente. Não sabia o que fazer, o alarme ainda uivava, então acendi a luz, olhei pela janela e vi... mamãe, elegantemente vestida num terno de risca de giz. Abri a porta e só então desliguei o alarme. A essa altura o serviço de segurança já estava telefonando para saber se estava tudo bem. Eu tremia dos pés à cabeça enquanto relatava ao homem o que havia acontecido — e quase não consegui me lembrar da senha! Assim que desliguei o telefone, mamãe falou que estava a caminho da escola, mas precisou voltar porque havia esquecido as anotações.

15 de julho. Mamãe agora está registrada no Programa de Proteção aos Portadores de Alzheimer. Está usando uma correntinha com todas as informações pessoais.

20 de agosto. Passei o dia ocupado, fazendo reparos na casa. Troquei as fechaduras de cavilha morta da porta da frente e da cozinha por outras de chave dupla. Também coloquei papel de parede sobre as portas. E fiz várias outras mudanças. O dr. Vorta me deu algumas ideias, e a Mulher do Banho, outras. Mas estou cansado demais para escrever sobre elas.

22 de agosto. O dr. Vorta me passou uma lista de sugestões para manter a mamãe ocupada, física e mentalmente, além de mais mudanças que deveriam ser feitas na casa. Quanto ao tratamento, ele diz que há essencialmente quatro drogas para o Alzheimer. Não são lá muito eficazes: quando muito, mitigam os sintomas. Já tentei duas delas: Exelon (rivastigmina) e Reminil (galantamina, originalmente extraída dos bulbos de galanto e narciso). Ambas regulam o neurotransmissor acetilcolina. Mas nenhuma estanca a progressão da doença; além disso, há efeitos colaterais: náusea, vômito, cólica estomacal, cefaleia, diarreia, tontura, fatiga, insônia, perda de apetite...

21 de setembro. Equinócio de outono. Faz alguns dias que venho experimentando em mamãe dois novos agentes neurofarmacológicos antienvelhecimento (ambos ainda indisponíveis no Canadá — valeu, dr. Vorta!). O primeiro é a centrofenoxina (Lucidril), um dímero carboxílico (duas moléculas ligadas a um grupo C=O por uma conexão —O-) de ácido paraclorofenoxiacético e DMAE (dimetilaminoetanol). O outro se chama Hidergine (mesilato ergoloide), um composto de alcaloides (ergotoxina) encontrado no esporão do trigo. Um deles parece estar funcionando, pois hoje no jantar, e depois à hora de dormir, mamãe estava surpreendentemente lúcida.

— Que poema a senhora quer que eu leia hoje? — Noel perguntou à mãe. Stella estava especialmente lúcida naquela noite, sobretudo durante o jantar, quando discursou longamente sobre seus livros prediletos, os volumes que compõem *O ramo dourado*, de James Frazer. Agora ela já se encontrava deitada, pronta para ouvir sua historinha.

— Hoje não quero poema nenhum — disse. — Quero ouvir sobre os Struldbrug. Porque acho que estou me transformando num deles.

— Os Struldbrug? — repetiu Noel, perplexo. Até mesmo ele precisou de algum tempo para localizar o nome. — De *As viagens de Guliver*?

— De onde mais poderia ser?

Stella havia lido esse livro para Noel, por insistência dele, quase todas as noites durante seis meses, de 14 de maio a 11 de novembro de 1977. Tanto quanto o livro, ele adorava as cores da voz da mãe, bem como o perfume da pele dela: lírios-do-vale com notas de limão.

— A senhora não está se transformando num Struldburg, mãe. Eles são imortais.

— São velhos e dementes, é isso que você quer dizer, não é? Vai, meu querido, conta a história.

— Não sei se vou lembrar. Talvez precise buscar o livro. Faz tempo que não o vejo. Pode ser que esteja no sótão.

— É "A viagem a Luggnagg".

— É mesmo?

— Você está perdendo a memória, Noel?

— Não, é que... Bem, posso fazer uma tentativa. A história está meio nebulosa na minha cabeça, talvez faltem algumas partes:

> De modo geral os Struldbrug se comportavam como mortais até os trinta anos, depois disso, paulatinamente, iam se tornando melancólicos, azedos. Quando chegavam aos oitenta, tinham não só todas as manias e enfermidades dos mais velhos como também muitas outras, advindas da terrível perspectiva de nunca morrer. Além de teimosos, rabugentos, invejosos, lerdos, vaidosos e falantes, tornavam-se incapazes de cultivar uma única amizade, refratários a toda espécie de afeto. A inveja e os desejos impossíveis eram suas principais paixões...
>
> Não se lembram de nada senão do que aprenderam e observaram na juventude e na meia-idade, e mesmo assim com notável imperfeição. Quanto à verdade ou aos detalhes de um fato qualquer, o mais confiável é recorrer às tradições populares, muito mais do que às recordações mais apuradas dos Struldbrug. Os menos infelizes de todos parecem ser os que caducam, que perdem a memória por completo: esses são agraciados com um maior grau de compaixão e assistência, pois carecem de muitos daqueles defeitos que abundam nos demais.
>
> Tão logo completam o período de oitenta anos, são dados por mortos aos olhos da lei; os herdeiros imediatamente

> fazem jus ao espólio, e só uma ninharia é reservada à sobrevivência dos anciãos...

Noel abriu os olhos quando as palavras começaram a ficar truncadas, feito partes de um vídeo que foram apagadas ou receberam outra gravação por cima.

— Aqui já não me lembro direito, mãe... Mas depois vem:

> Aos noventa eles perdem os dentes e os cabelos; com essa idade já não diferenciam o gosto de nada, mas bebem e comem o que lhes chega às mãos, sem nenhum deleite ou apetite... Quando falam, se esquecem do nome comum das coisas, e dos nomes das pessoas também, ainda que sejam amigos e parentes próximos. Pelo mesmo motivo jamais encontram refúgio na leitura, pois a memória não basta para transportá-los do início ao fim de uma só frase, e em razão disso são privados da única diversão que, fossem outras as circunstâncias, poderiam ter.
>
> Encontrando-se a língua dessa terra em constante mutação, os Struldbrug de uma idade não entendem o que dizem os de outra, tampouco conseguem, aos duzentos anos, conduzir qualquer diálogo com os vizinhos mortais; assim, carregam o fardo de viver como estrangeiros no próprio país...

Noel se calou ao perceber que havia perdido a audiência. Dobrou-se sobre o rosto da mãe adormecida — tão pálido, tão apático —, como se buscasse ouvir ali uma última palavra. Sentindo o próprio hálito se misturar ao de Stella, lembrou-se de que Jonathan Swift também havia terminado seus dias num estado de pura demência, sem nenhuma memória.

4 de outubro. Hoje à noite assistimos a um documentário sobre o ator Christopher Reeve e sua luta para se recuperar de uma fratura na espinha. Mamãe falou que torcia sinceramente para que Reeve ainda estivesse vivo quando descobrissem algum tratamento para o problema dele. "Acha que vão descobrir?", ela perguntou, secando uma lágrima no rosto. "Mamãe", respondi, abraçando-a pelo ombro, "vocês dois vão ficar bons. Eu sei. Alguma coisa me diz. Aposto que vão se curar exatamente no mesmo ano! Essa é a minha previsão. A senhora vai sair dessa, mãe, não desista. Use o Super-Homem como inspiração." (Super-Homem! O ator do seriado de TV virou alcoólatra e se matou com um tiro na testa; o do cinema caiu do cavalo e ficou tetraplégico.)

15 de outubro. Pedi à Mulher do Banho que viesse quatro dias na semana em vez de dois, e ela concordou. Isso me deixará com mais tempo livre, mas consumirá o pouco que ainda resta das nossas economias. Depois vejo o que faço.

31 de outubro. Halloween. À tarde, mamãe e eu limpamos a casa. Enquanto eu passava o aspirador, ela espanava os móveis freneticamente, com a mais absoluta concentração. Depois buscou uma vassoura e montou nela feito uma bruxa, o que nos matou de tanto rir. Cinco minutos depois já se encontrava esparramada numa poltrona, no escuro, vendo televisão apaticamente, mudando de um game show *para outro.*

2 de novembro. Estamos ficando sem dinheiro. Segundo nosso plano de saúde, os remédios são gratuitos quando as despesas ultrapassam uma quantia mensal de 68,50 dólares. Mas, por algum motivo (talvez um erro do sistema, ou mamãe se esqueceu de fazer algum pagamento), fomos cortados do plano. Só o Aricept nos custa 158,50 todos os meses. Fico pensando se devo pedir um empréstimo ao dr. Vorta. Ou a Norval.

3 de novembro. Tive de dispensar a Mulher do Banho, o que não foi nada agradável.

11 de novembro. Mamãe passou o dia tremendo; tive de aumentar ainda mais a calefação. Parecia que estávamos em Calcutá. Estou ansioso para saber por que ela tem dormido 18 horas por dia. Treinando para morrer? Efeito de algum remédio?

17 de novembro. Cinco minutos atrás, não fui eu quem li um poema para mamãe dormir; foi ela quem, surpreendentemente, recitou:

> *Era uma vez uma francesinha*
> *Que entrou por engano no trem.*
> *Deu o rabo para o fornalheiro,*
> *E também para o chefe da linha,*
> *Enquanto o guarda-freios se borrava inteiro.*

Por um segundo ou dois cheguei a achar que uma nova desordem neurológica estava dando o ar de sua graça: Tourette ou algo assim. Sussurrando por trás da mão, ela disse que tinha ouvido isso na infância, de uma amiga chamada Rita.

22 de novembro. A secadora de roupa quebrou hoje à tarde, então fui pendurar as roupas da mamãe num varal improvisado no sótão. Subitamente ela surgiu às minhas costas, quase provocando um infarto. Estava uma fera. Falou que eu havia roubado todas as suas roupas íntimas e agora as estava lavando para dar de presente à minha namorada. Continuei pendurando as roupas, entre elas um sutiã branco. "De quem a senhora está falando, mamãe? Que namorada é essa?" "Não ouse fazer as perguntas do Q pra mim!", ela berrou. "Jamais me pergunte quem, quando, qual, ou o quê! Você só está tentando me confundir! Por longos cinquenta anos você não fez outra coisa senão tentar me confundir!"

Cinco minutos atrás, quando passei no quarto dela para dar boa noite, mamãe se achava seminua diante do espelho, segurando uma escova de cabelos, imóvel como uma estátua.

Perguntei o que ela estava fazendo. Falou que estava esperando que eu viesse penteá-la.

18 de dezembro. Hoje cedo mamãe recebeu um postal das Bermudas, da tia Helen e do tio Phil, com um recado para mim: "Parabéns pelo belo trabalho, Noel. Gostaríamos de estar aí para poder ajudar. Feliz Natal."

21 de dezembro. Solstício de inverno. Sempre me lembro de minha avó na passagem das estações, pois era ela quem costumava me ensinar sobre o assunto. Não só sobre a inclinação da Terra, mas também sobre a associação das quatro estações com as fases do homem: a primavera vai até os 19; o verão, dos vinte aos 39; o outono, dos quarenta aos 59; depois disso, só inverno. Também costumava dizer que toda nova estação devia ser brindada com uma bebida bem forte. Ou droga.

24-25 de dezembro. Mamãe passou o dia 24 todo dormindo, e o dia 25 quase todo. Falou que estava se sentindo "pra baixo", sem nenhuma vontade de celebrar e abrir presentes. Para animá-la, coloquei um CD de músicas natalinas, mas dali a um minuto ela pediu que eu desligasse.

Coloquei biscoitos mordidos e um copo de leite sobre a lareira, esperando que mamãe risse um pouco (ela nem sequer notou), depois tentei preparar umas bolachas. Segui a receita dela ao pé da letra, mas a massa ficou mole demais, sem liga, e quando foi ao forno, inchou e transbordou da forma. Só quando me viu limpando a bagunça foi que mamãe esboçou algo parecido com um sorriso.

26 de dezembro. Estava ouvindo "A child's Christmas in Wales"*, com o fone de ouvido, quando um barulho estranho me assustou. O alarme de incêndio. Às 4:10 da madrugada. Desci as escadas o mais rápido que pude e me deparei com uma nuvem* *de fumaça escura na cozinha. No fogão, ovos haviam estorricado numa panela. Mamãe dormia numa cadeira.*

Não sei até quando vou aguentar. Acho que estou no fim das minhas forças; apesar de exausto, não consigo dormir. Ando bebendo todo o conhaque da mamãe, os remédios do dr. Vorta não têm funcionado, estamos quase falidos, mamãe ainda vai botar fogo na casa...

Achei que ela fosse ficar feliz com minha mudança para cá, mas obviamente não ficou. Talvez um asilo seja melhor. Telefonei para o tio Phil, que chegou hoje das Bermudas, e deixei um recado. Também mandei um longo e-mail.

27 de dezembro. Tio Phil e tia Helen mandaram um e-mail de volta, desculpando-se por não poderem fazer uma visita. Ofereceram-se para colocar mamãe na lista de espera de um asilo em Long Island, caso eu quisesse. "Um lugar muito bom", disse tia Helen. "Chama-se Oyster Bay Manor. Me avise."

Eu trocava a bateria do alarme de incêndio quando o tio Phil ligou para dizer que havia encontrado uma vaga na Babylon Beach House e que uma resposta devia ser dada ainda esta semana. Custo: 780 dólares por semana. Falei que ia pensar no assunto, depois liguei de volta para dizer que não. (Não temos dinheiro; de qualquer modo, ainda não sei se é isso mesmo que quero fazer.) Falei que as coisas já haviam melhorado bastante.

28 de dezembro. Liguei para o Beaumont Health & Rehabilitative Centre de Outremont: 98 dólares por dia, terapia e remédios por fora.

29 de dezembro. Hoje não aguentei e tomei uma providência. Depois de encontrar uma trempe do fogão ardendo em brasa e um filé de cordeiro cru no forno, liguei para o Beaumont e pedi que nos avisassem assim que aparecesse a primeira vaga. Ando sem gás e sem paciência. A essa altura não há nada que eu possa fazer por mamãe. Quanto à memória dela, estou começando a entender o significado da palavra "irrecuperável". Chegou a hora de cortar as amarras. Além disso, pode levar uns seis meses até surgir uma vaga no asilo.

Às 17 horas em ponto eles ligaram de volta: uma vaga se abrirá no dia 2 de janeiro. Daqui a três dias.

30 de dezembro. Mamãe passou o dia todo agitada. Sabe que algo está para acontecer, alguma catástrofe. Há dez minutos, à meia-noite, entreabri a porta do quarto para ver se ela havia conseguido se acalmar. Um feixe de luz recaía sobre o corpo adormecido dela. Eu estava prestes a fechar a porta quando notei algo rabiscado no espelho de báscula. Pé ante pé, me aproximei para ver melhor. Duas palavras haviam sido escritas com um batom vermelho-escuro, cor de sangue seco: ME AJUDA.

31 de dezembro. Cancelei a vaga no Beaumont. Tudo vai dar certo, vou encontrar um jeito. Pela primeira vez na vida tenho certeza de alguma coisa. Estou seguro, sei o que preciso fazer. De madrugada, desci as escadas, atravessei a porta trancada e fui ter com meu pai.

Capítulo 8

Henry e Noel Burun

Aos vinte e tantos anos, o pai de Noel era um químico extremamente talentoso em Edimburgo. Aos trinta e tantos, era chefe do departamento de farmacologia de uma empresa em Nova York, com mais de vinte pesquisadores sob seu comando. Quando essa empresa (o conglomerado Adventa, com sede na Suíça) se mudou de Long Island para os subúrbios de Montreal, por razões fiscais, Henry Burun foi convidado a se mudar também, com um salário duas vezes maior. Respondeu que aceitaria, sim, mas pela metade do salário: como representante de vendas. O diretor-geral da empresa riu, recomendou um psiquiatra, depois deu de ombros e aquiesceu. Foi assim que Henry se viu, não combinando substâncias químicas para o progresso da humanidade, não inventando drogas para a cura de suas doenças, mas... vendendo-as. Um caixeiro-viajante da indústria farmacêutica. Quando na escola perguntavam a Noel o que fazia seu pai, ele respondia: "Meu pai vende drogas." E todos riam.

De início Henry gostou no novo emprego, viajando de cidade em cidade no sul da província de Quebec e no norte da Nova Inglaterra, mas depois de um tempo se cansou de tentar falar com médicos e farmacêuticos que não dispunham de muito tempo para recebê-lo. Durante os cinco minutos de atenção que eventualmente recebia, falava toda a verdade sobre as drogas que estava ali para vender: as que não passavam de modismo, as que haviam fracassado em testes clínicos, as que causavam dependência ou terríveis efeitos colaterais. Era péssimo vendedor e sabia disso. Não foi à toa que se viu demitido da Adventa e depois pulando da Pfizer para a Merck, da Merck para a NovaPharm. Por que então não voltou para os laboratórios de pesquisa, onde teria sido recebido com tapete vermelho? Porque não suportaria novamente o estresse de antes: a responsabilidade por terceiros, a pressão de produzir novas drogas milagrosas à medida que a patente das antigas ia expirando e deixando os acionistas nervosos. Foi esse estresse, aliado às semanas de trabalho de sessenta horas, que havia provocado o maior colapso nervoso de sua vida, uma sombria depressão de seis meses que por pouco não o levou a se enforcar numa viga do porão de casa. O trabalho como vendedor pelo menos possibilitava que ele ficasse *sozinho* a maior parte do tempo, observando o mundo através da janela de um carro, sedando-se com os ansiolíticos e antidepressivos mais recentes. Amava a mulher e o filho adoráveis, portanto deveria amar a vida também. Mas não. Por motivos insondáveis, talvez alguma desarmonia química, via-se cada vez mais melancólico, sempre à procura de um bom motivo para continuar vivendo.

— A gente matou o papai? — Noel perguntou à mãe, depois que o acidente de carro foi dado como um ato suicida.

— Não, filho! Que bobagem! Nem diga uma coisa dessas!

Os suicidas viravam vampiros, os coleguinhas de escola lhe haviam dito. E, segundo a enfermeira galesa, pais suicidas geralmente tinham filhos suicidas também.

— Foi o mundo que matou o papai?

A sra. Burun permaneceu muda, até que se levantou e saiu da sala. "Será que papai morreu porque não me comportei bem?", Noel cogitou enquanto ouvia a mãe chorar na cozinha. Teria no mundo algo pior do que ouvir a própria mãe chorando? Subitamente as paredes da sala ficaram embaçadas. Ele se deu conta de que estava chorando também. Os soluços da mãe, e a morte do pai, instilavam no pequeno Noel uma tristeza de tal modo profunda que o assombraria pelo resto da vida. Ele jamais repetiria essas perguntas, trancando-as a sete chaves dentro de si.

Quando voltava de suas viagens de trabalho, Henry Burun encontrava o filho à sua espera na varanda da casa, ou, no inverno, atrás das cortinas da sala, o nariz achatado contra as vidraças geladas. Ao primeiro sinal do Impala azul-prata ou do Pontiac Laurentian vermelhão, Noel irrompia no jardim (certa vez pisando descalço na neve), e Henry largava a mala no chão para alçá-lo nas alturas, rodopiando com ele, fazendo-o gargalhar.

Uma vez dentro de casa, Noel ia seguindo a trilha deixada nos cômodos pela fumaça do cachimbo do pai, irresistivelmente, feito uma criança de Hamelin. Ficava esperando que Henry lhe entregasse a mala para que ele fizesse a "triagem". No interior da surrada mala Gladstone se encontravam dezenas de folhetos de propaganda, folhas de papel de filtro com figuras de órgãos internos e os nomes mágicos dos remédios, cartões de visitas de médicos e farmacêuticos, milhares dos seus próprios cartões com o logotipo da empresa (os quais, assim como o carro, mudavam quase anualmente); mas o melhor de tudo, sem dúvida alguma, eram as amostras grátis, que costumavam vir em cartelas. Ele as organizava em pequenas pilhas: analgésicos, remédios para o coração, relaxantes musculares, tranquilizantes, antidepressivos (estas quase sempre vinham com o lacre rasgado, senão vazias), vitaminas, energizantes... Noel jamais se esqueceria do cheiro complexo desses remédios e anos depois, só de ouvir o nome de algum, ainda seria capaz de lembrar o cheiro. Nunca soube ao certo o motivo da tal "triagem", mas podia passar horas se ocupando dela, feliz da vida, memorizando fórmulas, ingredientes e dosagens...

Às vezes, durante o verão, nas rotas rurais do Quebec e da Nova Inglaterra, Noel acompanhava o pai na visita a médicos e veterinários em cidades como Lacolle e Bury, Killington e Brattleboro, Ossipe e Rindge. Outras vezes, com as portas do carro trancadas e o rádio ligado, ele memorizava as estatísticas de beisebol das figurinhas que Henry lhe dava para ajudar a passar o tempo. Não importava a demora: esperaria para sempre se preciso fosse. Quando voltava ao carro, Henry arguia o filho sobre as tais estatísticas, dizendo que o beisebol era o paraíso dos matemáticos, dos poetas também. Ou pelo menos costumava ser. "Como todos os demais, o beisebol agora é só um esporte venal, a escorrer pelo ralo."

Outras arguições também eram feitas ao longo das viagens, uma tentativa do sr. Burun de fazer o filho memorizar coisas importantes. Citações famosas, por exemplo, ou os nomes das composições clássicas que iam tocando no rádio, ou os deuses e deusas da Grécia Antiga, ou o significado de palavras obscuras (especialmente as mais engraçadas, como "calipígio" ou "esteatopígio" ou "meditabundo"), ou os nomes de duzentas fobias, três das quais Henry conhecia de perto: cacorrafiofobia (medo do fracasso), hipegiafobia (medo da responsabilidade) e lissofobia (medo de enlouquecer).

— Por falar nisso, pai — disse Noel certa vez, depois de uma arguição sobre deuses gregos —, já decidi o que quero ser quando crescer. Quero ser igual ao senhor. Quero trabalhar na mesma coisa.

Henry abastecia o cachimbo Comoy, despejando o nigérrimo tabaco de Latakia sobre o fornilho enquanto dava longos e ruidosos tragos na piteira.

— Não é uma boa escolha, filho. Se quiser trabalhar no setor farmacêutico, vá para o laboratório, para a pesquisa. É mais criativo. Eu não dei conta, talvez você dê.

No dia seguinte, Noel escreveu a Papai Noel, pedindo um *kit* de química. Em junho. Nada mais na lista, só *um* kit de química. Caso fosse atendido, prometia comportar-se direitinho até se aposentar. Tratava-se do presente mais extraordinário que alguém poderia ganhar, e Noel mal conseguiria dormir ao longo dos seis meses seguintes.

Na manhãzinha de Natal, depois de passar a noite em claro, Noel chispou para a sala, nem sequer notando o prato de biscoitos mordiscados por Papai Noel sobre o consolo da lareira, tampouco a meia natalina, quase explodindo de tão recheada, que Stella havia pendurado ali. Os olhos estavam assestados noutra direção, e logo encontraram o que procuravam. Sob a árvore, sem nenhum embrulho, achava-se uma radiante maleta de metal branco-rádio, com dobradiças e fechadura, com as palavras THE A. C. GILBERT gravadas em vermelho na parte de cima. Quando levantou a tampa, Noel sentiu o coração dançar uma alegre rumba no peito.

— Abra-te Sésamo — sussurrou.

Dentro, encaixados numa base de isopor, viam-se fileiras de pequenos frascos cúbicos com rótulos vermelhos e brancos indicando o conteúdo em maiúsculas pretas: SULFATO DE AMÔNIO E NÍQUEL (um imponente nome triplo!), ÁCIDO TÂNICO (parece perigoso), FENOLFTALEÍNA (que mais tarde Henry confessaria colocar nos sanduíches do professor de química para provocar diarreia), CARBONATO DE MAGNÉSIO, CLORETO DE COBALTO, NITRATO DE POTÁSSIO (o mesmo composto, segundo explicaria Henry, consumido nas casernas e nos monastérios para evitar as "ereções", algo que Noel ainda não sabia o que era), SILICATO DE SÓDIO, ÓXIDO DE ZINCO, CLORETO DE AMÔNIO (o famoso "sal amoníaco" dos alquimistas árabes!), SULFATO DE COBRE, DIÓXIDO DE MANGANÊS, PERMANGANATO DE POTÁSSIO, ALUME DE CROMO, COCHONILHA (segundo o sr. Burun, um corante vermelho extraído da carcaça triturada das fêmeas de um inseto chamado "cochonilha-do-carmim"), e as duas substâncias com os nomes mais bobos de todo o planeta: BÓRAX e PAU-CAMPECHE.

Dali a cerca de um mês, o sr. Burun montou um laboratório para o filho no porão da casa, uma saleta trancada à chave que Stella passaria a chamar de "a masmorra sombria" depois de ver o marido se refugiar ali durante algumas crises de depressão. Foi nesse laboratório que Henry mostrou ao filho o mercúrio (uma substância mágica e escorregadia que parecia desafiar as leis da física), o fósforo (que inflamava ao entrar em contato com o ar), o potássio (que inflamava ao entrar em contato com a água), o magnésio (que inflamava *sob* a água), e os "Ácidos" (o nobilíssimo triunvirato formado pelos ácidos nítrico, sulfúrico e hidroclórico, os quais deviam ser "tratados com respeito"). Henry ensinou Noel a fabricar uma tinta invisível, que aparecia apenas quando o papel era colocado sobre uma chama; a fazer um estopim de queima lenta; a fabricar pólvora (cinco partes de nitrato de potássio, uma parte de enxofre, uma parte de carvão); bem como a fazer uma pirâmide de dicromato de potássio, uma substância laranja-escuro que, ao contato com o fogo, espiralava no ar feito uma serpente encantada.

Na primeira de uma série de aulas que ainda estavam por vir, breves prelúdios para os experimentos, Henry contou ao filho sobre o ancestral direto da química: a alquimia. Falou também sobre o mais célebre de todos os alquimistas, Paracelso o Grande,[15] que procurava o elemento primordial do qual derivavam todos os demais: o alcaeste.

— Alcaeste, alcaeste... — Noel repetiu para si mesmo, muitas e muitas vezes, feito um canto das *Mil e uma noites*. — O que é isso? — perguntou afinal.

— Essa substância, caso tivesse sido encontrada, seria a pedra filosofal da medicina, a cura para todos os males da humanidade.

— Eu quero encontrar! — disse Noel. — A gente pode trabalhar junto, pai, no nosso laboratório! A gente vai descobrir!

— Você deve ser muito cauteloso aqui, Noel, especialmente quando eu não estiver por perto. Precisa aprender todas as propriedades de todos os compostos químicos que conhece ou é capaz de produzir. Ouviu bem? Se fizer um composto que seja venenoso ou explosivo, imediatamente coloque o rótulo da caveira nele. Promete? Noel, você está me ouvindo?

— Se eu prometer, a gente vai poder fazer gás do riso e nitroglicerina?

— Noel...

— Prometo. Por tudo que é mais sagrado.

Em outra de suas preleções, que seria a última, Henry falou sobre arte.

— De certa maneira — explicou —, a química pode ser vista como um casamento entre a ciência e a arte, uma poesia da Terra, um caleidoscópio sensorial de cheiros, gostos, cores e texturas. Muitos artistas se interessavam pela química: pintores, escultores e sobretudo músicos. Sir Edward Elgar, por exemplo, se aventurava no assunto, e Aleksandr Borodin *era* químico. Costumava rabiscar notas musicais pelas paredes do laboratório, distraidamente, enquanto conduzia seus experimentos. E também havia os químicos-poetas, como Humphry Davy, que descobriu o sódio e o potássio. Os cadernos dele estavam recheados de experimentos químicos misturados a versos recém-compostos para um poema qualquer. Ele e Coleridge chegaram a planejar a aquisição de um laboratório em conjunto! E também tem o Primo Levi, claro, que via a química como a arte de sopesar e separar, tal qual a literatura.

Noel encontrava no laboratório do porão a paz e a felicidade solitária que não encontrava em nenhuma outra parte, exceto os livros. Faltava à escola e passava horas ali sempre que o pai viajava a trabalho; num toca-discos portátil, colocava para ouvir as *Danças polovtsianas*, de Borodin, ou as marchas *Pompa e circunstância*, de Elgar, e prosseguia nas suas misturas, sonhando descobrir algo. Ora olhava para as fileiras de compostos, ora para as fileiras de livros, entre os quais se encontrava *A vida de Filippo Teofrasto Bombasto de Hohenheim, também conhecido como Paracelso...*

Noel passou a memorizar a fórmula de todos os compostos químicos que possuía, bem como a dos que havia produzido ou ainda produziria por conta própria. Fotografava, mentalmente, todos os elementos da tabela periódica pendurada à parede, a posição e as propriedades de cada um. Bastava dizer ou ver as letras dos elementos para que o quadradinho correspondente lhe viesse à cabeça. O criptônio, por exemplo. No hipocampo de Noel, o som e as letras formavam um volume fibroso, em forma de lágrima e cor de canela, que armazenava as seguintes propriedades: gás nobre; símbolo Kr; número atômico 36; peso atômico 83,80; cristal cúbico de face centrada; gás aos 20°; configuração dos elétrons $[Ar]3d^{10}4s^2p^6$. Ou o lítio (que Noel tomaria mais tarde): metal alcalino; símbolo Li; número atômico 3; peso atômico 6,941; cristal cúbico de corpo centrado; sólido aos 20°; configuração dos elétrons $[He]2s^1$...

Durante alguns de seus devaneios, refestelado na cadeira giratória do pai, Noel costumava jogar partidas de xadrez químico, com metais no lugar das peças. Chumbo e Estanho eram os peões brancos e pretos; Ferro e Cromo, as torres; Mercúrio e Paládio, os cavalos; Bário e Arsênio, os bispos; Ouro e Platina, as rainhas; Prata e Titânio, os reis. "Quem sairia vencedor", ele perguntava ao pai, "numa luta entre Chumbo e Mercúrio? Ou Bário e Paládio? Ou Ouro e Prata? Qual seria o mais poderoso? Quem destruiria quem numa batalha?"

O sr. Burun ria com gosto.

— Bem, o mercúrio certamente destruiria o estanho e o chumbo. Quanto aos outros, acho que teríamos de comparar as densidades. O ouro, por exemplo, é um dos metais mais pesados, muito mais pesado que a prata. Mas também é o mais dúctil.

— O que é... o que isso significa?

— É o metal mais mole.

— E o mais duro, qual é?

— Bem, os dois elementos mais densos são o irídio e o ósmio.

Noel arregalou os olhos. Dali em diante, suas rainhas passaram a ser Irídio e Ósmio.

Num dia de outono de 1979, a terceira segunda-feira de setembro, Noel voltou correndo da escola para casa. Estava louco para verificar algo: os cristais de iodeto de nitrogênio, "explosivos sob choque", estavam decantando em filtros de papel. Ele e o pai, com a ajuda do *Smith's College Chemistry*, haviam passado a noite anterior tentando produzi-los. Teriam conseguido? Henry proibira o filho de se aproximar dos cristais antes que ele voltasse de viagem, mas Noel não podia esperar.

Atropelou a porta de tela verde, ignorou o cumprimento da mãe e desceu as escadas pulando os degraus, ardendo de curiosidade.

Mal conseguindo respirar, o coração retumbando no peito, ele buscou uma vareta de metal e "cutucou" o precipitado negro uva-passa. Nada. A experiência teria fracassado? Ainda não havia secado por completo? Ele cutucou novamente, agora com mais força...

O resultado foi uma ensurdecedora explosão, além de nuvens roxas e avermelhadas que pareciam se expandir em câmera lenta, preenchendo todo o espaço do porão. A sra. Burun, lá em cima na cozinha, deu um grito antes de acorrer ao local do acidente. Apavorada, empurrou a porta e tentou enxergar algo em meio às nuvens espessas.

— Noel! Noel, meu filho! Cadê você? Você se machucou? — Ela ouviu um gemido do outro lado do cômodo. Abanando o ar com as mãos, ela abriu caminho na direção do ruído. — Noel? Onde você está? Fala com a mamãe, *por favor...*

— Aqui, mãe. Está tudo bem. Não esquenta.

Noel se achava esborrachado no chão, as roupas e o rosto tisnados de fumaça como num desenho animado. Levando a mão à testa, sentiu um fiapo de sangue. Quando Stella enfim o alcançou, ele estava sorrindo.

— Só preciso de um adstringente, mãe, algum agente hemostático. Um pouquinho de sulfato de alumínio-amônio. Ou de uma solução de iodo. Na gaveta de cima. Já deixei preparado, para situações como esta.

Stella abraçou o filho, apertando-o com toda a força, chorando baixinho. Depois examinou o rosto dele e constatou que as sobrancelhas haviam sumido.

— Seja lá o que você fez, *nunca* faça de novo! Não quero mais saber de explosivos, ouviu bem? Se você não prometer, vou mandar seu pai acabar com este laboratório de uma vez por todas. Jogar tudo no lixo. Está entendendo? Noel, estou falando com você!

Noel prometeu, mas havia cruzado os dedos, inclusive os dos pés, só por garantia. Na verdade, não estava arrependido: sua única tristeza era não poder contar ao pai sobre o sucesso que eles haviam obtido na produção de iodeto de nitrogênio. Pois Henry Burun havia partido naquela manhã para uma viagem de duas semanas: a primeira seria passada no norte do estado de Nova York, e a segunda, em Long Island, onde visitaria o irmão. Assim, Noel escreveu uma carta ao pai, aos cuidados do tio Phil:

Querido papai,

O senhor nunca vai adivinhar o que aconteceu. A gente conseguiu! A experiência deu certo, do jeitinho como o senhor falou! Pai, a gente conseguiu fazer o NH_3NI_3! Cutuquei o precipitado como o senhor mandou, com uma vareta de metal, e isso detonou uma terrível explosão no meu ouvido ~~esquerdo~~ direito. Até agora ele está chiando! Umas nuvens roxas se formaram, elas eram enormes e tinham um cheiro estranho, uma mistura de pó de giz com enxofre e iodo. Os três filtros estão cheios de furos! Agora são 7:30 da noite, e meus ouvidos estão apitando desde o meio-dia! Já não aguento mais! Meu rosto também ficou todo preto, e agora não tenho mais sobrancelhas! Mamãe ficou fula da vida, mas já se acalmou um pouco. Não contei sobre a nossa surpresa pra ela. Terminei de pintar as paredes do laboratório como você mandou, e ficou bem legal. Estou com saudades, pai.

Do seu filho, Noel.

A carta de Noel chegou, mas o pai não teve a oportunidade de lê-la. Pois, enquanto Noel cutucava os cristais de iodeto de nitrogênio, Henry se achava numa pedreira alagada ao sul de Lake Placid, dentro do Pontiac, que lentamente afundava.

Depois de mais uma noite em branco, o sol se levantou pela primeira vez em 2002. Noel se encontrava na posição de sempre, empoleirado nas escadas, a cabeça derreada. Vinha revivendo essa e outras lembranças por quase uma hora. Abriu os olhos e encarou a porta que conduzia ao porão. A madeira havia sido coberta com papel de parede, e a maçaneta, removida. Essa porta dava para outra, que ele havia evitado pintar durante anos. Noel ficou de pé. Dessa vez, disse, para abri-la.

O laboratório ainda estava lá, os frascos e tubos de ensaio cobertos de poeira, as paredes forradas de teias de aranha. Sobre a mesa se viam dois pares de luvas de borracha, o menor cumprimentando o maior; no gancho da porta, dois jalecos, o da criança se sobrepondo ao do adulto. A maleta de médico de couro marrom, que Henry Burun herdara do pai, jazia trancada no chão.

Noel havia esperneado todas as vezes que a mãe tentara jogar algo fora; por fim ela trancou a porta e deixou as coisas mais ou menos como estavam. Mas ele, Noel, jamais se vira capaz de entrar ali outra vez: a dor o perfurava como uma lança.

Ele examinou os rótulos dos jarros de substâncias químicas, que ele e o pai haviam escovado com parafina líquida quente. Com um perfex rosa-claro, carinhosamente limpou a poeira de cada pote, virando-os na mão, alçando-os contra a luz. Na lavanderia, encheu um balde de plástico amarelo com água escaldante e um pouco de detergente. Vestiu as luvas pretas do pai e com três escovas diferentes esfregou tubos de ensaio, béqueres e frascos de Florence; pipetas, funis e frascos de Erlenmeyer; cilindros graduados e conta-gotas; braçadeiras, pinças e rolhas de borracha. Limpou os grampos, o bico de Bunsen e os suportes de retorta com acetona; a tabela periódica plastificada, com limpa-vidros. Reorganizou as gavetas, varreu o chão. Arrancou as teias das paredes, tirou a poeira dos livros. Avistou três aranhas fugidias, mas deixou-as em paz, tal como teria querido o pai.

Chegou a hora de fazer algo mais sério, disse a si mesmo. Algo além de entupir a mãe com nutrientes cerebrais, estimulantes mnemônicos e coquetéis de comprimidos de farmácia. Os remédios de tarja preta, como a rivastigmina e a galantamina, não vinham resultando em grande coisa — a não ser enjoos, insônias e pesadelos. "A menos que um tratamento seja descoberto muito em breve, sua mãe estará morta em cinco anos." Sim, era hora de fazer algo mais. Se não conseguisse obter as drogas mais recentes porque eram caras demais ou ainda não haviam sido aprovadas, ele simplesmente as faria por conta própria... Bem, talvez não tão simplesmente assim.

— Com a minha memória, vou recuperar a dela — sussurrou para si mesmo. — Vou salvar minha mãe. — Com a cabeça derreada e os olhos fechados, ele agarrou o surrado tampo da mesa com ambas as mãos.

Quando voltou a abrir os olhos, deparou-se com o chão de cimento azul ovo de papo roxo. A tinta se encontrava desbotada, descascada, salpicada de manchas de produtos químicos. Enquanto tentava, em vão, lembrar-se de cada um dos compostos cáusticos que haviam provocado aquelas manchas, Noel se distraiu com o vulto da maleta do pai. Alcançou-a e passou os dedos pela camada de poeira. Depois tentou abrir a fechadura, que cedeu sem grande resistência.

No interior da maleta se encontrava um fichário de três aros; à capa estava escrito: "Meus Experimentos". Noel abriu a primeira página.

> Exp.#1
> Coloque um pouquinho de solução de Ácido Cítrico (suco de limão) num copo. Afunde a ponta de um palito no suco. Escreva uma mensagem secreta com ele. Esquente o papel (com um ferro de passar roupa). A mensagem invisível aparecerá em marrom.
>
> Exp.#2
> Pegue um pouco de repolho roxo em conserva de Ácido Acético (vinagre) e acrescente um pouquinho de hidróxido de amônio (detergente). O vinagre passará por todo tipo de cores: vermelho, roxo, turquesa, azul-escuro, verde...
>
> Exp.#3
> Queime um pouco de enxofre sob uma rosa vermelha e veja as pétalas ficarem brancas em razão do SO_2. Afunde a rosa na água e veja as pétalas ficarem vermelhas de novo!

Também havia outros três fichários, acondicionados em sacos de embalagem. Seriam os diários de seu pai? Com os olhos começando a marejar, Noel os retirou da maleta; eram idênticos, todos pretos, e um deles exibia o logotipo do Meridian, o primeiro laboratório para o qual seu pai havia trabalhado na Escócia. O mais recente havia sido datado dois meses antes da morte de Henry; na última página, trazia isto:

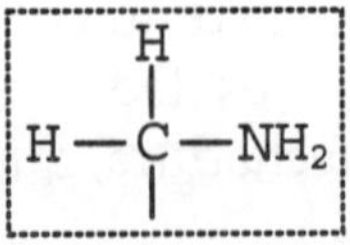

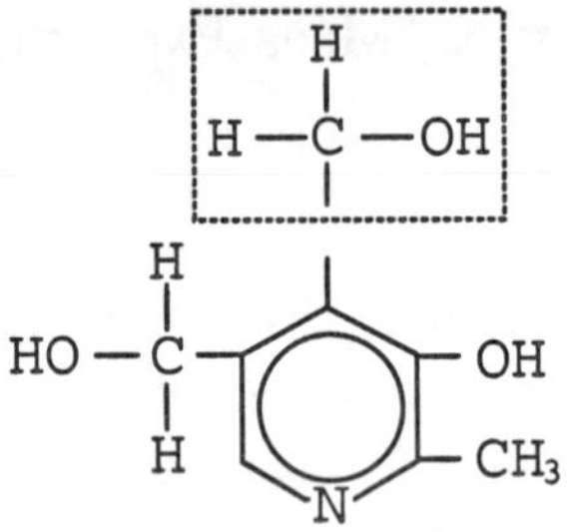

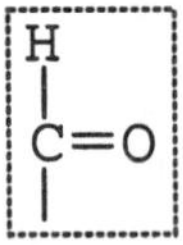

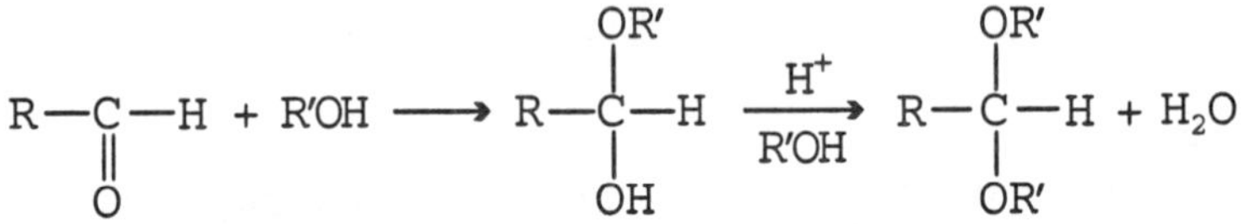

Horas depois, já na cama, Noel folheou cada um dos fichários. O primeiro resumia três anos de trabalho num processo que alguém havia patenteado alguns dias antes que o próprio Henry solicitasse a patente. O segundo descrevia mais três anos de trabalho numa droga para o Mal de Parkinson — um estouro de vendas, com o qual apenas o laboratório havia lucrado. E o terceiro registrava as tentativas de criar drogas que simultaneamente reduzissem a hipertrofia de determinadas células cerebrais em pacientes com demência e eliminassem inclusões anormais chamadas "corpos de Pick". Entre as páginas se encontrava um maço de cartas trocadas com o U.S, Submission & Patent Office, bem como uma folha de bloco sobre a qual se lia, em letras borradas, a seguinte anotação:

A. O trabalho de Borodin sobre os aldeídos
B. A Beleza é a estrela-guia — uma cura deve ser bela

No dia seguinte, depois de passar algumas mensagens de fax e fazer fotocópias, Noel procurou o dr. Vorta. Em busca de conselhos e remédios gratuitos.

— *Einen Moment, bitte* — disse o médico, apertando os botões de um espectrofotômetro.

— O senhor recebeu meu fax? Acha que pode consegui-los pra mim?

Depois de conferir as horas num relógio suíço, que rivalizava com Greenwich em precisão, o dr. Vorta anotou os números do mostrador.

— Noel, vão acabar me prendendo se eu lhe der todos os remédios daquela lista. Tenha um pouco de paciência, está bem? Trouxe seu diário? E o da sua mãe? *Danke schön.*

— *Bitte sehr.*

— Agora, se me der licença, tenho uma paciente muito interessante para...

— Veja só o que encontrei. São anotações do papai. Sobre os aldeídos. E corpos de Pick. Talvez ele estivesse prestes a descobrir algo muito importante.

O dr. Vorta ficou imóvel por uns dois segundos antes de se virar, os olhos voltados para o fichário. Um deles tinha catarata.

— Você achou as... Certo, deixe isto comigo. — Ele pegou o fichário das mãos de Noel, abriu-o. — Seu pai era um brilhante neurofarmacologista, Noel. Mas lembre-se: no fim da vida já não estava mais... digamos, lúcido. — Olhou para as letras borradas. — Vou dar uma examinada. O mais provável, no entanto, é que isto não passe dos rabiscos de um maluco.

Depois de sentir o choque dessas últimas palavras, Noel deixou o consultório, mudo e prostrado.

Voltou dali a dez minutos.

— Não posso esperar mais! — ele berrou para o dr. Vorta, invadindo os exames sinestésicos que ele fazia com uma jovem paciente. — Não posso esperar pela aprovação de novas drogas! Não posso esperar pelos testes clínicos!

Minha mãe está morrendo! O senhor não entende isso? Não dá pra ter paciência, pra esperar a vida inteira! Isso não devia estar acontecendo na idade dela. Daqui a pouco nem vai se lembrar mais de quem eu sou. Depois vai esquecer como comer, como engolir, como respirar... Tem 56 anos e está afundando num maldito poço negro! Não é mais a mesma pessoa. Aliás, nem sei se ainda é uma pessoa! O senhor é o médico dela, e não está fazendo nada. Até agora só o que fez foi escrever a respeito dela e usá-la nos testes de drogas "muito promissoras". Mas colocou-a no grupo do *placebo*! Jogou no lixo um ano da vida dela! — Noel pontuou essa última frase fisgando o busto de um Wagner coroado de louros e arremessando-o contra o chão, o que provocou um alvoroço nas gaiolas dos macacos, escondidas em algum lugar. Depois começou a vasculhar a mesa do médico em busca das anotações do pai. — E *nunca mais* chame meu pai de maluco, ouviu bem?

— Noel, não toque em nada nesta mesa. Estou lhe avisando, seu... — Ele pegou o telefone. — *Madame Prévert? W4. Oui, c'est ça...*

— E, se aquilo era um teste de Farnsworth Musell, que diabos aquela garota estava fazendo sem a blusa?

Depois de desligar o telefone e passar dedos nervosos pela barba quimicamente alvejada, o dr. Vorta fechou as cortinas e informou à paciente que o exame havia terminado. Em seguida expulsou Noel do consultório, dizendo que, se algum dia pisasse ali outra vez, ele seria recebido por uma camisa de força e uma ambulância.[16]

Capítulo 9

Norval e Samira

Norval Blaquière morava em um dos *lofts* de uma velha fábrica de chapéus da *rue* de la Commune, na Velha Montreal, o qual ele havia transformado numa espécie de *salon* oitocentista. Nas paredes podiam ser encontradas diversas reproduções de quadros célebres: *Death the bride*, de Thomas Cooper Gotch, com uma mulher em meio a um jardim de papoulas; *The enchanted sea*, de Henry A. Payne, com mulheres afogadas ou em vias de se afogar; *Les dernier jours de Babylone*, de Rochegrosse; a insinuante *Woman on a rocking horse*, de Félicien Rops. Outras refletiam a queda que Norval tinha por mulheres de cabelos compridos: a submersa *Ofélia*, de Millais; a prostituta de cabelos alaranjados de Stanhope, em *Thoughts of the past*; *La lectrice*, de Henner, na qual Maria Madalena lê um livro nua, cercada pela cabeleira cor de fogo; *La belle dame sans merci*, de Waterhouse, na qual a heroína de Keats usa as longas madeixas para prender um cavaleiro.

— Por que você tem todos esses quadros mórbidos espalhados pela casa? — perguntou Samira, em seu terceiro dia no *loft*. — E que história é essa com mulheres de cabelos compridos? Um fetiche?

—Cabelos longos e soltos simbolizam o retorno da mulher a um estado natural. Como as crinas de um animal...

— Ah, me poupe.

— Era um símbolo muito forte no século XIX, um período marcado por chapéus e coques. Hoje, claro, os cabeleireiros mutilam e plastificam os cabelos das mulheres, o que nunca serei capaz de entender. As mulheres deveriam usar os cabelos revoltos, selvagens... Pior ainda são as axilas e os pelos pubianos depilados. Espero que você não tenha cometido essa...

— E aquele retrato do Astérix ali? Com a espada. Por que diabos você...

— Deixa pra lá. — Norval afugentou a pergunta com um abano da mão.

— E quem é aquele cara na fotografia ao lado, sentado na sua cama. É a única imagem de um homem na casa inteira, sem contar o Astérix. É você?

— Não. É... o Noel.

— Noel?

— É.

— Esse Noel por acaso é... esquece.

— O quê? Um criptogay? Como eu?

— Ele é seu parente?

— Nem de longe.

— Vocês parecem gêmeos.

Norval suspirou.

— É o que sempre dizem. Talvez seja por isso que ficamos amigos. O fenômeno *dopplegänger*, a procura pelo gêmeo invisível, a desmistificação do narcisismo...

Por que será que ele fala como se estivesse dando uma aula?, cogitou Samira.

— E o presságio de morte iminente? — falou. E por que será que estou bancando a aluna cê-dê-efe?

— Isso também. Como a matéria e seu duplo, a antimatéria. Um mero aperto de mãos... e você é aniquilado.

Samira sorriu, depois se lembrou de um romance que havia sido obrigada a ler na escola, bem como da linha de um ensaio que havia assinalado na margem.

— A amizade entre vocês é como aquela entre Max e Emil no *Demian*, de Hesse? Um vínculo que liberta a pessoa de outros vínculos e conduz a uma nova dimensão?

— Não.

— Certo. Então, Noel é seu duplo ou seu oposto? Vocês são diferentes em tantos aspectos...

— Ele é canhoto, eu sou destro.

— Noel parece... bem, parece que tem prisão de ventre, enquanto você...

— Eu tenho incontinência intestinal.

— Além disso, vocês andam de um jeito bem diferente.

— Especialmente quando ele está nervoso. Fica tão espasmódico que chega a lembrar um boneco de marionete. Você se lembra de quando se conheceram?

— Sim, mas... por que ele ficou tão nervoso?

— Porque achou que você era uma atriz pela qual ele é apaixonado.

Samira sacudiu a cabeça lentamente, perdida num emaranhado de pensamentos.

— Coitada dessa atriz, parecer comigo...

— Bem, verdade seja dita: você agora está um horror, mas quando boa, imagino que seja... quase mediana.

— Fico muito lisonjeada.

— Talvez eu tenha mesmo me excedido.

— Você não gosta muito das mulheres, gosta?

— Até certo ponto.

— E dos homens?

— Bem menos.

— Em outras palavras, é um misantropo.

— Claro! Todo mundo deveria ser! A espécie humana, a evolução da espécie humana, tudo isso foi um colossal equívoco. Darwin seguramente percebeu isso. Os seres humanos e os chimpanzés evoluíram a partir de um mesmo ancestral, há 6 milhões de anos: 98,7 por cento dos nossos genes são iguais. Mas, por algum motivo, os genes no *nosso* cérebro evoluíram de um modo diferente, que o deixou mais poderoso. E o que foi que fizemos com esse poder? Nada, senão empregá-lo no exercício diário do narcisismo, para provar que somos a única coisa que importa neste mundo.

— Mas você... deixa pra lá. — Mas você também é bastante narcisista, é o que ela queria dizer.

— E essa evolução, esse desenvolvimento do cérebro, não deu muito certo. Na verdade, foi infestada por uma série de pequenos problemas, de remendos, de gatos na fiação... Problemas que resultaram em coisas como a depressão, a esquizofrenia, o Alzheimer...

— E a misantropia.

— Certo.

— Então, o que a gente deve fazer? O que nós, seres humanos, podemos fazer com toda essa fiação mal-ajambrada? Dar um passo atrás e voltar a viver feito chimpanzés?

— Isso já está acontecendo.

— Mas... e os grandes indivíduos, os gênios do mundo, os grandes progressos da ciência?

— A civilização moderna já não produz mais esse tipo de gente. Em vez de florestas com árvores gigantes, temos arbustos miúdos e depenados, com raízes que não descem um palmo abaixo da terra. Se você estiver duvidando, basta assistir a qualquer um desses programas de entrega de prêmios.

— E o John Lennon, o Kurt Cobain, a Marie Curie, o Krzystof Kieslowski, o...?

— Estamos no mesmo caminho dos dinossauros. A natureza terá sua vingança, e quanto antes melhor. O mundo está absurdamente superpovoado. O que a gente precisa mesmo, o que Noel deveria estar fabricando naquele laboratório, é um agente patogênico que destruísse metade da população mundial da noite para o dia.

— Só a metade? Pra quê? Pra salvar essa raça que você tanto detesta?

Norval arqueou as sobrancelhas, surpreso.

— Tudo bem. A humanidade inteira. Aliás, não será exatamente uma vingança da natureza. Será a vingança do nada: um terrível buraco negro, com o peso de 10 milhões de sóis, levará as coisas de volta para aquele... aquele estado de nulidade que vigorava antes do Big Bang.

— Sei. Mas diz uma coisa: nunca houve nenhuma exceção pra essa sua aversão generalizada à humanidade? Nem o Noel?

Norval deu um trago no cigarro.

— Sim, o Noel.

— Ele também dá aulas de literatura simbolista? Foi assim que vocês se conheceram? Na escola?

— Não. Mas mexi alguns pauzinhos pra conseguir uma vaga pra ele. Não durou mais que um semestre.

Qual será meu papel nessa conversa toda?, perguntou-se Samira. De *sparring*?

— Por que ele ficou só um semestre?

— Não conseguia entender as perguntas dos alunos.

— Mas ele tem as devidas qualificações? Diplomas, essas coisas...

— Não, mas foi aceito no MIT quando ainda era adolescente, porque tinha conseguido notas espantosas nos exames de admissão. Foi *convidado* pra estudar na McGill, pelo próprio reitor da faculdade de ciências.

— Mas não se formou.

— Não.

— Então... qual é a *base* dessa amizade entre vocês?

— A compreensão mútua, e o grande alívio que ela traz. Noel é uma espécie de mente companheira.

— Quer dizer, ele parece tão taciturno, tão inseguro, sei lá, tão infeliz... Você, ao contrário, é...

— Ele é escocês. *Ipso facto*, não é de natureza otimista. Assim como o pai, tem a cólera negra, o humor do desespero. Quando está no buraco, acha que nunca vai sair dele; quando está feliz, acha que logo vai passar.

— Tem certeza de que ele está bem? Quer dizer, ele parece...

— Noel precisa de algumas horas de sono, só isso.

— ...arrasado, deprimido, prestes a cair num abismo qualquer. Tem aquela expressão sombria no olhar, sabe? Já vi esse tipo de sintoma antes. Ele parece... tão soturno. Nas três vezes em que o vi no laboratório, não abriu um único sorriso. Ele não ri nunca? Não tem senso de humor? Não é irônico de vez em quando?

— Noel não seria capaz de conceber algo engraçado pra dizer nem que tivesse um mês pra se preparar.

— Ele não bate muito bem da cabeça, é isso?

— Noel Burun? Está brincando! Você não conhece a história dele? De um lado, Noel descende de ninguém menos que lorde Byron; do outro, de uma longa linhagem de médicos escoceses. Noel é uma espécie de super-humano: é capaz de visualizar as coisas com os olhos de um pintor, de invocar imagens que você e eu não conseguiríamos invocar nem ao cabo de cem vidas, imagens jamais vistas nem nos transes mais feéricos das bruxas de Sabá. Não se deixe enganar pelo Noel: ele tem a mente e a imaginação de um gênio das artes, ou da ciência. É um descuido da natureza, um assombro psicomnemônico, com poderes eidéticos quase sobrenaturais.

— Achei que você tivesse dito que não existem mais gênios.

— Noel é o último. Você deveria ser a mãe dos filhos dele.

Samira riu.

— Por acaso ele pertence a uma dessas associações, você sabe, do tipo Mensa?

— Mensa? Você só pode estar brincando. Essa Mensa não passa de um clubinho autoidólatra de punheteiros que não têm inteligência suficiente para não se associar. Partidas de Scrabble tridimensional, xícaras de Ovomaltine... Noel está além dessa bobajada. Está em outra dimensão.

— O que você quis dizer com "poderes eidéticos"?

— Uma memória fotográfica, extraordinariamente vívida e persistente. Com janelas que vão se abrindo de modo espontâneo, imagens catalíticas que vão gerando outras imagens até levá-lo de volta à mais tenra idade. Noel é um *hipermnésico*: não se esquece de rigorosamente nada. Como o Proust, só que elevado ao quadrado. Tem 1 milhão de megabytes de memória. Um milhão de emoções, sensações, imagens e sabe-se lá o que mais para usar como referência.[17] Não chegou lá ainda, mas um dia ainda vai ser um grande escritor, maior que o próprio Proust. Ou talvez um poeta visionário como Rossetti ou Blake. Escreve o que estou dizendo.

— Nunca sei quando você está brincando. Agora, por exemplo: está ou não está?

— Nunca falei tão sério na vida. Qual é a principal matéria-prima para um artista?

— Segundo Proust? As lembranças.

— A infância. Que a maioria de nós apaga por completo da memória. Quando uma criança vê, pela primeira vez, um arco-íris misturado à névoa de uma onda que se quebra no mar, uma roda *trompe l'oeil* que parece estar girando para trás, um "galeão fantasmagórico" do outro lado das nuvens, é *aí* que nasce um grande poema, uma grande pintura ou uma grande sinfonia. Em um nível subconsciente, claro. Portanto, tudo se resume a encontrar, a recapturar aquele momento de pura sensação, aquela...

— Então o que está impedindo que ele...?

— ...aquela vivacidade, aquela anarquia do olhar infantil. Estou falando da *infinidade* da infância.

— A própria substância da inocência.

— Quando um bebê vê o mundo, não fica com medo: fica *maravilhado*. Mais tarde, no entanto, fica apavorado. Por quê? Porque a essa altura já tem consciência da morte. Mas Noel, caso se disponha a tanto, ainda é capaz de conjurar aquele olhar primordial, aquelas cores edênicas... Está tudo lá, intacto, na cozinha mental dele. Se soltar as amarras, pode se tornar um novo Rousseau,[18] ora bolas.

— Rousseau? Ótimo. O homem que despachou os cinco filhos para um orfanato.

— Ou Baudelaire, para quem o gênio não era mais que a infância recuperada voluntariamente, com os meios de um adulto para expressá-la.

— Outra analogia possível seria a música da nossa infância, não acha? Essa música que a gente nunca esquece. Porque é a única música que de fato nos alcançou, que tocou nossa alma. Quer dizer, as pessoas mais velhas *nunca* escutam música nova, não gostam de nada, estão sempre voltando para a música de sua juventude inocente e impressionável. Cantigas de ninar, canções infantis, música adolescente... É disso que você está falando?

Norval apagou o que restava do cigarro.

— Não.

Samira sacudiu a cabeça.

— Certo. Mas que "amarras" são essas de que você falou? O que está impedindo Noel de se tornar um grande artista?

— Um motor fraco e um leme quebrado. Como todos os fracassos, ele passa horas remoendo o mais ínfimo dos problemas. Mas um dia chega lá.

— Que tipo de problemas?

— Todos. Ficou se remoendo quando pela primeira vez deixou marcas de bosta na fralda. Mais tarde, começou a trincar os dentes de tanta preocupação; precisou de três ortodontistas pra consertá-los. Agora se preocupa com o peso. E com a saúde mental. Feito o Byron, que tinha dois medos: o de ficar gordo e o de ficar louco... e que às vezes ficava as duas coisas.[19]

Samira consumiu alguns instantes num silêncio reflexivo.

— Noel parece... sensível demais, melancólico demais, pra ser capaz de...

— A melancolia favorece a arte. Veja o Proust. *Em busca do tempo perdido* foi escrito inteiramente na cama, num estado crônico de depressão.

— ...pra ser capaz de lidar com a vida. Ele parece tristíssimo. Talvez seja a pessoa mais triste que já vi na vida. Até mesmo a palavra "triste" parece inadequada. A impressão que tenho é que algo se quebrou dentro dele, se espatifou por completo.

— Pois assim são todos os gênios. Eles enxergam os defeitos, a desordem fatal no interior da máquina.

— Creio que, se alguém próximo a ele morrer, ou se ele for rejeitado por uma mulher...

— Noel foi rejeitado pelas mulheres a vida inteira. Primeiro elas o acham engraçadinho, toleram aqueles longos silêncios atrapalhados, a mente multicolorida, mas dali a pouco já começam a achá-lo de uma esquisitice insuportável. "Rígido, mecânico e emocionalmente distante", é assim que o dr. Vorta o descreve num relatório que eu... tive a oportunidade de ver.

— É mesmo? Engraçado, achei que fosse o contrário. Que Noel tivesse as emoções à flor da pele, que fosse perigosamente sensível. Alguém incapaz de esquecer uma perda, uma rejeição...

— Esquecer? Noel não se esquece de nada, não consegue bloquear nada. Será assombrado pelas lembranças a vida inteira. Uma das coisas que não consegue deixar de reviver, por exemplo, com todos os detalhes mais mórbidos, é o suicídio do pai.

— Meu Deus...

— A mãe de Noel estava tendo um caso com o Vorta. Ele descobriu tudo, e jogou o carro numa pedreira alagada.

— Sério? Foi isso mesmo que aconteceu?

— É possível. De qualquer modo, não creio que o problema do Noel seja uma mulher ou uma decepção amorosa. Nada disso. Noel nunca sai com as mulheres.

Samira calou-se um instante.

— Ele prefere os homens? — disse afinal.

— Talvez a porta do armário dele tenha lá os seus arranhões. Mas não sai com as mulheres por outro motivo. Porque já tem uma. É apaixonado por ela.

Samira sacudiu a cabeça com uma expressão reflexiva, mas não disse nada.

— Acho que posso lhe contar — disse Norval. — Daqui a pouco todo mundo vai ficar sabendo mesmo. Faz anos que

Noel convive com um segredo terrível, desde que o pai se matou. Algo a ver com uma escocesa de muitas posses, e beleza deneuviana.

— O quê? Que história é essa agora?

— Uma paixão perversa... com um antecedente grego.

— Você não está falando de *Édipo Rei*, está?

— Também há um precedente francês. Depois de perder o pai, Baudelaire e sua mãe foram morar juntos e passaram a viver o que ele mesmo chamou de "um período de amor apaixonado", um "paraíso verdejante" em que ela era "única e inteiramente" sua. É mais ou menos assim com Noel e a mãe.

— Você está inventando tudo isso, não está?

— Sobre Baudelaire? Claro que não.

— Sobre o Noel.

— Então, vamos começar?

— Começar o quê?

— Minha *Alpha Bet*.

Na manhã seguinte, à mesa do café, Samira perguntou:

— Você não vai fazer nenhuma pergunta a meu respeito? Quem eu sou, por exemplo?

Norval nem sequer levantou o rosto da correspondência, que incluía o jornalzinho do *Nillennium Club*.

— Não estava nos meus planos de hoje, não.

Samira refreou um sorriso.

— Você é incorrigível, um maluco. Sobretudo um filho da puta.

— Isso porque você não conhece minha mãe. — Norval dobrou o jornalzinho, esvaziou a terceira xícara de *espresso* e por fim se levantou.

— Suponho que você tenha algumas qualidades redentoras — disse Samira.

— Nem umazinha.

— O que o Noel vê em você?

— Pergunte a ele. Olha, estou indo pra Schubert. Volto lá pelas quatro.

— Schubert, a *piscina*? — Uma coisa não batia com a outra, ela pensou. — Você *nada*?

— Diariamente. Uma espécie de ensaio geral.

— Ensaio geral? Pra quê? Uma peça?

— Pra morte. Pretendo terminar meus dias na água.

— Fala sério.

— Ouvi dizer que as pessoas que se afogam têm uma súbita clareza de memória antes de morrer. O que pode estar relacionado com nossa imersão no líquido amniótico, ou talvez com o susto do batismo... nada que vocês, árabes, possam vir a sentir um dia, eu acho. De qualquer modo, parece que durante o afogamento acontece uma explosão de lembranças, lembranças muito límpidas, desde o primeiro mergulho até o último.

Samira balançou a cabeça.

— Até agora não sei quando você está brincando ou falando sério. — Ou repetindo algo das aulas que dá. — Mas o elemento do descanso eterno da alma não é o ar?

— Temos mais água do que ar na nossa composição. A água é nossa origem e nosso destino.

— Você escreve ficção, não escreve? Vi um livro com seu nome numa prateleira qualquer. É um romance?

— Há quem o tenha chamado assim.

— Do que se trata? Que... tipo de romance é?

— Bem, achei que Joyce não tinha ido longe o bastante com *Finnegans Wake*, que ele havia se segurado. Meu livro é uma tentativa de dar um passo além.

— Muito engraçado. Você é francês, não é?

— Sou.

— Então por que fala como se fosse um inglês depravado, com esse sotaque de... esse sotaque de visconde, sei lá.

— A depravação me vem naturalmente; já o sotaque vem de uma série de internatos ingleses e indiferentes para os quais fui mandado, ou melhor, exilado, pela vaca da minha mãe.

— Por que você diz que ela... Por que ela o mandou para a Inglaterra?

Norval exalou um suspiro, sacou o relógio de bolso e abriu a tampa.

— Porque queria me tirar do caminho. Porque fazia anos que eu a vinha atormentando pra me mandar pra lá. Porque meus autores favoritos naquela época eram Baudelaire e Rimbaud. Eu sabia que Baudelaire havia aprendido inglês ainda menino, para depois traduzir Poe, e que Rimbaud havia vivido em Londres na adolescência, onde escreveu seus melhores versos. Portanto, já que eu tinha de ser exilado, de ir pra um internato qualquer, achei melhor ir pra Inglaterra. Era o que mais fazia sentido... pelo menos na tortuosa lógica do garoto que eu era. De qualquer modo, mamãe adorou me mandar pra lá. Com o dinheiro do papai, claro.

— Mas por que sua mãe... que motivos ela tinha pra querer te "exilar"?

— Porque ela queria fornicar em paz, sem ter de me trancar no quarto durante horas. Porque a gritaria, minha e dela, estava começando a perturbar os vizinhos. Porque ela temia que eu a envenenasse.

— Você faria isso?

— Cheguei a pensar no assunto.

Samira perscrutou os olhos de Norval em busca de algum sinal de verdade ou mentira. Não encontrou nada.

— Então... fala mais a respeito dela, da sua mãe. Ela...

— Minha mãe? Minha mãe é um saco de excremento. — Norval acendeu outro cigarro. — Uma vaca no cio. — Soprou um jato de fumaça contra o rosto de Samira. — Quer que eu traga alguma coisa da rua? Algo pra aplacar um vício qualquer?

— Não, eu... na verdade preciso ir. Estou ocupando sua cama.

— Uma delas.

— Bem, eu... eu poderia ficar mais um pouquinho.

— Tem um maço de dinheiro na gaveta da escrivaninha, caso você precise.

O que você espera em troca?, pensou Samira.

— Obrigada, mas...

— Você recebeu isto aqui também? — Do bolso interno do paletó, Norval tirou um cartão branco, impresso com rebuscadas letras prateadas, feito um convite de casamento.

— O que é isto?

— O sarau "láudano e absinto". A festa de Yelle.

— Ah, sim, no laboratório. Eu já tinha esquecido. O JJ falou alguma coisa a respeito.

— Você vai?

— Bem, eu... eu não estava pensando em ir. Quer dizer, acabei de conhecer o cara, e já não curto as drogas tanto assim.

— Não vai perder nada. Duvido que ele sirva alguma droga de verdade. Pior que isso, parece que vai ler alguns poemas.

— E daí? O que há de errado nisso?

— Poemas nunca devem ser lidos em público.

Samira franziu o cenho.

— Não seja ridículo. Poemas são para ser lidos em voz alta, sim. Além disso...

— A poesia é um prazer solitário, uma arte solitária. Não quero ser perturbado por ninguém quando estou lendo, não quero ouvir alguém lendo um poema de um modo que eu jamais leria. Ler um poema em público é o caminho mais curto pra torná-lo ridículo e afetado. T.S. Elliot, por exemplo, jamais deveria ter gravado seus poemas para o mundo.

Samira riu.

— Nem dado ensejo ao *Cats*.

— Os escritores são para ser lidos, não ouvidos. Se estiver duvidando, vá lá e escute Margaret Atwood.

— Bobagem. E as leituras do Dylan Thomas? E as de Charles Dickens? E as de Mark Twain?

— São exceções. — Norval se calou um instante e encarou Samira, como se tivesse acabado de localizar uma pechincha num antiquário. — Você parece entender de literatura.

— Isso é quase uma pergunta pessoal. A primeira desde o elevador, se não me engano.

— Quer um emprego?

— Fazendo o quê?

— Dando aulas.

Samira riu.

— Só tenho um bacharelado sem nenhuma especialização. Bem vagabundo, pra dizer a verdade.

— A gente inventa uns diplomas pra você. Artigos publicados, cartas de referência... tudo.

— Não. Não creio que seja uma...

— Onde foi que você estudou?

— Cornell.

— Perfeito. Qual era a sua área?

— Área nenhuma.

— De que tipo de literatura você gosta? De que século?

— Bem, ultimamente tenho lido as góticas.

— Jura? Tipo Anne Radcliffe? Você gosta desse tipo de coisa? Aventuras de terror em castelos ermos?

Samira suspirou.

— Anne Radcliffe vai muito além de...

— A mocinha aterrorizada foge, perseguida por fantasmas e monges depravados. É capturada, foge de novo, é novamente capturada e foge outra vez.

Samira não pôde deixar de rir.

— Anne Radcliffe não é só...

— Então estamos resolvidos. Você vai dar umas aulas sobre o romance gótico.

— Mas como você pode...

— Porque venho trepando com a diretora desde o dia em que ela me contratou. Há três anos. Só por isso não fui demitido ainda. Bem, talvez não só por isso. Se me mandassem embora, seguramente os alunos entrariam em greve.

Samira revirou os olhos muito negros.

— Posso saber por quê?

— Porque só dou a eles a nota máxima. E nenhum dever de casa.

— Além de algumas aulinhas de educação sexual, suponho.

— Quando solicitado.

— Mas o que tudo isso tem a ver com...

— O Blorenge vai entrar de licença semestre que vem. Vou falar com a diretora que tenho uma substituta da melhor qualidade. E, uma vez que o Blorenge vai passar seu período de licença numa clínica de desintoxicação, ou talvez num grupo de apoio pra molestadores sexuais, pode ser que sua contratação seja permanente.

Samira parou um instante para digerir o que acabara de ouvir.

— Grupo de apoio pra molestadores sexuais?

— A equipe feminina de natação pilhou o sujeito escondido no vestiário; ele estava espiando pelas grades de ventilação, num episódio de furor onanista. Então, quer o emprego ou não quer?

Samira balançou a cabeça.

— Não. Não tenho as qualificações necessárias pra dar aulas de literatura. Além disso, já parti pra outra.

— Para o quê?

— Arteterapia.

— Você *só pode* estar brincando.

— Não, não estou.

Norval novamente fisgou o relógio no bolso.

— *Maasalaama!*

— Posso fazer só mais uma pergunta antes de você ir?

— Se for a última.

— Aquela escada ali. — Samira apontou. — Aquela que não dá em lugar nenhum. Pra que serve?

Norval hesitou, deu um trago final no cigarro.

— São degraus imotivados.

— Como? — Não era esse o título do livro dele?

— Na arquitetura isso é conhecido como "degraus imotivados": uma escada inútil, que não leva a lugar nenhum. É apenas um lembrete.

— Um lembrete do quê? — Samira logo viu que Norval não responderia nada, que a cabeça dele era uma espécie de reino impenetrável. — Quer dizer, isso não é da minha conta, você não precisa...

Norval já tinha a mão à maçaneta da porta.

— Ainda bem que você sabe disso.

— Espere, Norval. Você não estava falando sério quando disse que... bem, aquela história de terminar seus dias na água. Era uma brincadeira, não era?

— De modo algum. Depois do Z, sou um homem morto.

Capítulo 10
"JJY"

A Edícula do Cemitério era tudo que ainda restava do patrimônio da família Yelle. Na segunda metade do século XIX, Gaétan Yelle havia feito fortuna com a manufatura de acessórios de tabacaria, mas seu filho Jean-Jacques, sem nenhuma inclinação para o negócio, acabou passando-o adiante. Com a morte da mulher, consumiu boa parte do legado nos cavalos de Bluebonnets e no bingo da Église St. Ambroise, mas fez um investimento bastante peculiar: com um sócio, comprou o Cemitério Monte Real. Mais tarde, no entanto, também vendeu o cemitério, guardando para si apenas a edícula, uma casa pseudogótica de madeira e pedra, onde passaria os últimos 12 anos de sua vida, um viúvo feliz com seu filho feliz, Jean-Jacques Jr., a quem todos chamavam de JJ.

Até onde ele era capaz de se lembrar, desde o dia em que dera a vitória a seu time de beisebol com uma jogada espetacular (de legalidade duvidosa para alguns), JJ não conhecia outra coisa que não fosse a felicidade. Fora feliz ao lado do pai, colecionando piadas e palhaçadas de última hora, fazendo belas fogueiras de folhas secas e móveis velhos, jogando boliche no Quilles Bec nas noites de quinta, ouvindo os planos que o pai tinha para enriquecer como inventor. Fora feliz ao lado da mãe, que o ensinara a fazer pipas chinesas, álbuns de folhas parafinadas, torta de chocolate; que o ensinara a jogar Mille Bornes, a compor versos sem sentido, a andar de perna de pau; que diariamente o lembrava de como ele era fofinho. No terceiro ano da escola fundamental, fora feliz porque Mademoiselle Proulx gostava dele. Não era um aluno aplicado, não tirava boas notas e certa vez havia desenhado uma mulher nua jogando boliche; ainda assim Mademoiselle Proulx gostava dele. *Un bon petit garçon*, ela havia escrito no boletim.

Com o tempo, JJ foi se transformando num urso grandalhão e desajeitado, mantendo apenas o rosto sardento, os cabelos cor de cenoura e as bochechas gordas da infância. Já adulto, consumia boa parte do tempo tentando ganhar dinheiro com suas invenções e *hobbies*: ervas e poções mágicas, *gadgets* supostamente engraçados, redação de textos como *freelancer* via internet. Num leilão de massa falida, adquiriu para sua empresa pontocom meia dúzia de computadores do início da década de 1990, que consertou por conta própria à medida que foram estragando.

No interior da edícula, que no passado havia abrigado um jardineiro e sua família, as coisas tendiam a se acumular: folhetos de propaganda escritos pelo próprio JJ; equipamentos de som e móveis recolhidos do lixo alheio; pilhas de revistas sobre terapias naturais; sacos de fertilizantes; caixas de sapato e cereal contendo "produtos especiais"; uma montanha de louça suja na cozinha, que só fazia crescer.

No caminho de cascalho diante da casa — que no verão acumulava mato e dentes-de-leão, e no inverno, pilhas de neve jamais recolhidas —, estava estacionado o Dodge Aries 84 (JJ também era ariano) que ele havia comprado "por uma ninharia" de uma lanchonete de New Brunswick chamada MUMMY'S YUMMY CHICKEN. Para cobrir o logotipo das portas, jogara uma tinta em spray cor de ferrugem e colara por cima diversos adesivos dos lugares que havia visitado nas Províncias Marítimas e na Nova Inglaterra. Sobre o teto ele havia colocado grandes retalhos de lona e plástico azul, presos com cordas de sisal e borracha, os quais davam a impressão de que ele transportava algo de volume bastante irregular. Alguns especulavam tratar-se de uma cabana de camping ou de um saco de dormir; quando vinham lhe perguntar, JJ abria um sorriso imperscrutável e não dizia nada. Sempre que precisava atravessar a fronteira com os Estados Unidos, era solicitado a retirar a lona e o plástico, o que ele levava uns bons 15 minutos para fazer. E era isto que os guardas viam: uma galinha de metal, soldada ao teto e pintada de vermelho e amarelo.

Feito uma criança, o marmanjo JJ borbulhava de empolgação com a festinha que agora ia dar. Distribuíra *cinquenta* convites. Onde sentaria tanta gente? Havia quatro cadeiras de cozinha, um sofá decrépito com cheiro de urina (herança do animalzinho de estimação da família, um poodle com incontinência), uma *bergère* de molas quebradas (herança da mãe balofa) e cinco poltronas de cinema (herança do extinto e vandalizado Rialto). Isso daria para o quê? Uma dúzia de frade? Claro, também havia o chão... Olhando para baixo, JJ não gostou do que viu: um tapete industrial imundo que lhe embrulhava o estômago sempre que cheirado. Restos de comida e manchas de refrigerante infestavam as cerdas. Quando tentou enrolá-lo, partes do forro de borracha ficaram presas ao assoalho, e o resto se desmanchou em pó. JJ decidiu então deixar o tapete onde estava. Uma boa espargida de desinfetante resolveria o problema. Ele estava a caminho do banheiro quando se assustou com o ruído de algo se espatifando. Virou-se para ver o que era. Emborcada no chão encontrava-se uma reprodução de *The ice bridge*, de J.W. Morrice, que havia caído da parede. Essa não, ele pensou. Quadro caído era presságio de morte.

JJ fechou os olhos, fez o sinal da cruz e retomou o caminho do banheiro. Depois de vasculhar uma selva de produtos sob a pia, parando aqui e ali para jogar os mais fétidos num cesto de lixo já transbordante, ele encontrou o que estava procurando: um spray de Lysol com perfume de limão. Apertou o bico. Apertou de novo. Míseras gotinhas do líquido vazaram para fora. O que mais tenho aqui?

Vejamos... um frasco de Aqua Velva empapado de óleo e poeira, intacto desde a última barba feita pelo pai; outro de Fleur de la Passion, de Duverné, o perfume preferido da mãe. JJ voltou à sala e borrifou um pouco de cada no tapete.

Para tirar o cheiro das mãos, retornou ao banheiro, que parecia equipado com os restos mortais de um restaurante lá dos idos de 1950. Havia um urinol, uma pia com torneiras concebidas para economizar água, um recipiente giratório recheado com um pó granulado rosa, e um secador de mão com as seguintes instruções:

ABANE AS MÃOS PARA RETIRAR O EXCESSO DE ÁGUA.
APERTE O BOTÃO. SECADOR PARA AUTOMATICAMENTE.
ESFREGUE AS MÃOS LEVE E RAPIDAMENTE.
APONTE AS VENTAROLAS PARA CIMA E SEQUE O ROSTO.

Pelo menos era isso que estava escrito um dia. Certas palavras haviam sido raspadas com uma moeda ou faca:

ABANE
O BOTÃO.
ESFREGUE LEVE E RAPIDAMENTE.
APONTE A ROLA PARA O ROSTO.

JJ não pôde deixar de rir enquanto secava as mãos. Ainda achava aquilo muito engraçado. Mas também um tanto infantil. Cogitou apagar a piada de alguma maneira, raspando o resto das letras ou pintando por cima delas, mas deixou para fazê-lo no dia seguinte. Com as mãos ainda ligeiramente úmidas, foi para o quarto. Uma colcha de retalhos puída e desbotada, confeccionada pela mãe, se encontrava grampeada aos alisares da janela; o papel de parede, com ursinhos alados empunhando arco e flecha, havia sido colocado apenas pela metade: o serviço fora interrompido quando a ex-namorada de JJ descobriu que a gravidez havia sido alarme falso. Pôsteres de filmes do pai, incluindo *As férias do sr. Hulot* e *O professor aloprado*, com marcas amareladas de fita adesiva nos cantos, se encontravam presos à parede com tachinhas. Preciso limpar essa bagunça, ele pensou. Serviço completo.

Com o auxílio de um carrinho de bebê, o seu, JJ recolheu submarinos de plástico, pistolas de água, ursinhos de pelúcia, jogos de tabuleiro, livros de piadas, e fez um pequeno monturo no chão do corredor. Retirou roupas do armário, incluindo algumas do pai: calças de tergal e suéteres fedendo a naftalina. Parou um instante para examinar uma caixa de sapatos repleta de cartas velhas: notificações de recusa de emprego, ameaças furiosas de agências de cobrança, contas da Hydro-Québec e da Gaz Métropolitain, um maço de multas de trânsito, cartas de advogados contratados pelo Cemitério Monte Real. Numa caixa de plástico encontrava-se uma embalagem de chiclete Rowntree, sabor cereja, descartada por uma garota chamada Solange. Ele vira Solange pela primeira vez quando ela saía da Villa Maria School for Girls, embrulhada num saiote plissado e uma jaqueta vermelha-clara; tentara espiar a garota de 12 anos todas as tardes até o fim daquele ano, nove meses no total. Seu amor por Solange era como o de Dante por Beatriz. Por duas vezes ele havia chegado a uns quatro metros dela, uma única vez a cumprimentara com um abano da cabeça, e a partir dali pensaria nela todos os dias.

A lembrança de Solange desbotou, mas só ligeiramente, quando ele conquistou a primeira namorada: uma garota grega que conhecera num acampamento de verão para crianças carentes, no qual ambos haviam trabalhado como monitores. Na mesma caixa de sapatos havia três cartas dela: "Meu querido JJ", começava uma delas. "Amo você mais do que ontem, menos do que amanhã..."

JJ recolheu as flores mortas e as jogou com vaso e tudo no quintal. Depois fez o mesmo com pilhas de revistas sobre ervas medicinais, algumas datadas do fim da década de 1980. Hoje vamos fazer uma fogueira, decidiu. Vou receber meus convidados com uma fogueira de esquimó! Vamos tostar marshmallows! Não, pelo amor de Deus, onde é que estou com a cabeça? Estou virando uma página nova na minha vida, não sou mais nenhuma criança. Por outro lado, um marshmallowzinho até que não seria má ideia agora. Ele foi até o armário da cozinha e, através da janela (com a vidraça especada pela colher de pau que a mãe usava para castigá-lo), arremessou uma miscelânea de garrafas e caixas, incluindo uma lata tamanho família de Quick e um sem-número de caixinhas de cereal, já desfalcadas dos flocos mais açucarados. Algumas das latas, cobertas de poeira, eram de um tempo em que nem sequer havia prazos de validade. Enquanto devorava o conteúdo de três saquinhos plásticos contendo respectivamente coco ralado, amêndoas e mirtilos desidratados, ele avistou um saco de marshmallows. Sim! Eu *sabia* que isto estava aí! JJ alcançou o saco e dele retirou as bolotas de marshmallow, tão duras quanto bolas de golfe. Através da janela, com a mão esquerda, arremessou-as também sobre a pilha do quintal.

— Adeus, juventude! — exclamou. — Que as lembranças ardam no fogo!

O último ônibus do dia, o "Circular das Viúvas", atravessava o portão ao mesmo tempo que Norval, Samira e Noel entravam no Cemitério Monte Real. As janelas molhadas do ônibus se iluminavam de uma cor âmbar, deixando transparecer as silhuetas escuras dos passageiros, quase indiscerníveis. O motorista, sem nenhum motivo aparente, buzinou duas vezes ao passar na direção oposta.

Sob um monumental crepúsculo de vermelhos e roxos apocalípticos, eles seguiram adiante chapinhando na neve alta. Com Samira à frente, foram parando aqui e ali para varrer os flocos de túmulos e mausoléus, revelando epitáfios que ressaltavam a ascendência escocesa dos mortos, as vidas de fausto, os gestos filantrópicos, as façanhas de guerra, as virtudes de "esposas amantíssimas". Noel observou a presença de algumas vítimas de naufrágios célebres, como o do *Titanic* e o do *Lusitania*. Outros mortos, tal como descobriu Samira, eram célebres por mérito próprio, como Anna Harriet Leonowens, imortalizada em *Anna e o rei de Sião* e *O rei e eu*. Também havia os infames, observou Norval, como Alexander Armstrong English, que depois de uma carreira no exército britânico havia se tornado o carrasco itinerante do Canadá. E um perverso espancador de mulheres.

Aos cinquenta metros de um caminho sinuoso, numa encruzilhada, se via uma placa cuja pintura vinha descascando durante décadas. Uma desbotada seta vermelha apontava para:

LOGE DU PORTIER
Edícula
(Propriedade Particular)

Seguiram na direção apontada, percebendo uma gradual mudança na atmosfera do cemitério. A opulência da ala vitoriana, com suas pretensões à imortalidade, ia dando lugar aos túmulos mais modestos de imigrantes, soldados, crianças e pobres de toda cepa.

Dali a uns quatrocentos metros, diante da decrépita estátua branca de uma criança nua recostada a um crânio, uma espécie de Hamlet bebê, o trio avistou uma espiral de fumaça subindo aos céus. Eles ultrapassaram uma placa de ENTRADA PROIBIDA, uma caixa de distribuição elétrica que mais parecia um artefato indígena,[20] e por fim um carro enferrujado, uma banheirona que parecia carregar uma grande pedra no teto.

— Alguém quer um pouco disto? — ofereceu Norval antes de dar um gole, não o primeiro do dia, no uísque que trazia num cantil de metal. — Vocês vão precisar. — Enquanto secava a boca com o dorso da mão, ouviu os latidos de um cachorro, seguidos de algo semelhante a vozes abafadas. Olhou para trás, mas não viu ninguém. Então deu mais um trago no uísque e seguiu na esteira de Noel e Samira.

Eles alcançaram a edícula, uma construção velha mas não em ruínas: embora a estrutura original fosse charmosa, lembrando uma casinha de contos de fada em razão do telhado cônico e dos torreões geminados, adições recentes haviam desfigurado a simetria de outrora, resultando em algo parecido com as casinhas dos desenhos infantis. Uma garagem externa, ameaçando ruir, abrigava um rabecão da década de 1950, empoleirado sobre pilhas de tijolos. Um grande bordo havia sido pintado de azul-claro no tronco e nos galhos mais baixos. O tapete de neve a seu redor exibia dois jotas desenhados com urina. Os dois homens examinavam a curiosa inscrição quando Samira apontou para o vulto parado diante de um monturo fumegante: um sujeito com aspecto de panda, envergando um daqueles chapéus que os pais usam em dia de pescaria, um suéter de lã absurdamente grande (que decerto conhecera dias melhores, ou nos ombros do panda ou nos de outro proprietário), um cachecol amarelo-ovo, calças largas com bolsos nas pernas, e botinas peludas que lembravam as patas de um animal.

Quando Samira sorriu e acenou, ele ficou empolgado: largou a pá e acenou de volta com os braços, agitando-os como se fossem as pás de um moinho de vento. Ao se aproximar, os visitantes notaram as olheiras que o anfitrião trazia no rosto, dando a impressão de que havia fumado um quilo inteiro de maconha. As rugas eram marcas de riso muito mais que de preocupação; os cabelos espetados à base de muito gel deixavam parecido com o integrante de uma *boy band*; a boca se emoldurava com um projeto de cavanhaque.

— Salve, convivas! — ele berrou, salivando. — Bem-vindos a meu casebre! São os primeiros a chegar! — Tomou a mão de Samira e nela plantou um beijo cavalheiresco. Em seguida provocou Norval com uma sucessão de socos no ar, mas não encontrou reciprocidade: Norval mandou que ele parasse. JJ distribuía tapinhas carinhosos nas costas de Noel, quando um cachorro começou a latir. Muito mais furiosamente do que antes. Todos pararam para ouvir.

— É o Merlin II — disse JJ. — Um cachorro sem dono. Sempre avisa quando tem gente chegando. Ei, Nor, diz aí: qual é a raça de cachorro que adora tomar banho?

— Como?

— Qual é a raça de cachorro que adora tomar banho? O shampoodle.

— Certo.

— E por que o cachorro abana o rabo? Porque o rabo não pode abanar o cachorro. E por que o cachorro...

— Por favor — interrompeu Norval. — Já estou ficando de estômago embrulhado.

— ... por que o cachorro entrou na igreja?

— Vejamos... Porque era um cão pastor?

— Isso! Quem não gosta de piada de cachorro, hã? Agora vem, vamos entrar.

JJ caminhou até a casa e abriu a porta para os convidados.

— Por favor, entrem. Sintam-se em casa. Não precisa tirar os sapatos. Deem uma olhada por aí.

Eles aquiesceram e, atravessando a surrada soleira, ficaram surpresos com o que viram.

— Podem me dar os casacos. Se não se importam, vamos esperar mais uns minutinhos até o pessoal chegar. Espero que tenha espaço pra todo mundo!

Mudos, os recém-chegados correram os olhos pelos objetos a seu redor: um índio de charutaria, um gato empalhado, duas prensas de raquete de tênis e um chicote de carruagem pendurados em pregos gigantes, uma coleção de formas de sapato espalhada sobre um tapete de banheira com ventosas — além de outras bugigangas que denotavam algum distúrbio mental. Ao fundo se ouvia o zumbido de duas televisões em preto e branco que se achavam ligadas, transmitindo coisas em línguas diferentes.

— Nor, toda vez que te vejo, fico... sei lá, perplexo — disse JJ. — Sabe com quem você parece?

Norval disse que sabia.

— Você lembra o Byron! E você também, Noel. Mas o Noel se parece mais com o Émile Nelligan.[21] Samira, eu quis te perguntar semana passada, mas não perguntei. Esse seu nome é de origem grega?

— Árabe.

— Mesmo? É verdade o que dizem? Sobre a Jihad?

— E o que é que dizem?

— Que o homem que dá a vida pela Jihad é recompensado no Paraíso com setenta virgens pra fazer amor durante toda a eternidade?

Samira sorriu.

— Bem, isso vem de um verso do *hadith*, mas é uma interpretação literal que... bem, que não é a de muita gente.

— Ah, os árabes... — interveio Norval, balançando a cabeça. — Um dia foram a vanguarda da civilização. Que diabos terá acontecido?

— Vocês, franceses, também — devolveu Samira. — Que diabos terá acontecido?

— Eu conhecia uma garota grega na escola — disse JJ, como se não tivesse ouvido nada até então. — Você é tão linda quanto ela. Conheci num acampamento de verão quando tinha 13 anos. Ela tinha as pernas cabeludas. A gente era apaixonado, nunca desgrudava um do outro. Pra falar a verdade, até hoje sou apaixonado por ela. Foi essa greguinha que me roubou a virgindade, sabe? Aprendi a ser hippie com ela. A garota era uma riponga de carteirinha, embora os pais tivessem muita grana. Fugiu de casa e foi plantar repolho numa fazenda...

Calma lá, Samira pensou em dizer, você parece o chihuahua neurótico da minha mãe. Baixa a bola aí, amigo, Norval pensou em dizer, você comeu chocolate demais. Noel não pensou em dizer nada: mal conseguia decifrar o falatório de JJ, como se uma terrível tempestade provocasse estática na comunicação. As formas cúbicas e repentinas que não lhe davam nenhum trabalho no laboratório agora eram um confuso emaranhado de chiados e estalos num tom sujo de branco.

— Então, a coisa não deu certo? — perguntou Samira. — Com a greguinha?

— Não. Os pais a levaram pra uma estada de seis meses na Suíça, esperando que ela arrumasse outro namorado por lá.

— E ela arrumou?

— Não. Só quando voltou pro Quebec. Um cara do Les Beaux Gars.

— Uma banda de rock?

— Uma gangue de motoqueiros. Mas tenho a impressão de que um dia ela ainda vai voltar pra mim. A gente se viu numa festinha do pessoal do acampamento. Ela me ignorou solenemente. Mas vou esperar o tempo que for preciso. Pra sempre, se necessário, até o apagar das luzes. Cá pra nós, acho que a gente ainda vai terminar os dias juntos. Nossos destinos ainda vão se enroscar, o meu e o dela. Se não for aqui, vai ser lá em cima, na eternidade, onde o amor não muda nunca. Só um minutinho: volto já. Preciso trocar essas roupas. Vocês podem ficar aqui, assistindo televisão. Olimpíadas! A gente tá mandando bem, não tá? É a corrente pra frente! É o fã-demônio!

— Este lugar é... impressionante! — disse Samira, pelejando para encontrar as palavras certas. — É... um espanto!

Passeando os olhos pelos objetos, Noel se esforçava para absorver o que ia vendo. Tinha a impressão de que tudo aquilo se desmancharia em pó a qualquer instante. Norval pensava ter entrado num hospício.

— É... é como um museu! — prosseguiu Samira. — Olha só aquilo! — Ela apontou para um relógio velho cujo mostrador exibia as fases da lua e as conjunções dos planetas. — E aquilo! — Ao lado do relógio se encontrava um pequeno telescópio de metal fosco. — E aquilo! — Todos levantaram os olhos na direção do candelabro acima dela, originalmente um aparato a gás, convertido para a eletricidade na década de 1920. Bocais e aparelhos a gás ainda podiam ser vistos por toda a casa, como se JJ pretendesse voltar para o gás caso essa história de eletricidade não fosse para valer.

— Será um caso de déficit neurológico? — perguntou Norval. — JJ é doido assim o tempo inteiro ou só de vez em quando?[22]

— Psiu... — sussurrou Samira. — Ele é um doce. Se você disser alguma coisa contra ele, se fizer algum deboche... bem, não sei o que vou fazer. Ou não fazer. Acho este lugar uma maravilha.

Norval espezinhou a madeira do assoalho, que esfarelou.

— Isto aqui já viu dias melhores.

— Você também.

Norval farejou o ar.

— Que cheiro pestilento é esse? — O nariz o conduziu para o surrado tapete e o caquético sofá. — Perfume de bordel e...

— Mijo de cachorro? — sugeriu Noel.

— Fórmula?

— K_9P.

— Psiu... — sussurrou Samira outra vez. — Rapazes, comportem-se! Ele vai ouvir! Que foi que deu em vocês afinal? Mania de limpeza é tão ruim quanto carolice. Ei, olhem só pra isso. — Samira apontou o queixo para a estante de tijolos vermelhos e tábuas de compensado que ia do chão ao teto, abrigando fileiras irregulares de livros e pastas de arquivo. Aqui e ali, grandes albarelos verdes escoravam os livros.

Norval e Samira se puseram a examinar os títulos. As fileiras superiores incluíam *Alquimia natural*, *Medicina alternativa*, *Medicina metafísica*, *Medicina proscrita*, *Laboratórios clandestinos*, *O maravilhoso livro de química do vovô*, *A abordagem holística na medicina da Antiguidade*, *Necromancia para pedestres*, *Acupuntura para pedestres*, *Hipnose para vendedores*, *Cromoterapia*, *Os segredos dos herboristas chineses* e *A terapia do riso não é piada*. Nas prateleiras intermediárias, envergadas pelo excesso de peso, encontravam-se pilhas erguidas em espiral com números antigos das revistas *Ciência de Vanguarda* e *O amanhã da Psicologia*, bem como diversas antologias de piadas, uma caixa de sapatos (repleta de cartas) com um coração na tampa, meia dúzia de livros de Émile Vorta, um álbum com o nome do médico na capa.

— Caramba, nenhum livro cenográfico aqui — disse Norval. — Só tem merda.

— Mentira. — Samira apontou para a prateleira de baixo, que abrigava obras de Saint-Exupéry, Jules Verne, Alexandre Dumas, Antoine Galland, Ulrich Boner[23] e John Creasey.

No lado oposto da sala, que Noel agora explorava, via-se uma mixórdia de computadores e equipamentos eletrônicos vagabundos: nenhum IBM, Mac ou Toshiba, mas coisas como Capital, Cicero, Apex; nenhuma marca como Sony, Panasonic ou JVC, mas York, Citizen, Claretone. Dois aparelhos de TV sem marca, conectados a alto-falantes de carro, exibiam dois programas diferentes sobre os Jogos Olímpicos de Inverno, em duas línguas diferentes. Um deles contava a história de um juiz de patinação francês; o outro exibia uma entrevista com um atleta canadense. Noel aumentou o volume da entrevista:

— *Então, como se sente? Deve estar desapontado.*

— *As medalhas não são pra todo mundo, né? Mas fico feliz só por participar.*

— *Certo. Mas você chegou em 68º lugar.*

— *Estou feliz só por estar aqui.*

— *Então pra você isto aqui é só um passeio no trem da felicidade?*

— *Vim pra ganhar experiência. Espero me sair melhor nos próximos Jogos.*

— *Mas você está com 43 anos...*

— *Estou feliz por estar aqui.*

— Alguém mais chegou enquanto eu estava me trocando? — perguntou JJ, emergindo do quarto com uma camiseta que dizia **A QUÍMICA CERTA**, mais suja que a anterior. — Convidei uns cientistas megawatt, inclusive o dr. Ravenscroft e a dra. Rhéaume. E, claro, o dr. Vorta. Sou o fã número um dele. Aliás, sabem de uma coisa? Se não fosse ele, a gente nem teria se conhecido!

— Você poderia nos servir um pouco daquele tinto ali? — Norval apontou o queixo na direção da mesa.

— Faz tempo que não lavo minha louça.

— Não tem problema, bebo da garrafa.

— Serve um copo de papel?

— Serve.

— Ou de plástico?

— De pergaminho, tanto faz.

— Quer um vinho também, Samira? E você, Noel?

— Noel é um *expert* em abstinência — disse Norval. — Fico com o copo dele. Mas você não falou alguma coisa sobre absinto e/ou láudano no convite?

— Isso é pra mais tarde. Vou pôr só um dedinho pro Noel. Aqui está, Noel. Sam. Proponho um brinde ao maior cientista de todos os tempos, o dr. Émile Vorta!

Eles brindaram com os copos de plástico, exceto Norval, que já se servia de um segundo.

— Hoje é um dia muito especial — disse JJ, limpando o queixo molhado com a camiseta. — Daqui a cinco minutos vamos presenciar uma coisa que jamais se repetirá na nossa vida.

Para qualquer outro, o silêncio que se seguiu poderia ser interpretado como uma inquietante demonstração de indiferença. Não para JJ:

— Isso mesmo, um momento mágico está prestes a acontecer...

— Jura? — disse Samira, feito uma atriz que de súbito se lembra da sua fala. — E que momento mágico será esse?

— Passados dois minutos das oito horas, o mostrador do relógio estará em perfeita simetria: 20:02, 20/02, 2002. Isso só aconteceu duas vezes na história, e só voltará a acontecer em 2112. Um fenômeno de beleza matemática! Ainda por cima, um palíndromo! E esse é o motivo do nosso encontro de hoje, é por isso que estamos inaugurando nosso clube esta noite, a esta hora. Um momento palindrômico!

Eles ergueram um novo brinde, menos Norval, que assistia vagamente à entrevista de um esquiador inglês. Mudou o foco da atenção quando percebeu, ao lado da televisão, três engenhocas que lembravam bombas de sucção.

— Humm, JJ?

— Oi. Já sei. Você quer saber pra que serve isto.

— Quero. Mas antes gostaria de ressaltar que hoje é dia 2 de fevereiro.

— Correto.

— Seu momento palindrômico só vai acontecer no dia 20.

Com ar preocupado, JJ começou a escrever algo no ar com o indicador.

— Meu Deus! Você tem razão! Sou mesmo uma anta!

— *Maleesh* — disse Samira, consolando-o com um carinho no ombro. — Também me confundi. Que tal, então, a gente fazer desta noite uma espécie de... de ensaio geral, de *test drive*. Depois a gente volta no dia 20, pra inauguração oficial.

— Isso! — exclamou JJ. — Mas que ótima id...

— Você ia me dizer pra que servem essas geringonças — disse Norval, ainda segurando uma das bombas.

— Bem, isto que está na sua mão é um sherlock invertido. Aquele ali é um chama-violeta, e o outro é um *double mushroom side lock*.

— Bombas pra aumentar o tamanho do pau, é isso?

— Não, são três tipos diferentes de *bong*, pra fumar erva. Cachimbos de vidro mole, soprados à mão. Todos vêm com o X-Tractor, o mais sofisticado sistema de extração de água. Pra esfriar a fumaça.

Norval os examinou com mais atenção.

— Então suponho que você tenha alguma coisa interessante pra usar neles, não tem? É o que está naquelas caixas ali? — Ele apontou para um nicho da sala, uma espécie de alcova.

— Não exatamente. Venham comigo. Vou mostrar o que é.

Os três seguiram JJ até seu depósito especial, aproximadamente do tamanho de um *closet*, no interior do qual se viam, empilhadas até o teto, caixas e mais caixas de todos os tipos: caixas de sapato da Payless, caixas de charuto Roi-Tan, caixas de cereal Lucky Charms, talvez umas cinquenta no total, a maioria pintada com tinta em spray e marcada à caneta com hieróglifos.

— Você é vendedor de sapatos? — perguntou Samira.

JJ riu um estridente trinado tirolês.

— Estas caixas não contêm sapatos. Nem cereal, nem charutos. São kits especiais. Cheios de... bem, de coisas especiais. Este aqui recebeu o nome de Top Dog. Tem esteroides pra cachorro. Sabe aqueles campeonatos de frisbee? Pois é. Este aqui é pros cachorros que sofrem dos nervos: tem Paxil e *quaaludes* caninos. Este tem inibidores de apetite pra cachorro; este, um apito de cachorro e um *transponder* pra que os seres humanos possam ouvir; este, uma coleção de tapa-olhos mortuários e moedas de hipnose; este, pílulas pós-divórcio; este, placebo de Viagra...

Samira riu, depois rapidamente cobriu a boca com a mão.

— E este aqui, com a caveira na tampa?

— Antrax. Reformulado. A bactéria foi neutralizada, ficou inofensiva, exceto para as células cancerígenas. E este aqui contém heléboro negro, também chamado de rosa natalina: um veneno como o antrax.

— Mas... por que você tem venenos em casa?

— Consegui uma pechincha pelo lote inteiro na internet. No E-bay. Navegar é meu hobby predileto. Sou um internauta.

— E aquela ali? — Samira apontou para cima, na direção de uma caixa verde-ervilha com estrelas cor de açafrão.

— Qual? Ah, aquela é o Roto-rooter. Tem tudo: sonda, espuma, marreco, luvas, termômetro, braçadeira de mangueira...

— Mas pra que diabos serve tudo isso?

JJ alcançou a caixa e retirou a tampa.

— Bem... fico meio envergonhado de explicar na presença de uma mulher.

— Bobagem.

— Você coloca a sonda entre as nádegas. Posso demonstrar se você quiser.

Samira pensou no assunto, mas não gostou da imagem que lhe veio à mente.

— Não, não precisa. Mas pra que serve?

— É para exames de urina — disse Norval, à entrada do depósito, ainda com um dos *bongs* na mão.

— Exatamente — disse JJ. — É pra você evacuar a urina de outra pessoa, depurada na temperatura certa. Aqui tem outro, o Whizzinator 3000, que é sintético. Vem com um consolo bastante viril, em diversas cores de pele: preto, branco, mulato, latino... Só usa a melhor urina sintética no mercado. Sem pilhas, fios, nenhum metal que possa detonar alarmes. Também vem com compressas orgânicas pra manter a temperatura do corpo.

— Com certeza você vende isso pros atletas... — arriscou Samira.

— Exatamente. Aliás, um atleta canadense que está agora em Salt Lake City comprou três. Um biatleta chamado... espera aí, eu não devia estar contando nada disso pra vocês!

Também serve pra qualquer um que precisa fazer exame de urina pra conseguir um emprego.

— Certo. — Samira levantou a tampa de uma caixa azul-elétrico mais ou menos à altura de seus olhos. — E isto aqui é...

— Um *kit* de infusão escrotal.

— Não quero nem saber do que se trata.

— Vem com cera, cateter, solução salina, bolsa intravenosa. Tudo que você precisa. Quer dizer, *você* não.

— Precisa pra quê?

— Pra inflar o saco. Você afunda o saco diversas vezes na cera pra relaxá-lo; depois injeta um cateter em ambos os testículos e os enche com a solução salina de uma bolsa intravenosa. Pode injetar até dois litros se quiser. Fazendo isso você fica com um saco gigante por três dias, com uma circunferência 40 ou 50 centímetros maior. Depois a solução é absorvida pelo organismo e tudo volta ao normal. É absolutamente seguro.

— Mas... *pra quê?*

— Certos homens gostam disso, da sensação de peso e calor que eles têm quando estão inchados. E o processo de deflação também pode ser muito prazeroso, porque produz uns comichões constantes no saco. Pelo menos é o que dizem, nunca experimentei. Além disso, dá um volume bem legal debaixo das calças. Um espetáculo.

— E este saquinho de pó, pra que é? — perguntou Norval, ajoelhado ao chão, plantando o nariz na embalagem como se fosse farejá-la.

— Basta acrescentar água e mexer. Consegui num laboratório em Delaware. Tem um link no meu site. Muito popular entre os universitários.

— É pra fumar ou cheirar?

— Nem uma coisa nem outra. É excremento sintético. Você pode passar onde quiser. É bastante real. Mas totalmente inofensivo, claro.

— Sei que estou me repetindo — disse Samira, rindo —, mas...

— Pra que serve? Pra animar festinhas nos grêmios estudantis, pra se vingar de professores, pais, inimigos... o diabo a quatro. É um *grande* sucesso em New Hampshire. Mas quase tudo isso pertence a uma vida anterior, à juventude que joguei no lixo. Já virei essa página. Daqui a pouco vou jogar grande parte dessa tralha na fogueira. Meu negócio agora é a MCA. Sou um MCArtista!

— Um MCArtista — repetiu Norval.

— Exatamente.

— E isso seria...

— MCA. Medicina Complementar e Alternativa. Tudo, desde meditação, acupuntura e fitoterapia até quelatoterapia, lavagem intestinal e ventosas. Isto, por exemplo, é um kit de irrigação intestinal; você insere este tubo no reto e injeta água quente pra lavar o intestino. Este outro é um kit de iridologia; você diagnostica doenças com um exame da íris. E este último são velas Hopi pra limpeza dos ouvidos; você insere uma vela acesa no canal auricular pra remover impurezas do cérebro e dos seios da face. Estes três aqui são pra aromaterapia; este outro, pra cromoterapia; este, pra *acupressure*. Estes frascos são florais de Bach. E estes contêm sais de Schuessler.

— Florais de Bach? — disse Samira.

— Ah, me esqueci de um. Este aqui é pra magnetoterapia; ímãs são colocados em diversos pontos do corpo para melhorar a circulação sanguínea.

— Espera lá. Esses procedimentos todos, sem exceção, não foram desmascarados como inúteis ou perigosos? — perguntou Norval. — E o FDA não proibiu a importação das velas Hopi?

— Bem, eu...

— Acho — disse Samira — que os adeptos dessas terapias estejam praticando religião e filosofia tanto quanto ciência, não é, JJ?

— É verdade. Testes realizados na MCA revelam que a vida humana tem outra dimensão, e que a cura não é só material. Diversas drogas tradicionais, como por exemplo o Prozac, foram consideradas meros placebos depois de uma batelada de testes. Isso quer dizer que tem mais coisas rolando em outra dimensão.

— Os laboratórios não têm dado muita bola pra fitoterapia, têm? — perguntou Samira enquanto os três voltavam para a sala.

— Se não podem conseguir uma patente — respondeu JJ —, eles não querem nem saber. Veja o caso do chá de Taheebo. Existe desde os tempos em que Jesus Cristo era carpinteiro. Todo mundo sabe que pode curar o câncer. E a indústria farmacêutica faz o quê? Nada. Porque o Taheebo não pode ser patenteado. É a casca de uma árvore! Foi Deus quem fez! A Pfizer e a Merck não podem patentear!

Samira alcançou uma vasilha de plástico junto ao índio de charutaria e se serviu de um biscoito.

— Caramba. Que diab... Isto aqui tem gosto de biscoito de cachorro. Espera aí, isto *é* biscoito de cachorro!

— Deixo aí pro Merlin e pros outros vira-latas que dão as caras por aqui. São fitoterápicos, feitos com hortelã, sementes de erva-doce e uma solução de esporinha. Um excelente desinfetante bucal pra cachorrada.

— Até que não são ruins — disse Samira, mastigando. — Quer experimentar, Noel? — ela emendou, articulando as palavras como se falasse a um débil mental.

— Ei, Sam — disse JJ. — Qual é o cachorro que come com o rabo?

— Desisto.

— Todos. Já viu cachorro tirar o rabo pra comer? Ouviu essa, Nor? Já viu cachorro tirar o rabo pra comer?

— Hilário.

— Você tem ótimos livros aqui — disse Samira, sorrindo. — Também escreve?

— Pra falar a verdade, sim. Comecei na área do entretenimento. Escrevendo trailers de cinema e bordões de publicidade. Fiz uma oficina literária numa universidade... muito prestigiosa, mas não reconhecida pelo governo. Trabalhei em diversos filmes.

— É mesmo? — disse Samira. — Quais?

— Bem, o último não foi lançado ainda. Pequenos entraves legais. Chama-se *O Senhor dos Anéis: versão do editor assistente*. Faz anos que trabalho nessa área. Fazendo frila. Escrevi alguma coisa pra Sony. Sabe essas críticas que eles inventam? Pois é, esse tipo de coisa. Ah, e fui eu que criei o bordão "Um filme sobre isto e aquilo e outros blá-blá-blá..." Eu que comecei essa história. E agora estou pensando em processar os estúdios que roubaram minha ideia. Um filme sobre isto e aquilo e outros... Pois é, eu que inventei.

Norval balançou a cabeça; não entendia o que JJ estava dizendo, e não tinha a menor vontade de entender. Até onde lhe dizia respeito, todo o valor conversacional daquelas palavras se limitava ao fato de JJ já haver trabalhado para o cinema.

— Que tal agora a gente botar esses *bongs* pra funcionar? — sugeriu.

— Tenho um artigo sobre o assunto, saiu no *Hartford Courant*. — Depois de muito brigar com uma gaveta emperrada, JJ puxou um jornal pela fresta que conseguiu abrir, rasgando-o. — Ouçam, tudo isto é meu: "Um filme sobre maridos, mulheres, filhos e outras catástrofes naturais." "Um filme sobre vida, amor, aviões e outras viagens turbulentas." "Um filme sobre trabalho, casamento e outras formas de combate..."

— Já deu pra entender — disse Norval.

— "Um filme sobre amigos, parentes e outros bichos ferozes." "Um filme sobre sequestros, roubos de carro e outros rituais de acasalamento." Tudo isso fui eu que bolei. Talvez vocês já tenham lido em algum lugar. Depois todo mundo roubou a fórmula. No caso de *Alta fidelidade*, por exemplo: "Uma comédia sobre o medo de compromisso, o ódio ao trabalho, a paixão desenfreada e outros *pop hits.*" Essa ficou ruim pra caramba. E no *Pânico*: "Uma história de luxúria familiar, assassinato e outras crises de meia-idade." E...

— OK, OK — disse Norval.

— *Mera coincidência*, com o De Niro: "Uma comédia sobre a verdade, a justiça e outros efeitos especiais." Estão vendo agora por que eu quero processar?

— Sim — disse Norval. — Tem mais alguma coisa naquela gaveta, alguma coisa perfeitamente ilegal?

— Também trabalhei no ramo da música. Na verdade, fui eu que bolei essa história de escrever errado as palavras, eu que comecei essa onda toda. Agora está pra todo lado, né?

— Como assim? — perguntou Samira. — Tipo Led Zeppelin, Def Leppard ou... Limp Bizkit?

— Eu que levei a coisa pras letras também. Tipo "Majuk Karpit" e "Toolz4Luv" e "Sk8er Boi". Isso realmente decolou. Os músicos *adoram* escrever errado. É um ato de rebeldia. Depois fui pra uma agência de publicidade. Inventei um monte de slogans. Por exemplo, este que fiz pro Funds-o-Rama, um fundo de investimentos de Vermont. Estão prontos? "Conosco você não investe: você triveste."

Norval olhou vagamente para ele.

— E isso significa... exatamente o quê?

— Sei lá, mas todo mundo gostou. Acabaram vendendo a ideia pra outra empresa, por uma baba.

Norval fez que sim com a cabeça.

— E que tal isto: "Conosco você não aplica: entra com o rabo, e a gente com a pica?"

— Também tem esta: "Isto não é um refrigerador. É uma ideologia." Ideia minha. "Não é um refrigerador. É uma ideologia."

— Foi um grande sucesso, aposto.

— Não. Nunca usaram. Também fui eu que bolei aquela equação das vitaminas. Um clássico. Sabe aquilo? Tantos comprimidos mais não sei quantos outros? Pois é, eu que inventei.

— Mas que... que papo de equação é esse? — perguntou Samira.

— Bem, hoje em dia os frascos não vêm mais com tantas cápsulas e pronto. Vêm com 90 + 10 grátis. Não vêm com 50 comprimidos. Vêm com...

— Quarenta mais dez.

— Exatamente. Fui eu que comecei com essa história. Depois saí da agência pra escrever um romance. Recebi 143 cartas de rejeição. Suponho que seja um recorde. Mandei o arquivo pro Guinness. Na esperança de conseguir um pouquinho de atenção pro livro, sabe? Mas eles disseram que não existia essa categoria. E que nem havia planos pra criá-la.[24] Mas teve uma editora das ilhas Falklands, a maior delas, que demonstrou certo interesse. De qualquer modo acabei pagando com meu próprio dinheiro pela edição. Ou melhor, com o dinheiro do empréstimo que tomei no Laurentian Bank. Valeu cada centavo. Até hoje o pessoal do banco está atrás de mim. — Por algum motivo, nessa altura JJ deu uma sonora gargalhada, não daquelas irritantes, mas das contagiantes, de sacudir a barriga. Foi até a estante de livros e ficou de quatro no chão. Espremida sob a prateleira inferior encontrava-se uma fileira inteira de livros de capa dura, todos da mesma cor parda, sem nada escrito nas lombadas. JJ retirou um exemplar e disse: — Aqui está, deem uma olhada.

— É sobre o quê? — quis saber Samira.

— Sobre amores perdidos e reencontrados. Sobre segundas chances. Não tem o que se pode chamar de um enredo, é uma espécie de sinfonia. Escrevi em oito semanas, praticamente sem parar. Não recebi boas críticas, mas decidi ver o lado bom das coisas. Era isso que mamãe costumava dizer: "Veja sempre o lado bom das coisas, meu filho." Mandei um exemplar pra Oprah.

A não ser pelos olhos revirados, Norval se deu ao trabalho de refrear o sarcasmo e a natural veemência de seus comentários. Não porque quisesse poupar os sentimentos de JJ, o homem era à prova de bala, mas porque o considerava um alvo fácil demais. Era como se, por iniciativa própria, JJ tivesse pregado nas costas uma folha de papel com as palavras: "Pode chutar." Era o mesmo que tirar um sarro de Sir Andrew Lloyd Webber ou Sir Elton John. Além disso, Norval tinha outra coisa em mente: a perspectiva de alguma erva viajante. Fingindo interesse, ele buscou um dos livros e leu a contracapa:

Crítica para

A QUÍMICA CERTA

DE JEAN-JACQUES YELLE

"É muito bom." — Gaétan Yelle

"É muito bom." — Stéphane Yelle

"É muito bom." — Valérie Yelle

"Se Ovídio estiver certo e a perfeição da arte estiver na camuflagem da arte, então **O LIVRO DE YELLE É PERFEITO:** nele, a arte está tão bem camuflada que nem o mais poderoso dos microscópios será capaz de encontrá-la." — *The Mirror*

"**UM LIVRO PARA TODAS AS IDADES** entre seis e dez." — *Hour*

"**IMPRESSIONANTE...** Simplesmente impossível de ir além da página 1." — *Senior Times*

"**UMA BELÍSSIMA OBRA** de tipografia." — *V-Q Design*

"**COMPRE ESTE LIVRO!**"
— R.C. Roux, Gerente de Crédito, Laurentian Bank of Canada

ÉDITIONS MEMENTO VIVERE

ISBN 029760798-7

Preço: $16,99

— Isso é uma piada, não é? — disse Norval.

— Uma paródia dos truques de marketing. Uma autoparódia. É o pós-modernismo elevado ao quadrado. Além disso, todas as citações são reais. Não precisei inventar nenhuma delas!

— E... e funciona — disse Samira, conivente. — Até que achei legal.

— Aprendi muita coisa na oficina literária. Tipo usar metáforas sempre que possível. Porque os críticos e os integrantes de júri adoram metáforas. Tenho milhares delas: "...como uma trepadeira enroscada numa árvore morta", "...como fazer a barba com um barbeiro alcoolizado", "...como pipas rasgadas e jogadas no porão", "...como..."

— Tudo bem — disse Norval —, a gente já...

— "... como um carro de corrida desgovernado", "...como um asterisco sem nota de rodapé", "...como pássaros limpando as presas de um jacaré" etc. etc. Estão todas num disquete, organizadas em ordem alfabética. Só falta inventar as partes que vêm antes.

Até então Noel não havia compreendido muita coisa. Não por causa das visões aurais, mas porque a presença de Samira o atordoava, paralisando-lhe os lábios. Sempre que os olhos dela, aqueles nigérrimos olhos do Oriente, encontravam os seus, ele sentia as pernas bambearem e se derreterem como a cera de uma vela barata. A desordem interna não era menor: os ouvidos tiravam fotos que a mente não era capaz de revelar. Ele fingia atenção.

— Mas querem saber de uma coisa? — prosseguiu JJ. — O fracasso do livro foi a melhor coisa que já me aconteceu na vida. Agora sei que não sou um escritor de verdade. Mas tinha de tentar, sabe? Ainda rabisco algumas coisas, mas só por hobby. Mas agora encontrei algo de que realmente gosto. Algo em que sou realmente bom. E que pode me dar uma grana.

— Estou até com medo de perguntar o que é — disse Norval.

— MCA.

— Ah, claro.

— Mas espera aí — disse JJ. — Até agora só eu que falei! E vocês, o que têm feito ultimamente? Levanta a mão quem for falar primeiro.

— Norval — disse Samira —, por que você não conta a ele sobre seu mais recente projeto. Sua obra de *performance art*.

— Por que não conta você? — devolveu Norval.

— Tudo bem. Norval se impôs um desafio: o extraordinário desafio artístico de fazer amor com 26 mulheres em 26 semanas. Em ordem alfabética.

— Mentira! — exclamou JJ. — Seu cachorro sarnento! Ei, talvez eu descole o patrocínio de um fabricante de camisinhas pra você. Até onde já chegou? Está em dia com o prazo?

— Na verdade, estou adiantado — respondeu Norval. — Comecei no meio do semestre passado; portanto, até agora só precisei das minhas alunas.

JJ sacudiu a cabeça, intrigado.

— Mas isso... isso não é contra as normas? Contra a ética?

— Aí é que está. A principal diretriz do simbolismo francês é a ideia de que a objetividade, sobretudo na moral, não passa de um engodo. A moral é fabricada pelos seres humanos sem nenhum alicerce na razão, sem nenhuma sanção da natureza.

— Mas a função da moral não seria impedir que as pessoas se machuquem mutuamente, ou machuquem a si mesmas? Impedir que elas caiam...

— Ninguém jamais se machucou ao cair — interrompeu Norval. — É o baque final que causa todo o estrago. Na verdade, desde a invenção do paraquedas, do *bungee jumping* e do *BASE jumping*, a queda livre se tornou um esporte, uma espécie de treino para o suicídio, mediante o qual podemos saborear a estética da própria queda. Metaforicamente, é isso que estou fazendo.

JJ coçou a cabeça.

— É, acho que faz sentido. Não me leve a mal. Eu adoraria ter um projeto alfabético desses, mas precisaria de muito mais que 26 semanas. Pensando bem, a não ser que pagasse pela história toda, talvez nem 26 anos fossem suficientes. Nunca fui nenhum don-juan, nenhum galã de novela. Mas não tem ninguém... quer dizer, não tem ninguém protestando? As pessoas já sabem do seu projeto?

— Sabem. Um filho da puta qualquer informou a diretora do Departamento de Estudos da Mulher.[25]

— Caramba. Mas... por que em ordem alfabética? Por que tantas mulheres?

— Porque — respondeu Samira —, o projeto de Norval vale 26 mil dólares. E porque ele é como um daqueles personagens da mitologia grega: meio homem, meio bode...

— A ordem alfabética facilita na hora de explicar às minhas colaboradoras — interveio Norval —, quando elas se apaixonam ou ficam implorando por um bis, que a coisa toda não passou de uma noitada, de uma simples brincadeira. Em outras palavras, a ordem alfabética livra minha cara.

— Além disso — acrescentou Samira —, nosso amigo aqui é viciado em sexo. Faria uma coisa dessas de qualquer maneira. Com a grana, tanto melhor.[26]

— Você, viciado em sexo? — disse JJ, arregalando os olhos para Norval.

— Sabe como é, a brincadeira de ontem é o vício de amanhã.

JJ deu mais uma de suas risadas tirolesas.

— Muito peixe no seu mar, não é isso? Não dá pra ficar só com um!

Norval bebeu do vinho.

— Você já ouviu falar do *flâneur* de Baudelaire?

— Humm... não.

— O *flâneur* é um sujeito que vaga pela cidade em busca de alívio para suas misérias, primeiro com a bebida, depois com a depravação sexual. Está sempre em busca de algum ideal inalcançável: o amor perfeito. Acontece que as pessoas não são por natureza inclinadas ao amor e à monogamia, são essencialmente autocentradas e desleais; portanto, essa busca jamais será... bem-sucedida. Então o *flâneur* fica pulando de galho em galho, de mulher em mulher, na eterna perseguição de um alvo fugaz.

O cara manda bem com as palavras, pensou JJ. Um verdadeiro poeta.

— Então você é um homem com uma missão — disse, olhando com humildade e reverência para Norval, à maneira de um escravo ou pajem.

— Na verdade, um cachorro com uma ereção — disse Samira. — Nunca ouvi tanta bobagem junta!

— Tudo bem — disse Norval. — Aqui vai outra explicação. Há dois prazeres na vida: comer e fornicar. Nessa ordem. Todo o resto é conversa fiada.

— E o que você pretende fazer com o dinheiro? — perguntou JJ. — Comprar comida?

— Não é da sua conta.

— Tudo bem — disse JJ.

Noel levantou o nariz de uma página marcada em *O conde de Monte Cristo*.

— Vai doar pro WWF — falou calmamente, incitado pela falta de decoro de Norval ao revelar um segredo. Os três se viraram para fitá-lo. No caso de Norval, para fulminá-lo com o olhar.

— Ele vai dar 26 mil pratas — disse JJ, coçando a cabeça — pra *World Wrestling Federation*?*

Noel se agachou e voltou o livro para a prateleira.

— Não, para o World Wildlife Fund.**

— Ah, bom! — exclamou JJ. — Norval, você é o cara! É isso aí, meu irmão.

— Ou para o WWF — disse Norval —, ou para o Canadian Centre for Misanthropy.

JJ bufou um longo suspiro, inflando as bochechas feito um esquilo.

---

* Federação internacional de luta livre (*N. da E.*)

** Organização em defesa dos animais selvagens (*N. da E.*)

💰 SUBVENÇÕES FEDERAIS 💰

Sobre as subvenções
Troff Institute®
Você sabia?

Você sabia que um saldo astronômico de verbas federais para a subvenção de projetos permaneceu intocado no ano passado?

Pois esse dinheiro poderia ser seu! Acredite ou não, o governo está louco para distribuí-lo. *Não se trata de um empréstimo.* Agora você poderá financiar o projeto que nunca teve $ para levar adiante — sem ter de pagar um tostão de volta! Para colocar as mãos nessa verba, você precisa apenas de uma 🔑 para abrir a 🔒 e um par de ✂ para eliminar a burocracia.

A TTI® está aqui para lhe dar as duas coisas!

Peça agora!

- SUBVENÇÃO não é empréstimo! Você não precisa pagar nada de volta, NUNCA!
- Ideal para quem está falido, preso ou tem a ficha suja no banco.

CLIQUE AQUI

Essa 💰 *precisa* ser distribuída. Portanto, por que não pegar logo sua fatia desse bolo **GRATUITO**?*

* Vem nos sabores canadense e norte-americano.
Solicitações podem ser feitas de $1.000,00 até $1.000.000,00.

PEÇA AGORA!

— Então, até onde você já foi? Está em que letra do alfabeto?

Norval permaneceu mudo e lentamente foi tirando um cigarro do maço. Noel prendeu a respiração, aflito com a resposta que estava por vir. Mas os segundos foram passando sem que nenhuma resposta se produzisse. O silêncio foi quebrado quando Norval riscou um dos fósforos de uma caixa que decerto pertencia a JJ.

— Acho que você disse que estava no S — interveio Samira afinal. — Não disse?

Norval a encarou com frieza. Soprou um jato de fumaça na direção dela.

— É, agora vem o S.

Depois de esperar trinta minutos pela chegada dos outros convidados, sem que nenhum deles chegasse, JJ anunciou o nome que havia concebido para seu novo clube: Sociedade dos Poetas Alquimistas da Pérsia.

— Acabei de inventar — disse. — Assim, na lata. Tinha pensado em "Os Trovadores Alquimistas", mas depois fiquei sabendo que a nossa Sam aqui é da Pérsia. Além do mais, os trovadores eram todos homens, não eram? — JJ foi ao computador, teclou alguma coisa. — E é assim que a gente vai descolar a grana pro nosso clube. Olhem isto aqui. Está na tela.

— Conheço o fundador e presidente da empresa! — disse JJ. — Pessoalmente!

— Você conhece o fundador e presidente — disse Norval. — Pessoalmente.

— Conheço! Foi meu colega de escola!

— Você não está brincando, está? — disse Norval. — Puxa, você não sabe como essa notícia é bem-vinda. Parece que os santos finalmente...

— Norval, seu projeto de performance também não está postado na internet? — disse Samira, a voz e o olhar igualmente cortantes. — Aposto que o JJ vai gostar de ver.

Norval apostou que JJ não gostaria de ver nada.

— *Au contraire!* — disse JJ. — Está no site da universidade? Espera aí, está na lista de Favoritos. Aqui. Onde que a gente tem de clicar, em Literatura? Depois o quê? Projetos financiados? — JJ parecia um compenetrado colegial diante do computador: o cenho franzido, a língua ligeiramente para fora. — Depois... "A" de Alphabet?

— Mas em duas palavras — disse Samira, olhando por sobre os ombros dele.

— Vejamos... aqui tem algo chamado *Os Acrorratos*, proposta para um efêmero balé aquático *in situ*: um barco será tripulado com ratos e em seguida incendiado de modo que possamos vê-los saltando na água..." Pronto, achei! — exclamou JJ. — *Voilà.*

Título do projeto:	***ALPHA BET***
Artista:	Norval Blaquière
Gênero:	performance / arte efêmera
Duração:	26 semanas
Sinopse:	Na tradição da erotologia, que vai de Apuleu até *As mil e uma noites*, de Boccaccio até Byron e Baudelaire, essa série abecedária de atos invasivos desconstrói heuristicamente os códigos teleológicos da sedução romântica e da monogamia, a ilusória busca modernista de verdades objetivas por meio de caminhos lineares, bem como o mitológico ideal de amor romântico promulgado em fenômenos tão descentrados como a ciberalcovitagem, essa instável máquina signo-referente calibrada para confundir as simulações com simulacros de corte e sedução.
	VERBA APROVADA ✓ ($26.000,00)

— Cacilda! — disse JJ. — Isso é fantástico! Embora eu não tenha entendido lhufas. Só a linha de baixo, claro. É isso aí, Nor, mandou bem!

— JJ, chegou a hora. A parte química da noite. Se não rolar agora, me mando já.

— Moção acatada. Martelo batido. Vem comigo, galera.

No que um dia talvez tivesse sido uma sala de jantar, JJ chutou o tapete e abriu a tampa de um alçapão. O som distante de uma velha canção francesa podia ser ouvido enquanto os três convidados desciam atrás de JJ por uma escada de madeira, banguela de alguns degraus. Embora o pé-direito não chegasse a dois metros, o porão era bem espaçoso. Além de superiluminado, e superaquecido, por seis lâmpadas de estufa de 1.500 watts. Ventiladores de exaustão sugavam o ar através de filtros de carvão, enquanto uma série de dutos exalava jatos de ar fresco pelas laterais.

— Uau — exclamou Norval, inclinando-se para examinar uma dezena de arbustos altos, quase prontos para a colheita, assentados em galões de 8 litros. — Acho que nunca vi nada parecido com essas plantas. Que sistema você está utilizando?

— Subirrigação do tipo enchente-vazante. *Phototron.* Uma bomba de calor que mantém o cômodo a uma temperatura em torno dos 30 graus. Um gerador, ali naquela parede, no caso de uma queda de energia. Ou de alguém que venha bisbilhotar meu relógio de luz.

— E o Trenet, onde entra nessa história? — perguntou Norval.

— Música de hipertrofia. É lindo, não é? — Eles pararam para ouvir uma canção francesa da década de 1940. — "*Que reste-il de nos amours/ Que reste-il de ces beaux jours...*"

— As plantas *adoram* Charles Trenet — disse JJ. — Respondem de verdade. — Por algum motivo ele sorriu para Noel, que sorria para si mesmo, saboreando tanto a música quanto os diferentes perfumes. Sem falar na novidade com relação a S.

— Por que precisa ser tão quente? — disse Samira, enxugando o suor das têmporas.

— O truque é fazer que as flores femininas produzam o máximo de resina possível, essa resina que as folhas e as flores excretam pra se proteger do sol. No caso, das lâmpadas de estufa.

— E estas belezuras aqui? — perguntou Norval, apontando para dois dos arbustos mais altos.

— Esta é amor-perfeito. Dá um fumo picante, diferente. O barato é rápido e seguro, não vicia. Esta aqui se chama Yelleberry, em homenagem a seu criador. Produzida a partir de plantas que vovô descobriu, plantas de uma espécie jamais determinada pela botânica, jamais vista antes.

— Este nosso clube — disse Norval, quase salivando — está ficando melhor a cada minuto.

— Mas você não tem medo da polícia, JJ? — perguntou Samira.

— Por quê?

— Bem... porque, você sabe, tudo isso é ilegal.

— O que é ilegal?

— Plantar... maconha ou estramônio ou seja lá o que for.

JJ riu.

— Aqui não tem maconha nem estramônio. Só tem ervas raras e exóticas, importadas. Ansiolíticos alternativos, tudo orgânico. E completamente legal.

Norval fechou os olhos na expectativa de que porão, clube e JJ desaparecessem assim que ele os reabrisse.

— JJ — falou, já de olhos bem abertos —, você nos arrastou aqui pra baixo, pra essa masmorra de merda, pra nos mostrar plantas *legais*? Você *só pode* estar brincando. Se essas plantas são legais, como podem ser boas pra alguma coisa?

— Você ficaria surpreso — devolveu JJ, impassível. Mas o rosto de bebê se crispou de preocupação quando ele disse a Samira: — Não, Sam, não é da polícia que tenho medo. É de outro pessoal aí.

— De quem? Dos motoqueiros? Do pessoal do Hell's Angels?

JJ fez que sim com a cabeça.

— E também do Rock Machine. A primeira coisa que os cultivadores aprendem é esta regrinha bem simples: não vá se meter com nenhuma dessas duas gangues!

— E você fez o quê? Se meteu com elas?

— Sim. Vendi substitutos de maconha pras duas. Eles descobriram que eu tinha uma operação de cultivo. Sempre acham a gente, sabe? Por meio das lojas de hidroponia. Então vieram me fazer uma visitinha. Pra me dar uma dura. Uma dura desse pessoal é mil vezes pior que uma da polícia. Eles nos dão duas opções. Na primeira, você trabalha pra eles, e eles te dão proteção, estabelecem quando e quanto você deve produzir, bem como o preço que você pode cobrar por uma erva de primeira. Eles deixam bem claro: é melhor a gente andar na linha. Caso contrário, e esta é a segunda opção, eles vêm e levam tudo da gente: equipamento, plantas, dinheiro... tudo. Ninguém vai chamar a polícia, claro. E se alguém for burro o bastante pra fazer isso, depois eles tacam fogo na plantação.

— Foram eles que disseram isso tudo pra você? — perguntou Samira.

— Mais que isso. No dia seguinte encontrei o Merlin morto, pendurado numa árvore. Meu cachorro. Tentei explicar que essas ervas são legais, que aqui não tinha *cannabis*, nem datura, nem papoula, nem cogumelo. Mas volta e meia eles aparecem por aqui pra me ameaçar. Cheguei a pensar em cultivar os bagulhos ilegais, mas mudei de ideia, porque tenho certa inclinação pra legalidade. Além disso, mamãe e papai não iam gostar nada se soubessem. A gente tem de tratar o corpo como um templo, é o que sempre digo. Quase tudo que está aqui faz bem pra saúde, tanto pro corpo quanto pra alma. Vem, dá uma olhada nisto aqui. Só tem coisa pra botar a gente "pra cima": Kava Kava das ilhas Fiji, raiz de Caliban, heroína byroniana, trepadeira elefante do Havaí, ruta da Síria, iboga da Guiné Equatorial, heliotrópio branco do Japão...

Samira parecia enfeitiçada pela magia dessas palavras; Norval, por sua vez, parecia enfrentar um pesadelo. Tudo isso está tão errado, ele pensava, e em tantos aspectos diferentes... A cabeça de Noel rodopiava feito a lâmina de um liquidificador, revirando, misturando e batendo um sem-número de formas fruticoloridas. As palavras "heliotrópio branco" evocavam versos de um poema que ele associava a seu primeiro amor. Um circo retiniano de imagens, sensações, emoções...

— Viajando nas cores? — perguntou Norval, ao perceber o palpitar das pálpebras do amigo. — Noel?

Noel esfregou os olhos com o polegar e o indicador.

— Humm... Não, não é nada.

— Desembucha.

— Só... um poema. "Heliotrópio branco."[27]

— Heliotrópio branco? Querem começar com ele? — disse JJ, perdendo um bonde, mas embarcando em outro. — Ele sabe das coisas, este Noel. O bagulho é uma mistura de *viburnum prunifolium, viburnum opulus* e sementes de ipomeia. Enrolado com pediculária e colado com óleo de heliotrópio.

Nesse instante, JJ abriu uma maleta de vendedor na qual se viam algumas fileiras de caixinhas plásticas.

— Como segunda opção, podemos escolher entre o láudano do Norte e o absinto DCMF.

— Absinto DCMF? — perguntou Norval, ressabiado. — Estou até com medo de saber o que significam essas letras.

Um sorriso de deleite partiu em dois o semblante de JJ.

— O absinto Deixa o Coração Mais Feliz.

— Não fico aqui nem mais um minuto — disse Norval.

Para Norval, esparramado no sofá ainda com o sobretudo, a morte teria sido mais suave. Seria JJ um castigo para seus inúmeros pecados?

— Tem certeza de que essa merda dá barato? — ele perguntou, olhando para o relógio.

— Veja por conta própria — respondeu JJ. — Então, o que vai ser nossa segunda opção?

— Por que a gente não bate tudo no liquidificador — propôs Norval — e joga numa dose de vodca?

— Sugiro que a gente comece com o heliotrópio e depois passe pro absinto: uma mistura de semente de papoula, agnocasto, azougue e um derivativo legal da losna. É parecido com o Ecstasy, só que não faz mal à saúde. Depois, como ponto culminante, posso apertar pra vocês um bagulho especial da família Yelle, um beque de Yelleberry. Então, vamos lá?

— Vou ficar de fora — disse Samira. — As drogas... quer dizer, quando fumo fico mais paranoica do que já sou. E você, Noel? Noel?

— Tô fora.

— Tem certeza? — disse JJ, apertando três baseados do tamanho de rolos de papel higiênico. — É material de primeira. Essa Yelleberry tem tanta resina que só dá pra fumar numa tora, senão a fumaça não passa. O melhor mesmo é fumar com isto aqui. — JJ passou a mão sob o sofá e de lá tirou uma máscara de gás, aparentemente datada da Primeira Guerra. — Vocês vão começar a ver coisas, a imaginar coisas que nunca imaginaram antes. — Com o Zippo herdado do pai, ele acendeu um dos charutos e ofereceu a Noel.

— Já tenho alucinações suficientes quando estou careta — disse Noel, balançando a cabeça.

— O único efeito colateral deste aqui, pelo menos no caso de algumas pessoas, é que a gente gagueja um pouco — explicou JJ. — Mas, por algum motivo, só com a letra M. Além disso, porque a seda é embebida em alcaçuz deglicerinado, tem gente que começa a falar fino. Nunca aconteceu comigo, diga-se de passagem. No meu caso, quando dou uns tapas nisto aqui, falo *shim* em vez de *sim*, e *num* em vez de *não*.

Norval, que depois de tirar o sobretudo havia acendido a lareira, estava prestes a dar um trago numa das toras quando levantou a máscara e disse:

— Se falar uma coisa ou outra, esteja você chapado ou não, vai ser expulso do clube.

— Sugiro que você não fume tudo isso aí — disse JJ.

Norval tragou quase metade de cada charuto e se estatelou no sofá, ainda com a máscara sobre o rosto.

— Norval? — disse Samira, sorrindo. — Tudo bem com você? — Na ausência de uma resposta, ela parou de sorrir. — Nor?

Norval tateou a máscara, mas só conseguiu retirá-la quando Samira se prontificou a ajudar. Com um sorriso espasmódico entre os lábios, correu os olhos injetados pelos demais membros do clube. O heliotrópio e a losna, sobretudo quando misturados, produziam um efeito absurdamente forte.

— Eu *aaaaamo* este clube — ele engrolou com uma vozinha fina. — Aliás, amo todos vocês. Mas especialmente o JJ.

— Também amo você, cara.

— Posso voltar a-m-manhã?

Durante a meia hora seguinte, Norval não fez outra coisa senão tagarelar em francês e em *falsetto* sobre as brincadeiras de sua infância em Paris, um coelhinho de estimação chamado Mitsou, uma espada feita de papel-alumínio e, no sentido horário, seu amor por cada uma das pessoas na sala. Em seguida foi para o banheiro, onde todos achavam que ele fosse vomitar.

Em vez disso, voltou com um sorriso no rosto, enrolado numa estola de papel higiênico cor-de-rosa. Pôs-se a executar golpes de esgrima com um desentupidor de pia, mas de repente sentou em posição de lótus e tentou convencer a todos que eles estavam no céu. Por fim caiu no sono.

— Ele pegou pesado — disse JJ. — Eu avisei. A moderação é o melhor caminho.

Noel se sentia mais relaxado depois de respirar a nuvem de fumaça a seu redor. Não via cores, raciocinava com clareza, sentia-se seguro.

— Norval é infenso à moderação — disse com orgulho, admirando o melhor amigo. — Um campeão do excesso. Uma das coisas que mais invejo nele.

— Concordo — disse Samira, sacudindo a cabeça. — O caminho do excesso, segundo dizem, conduz ao palácio da sabedoria. — Ela havia mudado de ideia e experimentado duas misturas diferentes. Também se sentia eufórica e surpreendentemente lúcida. Sorriu para Noel, que de um segundo a outro se transformou num homem belíssimo. Samira fechou os olhos e começava a viajar quando uma voz perturbadora lhe invadiu o cérebro. Uma voz daquela noite do apagão.

Enquanto JJ conversava com ninguém em particular, Noel passou os olhos por cada um dos objetos da sala enfumaçada: os *bongs* de metal dourado, que lembravam narguilés do Oriente; as fileiras de velas perfumadas (bergamota ou mirra?); o índio de charutaria; o gato empalhado. Olhou de relance para Samira, que parecia perdida num sonho maravilhoso. Ele inalou a mistura de perfumes e fumaça mística, fechou os olhos e viu a sala se transformar numa gruta, e os objetos, em lindas estatuetas. Era como se estivesse naquela página de *O conde de Monte Cristo* em que Aladim fuma o haxixe oferecido por Simbá, e as estatuetas subitamente avançam com "sorrisos de amor, os colos nus, os cabelos tremulando feito ondas, apertando-o num doloroso abraço, apascentando-lhe os sentidos como se o beijassem com volúpia...".

Noel abriu os olhos. Sentiu-se mole e flexível, como se o corpo fosse feito de massinha de modelar. Teve a impressão de que o tapete à sua frente se movia, que o índio de charutaria vinha em sua direção — mas agora como uma princesa indiana, escoltada por uma açafata de olhos felinos! Ele esfregou os olhos e os voltou para Samira, que se esparramava no divã como uma linda huri. Era feita de mármore, mas os lábios sensuais eram rosados, lembravam a superfície interna de uma concha... JJ ainda tagarelava numa língua que parecia árabe; Noel fechou os olhos novamente e voltou à gruta. "Os lábios de pedra se desmancharam em chamas, e os seios de gelo, em lava ardente, de modo que para Aladim, cedendo pela primeira vez ao enlevo da droga, o amor era um pesar, e a volúpia, uma tortura, enquanto bocas flamejantes lhe sugavam os lábios sedentos... Subjugado pelos sentidos, ele se deixou cair para trás, ofegante e exausto sob os beijos daquelas deusas de mármore..."

Noel semiabriu os olhos e viu os lábios de Samira se moverem... Estaria ela vendo as mesmas coisas? Estariam eles na mesma frequência? Noel olhou para a direita. A princesa indiana retomara sua forma de índio de charutaria. E a açafata de olhos felinos, onde estava? Noel procurava por ela quando foi despertado por alguém falando alto numa voz quadrangular.

— Então é essa a minha ideia! — exclamou JJ. — Todo mundo faz uma lista dos seus poemas prediletos. Uma espécie de *hit parade* da poesia. Depois, cada um...

— Que tal um *shit parade*? — disse Norval, deixando escapar uma risada maluca, curta e ruidosa como o disparo de uma arma. Depois ficou completamente inerte, fitando Samira com olhos vidrados e imóveis, iguais aos do gato empalhado.

— Cada um vai usar uma caneta de cor diferente, depois...

JJ não teria a oportunidade de terminar o que vinha dizendo. Um cachorro se pôs a latir do lado de fora; segundos depois, dos fundos da casa veio o estrépito de algo se espatifando no chão, de vidro se quebrando em estilhaços. Algo metálico, chiando enquanto exalava um jato de fumaça, veio rastejando pelo corredor.

Samira deu um berro, uma explosão vermelho-sangue na cabeça de Noel.

— Fogo! Ali! — Ela saltou do divã e apontou na direção do banheiro, da fumaça negra que vazava da fresta da porta.

— Cacilda! — De olhos arregalados, JJ correu para a cozinha e voltou com um extintor de incêndio. Outro tubo metálico atravessou o corredor em disparada. Mas dessa vez nada aconteceu: nenhuma explosão, nenhum fogo. Noel e Samira ficaram olhando aflitos para o objeto, sem saber o que fazer. Então ouviram mais ruídos de vidro se quebrando: outra janela que estilhaçava.

— Vamos dar o fora daqui! — Noel sacudiu Norval pelos ombros. — Nor!

A essa altura Samira e JJ já corriam atabalhoadamente rumo à porta da casa.

— Onde está seu telefone? — gritou Samira.

O rosto de JJ se retorcia de medo.

— Está... está sem bateria — ele disse, deixando o extintor cair com um sonoro baque.

— Você tem uma mangueira? Uma mangueira de jardim?

Norval, finalmente desperto de seu delírio, deu uma gargalhada assim que viu JJ escapulir porta afora. A fumaça que vinha do banheiro ficava cada vez mais espessa. Samira precisou abanar os braços para abrir caminho até as torneiras da cozinha. Noel agarrou o gargalhante Norval pelos braços e puxou-o até a porta. Retirou três casacos de um cabide e berrou:

— Veste um, e dá o outro pro JJ! — Em seguida, empurrou Norval para o outro lado da porta e voltou correndo para a cozinha. — Sam! Pede uma mangueira pro JJ e passa ela pra mim através dessa janela! Anda, veste isto aqui e não volta pra dentro de jeito nenhum, está ouvindo?

Samira agarrou o casaco arremessado por Noel.

— Vem você também! — berrou. E com os olhos arregalados de pavor, chispou da cozinha.

Noel tentava fazer o extintor funcionar quando ouviu a voz de JJ pela janela do banheiro.

— Minhas cartas, Noel! E o álbum! Lembra onde eles est... — O índio de madeira despencou no chão e se partiu em metades flamejantes, bloqueando a saída da sala. Noel cogitou se haveria outro meio de sair dali. A fumaça só fazia engrossar.

Tossindo e esfregando os olhos, tropeçou até o sofá e, sem enxergar um palmo à sua frente, tateou até encontrar a máscara de gás. Vestiu-a e foi até a estante de livros. Confiando na memória visual, retirou dois itens das prateleiras, seguiu por um corredor até os fundos da casa e abriu a primeira porta à sua direita. O quarto de JJ?

— Noel! — berrou Samira, um grito abafado aos ouvidos dele. — Você está bem? — Um jato d'água invadiu o banheiro, junto com uma tempestade de bolas de neve. — Noel! — repetiu Samira, a voz trêmula de medo. Ela se virou para trás à procura de Norval. Da última vez que o vira, ele estava sentado num banco de neve, sorrindo um sorriso estúpido, vestindo dois casacos. — Norval! — berrou Samira, na esperança de que ele fizesse algo, que corresse em busca de ajuda. — Norval!

Mas Norval não estava mais sentado na neve. Encontrava-se no quintal, espiando através da janela do quarto de JJ. Um vulto humano surgiu na semiescuridão do cômodo, com uma gigantesca cabeça de inseto. Noel se aproximou da janela e tentou abri-la, mas ela nem sequer mexeu.

Norval olhou para a esquerda, para a direita, para trás. Com as mãos nuas, retirou a neve de um carrinho de mão, levantou-o e arremessou-o contra a vidraça. O carrinho ricocheteou. Norval arremessou-o novamente. Mesmo resultado, a não ser por uma rachadura, um traço dentado na parte inferior da vidraça.

— Noel! — ele rugiu. Longos segundos se passaram até que Noel desferiu um chute contra a vidraça rachada da janela antifurto que JJ havia travado com pregos. A fumaça negra começou a vazar pela fenda. Norval se pôs a esmurrar o vidro até tirar sangue dos punhos.

Quando Samira chegou, Noel tentava passar a cabeça e os ombros através do buraco que eles haviam conseguido produzir.

— Ele vai se cortar! — ela sussurrou.

Com as mãos ainda nuas, Norval arrancou da janela um estilhaço denteado. Em seguida, agarrou Noel pelas axilas e tentou puxá-lo para fora; puxou o quanto pôde, até que perdeu o equilíbrio e caiu para trás, esborrachando-se num canteiro coberto de neve. Por fim, ainda com a máscara de gás, Noel conseguiu se espremer através da janela, dessa vez com a ajuda de Samira, e caiu nos braços estendidos de Norval.

Arfando e tossindo, JJ veio ziguezagueando pelo quintal, bolas de neve nas duas mãos, as calças largas salpicadas de gelo. Mas as luzes da casa tremeluziram e morreram antes que ele pudesse alcançar os amigos. Na escuridão, tal como havia acontecido a Norval e mais ou menos no mesmo lugar, JJ perdeu o equilíbrio e desabou com força no chão, caindo de barriga sobre uma poça enregelada. Assim que levantou a cabeça, a primeira coisa que viu, largados sobre a neve manchada de sangue e iluminada pelo luar, foi um álbum e uma caixa de cartas de amor.

Capítulo 11

Noel e JJ

A suíte sinfônica *Scherazade*, de Rímski-Kórsakov, começava a tocar quando Noel colocou uma tora de madeira falsa na lareira. Refestelado na poltrona regulável do sr. Burun, embrulhado num roupão de banho vinho ridiculamente pequeno, JJ o observava enquanto quebrava nozes e bebia uma xícara de chá de camomila.

— Ei, Noel, sabe por que o Handel quis se livrar das galinhas? Porque elas não paravam de berrar: "Bach, Bach, Bach!"

Ao longo da última hora, JJ vinha tentando rir, curar-se com uma autoterapia de piadas, afugentar a vontade de chorar. Com os pés pousados na banqueta à sua frente, ele agitava diante do fogo os dedos sob a meia molhada.

— Minha vontade era poder dizer: "Então o despertador tocou, e tudo não passou de um sonho ruim!" Paciência, a vida tem dessas coisas. Não adianta ficar arrastando correntes. Obrigado por me trazer pra cá, Noel. Mas vai ser só por uma noite. Amanhã mesmo volto pra casa. Juro por Deus. O estrago não foi tão grande assim. Em dois tempos dou um jeito naquilo lá.

A essa altura a voz de JJ já havia voltado ao normal na cabeça de Noel: os vultos quadrangulares e as cores de lápis de cera não eram mais um turbilhão de retângulos despencando do alto, mas uma sucessão de cubinhos reluzentes, parecidos com os módulos de Lego.

— JJ, você pode ficar quanto tempo quiser. Sua casa está inabitável.

— Que nada. Só um cômodo. Ou dois.

Imagens do banheiro incendiado brotaram à mente de Noel. Não havia sobrado nada além do exoesqueleto da banheira, o secador de mãos e o urinol. Além de uns dois centímetros de água no chão.

— Os estragos da fumaça e da água estão por toda parte. E a janela do seu quarto foi quebrada. Você vai morrer de frio se voltar pra lá. — Noel lembrou-se do saco de lixo laranja que Samira havia usado para tapar a janela, grampeando-o na madeira do caixilho.

JJ quebrou mais uma noz.

— Isto aqui está uma delícia — disse. E coçando a cabeleira ruiva com o quebra-nozes, emendou: — Olha, por mais que eu queime os miolos, até agora não consigo imaginar quem pode ter feito uma barbaridade dessas. Você ouviu a teoria do Nor?

— Ouvi.

— Segundo ele, foi a diretora do Departamento de Estudos da Mulher. Um acerto de contas.

— Acho que foi só uma brincadeira de mau gosto.

— Ah.

— Tem certeza de que você não tem nenhum inimigo por aí?

JJ refletiu por três ou quatro segundos, o que para ele era uma eternidade.

— Bem, faz anos que o pessoal do cemitério vem tentando se livrar de mim. Mas eles têm advogados cuidando do assunto. Incêndio culposo não é o estilo deles.

— Você não acha que pode ter sido os motoqueiros?

JJ deu um ruidoso gole no chá.

— É possível, sim.

— Foi por isso que você não quis chamar a polícia? Nem os bombeiros?

— Bem, acontece que tenho alguns... probleminhas legais com as instalações elétricas. Mais um monte de coisas que a polícia ia encher o saco se visse. Embora seja tudo legal. Aliás, isso me faz lembrar de uma coisa: perdi alguns dos meus melhores kits no fogo. E na água também. Sem falar no diário que eu mantinha pro dr. Vorta.

A memória fotográfica de Noel evocou as dezenas de caixas marcadas com hieróglifos vermelhos.

— Então, o que mais o fogo consumiu? O que eram aquele cheiro e aquelas chamas estranhas que vinham do banheiro? Que diabos provocou aquilo?

— Queijo.

— Queijo? Você guarda queijo no banheiro?

— Queijo ralado, que explode naqueles saquinhos de alumínio. Eu tinha uma caixa inteira de macarrão com queijo da Kraft guardada ali. Mais de setenta embalagens. Comprei num leilão da E-Bay. Um negócio da China. Dez centavos por embalagem.

Noel tentou suprimir a gargalhada, mas quando viu os risinhos do próprio JJ, não se conteve e desandou a rir; fazia meses que não se soltava assim.

— Eles deviam pôr um sinal de inflamável naquela merda — disse JJ.

— Mas... o que mais você perdeu? Alguma coisa de valor, além de macarrão?

— Meu diário. Já te contei sobre ele, não contei? Ficava do lado da privada, onde costumo raciocinar melhor. Paciência. Mais uma vez, Noel, obrigado por ter salvado minhas cartas. E o álbum também. Você é meu herói. Nem sei como pôde se lembrar de onde eles estavam. Teriam virado pó, com certeza.

— Você não acha que pode ter sido uma espécie de trote? Quer dizer, sempre tem essas gangues, esses garotos que ficam vagando pelo cemitério à noite, vandalizando, abrindo túmulos.

— Acho difícil — disse JJ, e apontou para um objeto no chão. — Aquilo ali parece coisa séria. Feita sob encomenda. Que foi mesmo que você disse que tinha dentro?

— Uma fórmula à base de mercúrio, pelo menos numa delas. — Noel recolheu uma das duas bombas utilizadas para provocar o incêndio, um projétil antibarricada de 37 milímetros. — Isto aqui é uma bomba de gás lacrimogêneo, adulterada e preenchida com um líquido inflamável, não sei ao certo qual. Amanhã vou descobrir. — Com uma faca de cozinha, ele abriu a outra bomba, a latinha de filme fotográfico que por algum motivo não havia explodido. Dentro dela havia um pedaço de papel em que estava escrito:

http://www.phylliskiller.ca

Ok. Isto aqui é uma bombinha bem maneira que você pode fabricar em 5 minutos você vai precisar do seguinte: 1. "pó" preto 2. uma latinha de filme 3. estopim de foguete 4. gasolina 5. uma borrachinha pequena 5. um saquinho desses de guardar sanduíche agora pra fazer é só o seguinte pegue a latinha e derrame um pouco do pó preto só o bastante pra derreter o saquinho. Faça um buraco pequeno na lateral da latinha. Verifique se a ponta do estopim está dentro do pó. Agora pegue o saquinho e o estolim e põe o estolim dentro dele, não muito, só o bastante pra encher a latinha. Então depois de encher o saquinho o bastante, prenda a ponta com a borrachinha depois corte o resto do saquinho, ponha a ponta com o estolim na latinha e pronto. Agora você pode sair pra algum lugar bem amberto pra que os merdas da polisia não te peguem. Ponha a latinha no chão acenda o estopim e saia correndo quando o pó pegar fogo e o saquinho começar a derreter e uma grande bola de fogo subir

— Que tal a gente descer pro seu laboratório e analisar esse pó agora? — disse JJ.

— Amanhã de manhã, pode ser?

— Já ouvi falar muito desse laboratório.

— Da boca de quem?

— Do Norval.

— Ele nunca foi lá.

— Posso dar uma espiada?

Noel fabricou um bocejo.

— Estou exausto, JJ. E você deve estar também. Depois dessa confusão toda... Além disso já é tarde. Já passa das... duas.

— Na China ainda é cedo.

— Vou te acompanhar até o quarto.

— Você é que manda. Tem certeza que sua mãe não vai achar ruim?

Noel se levantou da cadeira.

— Vai ficar um pouco confusa no início. Na verdade, o correto seria acordá-la pra te apresentar, senão ela vai achar que você é um ladrão, um estuprador, qualquer coisa assim. Mas mamãe não tem dormido bem ultimamente. Ah, tranque a porta do quarto antes de se deitar. É que... bem, às vezes ela sai andando pela casa no meio da noite, procurando coisas. Com uma... lanterna.

— A dama da lanterna... — Ainda esparramado na poltrona, JJ começou a esquadrinhar a sala, atentando para os relógios digitais, as maçanetas camufladas, os cartazes em letra grande. Para a poeira acumulada, a bagunça geral. — O problema da sua mãe é... é relativamente grave, não é?

— Bem, eu não diria... Quer dizer, de vez em quando ela tem uns... pequenos lapsos de memória. — Noel voltou a se sentar. — Pra dizer a verdade, JJ, esses lapsos não são nada pequenos. Mas ela está melhorando a cada dia que passa, pode acreditar. Estou trabalhando numas... numas coisas aí, pra ajudá-la.

— Isso mesmo, Noel, não jogue a toalha. Porque a memória da sua mãe ainda está lá, não está? É igual à memória de um computador quando dá pau: ela não some, basta chamar um bom técnico pra recuperar os dados.

Noel sacudiu a cabeça melancolicamente.

— Espero que você tenha razão.

— Talvez seja tarde demais pra trocar o hard drive do cérebro dela, mas nunca é tarde pra um simples upgrade.

JJ tirou do bolso um lenço de papel, e da boca, uma goma de mascar. Usou uma coisa para embalar a outra e em seguida disse: — Você e sua mãe... Que dupla, hem? Quanta ironia...

— A ironia, eu lhe garanto...

— Sua mãe está com saldo devedor no banco da memória, e você é um milionário.

Noel não gostou nem um pouco da comparação.

— Portanto — prosseguiu JJ —, você só precisa encontrar um jeito de transferir pra ela parte do seu capital.

Noel exalou um suspiro.

— É, essa ideia já me ocorreu.

— Tenho uma memória terrível. Uma memória de... como é mesmo a expressão?

— De passarinho? De peneira?

— É. Uma memória de peneira.

Pois a minha é um jarro hermeticamente fechado, pensou Noel, um contêiner de lixo radioativo.

JJ deu o último gole no chá.

— O sujeito procura o médico e diz: "Doutor, acho que estou perdendo a memória de curto prazo." "É mesmo?", diz o médico. "E desde quando está com esse problema?" O cara olha pra ele e diz: "Problema, eu? Que problema?"

— É, já ouvi esta p...

— Minha memória é de peneira, e a sua é de elefante.

— Bem, acho que essa história não passa de um mito. A memória dos elefantes nem é tão boa assim.

— Verdade? Tem certeza? Então que animal é bom de memória?

— O leão-marinho. Parece que eles não se esquecem de nada.[28]

JJ se calou um instante para relembrar a visita que fizera com os pais ao MarineLand de Niagara Falls, quando se desmanchou em lágrimas ao ver um leão-marinho equilibrar uma bola no focinho. Pensando que o filho estivesse com medo, a sra. Yelle tentou puxá-lo pela mão, tirá-lo dali, mas o pequeno JJ resistiu e chorou com veemência ainda maior. Não estava com medo: simplesmente não pudera conter a emoção diante de um espetáculo de tamanha beleza, de tamanha alegria.

— Não é Alzheimer, é? — ele disse afinal. — Por favor, Noel, não vá dizer que sua mãe está com Alzheimer.

— Infelizmente está.

— Meu Deus... Sinto muito, Noel, eu... Puxa, deve ser difícil pra caramba, tanto pra ela quanto pra você. Ver sua mãe assim, mudando todo dia, bem diante dos seus olhos...

— É verdade. Mamãe... bem, mamãe já não é mais a mesma pessoa.

JJ levou a mão ao rosto feito um ator canastrão.

— É como naquele filme, *O vingador do futuro*. Lembra?

Noel disse que sim.

— O bebê mutante com poderes sobrenaturais. Aquele todo coberto de meleca. Ele pergunta pro Arnold Schwarzenegger: "Então, o que você quer?" E o Schwarzenegger responde: "O mesmo que todo mundo: lembrar."

— Sim, eu me lembro dessa cena. — E as palavras não eram bem essas.

— "Por quê?", pergunta o mutante. "Pra voltar a ser quem eu era", diz o Schwarzenegger.

— Certo. — O sotaque alemão de JJ, observou Noel, estava mais para jamaicano.

— Então, você disse que sua mãe está cada dia melhor. Está voltando a ser quem era?

— Bem, ontem à noite ela recuperou um pouco da lucidez. Lembrou-se de uma coisa importante, razoavelmente complexa. Eu tinha dado algo novo pra ela tomar de manhã.

— O quê?

— Quer mesmo saber? Eu mesmo fabriquei. Uma verdadeira poção de bruxa. O milagre do mês, no ramo dos estimulantes cerebrais.

— Você mesmo fabricou, é? E o que foi que usou?

Noel fechou os olhos e recitou:

— Bitartarato de colina, dimetilglicina, dimetilaminoetanol, fosfatidilcolina, fosfatidilserina, acetil L-carnitina, L-fenilalanina, ácido alfalipoico, desidroepiandrosterona, teobromina. Além de alguns compostos de boro, manganês, zinco, cobre, silício... os estimulantes de sempre.

— Humm. Nenhuma erva?

— Só um pouquinho de briônia negra.

JJ apertou as pálpebras, fechou as mãos como se fosse rezar.

— Briônia negra... O mesmo que "inhame europeu", certo? Pra melhorar a circulação do sangue no cérebro.

— Exatamente.

— Então deu certo?

— Parece que sim. Pelo menos até certo ponto. Só teve um probleminha: mamãe fez xixi o dia inteiro.

— Certo. Da próxima vez, substitua a briônia por um pouquinho de brami e gilbardeira. Elas têm o mesmo efeito. Estimulam a circulação de sangue no cérebro. Mas sem nenhum efeito colateral.

— Brami e gilbardeira — repetiu Noel. — OK.

— Melhor ainda é o *qian ceng*, também conhecido como Hiperzina A. É um extrato de ervas chinês que age sobre os desequilíbrios químicos. Restaura o nível de acetil... sei lá o quê.

— Acetilcolina.

— Certo. Tudo isso pode ser comprado on-line, a preço de banana. Eles entregam no dia seguinte, senão devolvem seu dinheiro. E não se esqueça do bálsamo e da salva, que são inibidores de colesterina.

— São colinestérases.

— Certo. E na sua próxima poção, acrescenta um pouquinho de extrato de cardo-leiteiro. Muito bom pra velha massa cinzenta. Ah, e uma pitada de erva-mate, que combate o envelhecimento e desperta os miolos. Pra terminar, um pouquinho de *gingko biloba*. Aí não tem erro, sua mãe vai ficar boa que nem um coco.

Noel riu.

— OK.

— Quer dizer, você já tentou os inorgânicos, não tentou? Não funcionaram, então agora é a vez dos naturais.

— Mas alguns funcionaram, sim. O problema é que alguns dos compostos têm efeitos colaterais terríveis...

— Tipo ficar mijando.

— Pior que isso.

— Corrimento anal? Evacuação prematura?

— Enjoo, cólica, vômito. E os novos que eu quero experimentar nem foram aprovados ainda, como a memantina, que só tem na Europa. Outros precisam de equipamentos especiais pra fabricar, ou de ingredientes absurdamente caros...

— Talvez eu possa te ajudar com alguma coisa. Já tentou a solução de rosmaninho? Certa vez, a título de experiência, tomei rosmaninho, pó de baiacu e óleo de salmão antes de um teste de memória: passei com louvor. Também teve uma vez que o dr. Vorta me deu um pouco de...[29]

Mas Noel já não conseguia mais se concentrar. Quando cansado, começava a devanear irremediavelmente. Uma única palavra bastava para lançá-lo em outra época, nos primórdios da juventude. Diante da palavra "rosmaninho", o córtex de Noel se iluminou feito uma árvore de Natal. Depois da enlouquecida Ofélia ("Este é um rosmaninho, serve para a lembrança"), veio *Os três mosqueteiros*:

> Na manhã seguinte, às cinco horas, d'Artagnan acordou e, descendo sem ajuda até a cozinha, pediu um pouco de azeite, vinho e **rosmaninho**, entre outros ingredientes, cuja lista não chegou a nós. Com a receita da mãe nas mãos, ele compôs um bálsamo como o qual untou os inúmeros ferimentos...

Depois, *Dom Quixote*:

> Sancho fez o que lhe foi pedido, mas um dos pastores de cabra, ao examinar o ferimento, disse-lhe para não se preocupar, pois tinha um remédio que logo o deixaria curado; e colhendo algumas folhas de **rosmaninho**, abundante naquela região, ele as mascou e as misturou com um pouco de sal...

Por fim, *A ilha misteriosa*, de Júlio Verne:

> Herbert colheu diversos ramos de manjericão, bálsamo, betônica e **rosmaninho**, que têm diferentes propriedades medicinais: alguns são expectorantes, adstringentes, febrífugos; outros, antiespasmódicos ou antirreumáticos...

Uma voz abafada, como se viesse do outro lado de um vidro, invadiu o devaneio de Noel: a voz quadrangular e multicolorida de JJ.

— Terra chamando Noel! Terra chamando Noel! Por favor, responda!

Noel abanou a cabeça como se voltasse à superfície depois de um mergulho.

— Desculpa, JJ. Eu só estava... — Ele não havia se desligado por inteiro da conversa, seguira acompanhando-a de um modo vago, através de um filtro semiopaco. — Pensando no rosmaninho.

— De acordo com um estudo realizado na Inglaterra, ele aumenta em 15 por cento o grau de consciência e de memória de longo prazo. Ela usa lavanda? No sabonete, no óleo de banho, em qualquer outra coisa?

"Com alguns ramos de rosmaninho e lavanda espetados aqui e ali entre as folhas..." E lá se foi Noel de novo, agora com Charles Lamb, mas as palavras subitamente pararam de rolar quando JJ o beliscou, forte, na lateral do pescoço. Que diabos estava acontecendo? O beliscão lhe havia devolvido a lucidez, a clareza mental.

— Estou ouvindo, estou ouvindo... Você estava falando sobre... a lavanda. É uma das essências prediletas da mamãe. No verão, nosso jardim se enche dela.

— Arranca tudo. Taca fogo. O óleo de lavanda desacelera o cérebro, dificulta a memória. É bom pra assadura de fralda, só isso.

Onde você obtém tantas informações?, cogitou Noel, ainda esfregando o pescoço. Até onde essas informações são confiáveis? E que diabos você fez comigo?

— Onde você obtém essas informações? E esse beliscão... que diabos foi isso?

— Tudo que sei, aprendi na internet. Teve um dia que naveguei 72 horas sem parar. Suponho que seja um recorde. Essa merda vicia, cara. É como o Norval falou sobre o sexo. "A brincadeira de ontem é o vício de amanhã." Ah, Norval... O sujeito é uma figuraça, é ou não é?

— É. Mas, e o beliscão no pescoço? Que foi aquilo?

— Ponto superior do trovão.

— Acupuntura?

JJ fez que sim com a cabeça.

— *Shanshangdien*. É usado em vítimas de AVC e em pessoas com desequilíbrios de consciência. Aprendi com um sábio da Web, um cara de Xangai. Sabe o que a gente pode tentar também? Um pouco de Vitara líquido. O "Viagra pra elas". Posso comprar no atacado, baratinho. Caixas e mais caixas da coisa. Deve dar a ela um pouco mais de clareza. E um certo assanhamento também. Ei! Sabe o que talvez valha a pena tentar também? Rícino. Conhece?

— Conheço. É uma proteína extraída da mamoneira.

— Que tal? Vamos tentar?

— Não. É duas vezes mais letal do que veneno de cobra, sem nenhum antídoto conhecido.

— Exatamente.

— Sua ideia então é matar a mamãe pra eliminar o Alzheimer dela, é isso?

— O rícino *mataria* sua mãe se ela tomasse o suficiente pra morrer. O truque é administrar uma dose minúscula, quase microscópica. Só o bastante pra dar um choque no cerebelo dela, pra colocar as células cerebrais de volta na pista de dança.

— Não creio que seja uma boa ideia.

— A gente pode tentar o baiacu.

— *Fugu*? É um dos pratos prediletos do Norval.

— Então, vamos tentar?

— Não. Nenhum outro peixe no mundo tem pele, intestinos, fígado e gônadas mais letais.

— Os japoneses adoram.

— Centenas de japoneses morrem disso todo ano. Por causa da tetradotoxina. Aliás, era exatamente essa toxina que as feiticeiras havaianas usavam pra zumbificar as vítimas delas.

— Mas o negócio é o seguinte: se ingerida na quantidade certa, ela pode dar um choque de vigor no sistema nervoso inteiro. Já está sendo usada nos pacientes terminais de câncer e nos viciados em heroína! E pesquisas têm sido realizadas, aqui mesmo em Montreal, pra outras doenças também!

— Inclusive o Alzheimer?

— Bem, não que eu saiba. Que tal a gente comprar umas vísceras de baiacu naquele japa da Saint Lawrence?

— Não — disse Noel, categórico.

— Tudo bem. Falando em Saint Lawrence, tem um *oxigen bar* novo por lá, você já viu? Fica ao lado daquele lugar que faz microdermoabrasão e depilação a laser. Tem três sabores de O_2. Maracujá, toranja e... não me lembro do terceiro. Que tal a gente levar sua mãe lá pra encher o tanque? Dar uma boa injetada de O_2 no andar de cima?

— Não.

— Tive outra ideia. Distaval. Eles têm produzido umas novidades bem rad...

— Distaval? Você quer dizer talidomida? Ficou maluco?

— O Norval acha que sim, pelo menos disso eu sei.

— Não, desculpa... Eu não queria... Falei retoricamente. E o Norval não acha nada disso.

— Ele falou que eu não era lá muito bem equipado no departamento do cérebro. Que eu era mais burro que uma caixa de pedras.

Não, o que Norval de fato disse, lembrou-se Noel, foi que você tem momentos espasmódicos de brilho, feito uma lâmpada com problemas no bocal. E que era pra eu empurrá-lo do alto de uma escada recém-encerada caso ele um dia ficasse como você.

— Não, JJ, ele não... ele não acha isso de você. Só que... o Norval é assim com todo mundo, sabe? A gente tem que dar um desconto. Um megadesconto.

— Ouvi o que ele falou na festa. Enquanto eu trocava de roupa, ele perguntou se eu era doido assim o tempo inteiro. Mas quer saber de uma coisa? Estou cagando baldes pro Norval.

— Bem, em primeiro lugar, ele estava bem chapado; além disso...

— Não interessa. Não me importo, este é o cérebro que Deus me deu. Nunca reclamei. Mas não sou tão burro quanto ele pensa, só que às vezes fico pilhado demais: o cérebro ferve, e as ideias começam a embaralhar. Daí parece que sou doido mesmo.

— Sei como é.

— Sabe?

— Perfeitamente.

— Acho que o Norval julga as pessoas só pelo cérebro delas, pelos atributos intelectuais. Se você não tem muita lógica, nem estudo, ele simplesmente... te ridiculariza. Mas, como minha mãe costumava dizer, tem dois tipos de inteligência: a do cérebro e a do coração. Acho que o segundo tipo é mais importante. Você não acha também?

— Acho.

— As melhores pessoas que conheci na vida têm algo que o Norval não tem: inteligência do coração. Generosidade, tolerância, aceitação das fraquezas. *L'intelligence du coeur*, era assim que mamãe falava. E essa inteligência você tem, Noel. Aliás, tem as duas.

— Puxa, valeu, mas não sei se...

— Tem, sim. Pode acreditar.

Noel se remexeu na poltrona, com a usual dificuldade para receber elogios: não tinha muita prática no assunto.

— Você também, JJ. Pra falar a verdade, eu estava pensando se... bem, se eu podia usar sua inteligência, caso você queira me ajudar, claro. Uma espécie de parceria, sabe? Preciso de alguém como você: um mago da Web, um alquimista das ervas, um inventor.

O rosto de JJ resplandeceu, colorindo-se de um tom de pêssego.

— Sério? Claro, Noel! Pode contar comigo, eu sou o cara!

— Posso pagar...

— Pagar bosta nenhuma. Você é meu amigo, quase um irmão de sangue. Além disso, salvou meu álbum e minhas cartas. Arriscou a vida. Jamais vou me esquecer disso.

— Obrigado, mas... não cheguei a...

— Arriscou, sim. Então, podemos dar uma olhada naquele laboratório agora?

Noel suspirou. Receava ter de passar a noite em claro caso concordasse.

— Amanhã, pode ser? Você não está... exausto depois de um dia como este?

— Só preciso de quatro horas de sono. De modo geral estou pilhado demais pra dormir. Preciso de menos sono do que Thomas Edison. Você sabia que, segundo um estudo recente, as pessoas que dormem menos que as sagradas oito horas vivem mais?

— Não, não sabia. Acho que vou viver um bom tempo.

— Ei, Noel, por que o sujeito ficou correndo em volta da cama?

Noel refletiu um pouco.

— Humm, vejamos. Pra encontrar o sono perdido?

— Exatamente! Já conhecia, né? Então, vamos pro laboratório?

— Amanhã?

— Acha que a gente pode fabricar umas bombas de gás fétido ou de gás lacrimogêneo? Uns rojões barra-pesada?

Noel riu, lembrando-se do tempo em que fabricava tudo isso com o pai.

— Por que não?

— Aliás, a gente podia chamar a Sam pra ajudar também.

— Samira? Ela é atriz... Quer dizer, é uma especialista em literatura, não é?

— É mulher. Vai saber o que fazer pra ajudar sua mãe.

— É... seguramente ela poderia ajudar. Mas duvido que...

— Pois aquilo é um chuchu ou um avião?

Noel chegou a pensar que não ouvira direito. Em que língua estaria falando JJ?

— Como?

— A Sam! É gata ou não é? É de babar ou não é?

— Ah, claro. É, sim. É uma "gata de babar".

— Não vá contar nada pra ela, hem, Noel? Mas acho que a Sam arrasta uma asa pro seu lado. Pelo menos é a impressão que tenho.

Noel reagiu a essas palavras como se tivesse acabado de receber um choque de alta voltagem, ou de ouvir os tremores de um terremoto. Ficou estupefato. Impossível, ele pensou. A impressão de JJ não passava de um *grande* equívoco. Mas, e se... Sim, *e se...*

— Posso fazer uma pergunta, Noel? Por que sua mãe veio morar numa casa tão grande? — JJ aquilatou seu mais recente "melhor amigo", as transformações que haviam se produzido no rosto dele. — Ei, Noel? Está ligado, cara? Noel? — Já ia avançando para um segundo beliscão, mas Noel despertou a tempo.

— Desculpa, eu... — Noel precisou fazer um esforço adicional para afastar Samira do pensamento. — Esta casa... bem, é uma longa história. — Impossível, com certeza não ouvi direito o que ele disse. — Foi o papai que quis. Toda hora ele passava de carro por aqui e ficava namorando a casa. Depois mamãe herdou uma grana, e eles chegaram à conclusão de que deviam se mudar pra um lugar maior. "Pra encher de crianças", mamãe dizia. Mas não foi isso que aconteceu. Mais tarde, depois que papai morreu, ela quis encher a casa de órfãos. Mas já era tarde demais. As agências de adoção só queriam casais. E naquela altura mamãe já passava dos quarenta anos.

— Muita generosidade da parte dela. Sua mãe devia ser um doce de pessoa. Feito *a minha* mãe. Feito a Samira também. Ela disse que quer adotar, pois acha que não vai conseguir ter filhos por conta própria.

— Mesmo? Ela disse isso? Quando, hoje?

JJ tapou a boca com a mão.

— Opa. Acho que não era pra contar...

— Não se preocupe, eu...

— Mas tem uma placa de "Vende-se" lá fora, não tem? Vocês vão se mudar?

— É, vamos. Está ficando difícil pagar a segunda hipoteca.

— Sacanagem. Mas vocês devem estar montados na grana, senão não estariam morando em Outremont! Caramba, este pé-direito deve ter mais de cinco metros!

— Bem, a gente *estava*... montado na grana, como você disse, depois que vovô morreu. Mas faz tempo que o dinheiro sumiu. A faculdade de medicina custou uma fortuna, depois foram... as reformas na casa, e agora as poções de memória que estou preparando, e os novos equipamentos do laboratório. Além disso, mamãe empatou muito dinheiro em investimentos, digamos, equivocados. Sem falar nas dívidas que já existiam antes. Por minha causa. Fui um ralo de dinheiro a vida toda.

— Tira a placa.

— Como?

— Você quer continuar aqui?

— Quero, mas...

— Então tira a placa. Vamos dar um jeito. Sou ótimo pra arranjar dinheiro. Além disso, se você e sua mãe concordarem, posso me mudar pra cá durante um tempo e pagar aluguel. Também posso vender alguns dos meus kits...

— Não, JJ, isso *realmente* não será necessário. Quer dizer, você pode vir pra cá, e ficar o tempo que quiser, mas essa história de alug... Ei, aonde você vai?

JJ caminhava na direção da porta.

— Como é que abre isto aqui?

— A, depois Z. Duas vezes.

— Deixa comigo. Primeiro a gente tira a placa. Depois desce pra dar uma olhada no laboratório.

JJ ficaria ali por mais 52 dias. Aos poucos, Noel foi diminuindo o tempo que passava na companhia da mãe — apenas uma ou duas horas por dia, durante as refeições — e aumentando o que passava no laboratório. Também foi se distanciando de Norval: as matinês semanais passaram a ser canceladas com certa frequência, ora por um, ora por outro. Quanto a Samira, ele a vira apenas uma vez, saindo do Departamento de Psicologia, mas ela mal o cumprimentara. Porque "arrastava uma asa" para ele, pensou Noel.

Quase todos os dias, Noel trabalhava do fim da manhã até as quatro da madrugada: quando não estava no laboratório, ou estava na biblioteca da universidade, memorizando os livros de terapia natural de JJ (só as partes relativas ao cérebro), ou na sala do dr. Vorta, trabalhando ou se consultando com ele. Por pelo menos umas quatro horas diárias tinha companhia no porão: acomodado diante uma mesa de *bridge* de pernas bambas, sobre a qual havia instalado os computadores recuperados do incêndio, JJ agora compartilhava o material de Noel, pacientemente preparando seus compostos homeopáticos, estimuladores de massa cinzenta e atiçadores de memória.

Assim como a sra. Burun, JJ relatava a mesma coisa repetidas vezes, não em decorrência de algum distúrbio mnemônico, mas pelo prazer infantil de reviver, e compartilhar, os momentos mais gloriosos do passado. Em nenhum momento Noel se incomodava com isso.

JJ também gostava de assobiar. De início, Noel se irritava quando perdia a concentração com aquelas melodias errantes — geralmente *Yellow bird* ou alguma improvisação sem tonalidade específica —, mas depois de um tempo começou a achá-las inusitadamente reconfortantes. Também foi se acostumando aos ritmos que JJ percutia nos dentes com um lápis, bem como aos ruídos que ele produzia ao tomar *todos* os líquidos, inclusive os chás de ervas, com um canudinho. Tampouco se importava quando o amigo urinava no tanque da lavanderia, erguendo-se nos dedos dos pés, olhando furtivamente a seu redor. Nada disso incomodava Noel porque ele começava a fazer progressos, progressos concretos, e JJ parecia ter sua parcela de mérito neles.

O que de fato o incomodava eram os grunhidos de JJ quando, de fones no ouvido, ele escutava os *Hits from the sixties* herdados da mãe. Sem o conhecimento de Noel, ele repetia três canções em particular, um milhão de vezes, talvez por superstição: *Do you believe in Magic?*, *Love potion #9* e *Magic carpet ride*. Também por superstição, e com total conhecimento de Noel, ele usava as meias rosa-chiclete no laboratório, dia após dia.

Ao cabo de quatro semanas e meia de pesquisas e muito trabalho, no primeiro domingo de março, Noel teve um arroubo de inspiração, um súbito e sobrenatural insight.

Encontrava-se no Cemitério Monte Real, observando as sombras de nuvem que varriam os campos, quando se distraiu com um ruído semelhante a um farfalhar, talvez um esquilo ou passarinho a se apascentar no mato entre as tumbas. Virou-se e viu uma coluna de sol iluminar, não mais que por um átimo, as letras do nome do sr. Burun talhadas na lápide. Ao voltar para casa, subiu apressadamente ao sótão em busca dos livros de sua infância, depois chispou escada abaixo com a mesma agitação de uma criança de cinco anos em dia de Natal. No resto do dia, trabalhou sozinho no porão.

Por volta das nove horas, JJ desceu com uma bandeja de sanduíches.

— Foi sua mãe que preparou pra você — disse. — Puxa, você deve estar faminto.

Com uma lente de aumento, Noel examinava os glóbulos iridescentes que borbulhavam no interior de um erlenmeyer. Respondeu com um grunhido.

— Ei, Noel. Dois viajantes estavam atravessando o deserto. O que eles iam fazer se a comida deles acabasse?

— Só um segundo.

— Iam comer sanduíche!

Satisfeito com a mudança de cor na emulsão, Noel baixou a chama sob o frasco com os dedos tisnados de substâncias químicas. Devolveu a lente de aumento para o estojo e fez algumas anotações.

— Iam comer *sand*-uíche, sacou?* — insistiu JJ.

Noel levantou os olhos do bloco de anotações.

— Isto é atum? Ótimo. Meu cérebro está precisando mesmo de combustível, estou tentando dar um salto aqui... — De imaginação, ele quase acrescentou. Tinha a impressão de que se tratava de um novo insight, chegando tardiamente, como um dente de siso.

— O que você estava fazendo?

---

* *Sand*: areia. (*N. do T.*)

Noel apontou o queixo para o frasco.

— Fosfato de piridoxal.

— Legal. — JJ foi até o erlenmeyer e examinou o líquido borbulhante. — O que é isto?

— Isto... bem, isto é uma tentativa de síntese de dois neurotransmissores: serotonina e norepinefrina. Encontrei alguma coisa nas anotações do papai.

— *Muito* legal. Tudo em cima com você?

— Acho que sim. E você, JJ? Como vão as coisas?

— Pneu cheio, óleo trocado. Tudo em cima. — Ele abriu um sorriso radiante.

JJ estava sempre radiante: dava a impressão de que em suas veias corria um sangue especial, misturado a alguma espécie de verniz. Um sangue que o protegia de coisas como solidão, enfado e tristeza; que lhe permitia atravessar a vida com um sorriso perene no rosto, como se ela, a vida, fosse uma caça ao tesouro, e o mundo, uma caverna de Aladim.

— Você *nunca* se aborrece com nada, JJ? — perguntou Noel, entre uma mordida e outra no sanduíche de atum. — *Nunca* fica triste?

A pergunta fez que JJ desse de ombros.

— Acho que fui programado pra felicidade. Todo dia encontro algo novo e mágico na vida. Mas uma coisa tenho de admitir: se pudesse, voltaria pra infância sem pensar duas vezes. O passado é seguro... — JJ não chegou a concluir o que ia dizer. — Lembro-me de uma vez, depois de um jogo de beisebol...

— Você foi carregado nos ombros dos outros jogadores, eu sei. Mas, como adulto, você *nunca* fica triste ou deprimido? Nem quando... sei lá, nem com a morte de um parente ou de um amigo?

— Bem, fiquei triste quando *papa* encontrou seu Criador em 97, quando Jesus recebeu *maman* no céu em 91, quando minha namorada me deu um pé na bunda em 86. Sinto a falta deles, claro. Mas fico grato pelo tempo que passei com eles, sabe? Ninguém pode roubar de mim essa felicidade. Ela é minha, pra todo o sempre. Ainda carrego esse amor dentro de mim. Levo ele pra todo canto. Porque ele vive na minha memória.

Noel sacudiu a cabeça enquanto engolia um pedaço de sanduíche.

— E essas três vezes foram as *únicas* em que você ficou triste?

— Outras vezes também. Mas o negócio é o seguinte: quem quer arco-íris não pode reclamar da chuva, pode? Debaixo da neve jaz o verão, é ou não é? Se tudo fosse perfeito, a gente não daria valor às coisas. — JJ futucou uma das narinas com o dedo, fazendo Noel virar o rosto. — Quando a vida faz "zigue", a gente faz "zague"!

Noel sorriu, lembrando-se de algo que Norval havia dito sobre JJ, sobre a "abominável inclinação" que ele tinha para a "sabedoria de botequim". Mas isso não chegava a constituir um defeito, concluiu Noel, muito menos um defeito abominável. JJ se alimentava de adágios como esses, e esses adágios tinham lá o seu valor. Num estado de relativa abstração, Noel examinou o aspecto do amigo: um roupão de banho vermelho-carro-de-bombeiro, uma escova de dente transbordando de um dos bolsos, um celular transbordando do outro.

— Que foi? — perguntou JJ. — Este roupão me deixa gordo?

— Não... claro que não, eu só estava...

— Já sei. Peguei uma das suas escovas de dente. Aquela nova, a roxa. Espero que você não se importe. Mas você tem tantas escovas... Quer dizer, não é da minha conta, mas por que esse monte de escovas? Você vende elas?

As pessoas de cabeça pequena têm chances 14 vezes maiores de desenvolver o MDA, lembrou-se Noel ao notar a cabeçorra de JJ. Ele apertou o *pause* e rebobinou uma fita de áudio interna. Por que tantas escovas de dente? Para Noel, e outros sinestetas como ele, a resposta era óbvia.

Porque cada dia tinha uma cor diferente. As segundas-feiras, por exemplo, eram pardas, feito os dedos amarelados de um fumante; as terças eram de um vermelho alaranjado, semelhante ao da páprica; as quartas tinham aquele azul exuberante dos frascos de leite de magnésia Philips; as quintas...

— Terra chamando Noel! Terra chamando Noel!

Noel viu os lábios do amigo se mexerem por dois ou três segundos.

— Desculpa, eu... É que eu gosto de variar, sabe? A variedade é uma das coisas que não me deixam ficar maluco. Ou *mais* maluco.

— Entendi. A variedade é o tempero da existência, certo?

Noel examinou o roupão de JJ outra vez: o cinto começava a afrouxar em torno da cintura.

— Olha, é melhor você...

— Eu sei, preciso domar um fanho.

— Você precisa... tomar um banho.

— Depois preciso dar um teleproblema.

— Você quis dizer... um telefonema.

JJ explodiu numa gargalhada.

— Conheço um milhão dessas bobagens. Quer ouvir mais uma?

— Bem... é que agora estou meio sem tempo.

— Tempo? Pois o tempo fura qualquer querida!

— Certo.

— Sua mãe adora. Morre de rir. Aliás, o riso é uma ótima terapia, é ou não é? A especialidade de Montreal. O riso massageia os órgãos vitais, é uma espécie de *jogging* interno, de "neuróbica". Quem ri, perdura.

Noel ficou intrigado.

— Especialidade de Montreal? Por quê? Por causa do *Só Rindo*, aquele programa que filmam aqui?

— Não. Qual é a rua mais famosa da cidade?

— A Saint Lawrence Boulevard.

— E qual é o rio que passa na cidade?

— O São Lourenço.

— E quem foi São Lourenço?

— Sei lá. Um mártir?

— O padroeiro do riso. Morreu rindo. No século III. Enquanto faziam churrasco dele numa grelha, São Lourenço pediu que virassem o corpo, senão o outro lado ia ficar cru. *Isso* é que é senso de humor, é ou não é? A terapia do riso em seu melhor momento.

Nessa altura o celular de JJ tocou. Ele parou para ler uma mensagem de texto.

— Ótimo. O ANOX chegou. Um extrato retirado da fermentação do vinho tinto. Veio da Suíça, pra sua mãe. Uma grande fonte de polifenóis. Produz um efeito muito maior que o próprio vinho tinto ou o pó de vinho na inibição da agregação de plaquetas *in vitro*.

Noel abanou a cabeça, revirando mentalmente as palavras de JJ.

— JJ, você aprende rápido, hem? Muito rápido. Obrigado. Vamos tentar isso, sim. Quanto lhe devo?

— *Nada*. Um cara aí me devia um favor. *No hay problema*.

— Mas quero pagar...

— Ah, antes que eu me esqueça. Tenho feito uma experiência... comigo mesmo. Até agora tem dado certo. Se quiser manter a cabeça fresca e o raciocínio rápido pras suas pesquisas, nunca bata punheta de manhã, nem de tarde, nem de noitinha. Não estou dizendo que você seja adepto da prática, só estou dando um conselho com base na minha experiência. Mas, se precisar tirar uma, sugiro que faça pouco antes de dormir. Caso contrário, vai ficar enfraquecido, com a mente embaralhada. É a maldição de Onan.

— Boa noite, JJ.

Capítulo 12

Noel & Samira (I)

Quando foi dar uma espiada na mãe naquela noite, Noel a encontrou de camisola e tênis, fazendo malas. Duas Samsonites cor de chumbo se encontravam sobre a cama, e ela agora se empoleirava sobre uma terceira, tentando fechá-la. Virou-se para ver o filho, o rosto vermelho em razão do esforço.

— Sei que o dinheiro está curto — disse. — Sei que sou um estorvo.

Uma ferradura vermelha começou a pulsar no cérebro de Noel: a imagem do tomógrafo PET que mostrava a atrofia do hipocampo da mãe.

— Deixa que eu ajudo a senhora a fechar essa mala — ele disse. — Às vezes elas são uma encrenca mesmo. — Um passo adiante, dois atrás. Por que diabos *nada* estava dando certo?

— Elas não funcionam... como funcionavam antes.

Depois de retirar um par de botas de inverno e duas sombrinhas, ele afinal fechou a tal mala.

— Quem falou que o dinheiro está curto, mãe? Que bobagem é essa agora?

— Ele. Aquele homem.

— JJ?

A sra. Burun sacudiu os ombros.

— Se foi ele, está enganado. Nós estamos montados na grana. Que tal a gente colocar estas malas num lugar melhor? Então, está pronta?

A sra. Burun fixava o olhar à sua frente, a testa crispada de preocupação, enquanto Noel descia as malas da cama e as arrastava para junto da porta. Os lençóis, ele notou, estavam amarrotados e embolados, como se ela tivesse se debatido com alguma força poderosa. O marido? O vazio na outra metade da cama, Noel sabia, ainda a torturava. Isso o Alzheimer não havia mudado.

— Que tal uma historinha? — ele sugeriu. — Ou um jogo de cartas?

A expressão no rosto da sra. Burun imediatamente serenou. Ela levantou os lençóis amarfanhados e se deitou sob eles, tênis e tudo.

— Uma história.

"O rouxinol e a rosa", de Oscar Wilde, chegava a seus parágrafos finais quando a sra. Burun começou a pestanejar e dali a pouco fechou os olhos por completo. Noel continuou lendo, sabia que a mãe acordava sempre que ele parava nesse ponto crítico. Em seguida, terminada a leitura, pôs-se a observá-la dormindo, entregando-se àquele sono cada vez mais pesado, àquele ensaio geral para a morte. Então foi sua vez de sucumbir à preocupação, ao cansaço, ao medo.

Noel também dormia, esparramado na poltrona da mãe, quando pensou ter ouvido alguém batendo baixinho, de maneira hesitante, à porta da frente. JJ? Não, os roncos muares de JJ vazavam do andar de cima. Que horas eram? Uma e meia da manhã? Embriagado de sono, Noel se levantou da poltrona e atravessou o quarto até a janela que dava para a rua. Espiando através das cortinas de bolinhas, viu uma noite pintada de amarelo pelas luzes externas, além dos montículos brancos erguidos pelo arado de neve. Diante da garagem, estacionado de viés, encontrava-se o carro corcunda de JJ, que uma nevasca havia pintado de branco. No fim da rua, ele avistou os faroletes traseiros de um táxi derrapando ao dobrar a esquina. Esticou o pescoço para identificar quem estava à porta, mas viu apenas uma mochila e o braço de um casaco preto, de corte militar, do tipo que usava... Norval. Então voltou para o lado da mãe, puxou o cobertor de lã branca até o queixo dela e olhou para sua própria imagem no espelho de báscula junto da cama. Estou horrível, pensou, uma versão geriátrica de mim mesmo. Saindo ao corredor, ele fechou a porta do quarto com cautela, tirou os sapatos e desceu as escadas.

Que diabos Norval estava fazendo ali? À uma e meia da manhã? Noel chegou a pensar em não abrir a porta, receando a explosiva mistura que resultaria de um encontro entre a mãe, JJ e Norval. Por fim digitou o código do alarme, destravou o ferrolho e espiou do lado de fora.

Embora fosse mesmo de Norval, o casaco abrigava outra pessoa de porte menor, uma mulher, sentada à soleira sobre uma bolsa de carteiro, ao lado de uma mochila de lona.

— *Salaam.*

Foi o que bastou para que Noel reconhecesse as cores daquela voz. E sentisse o coração disparar, a cem, 150...

— Desculpa, Noel. Sei que é tarde. Eu estava passando, vi uma luz acesa... JJ falou que você costuma trabalhar até tarde...

...duzentas batidas por minuto.

— Posso entrar?

Noel fez que sim com a cabeça, mecanicamente, feito um boneco de mola.

— Desculpa a invasão, Noel, não é do meu feitio fazer isso, mas... É que estou com um... problema, um problema temporário.

Noel respirou fundo, procurando se acalmar. Seria possível não ter aprendido nada com Norval? Antes de fechar a porta, de novo encheu os pulmões com o ar gelado da noite e só então disse:

— Posso... pendurar seu casaco?

Samira hesitou um instante, mas aos poucos foi abrindo os botões.

— JJ me contou tudo. Quer dizer, sobre sua mãe. Vou ajudar, se vocês acharem que posso. Sinto muito por não ter oferecido antes, mas... tenho andado meio ocupada.

Num gesto cavalheiresco, Noel a ajudou a se aliviar do casaco de Norval, observando com discrição o que ia surgindo por baixo dele: uma jaqueta marrom-clara, uma saia jeans curta, meias escuras que cobriam as pernas por inteiro. Ele abriu a porta do closet e procurou nervosamente por um cabide.

— Claro que você pode ajudar — disse. — E... vai receber por isso, claro. Quer dizer, se estiver com tempo.

— Tempo eu arrumo. Mas não foi... não foi exatamente isso que me trouxe aqui. Embora quisesse mesmo dizer isto a você: eu *vou* ajudar no que puder, juro. — Samira fitou Noel diretamente assim que ele fechou a porta do closet.

— Eu sei — ele disse. Só então percebeu que os olhos dela, ainda que desprendessem a mesma luz perolada de sempre, pareciam aflitos, carentes de sono.

— Tirei você da cama, não tirei, Noel? Sinto muito...

— Eu não estava na cama.

— Puxa, estou *tão* constrangida, tão envergonhada... Bem, pra encurtar a história, o que aconteceu foi o seguinte: este mês fiz um monte de cursos, tive um monte de despesas imprevistas e... não consegui pagar o aluguel. Fui despejada. Fui pra casa de um cara aí, um amigo, mas a namorada dele... acabou me botando pra fora também. Hoje. Ataque de ciúmes. Devia ser o quê? Meia-noite? Bem... o JJ já tinha dito que você morava numa casa grande, então pensei... quer dizer, eu poderia ter ido pra casa da mamãe, mas... Olha, daqui a uns dias vou receber um dinheiro, um empréstimo estudantil, e o Vorta também me deve alguma coisa...

— Vem, vou mostrar onde fica seu quarto.

No cômodo adjacente ao da sra. Burun, Noel acabara de entrar com roupas de cama limpas quando Samira chegou do banheiro embrulhada numa toalha branco-ártico, como num filme de Doris Day.

— Tomei um banho tcheco, se você não se importa. Amanhã busco o resto das minhas coisas, ou seja, *todas* as minhas roupas. Você teria algo pra me emprestar? É uma bobagem, eu sei, mas não me sinto à vontade... dormindo nua.

Por um microssegundo, muito discretamente, Noel olhou para o decote reto da toalha, depois para a saia e as meias que Samira trazia nas mãos.

— Claro, claro... Também não gosto de dormir nu. Talvez até devesse, estou sempre tão quente... Quer dizer, a casa está... a temperatura está... Vou buscar alguma coisa. — Sem sair do lugar, ele baixou os olhos e visualizou as estampas (xadrez, listras, flor-de-lis) dos três pares de pijama que possuía. Qual deles seria o mais adequado? Depois chispou do quarto com a rapidez de Mercúrio, como se um atraso qualquer pudesse ser fatal.

Quando voltou ao quarto, encontrou Samira alisando as rugas do lençol de baixo, debruçada sobre a cama, ainda embrulhada na toalha, e nada mais. Noel virou os olhos para o chão e para outros objetos inanimados. Samira não o tinha ouvido entrar. Ao vê-lo, ergueu o tronco, ajeitou a toalha e viu o pijama xadrez. Não, eu havia pensado numa camiseta, ela pensou em dizer.

— Obrigada, Noel. Está ótimo. Olha, é só por esta noite, ouviu? Realmente não quero dar nenhum trabalho pra você... nem pra sua mãe. — Ela recebeu o pijama, abriu a porta do armário de Noel e se escondeu atrás dela. Enquanto vestia a camisa do pijama, lembrou-se do que tinha visto no banheiro. Não só os cartazes nas paredes, mas a desordem geral do lugar. Fazia semanas que aquele banheiro não era limpo. Assim como o resto da casa.

Noel permaneceu junto da porta, encabulado, sem saber se devia estar ali.

— Sua mãe... ela está em casa? — perguntou Samira, mostrando apenas a cabeça.

— Está dormindo no quarto ao lado.

— Será que ela vai se importar se eu ficar uns dias? Até encontrar um lugar? — Samira saiu de trás da porta, segurando a toalha e as calças do pijama. — Ela está piorando, não está? No banheiro eu vi...

Noel mal podia acreditar no que estava acontecendo, que Heliodora Locke estivesse logo ali à sua frente, vestindo apenas uma camisa de pijama. Seria uma miragem, um efeito do estresse e da falta de sono? Ou quem sabe um *jinni* destinado a evaporar dali a alguns segundos?[30] Teria ele ingerido um dos remédios da mãe ou dos alucinógenos de Norval? Noel fechou os olhos e se pôs a visualizar a cena inicial de *The bride and three bridegrooms*, de Zappavigna. Uma trompa inglesa tocava alegremente no fundo...

— Noel?

Água do mar varrendo a areia da praia, a linda voz de Samira, uma orquestra de cores...

— Noel, tudo bem com você? Noel?

Ele abriu os olhos, um de cada vez, e aparentemente se assustou com o que viu.

— Desculpa, eu... eu estava com a cabeça no mundo da lua, um mau hábito que tenho. Preciso dar um jeito nisso. Do que mesmo a gente estava falando?

— Perguntei se sua mãe estava piorando. O banheiro...

— Ah, certo. — Ele afugentou o filme da cabeça e o substituiu com os cartazes do banheiro, obra da caprichosa Mulher do Banho. — Não fui eu que botei aquilo lá. Na verdade aqueles cartazes não são necessários. Nem aquelas geringonças todas. Mamãe está cada dia melhor. JJ e eu... nós estamos trabalhando numas coisas aí.

— Acho que vou entrar debaixo das cobertas. Por que você não senta aí um pouquinho?

Noel olhou a seu redor em busca de uma cadeira. Ao constatar que não havia cadeira nenhuma, sentou-se na quina da cama, hesitante, alojando apenas uma minúscula fração do traseiro no colchão.

Samira sorriu, depois olhou fundo nos olhos dele, um hábito que tinha.

— Você tem cuidado dela sozinho, não tem? Há quanto tempo? Meses, anos? Bem... isso explica essa sua aparência horrível.

— Obrigado.

— Não, não é isso! É que... você parece cansado. Deve ser muito difícil pra você. Tem dormido o suficiente?

— Claro que tenho. Bem, nem sempre. Às vezes não dá pra dormir oito horas...

— Oito? Parece que você não tem dormido nem duas horas por noite!

— Não, não, estou bem, juro. Durmo que nem uma pedra. Só que... bem, eu e o JJ... a gente tem andado meio ocupado nos últimos dias, sabe? E quando a gente está perto de encontrar alguma coisa, fica empolgado, e às vezes a adrenalina faz que a gente passe a noite inteira acordado. Mas estou bem. Não preciso de muitas horas de sono. — Só vou dormir quando morrer.

— Você precisa cuidar de si mesmo, não só da sua mãe Descansar um pouco, sabe?

— Você falou igual à Mulher do Banho.

— Igual a quem?

— A... a enfermeira que vem de dia. Sancha.

— Pois você devia dar ouvidos a ela. Tirar um tempo só pra você mesmo.

Impossível, pensou Noel, nem mesmo quando vou me deitar. Ou minha cabeça ainda está no laboratório, ou mamãe está apontando uma lanterna nos meus olhos.

— Eu tento.

Uma cômoda baixa ao lado da cama chamou a atenção de Samira: um belo móvel, apesar de manchado e arranhado. Ela estendeu o braço e desenhou uma linha sobre a poeira acumulada na superfície de nogueira.

— Você não tem nenhum parente que possa ajudar?

— Não em Montreal. Mas um tio de Nova York prometeu dar uma mãozinha.

— Como exatamente?

— Bem, ele... ele não chegou a dizer.

— Não tem como contratar alguém?

— A Mulher do Banho vem duas vezes por semana. Não dá pra contratar mais ninguém.

— Mas... o Norval falou que vocês eram ricos. E esta casa... é um palácio. Ou era.

— Tínhamos uma vida... confortável.

— Que foi que houve?

Noel exalou um longo suspiro. Nunca conseguira contar a ninguém, nem a parentes nem a amigos, o que de fato havia acontecido, os detalhes mais sórdidos. Seria uma traição com a mãe.

— Não precisa responder — disse Samira. — Não é da minha conta.

Ele olhou fundo nos olhos dela, ousadamente, pela primeira vez desde que a conhecera. Samira o encarou de volta. Ele mal a conhecia, mas isso não tinha a menor importância.

— Que foi que houve? Bem, tudo começou a... desmoronar quando mamãe antecipou a aposentadoria. Não de imediato. Mas, depois de algumas semanas de ócio, ou melhor, de descanso, ela começou a se comportar de um modo... estranho, diferente.

— Como assim? Começou a se esquecer das coisas?

Noel se calou um instante antes de responder:

— Começou a distribuir todo o dinheiro dela. Ou quase todo. Passando cheques pra amigas de infância, conhecidos distantes, instituições de caridade não muito idôneas... até pra mendigos na rua. Sem falar nos oportunistas que telefonavam ou batiam à nossa porta. Mamãe começou a cair em todas as armadilhas de *telemarketing*, dessas que prometem uma viagem pro Taiti ou pedem dinheiro pra libertar um preso no Chade... Ela não tinha o costume de fazer essas coisas. Tinha um radar pra esse tipo de roubada.

— Foi então que ela começou a ter... problemas com a memória?

— Foi.

— E não dava pra colocá-la num desses centros assistenciais... ou seja lá como esses lugares se chamam? Algo subsidiado pelo governo? Pelo menos por meio-horário?

Noel sacudiu a cabeça, aliviado por poder saltar partes da história.

— Cheguei a olhar uma clínica com regime de semi-internato. Um lugar chamado Sun Valley Assisted Living. Minha ideia era levá-la e buscá-la todos os dias. Logo no primeiro, ela ficou esperando por mim na varanda aqui de casa, com todas as suas malas. O que não conseguiu guardar nelas, embrulhou em sacos plásticos e em fronhas de travesseiro. "Por favor não me leve pra lá", ela disse pra mim, tão baixinho que mal pude ouvir. "Será que não posso continuar aqui com você? Só mais um tempinho? Prometo que vou melhorar."

— Meu Deus. E você? Fez o quê?

— Peguei as malas e voltei com tudo pro quarto dela. Falei que ela podia ficar comigo pro resto da vida.

A não ser pelos roncos de JJ, a casa permaneceu em silêncio até o amanhecer. Dada a situação em que se encontrava, Samira decidira tomar os comprimidos oferecidos por Noel, duas pílulas azuis de aspecto rudimentar, aparentemente de fabricação caseira. Dormiu como um anjo. Noel havia tomado os mesmos comprimidos, mas ainda se revirava na cama quando a sra. Burun entrou no quarto de lanterna em punho.

— Tem um homem lá embaixo — ela sussurrou no ouvido dele, a voz e a lanterna trêmulas. — Um homem grande de cabelo ruivo. Eu o peguei com a boca na botija, fazendo bacon e... aquelas coisas redondas. Acha que devemos chamar a polícia?

Espremendo as pálpebras, Noel focalizou as mãos trêmulas da mãe, uma delas quase inteiramente coberta de rabiscos a caneta, lembretes que lembravam tatuagens.

— Não, mãe. É um amigo meu que está hospedado aqui. Já apresentei ele pra senhora.

— Está com uma faca...

— Claro que está, mas só porque...

Nessa altura, uma cabeça passou pela porta entreaberta, uma grenha de cabelos alaranjados.

— Bom dia, pessoal. Ouvi vocês conversando aqui dentro. Bom dia, sra. B.

— Você deu um baita susto na mamãe, JJ. Ela achou que você ia atacar a gente com uma faca de cozinha.

— Não, Noel. Não foi isso que eu disse. Só disse que...

— Tudo bem, sra. B. A culpa é toda minha. Sou eu o invasor. Demora um pouquinho pra acostumar. Está com fome? Que tal um tradicional *petit déjeuner Québecois**?

A sra. Burun fez que não com a cabeça. Quem *é* este homem?

— Não, eu... não estou com muita fome.

— Achei mais um álbum de fotografias. Junto com os livros de receita. Achei que a senhora pudesse me mostrar. Se tiver tempo, claro.

O aspecto da sra. Burun mudou imediatamente, como se ela tivesse acabado de reconhecer um amigo de infância que viera para brincar.

— O álbum... da cozinha? Com os livros de receita?

— Esse mesmo.

---

* *Petit déjeuner* = café da manhã. (*N. do T.*)

— Algumas daquelas fotos são muito especiais pra mim. Foram tiradas pela minha mãe, sabe?

— É mesmo? Vi a foto que está na capa. Uma menininha linda de cabelos louros e encaracolados. Na praia.

— Ah, aquela... sou eu.

— Mentira!

— Então, vamos descer? — disse a sra. Burun, animada. — Dar uma olhada nessas fotos? Você conseguiu encontrar tudo na cozinha... — Aqui ela fez uma pausa, tentando lembrar o nome do hóspede. Ela *devia* saber, fazia um bom tempo que ele havia chegado. Quantos dias mesmo?

— Nem tudo — disse JJ. — Procurei o coador de chá por toda parte. Falei pra mim mesmo: "JJ, você só pode estar cego!"

— Também não consigo encontrar aquele coador. Alguém deve ter roubado! — Ela virou os olhos para o filho.

Noel agora se sentava na cama, os olhos fundos e injetados.

— Sei onde ele está. Vou só me vestir e...

— Você fica aí — disse JJ. — A gente dá um jeito. Mais tarde trago seu café na cama. Enquanto isso, vê se dorme um pouco. Sua mãe e eu temos muita coisa pra fazer, é ou não é, sra. B?

— Ah, sim, acho que temos... JJ.

Depois de um demorado embate com a insônia, a fiel companheira de todas as noites, Noel se viu em cima de um palco, cego pelo lume de um poderoso holofote. Fazendo sombra com a mão, ele correu os olhos pela plateia. De um lado avistou, ou vislumbrou, o rosto da mãe; de outro, o de Norval. O holofote se virou na direção das coxias, de onde saiu uma carruagem pintalgada de lama, puxada por um cavalo. A bordo se achava uma mulher de ombros nus, trazendo à cabeça uma coroa cravejada de pedras cintilantes, de cores que ele jamais tinha visto, cores não derivadas das primárias. À medida que a carruagem foi se aproximando, sombras escuras recaíram sobre o rosto dela, mas Noel a reconheceu assim mesmo, porque ela estava falando. Não registrou o significado das palavras.

— O tempo já está quase no fim — disse o mestre de cerimônias do programa, cada vez mais parecido com o dr. Vorta.

Embora a resposta correta valesse alguns milhares de dólares, Noel não quis dizê-la.

— Não sei quem é. Nunca vi antes. — Era Heliodora Locke, a atriz. Ele a encarou quando a carruagem passou a seu lado, mas não foi correspondido. Os olhos reluzentes da mulher buscavam os de outra pessoa: Norval? A carruagem já ia sumindo de vista quando Noel ouviu o rufar de um tambor... ou seria o trote do cavalo? Rá-tá-tá, rá-tá-tá...

— Noel?

Ele despregou as pálpebras, aguçou os ouvidos. Alguém batia à sua porta.

— Mãe, é você?

— Posso entrar? — A porta se abriu lentamente. — Desculpa, Noel, mas achei que já era hora de você acordar. Além disso, tem alguém te chamando no telefone.

Noel tentou enxergar através da penumbra. Os estilhaços do sonho se espalhavam sobre o chão, mas logo foram desmanchados em vapor pela luz que vazava da porta.

— É voc... O que você está... Ah, claro. — Noel sentiu o coração retumbar. — Entra aí. Tudo bem com você? Algum problema com a mamãe?

— Está tudo bem, não se preocupe.

— Eu só estava... Que horas são?

Sobre a escrivaninha de Noel, Samira depositou uma bandeja de inox com um telefone sem fio encarapitado na tampa.

— Oito, oito e meia.

— Da manhã?

— Da noite.

Ele se sentou na cama.

— Caramba... Não pode ser... Você está dizendo que dormi doze horas? Por que ninguém me acordou?

— Porque você precisava dormir.

— Puxa, eu não dormia assim desde... desde que tinha dois anos de idade. — Noel passou a mão sobre o rosto, sobre a lixa da barba por fazer. Sentiu-se na pele de um Rip Van Winkle. — Mamãe está bem?

— Está ótima, Noel. Passamos o dia juntas. Mas tem um telefonema pra você. — Samira entregou-lhe o aparelho; a luzinha vermelha da bateria já começava a piscar. — É o Norval.

Noel esfregou os olhos, limpando as teias de aranha.

— Diz a ele que... que eu ligo de volta, está bem?

— Nor, ele pode ligar de volta? Não? Dizer o quê? Está bem. Tchau.

— Que foi que ele falou?

— Mandou você à merda e disse que não vai poder ir à "mat" de amanhã. Isso faz algum sentido pra você?

— Faz. E a mamãe, está bem?

— Noel, relaxa, sua mãe está ótima. Agora você tem "funcionários" trabalhando pra você.

— Tenho, é? Ah, claro. E você, dormiu bem? Gostou das acomodações?

— Adorei. Posso ligar isto aqui? — Ela apontou o queixo para o abajur ao lado da cama.

Noel abriu uma bocarra, bocejando feito um leão.

— Claro, liga. Mal posso acreditar que dorm...

— Está com fome? Não, não precisa levantar. — Ela espiou Noel pelo canto dos olhos e achou graça no que viu. — Você sempre dorme de roupa?

— Não, eu... É que eu estava exausto. — Ele se recostou na cabeceira da cama e espreguiçou os braços, sorrateiramente cheirando o próprio sovaco.

— Chega pra lá. — Samira colocou a bandeja sobre a cama e, num gesto teatral, abriu a tampa: ovos pochê, batatas fritas, salsichas, tomates grelhados, duas panquecas, suco de laranja e um bule de chá azul-Dresden, lascado no bico (Noel conhecia aquela lasca desde muitos anos). — Sua mãe falou que às vezes você gosta de tomar o café da manhã à noite. Eu adoraria poder dizer que fui eu que fiz tudo isso, mas não foi.

— Foi o JJ?

— Não, sua mãe.

— Verdade? Uau. Faz... um bom tempo que ela não cozinha. — Noel examinou a comida sobre a bandeja. Tudo havia sido feito do modo que ele gostava: a gema do ovo quase crua, as batatas torradinhas por fora... Sua mãe costumava lembrar-se de coisas assim. Lembrava-se de tudo a respeito dele. Mesmo quando criança, ele se emocionava com os mimos dispensados pela mãe. — Onde ela está agora?

— Jogando mau-mau com o JJ. Ouvindo músicas da década de 60 e cantando todas as letras.

Noel sorriu depois começou uma frase que não soube terminar. Começou outra:

— Eu... realmente... fico muito agradecido que...

— Come.

Enquanto Noel distribuía sal e pimenta sobre o prato, Samira puxou os saquinhos de chá imersos no bule e serviu duas xícaras. Noel parou um instante: levantou os olhos e se deparou com o centro de gravidade dela. Fincou um tomate-cereja e enterrou-o na boca. Ao tomate se seguiu uma batata, depois outra, depois meio copo de suco de laranja, depois outro tomate. Com a boca cheia ele disse:

— Aceita?

— Não fale com a boca cheia.

— Certo.

— Você foi sempre assim, ligado à sua mãe?

Noel engoliu, depois esvaziou na boca o copo de suco. Sentia-se animado. Como se tivesse passado uma temporada numa ilha deserta, exultava com a oportunidade de conversar com alguém.

— Não. Fui um perfeito idiota na adolescência. Como a maioria dos garotos nessa idade, eu me "rebelei". Mas o problema é o seguinte: como é possível se rebelar contra uma pessoa que dedicou a vida inteira a você? Lá pelos vinte, eu ainda padecia da mesma burrice e egoísmo. Mas de uma hora pra outra acordei. Assim, sem nenhum motivo especial, como se uma voz me tivesse dito pra voltar. O filho pródigo. Mamãe nunca reclamou de nada.

— "Feito as presas de uma serpente, como dói a ingratidão de um filho." *Rei Lear*, não é?

— *Mais que as presas* de uma serpente... — corrigiu Noel. — Ato I, cena IV.

— Não vai dizer a linha?

— Novecentos e alguma coisa, eu acho.

Samira riu.

— Isso é... um fenômeno. Já ouvi muita coisa a seu respeito, Noel. Só coisas boas. Então, diz aí: o que você faz lá com o dr. Vorta? Usa a memória pra... pra fazer seja lá o que vocês ficam fazendo?

Noel deu dois goles rápidos no chá.

— Ajudo na pesquisa dele, só isso. E faço alguns testes de memória. Meio expediente. Sempre que posso. Ele é bastante compreensivo, flexível.

— Ótimo, já que você tem um trabalho de tempo integral. Sua mãe. Então foi isso que você... quer dizer, o que você estudou na faculdade afinal?

— Química, biologia, poesia, história da arte, música. Uma salada que não deu em nada. Trabalhei como editor-assistente numa revista de poesia que não tinha dinheiro pra me pagar. Depois, assim do nada, o dr. Vorta me arrumou um emprego de verão na Pfizer, como técnico de laboratório. Ele me recomendou pessoalmente, embora eu não tivesse nenhuma qualificação. Depois me ajudou a entrar na McGill, e lá pelas tantas me contratou como assistente.

— Você estudou medicina?

Noel fez que sim com a cabeça enquanto engolia.

— Por dois anos. Depois me interessei pela química experimental: farmacocinética, farmacodinâmica, coisas assim. Talvez por causa do papai.

— Você se formou? — Samira viu Noel balançar a cabeça com a boca novamente cheia. — Não era a sua praia?

Noel engoliu, partiu a gema do segundo ovo com a faca.

— Não, eu até gostava. Era tudo muito fácil, só decoreba. Quanto às aulas, à interação com os colegas, esse tipo de coisa... eu já tinha aprendido a controlar meus... Sabe, eu já tinha vinte e muitos quando entrei na universidade e a essa altura já era capaz de controlar, pelo menos até certo ponto, os meus problemas... de cabeça. Acontece que eu tinha... outros problemas.

— Tipo o quê?

— Bem, mamãe começou a ter os problemas *dela*, na cabeça *dela*, e eu não tinha como lidar com duas cabeças problemáticas ao mesmo tempo. Então abandonei a escola e vim morar com ela. Mas não me arrependo, sabe? Não me arrependo mesmo. Não foi nenhum sacrifício. De qualquer modo, eu não daria um bom médico. Nem farmacólogo, nem neuropatologista, nem porcaria nenhuma.

— Acho que daria, sim. Nunca é tarde pra recomeçar.

Noel deu mais um gole no chá. Fazia meses que não se sentia tão bem assim. E as palavras, para surpresa sua, fluíam.

— Papai sempre quis que eu fosse médico. Médico ou escritor. Ou preferivelmente as duas coisas ao mesmo tempo. Adorava listar os grandes escritores que também eram médicos, ou que haviam se interessado pela medicina no início. Tinha um enorme respeito por eles, pelo ideal renascentista de buscar a excelência tanto nas artes quanto na ciência.

— E que escritores eram esses?

— Maugham, Tchékhov, Joyce, Keats, Smollet, Goldsmith, Céline, Hoffman, Duhamel, Campion... São tantos, eu poderia ficar a noite inteira...

— Vai, continua. Estou curiosa.

— Oliver Wendell Holmes, A. J. Cronin, Arthur Schnitzler, Aldous Huxley, Ethan Canin, Walter Percy, Robert Bridges, Leonid Tsípkin, Sihan Seyhi, Nérée Beauchemin, Moacyr Scliar, John McCrae, Josephine Bell, Jamies Bridie, Fernando Namora, Alfred Döblin, Goerg Büchner, C. Louis Leipoldt, Heinrich Stilling, Lenrie Peters, Guimarães Rosa, Yusuf Idris, Dannie Abse, Hans Carossa, Francesco Redi, F. R. Kreutszwald, Jacques Grevin, Enrique González, Saul Tchernichóvski, Justinus Kerner, Gottfried Benn, T'ao Hung-ching, Firistah, Nahmanides, Nicander, Empédocles e um sem-número de gregos e romanos. A lista é interminável.

Samira irrompeu numa gargalhada.

— Você se esqueceu de um iraquiano.

— Mazloom?

— Muito bem!

— Papai sempre se penitenciou por não fazer parte dessa lista ele também. Por isso ficava me incentivando, suponho.

— Norval contou que seu pai... morreu quando você ainda era criança.

— É. Ele se afogou quando eu tinha nove anos. — Quando eu tinha 3.639 dias de existência, Noel quase respondeu. — Muitas vezes cheguei a pensar em fazer o mesmo.

Igualzinho ao Norval!, pensou Samira.

— Você não está falando sério, está?

— Estou.

— Então, o que foi que te impediu?

— Mamãe.

— Louvadas sejam as mães! Então... você sabe o que levou seu pai a...

A expressão de Noel, até então estoica, desmanchou-se em dor.

— Um mistério. Uma cortina preta que caía do nada. Às vezes sinto a mesma coisa. Mas acho que nunca vou entender, pelo menos não inteiramente. Só sei que ele costumava passar por esses períodos sombrios, de muita tristeza. "O dragão negro que veio visitar", ele disse certa vez. Às vezes passava dias inteiros trancafiado no escritório do porão. Mas a cortina sempre se levantava de novo, o dragão finalmente ia embora...[31] Às vezes acho que pra ele não bastava ser um cientista talentoso, que ele almejava outras coisas, de natureza mais espiritual. Papai queria ser um grande artista, além de um grande cientista. Um Leonardo da Vinci, um Raleigh ou um Primo Levi. Queria muito ser um homem do Renascimento, mas achava que nunca chegaria lá.

— O Primo Levi também se suicidou, não foi?

— Foi.

Noel notou que Samira o encarava. Sentada ao pé da cama, a cabeça apoiada contra a parede, ela o perscrutava com olhos semicerrados, à maneira de um pintor estudando sua tela. A vontade de Noel era tocar os cabelos dela, mais negros que as asas de um corvo à meia-noite, como diria Poe.

Há uma sugestão de Norval no rosto dele, pensava Samira enquanto o observava, mas é como se uma escultura em bronze tivesse sido reproduzida em madeira, ou se uma bela melodia tivesse sido cantada ligeiramente fora do tom... Samira censurou a si mesma pela crueldade do pensamento. Constatou que seria bem melhor, senão mais fácil, se estivesse apaixonada por Noel em vez de Norval.

— Você se incomoda quando as pessoas falam que você se parece com Norval?

Noel suspirou.

— Antes, sim. Sempre havia alguém pra apontar a semelhança entre nós, pra dizer que eu era uma pálida imitação dele. O que era natural, suponho, já que ele era o famoso, o mais bonito...

— O que sua mãe diz a esse respeito? Não acha que ele quase poderia ser filho dela também?

Noel lentamente terminou seu chá.

— Eles nunca se viram.

— Nunca? Por que não?

Noel permaneceu calado por um instante, examinando as manchas circulares que o chá havia deixado no fundo da xícara.

— Às vezes acho que, subconscientemente, nunca quis deixar que mamãe visse uma versão aprimorada do próprio filho. Muito menos dividir a atenção dela com outra pessoa. Mas a verdade não para aí. Sempre tive medo de que o Norval debochasse do meu relacionamento com ela, da nossa intimidade, da amizade que temos um pelo outro.

— E por que ele faria uma coisa dessas?

— Porque o Norval odeia a própria mãe. De um jeito psicótico, nada natural. Jamais entenderia nossa proximidade, minha e da mamãe. Além disso, eu simplesmente não queria explicar... você sabe, a doença dela e tudo mais. Então fiquei adiando, adiando...

— Adiando o quê? Apresentar um para o outro?

— É. Por algum motivo eu não queria que ele visse tudo isso. Norval já veio aqui algumas vezes... mas não tive coragem de abrir a porta.

Samira permaneceu muda enquanto Noel terminava a segunda panqueca. Correu os olhos pelos objetos do quarto.

Assim como no loft de Norval, as paredes se cobriam de imagens peculiares: uma reprodução do *Blauer Ritter*, de Kandínski; ilustrações de Hockney para as *Seis fábulas dos irmãos Grimm*; um retrato sépia de Solomon Cherechevski;[32]

um desenho multicolorido de Íris, a deusa do arco-íris; um pôster grande das Nove Musas, com seus respectivos nomes e áreas de atuação: CALÍOPE, musa da poesia épica (empunhando um códice); CLIO, musa da história (empunhando uma clepsidra); ÉRATO, musa da lírica e dos poemas de amor (empunhando uma lira); EUTERPE, musa da música (tocando uma flauta); MELPÔNEME, musa da tragédia (usando a máscara da tragédia); POLÍMNIA, musa da poesia sagrada (exibindo uma expressão pensativa no rosto); TERPSÍCORE, musa da dança e da música coral (dançando e empunhando uma lira); TALIA, musa da comédia (usando a máscara da comédia); URÂNIA, musa da astronomia (empunhando uma esfera).

Sentada de pernas abertas, com a saia preta esparramada entre elas, Samira examinava cada imagem sem dizer palavra, em total concentração. Foi então que, na moldura oval de um espelho, viu a foto de um casamento, provavelmente o dos pais de Noel, bem como uma polaroide de Norval, de cabelos mais compridos, posando majestosamente diante das cortinas vermelhas de um teatro. Sentiu o coração saltar dentro do peito.

— Norval parece um príncipe decadente naquela foto — disse, dissimulando o tremor na voz. — Ele não é um aristocrata, é? Embora aja como se fosse.

— É, ele tem esse jeito de príncipe mesmo — disse Noel, depondo a bandeja no chão. — Na verdade, também tem um pouco de sangue azul nas veias. Os Blaquière eram uma pequena família de nobres da Normandia que, depauperados, vieram pro Quebec no século XVIII. Uma gente violenta, dissoluta e patologicamente irascível. Pelo menos é o que ele diz.

— Mas ele nasceu na França.

— O pai estudou na França na década de 60, quando conheceu a mulher. Depois voltou pro Quebec e mais tarde assumiu um posto de chefia numa construtora de Paris.

— E a mãe? Como ela é? Você a conhece?

— Não. Nas palavras de Norval, é uma pé-rapada, uma *banlieusarde* vulgar, dada à histeria e aos amantes. O que ele nunca conseguiu perdoar; isso e o fato de ela passar a maior parte do tempo numa colônia de nudismo e ainda por cima votar no Le Pen.

— Mas isso não é suficiente pra que ele *odeie* a mãe, não é?

— Acontece que ela traiu o marido quando Norval era pequeno. Portanto ele se sente traído, negligenciado... Sobretudo depois que um batalhão de homens, um atrás do outro, começou a frequentar a casa deles.

Mordendo os lábios, Samira começou a pensar em outra coisa. Uma gente dissoluta, patologicamente violenta... Era isso mesmo que Noel havia dito? Talvez isso explicasse... Ela viu os números verdes do relógio digital passarem suavemente de 8:59 para 9:00.

— Você sabe o que significa "K"?

— K?

— Vi no rótulo de um frasco... em algum lugar, e agora quero saber o que é. Pode ser potássio? Era um pozinho branco.

— Bem, o potássio tem uma tonalidade prateada. Mas é terrivelmente reativo: oxida quando exposto ao ar e reage com violência com a água. Por esse motivo, é sempre guardado sob um líquido... bem, sob um líquido com o qual ele não reage. Que tipo de frasco era?

— Que mais poderia ser?

— Sei lá, muita coisa. Onde foi que você viu esse frasco?

— Num... numa ruela sem saída.

— Numa ruela? Então deve ser cetamina, muito popular nos dias de hoje. Também é conhecida como Special K, Kit Kat...

— Que diabos é isso?

— Um anestésico. De uso veterinário e médico.

Samira parecia intrigada.

— Ah, então é isso...

— Em doses moderadas, produz efeitos dissociativos e psicodélicos. Também é usada pra simular a experiência de quase-morte.

— Jura? — Agora tudo se encaixava. Tratava-se de mais um dos alucinógenos de Norval.

— Geralmente é misturado com roipinol. É o famoso "boa noite, Cinderela", que eles usam pra estuprar.

Samira ficou boquiaberta. Então ela estava certa quanto àquele homem: o sujeito era pior que toda a população de Sodoma e Gomorra juntas.

— Merda. Você só pode estar brincando. Quer dizer então que o Norval é um estuprador...

— Norval? O que ele tem a ver com...

— E que talvez eu seja a próxima.

— Próxima? Não, não, você provavelmente está...

— Encontrei numa gaveta ao lado da cama dele! Então é isso que ele tem usado pra levar adiante aquela aposta absurda! Não sai daí, volto já.

— Dá uma olhada nisto aqui — disse Samira, minutos depois. Ela depôs o frasco sobre a mesinha de cabeceira de Noel, batendo-o com força.

— Realmente, Sam, não acho que...

— Eu sabia que tinha algo... satânico em torno do Norval. Aquela festa que eu fui semanas atrás... de algum modo Norval estava por trás daquilo tudo. Não foi coincidência nenhuma ele ter entrado naquele elevador.

— Mas... isso não faz nenhum sentido. Não é o estilo dele. Norval não precisa de drogas pra seduzir uma mulher.

— E na festa do JJ, aquela história de que "o caminho do excesso conduz à sabedoria". Acho que ouvi isso quando estava drogada. Ou então quando recobrei a consciência. Talvez tenha sido o Norval quem disse. É a cara dele dizer uma coisa dessas, não é?

— Bem... pode ser. — Norval já havia dito isso antes, lembrou-se Noel. Mais de uma vez. Ele examinou o frasco e constatou que era um dos frascos do dr. Vorta; levantou-o contra a luz para ver melhor. — E é só isso que você lembra? Era mesmo a voz do Norval?

— Não tenho certeza.

Noel destampou o frasco e inseriu o dedo mindinho. Observou de perto os cristais transparentes antes de roçá-los ligeiramente contra a língua.

— É Special K mesmo? — perguntou Samira.

As letras C e H e os números 2 e 3, em múltiplas cores, começaram a rodopiar na cabeça de Noel como se fossem bolinhas de bingo.

— Hidrato de cloral.

— Que tipo de efeito isso produz? Pode deixar uma mulher inconsciente, por exemplo?

— O efeito é de sedação. E de hipnose.

— Eu *sabia*!

— Está sendo usado num dos estudos do dr. Vorta. Ele acha que o hidrato de cloral pode ser o futuro do tratamento de câncer no cérebro.

— Câncer no cérebro? Estranho. Por que o Norval manteria um frasco de... Ele não tem câncer, tem?

— Não que eu saiba.

Diabos. Samira se lembrou do que Norval havia dito, sobre terminar seus dias na água. "Depois do Z, sou um homem morto." Ela olhou novamente para a polaroide no espelho oval.

— Mas por que isto estava perto da cama dele? E por que o "K" do rótulo?

— *Klor ortanca*. Vem de um laboratório de Istambul. Seguramente ele toma isto por causa da insônia.

Samira sacudiu a cabeça lentamente, os músculos do rosto retesados.

— Você não precisa se preocupar — continuou Noel. — Esta porcaria também é vendida nas ruas como afrodisíaco. É um grande sucesso na França. — Talvez Norval tenha ouvido falar por intermédio da mãe, ele conjeturou consigo mesmo.

— É, deve ser isso. De qualquer modo, não é da minha conta. Desculpa, Noel... Eu não devia ter tirado conclusões apressadas. Muito menos desconfiado de um amigo seu.

— Já cometi erros piores.[33]

No silêncio que se seguiu, Noel podia ouvir as batidas do próprio coração. O hidrato de cloral era um pesadelo. Em caso de overdose, levava à morte num espaço de cinco a dez horas. Ele teria de falar com o dr. Vorta sobre aquele... roubo. Examinando o rosto de Samira, percebeu que ela estava apaixonada por Norval. Ou talvez não. Bastava perguntar. Noel pigarreou, recriminando-se pela covardia. Uma simples pergunta. Uma picada rápida, feito a da agulha de um dentista.

— Você está apaixonada por ele, Sam? — disse afinal, quase sussurrando. — Pelo Nor?

— Não! — ela disse, surpreendendo a ambos com a rapidez e a veemência da resposta. — Claro que não! Talvez... sei lá, atraída fisicamente, intrigada... É como se eu estivesse na beira de um abismo e uma vozinha interna ficasse me dizendo pra pular. Já fiz isso outras vezes na vida, mas... não gostaria de fazer outra vez.

— Na verdade, não tenho nada a ver com isso...

— Tem, sim. Quer dizer, quero que tenha. Estou muito confusa com relação ao Norval, não consigo decifrá-lo de jeito nenhum. Achei que você pudesse ajudar a... esclarecer algumas coisas.

— Eu adoraria, pode acreditar. Mas o Norval é um mistério pra mim também. Ele nunca fala de si mesmo, de coisas pessoais. O passado dele é cheio de lacunas, de espaços em branco. "Não conte comigo pra saciar sua vã curiosidade", ele disse certa vez.

— Acha que ele já se apaixonou um dia? Por alguém que o dispensou, ou que talvez tenha morrido? Acha que ele é capaz de amar?

— Não sei. Realmente não sei.

Samira lembrou-se do anel que havia encontrado no loft.

— Você acha possível que ele... bem, que ele prefira os homens? Sexualmente falando?

— Eu ficaria surpreso. Mas a gente nunca sabe, né? O Byron tinha amantes homens. Talvez para Norval isso seja um selo de aprovação.

— Você já ouviu falar de um certo Terry?

— Não, quem é Terry?

— É só um nome que... que vi em algum lugar.

— Onde?

Samira preferiu não responder.

— Duvido muito que o Norval já tenha se apaixonado por alguém, homem ou mulher. Parece que ninguém é bom o bastante pra ele. Todo mundo é inferior, social ou intelectualmente. Norval é um misógino por excelência.

— Ele não gosta de nenhum dos sexos.

— É a pessoa mais preconceituosa que já conheci na vida. Parece um velhinho cabeça-dura.

Noel parou para pensar.

— É, em certos aspectos ele é um velhinho cabeça-dura mesmo. Velho de espírito, prematuramente conservador. Não suporta as novas gerações: os produtos que elas consomem, o jeito de falar, as roupas extravagantes, a obsessão com as marcas... Mas também detesta as gerações mais velhas, o *establishment*, sobretudo os escritórios de advocacia e a indústria farmacêutica.

— É seu melhor amigo, não é? — disse Samira.

Noel abriu o armário da mesa de cabeceira, uma cômoda de boticário com o bastão de Hermes talhado em alto-relevo sobre a porta de correr. De lá tirou uma garrafa e uma taça de pedra.

— É meu único amigo.

— Por que ele é desse jeito? Um don-juan inveterado, um maníaco sexual? Você não acredita naquele papo furado de Baudelaire, acredita?

— Não. Aquilo é só pra meter a mão nas bolsas de estudo do governo. Norval tem a seguinte teoria... — Noel interrompeu o que ia dizendo, atrapalhado com os objetos que segurava. — Quer um pouco de vinho do Porto? É da mamãe. Me ajuda a dormir. Ou pelo menos ajudava.

— Obrigada.

Noel serviu.

— Espero que você não se importe. Sei que não é o copo certo, mas é o único que tenho. Espera aí, vou até a cozinha buscar...

— Não precisa. A gente divide o mesmo copo. — Ela bebeu do vinho e devolveu o copo a Noel. — Você ia falar sobre...

Depois de alguma hesitação, Noel girou a taça até o ponto em que os lábios de Samira o haviam tocado. Fechou os olhos e bebeu. Imagens de Heliodora Locke começaram a pipocar.

— ...sobre a teoria do Norval.

Noel sacudiu a cabeça, fazendo com que o pescoço estalasse.

— Ah, sim, a teoria do... — Noel sentiu o rosto enrubescer enquanto ele procurava pelo fio da meada. — Segundo Norval, as sensações são... pra ele, o grande objetivo da vida, ou o único objetivo da vida, são as sensações, ou o que Byron chamava de "o vazio desejante", aquilo que nos induz a coisas como o jogo, as guerras, as viagens e o sexo. Sobretudo o sexo. Pro Norval, o instinto sexual é o que domina todo o pensamento, toda a atividade humana. É a nossa principal fonte de energia. Ou única fonte.

— Norval é um sexistencialista.

Noel sorriu.

— Exatamente. Às vezes acho que ele se transformou num dos autores que ele ensina na universidade, num daqueles decadentistas do fim do século XIX.[34] Ele está convencido de que a civilização está num estado terminal de decadência...

— É difícil discordar...

— ... e de que a fé em qualquer tipo de progresso é uma inutilidade: simplesmente não há um mundo melhor por vir. Então concluiu que a vida deve ser transformada numa obra de arte, num exercício de estilo, já que não pode ser nada além disso.

— Portanto, em vez de se rebelar, como fizeram os românticos, ele optou pela apatia e pelo ceticismo.

— E pelo hedonismo. A única maneira de alimentar o espírito, segundo ele diz, é por meio de novas sensações, de sensações cada vez mais perigosas. Aquilo que Baudelaire chama de paraísos artificiais da imaginação. Alucinações induzidas por drogas, perversidade calculada...

— Perversidade alfabética?

O sorriso de Noel se desmanchou num esgar quando ele cogitou em que letra se encontrava Norval.

— "Perversidade inócua", tal como ele diz.

Samira virou a garrafa para ler o rótulo: Quinta do Noval 1994.

— "Inócua" coisa nenhuma — disse. — Aquela aposta é uma catástrofe. É manipulatória, exploratória, enganadora...

Então por que você está apaixonada por ele?, perguntou-se Noel enquanto os adjetivos se sucediam.

— ... insensível, mercenária, chauvinista... Por que ele meteu na cabeça de fazer uma coisa dessas? Por que trata as mulheres *dessa forma*? E por que *tantas* mulheres? Vingança? Porque a mãe traiu o pai, então ele resolveu trepar com o maior número possível de mulheres? Ou porque ficou de tal modo arrasado com aquela traição... na verdade, com a perda da mãe... que agora precisa buscar uma substituta nos braços de toda mulher que cruza o caminho dele?

Noel parou para refletir.

— Tudo isso é possível. Realmente não sei. Às vezes fico achando que essa obsessão pelo sexo não passa de uma válvula de escape.

— E do que Norval precisa escapar?

— Do fracasso, da insegurança. Do complexo de inferioridade.

— Você *só pode* estar brincando. O Norval? Você quis dizer "complexo de *superioridade*", não foi?

— As duas coisas costumam andar juntas.

Nesse ponto, Samira se lembrou do comentário que Norval havia feito a respeito da escada que não levava a lugar nenhum. "Um lembrete", ele havia dito.

— Então, por que ele é tão preconceituoso assim? Porque odeia nos outros o que vê em si mesmo? Espera lá, não pode ser. Não pode ser fracasso e insegurança. Por acaso ele não teve um sucesso enorme com aquele livro? E com o filme também?

— Teve, mas pro Norval o sucesso junto às massas é um sinal de fracasso. Além disso, todo esse sucesso aconteceu há mais de uma década. Depois disso ele não fez mais nada.

— Então é por isso que ele é tão amargo? Por que ele bebe tanto? Porque os dias de glória já ficaram pra trás?

— Não creio. Ele se afastou por iniciativa própria.

— Teve outras ofertas? Pra fazer outros filmes?

— Um monte delas. Pra fazer o Withnail em *Os desajustados*, pra fazer o Jacques em *Como vos agradar*...

— E o romance? A personagem Bess foi inspirada em alguém em particular? Alguém da vida dele? Norval viveu mesmo em Nottinghamshire?

— Ele bate o pé, dizendo que tudo não passa de mera invenção. Mas "tenho cá as minhas dúvidas", como gosta de dizer a mamãe. Tenho cá as minhas dúvidas. Ele viveu, sim, em Nottinghamshire. E acho que foi lá que conheceu seu único e verdadeiro amor. Suponho que a chave para o mistério de Norval esteja naquele livro. Você leu?

— Li. Estava na estante dele, com a lombada virada pra trás. É um livro absolutamente brilhante. Aquela ideia de voltar o relógio na tentativa de recuperar algo perdido... eu me debulhei em lágrimas. E aquelas passagens românticas... puxa, como são lindas! Difícil acreditar que tenha sido o Norval quem escreveu aquilo.

Noel serviu mais vinho e passou a taça a Samira.

— Eu acredito.

— Bem, você conhece o Norval melhor do que eu. Então é daí que vem o dinheiro dele? Quer dizer, aquele loft é... fantástico. Além disso, seu amigo esbanja feito um sultão.

— Ele também escreveu duas canções, acredite se quiser. No início da década de 90. Ele teve um surto de criatividade, produzia obras-primas, ou quase isso, em todos os gêneros de arte que experimentava. Depois deixou tudo de lado.

— O Norval? Escreveu *canções*? Meu Deus. Alguma coisa que eu conheça?

— *Jardin de supplices*? Chegou a tocar nas rádios da França e da Espanha.

— Nunca ouvi. E ele ganhou muito dinheiro com esse sucesso?

— Não com a versão dele. Mas com outra, gravada pela Céline Dion.

— Jura? Caramba... Isso é que é nascer com o traseiro virado pra lua! E a outra canção, qual foi?

— *Dream door*.

— *Dream door*? Do Extinction Bazaar? Foi o *Norval* que escreveu aquilo? Mentira! Eu ainda era adolescente quando ouvi essa canção! Comprei o disco por causa dela! Mas... não faz sentido. É uma balada romântica. Norval jamais poderia ter escrito uma balada romântica!

— Não vá contar pra ele que eu te contei, hem? Pelo amor de Deus. Ele mal consegue ouvir essa canção. Outro dia a gente estava no cinema quando *Dream door* começou a tocar. Ele quase entrou em convulsão.

— Mas por que... ele desistiu de tudo? Porque chegou ao ápice? Perdeu a inspiração?

— Tenho algumas teses a esse respeito. Na verdade, três.

— Que são...

Noel girou a taça e deu um demorado gole.

— Em primeiro lugar, não é fácil enxergar com clareza em meio a uma névoa de álcool e drogas.

— Outros conseguiram. Em segundo lugar?

— Em segundo lugar, a inspiração dele vinha de uma única lembrança. Tanto as canções quanto o romance tratam de um único tema: a perda.

— E da tentativa de recuperar o que foi perdido.

— Certo. Mas depois de escrever sobre essa lembrança única e dominante, ele se viu num beco sem saída: não havia mais nada sobre o que escrever.

— E a terceira possibilidade?

— Bem, quando era mais jovem, Norval achava que a arte era capaz de preencher o vácuo, o vazio deixado pela... decadência da religião. Que os problemas do mundo podiam ser atenuados, senão resolvidos, pela arte. Ele gostava de dizer que a arte era uma "grande Igreja expurgada de dogmas". Mas agora, diante da arte que se faz hoje em dia, a música, o cinema, as artes plásticas, ele perdeu todas as esperanças nesse sentido. Acha que a arte de hoje está totalmente calcada na vaidade e no ego. Que a celebridade importa mais que a verdade, que a badalação e a popularidade importam mais que o mérito.

— No que não deixa de ter razão. A indústria do entretenimento virou uma... uma fossa sanitária!

Noel encarou Samira. Você deve saber do que está falando, pensou.

— E ele diz que a culpa é do socialismo. Ou do sindicalismo. Quando encanadores, carteiros e atletas passam a ganhar o dinheiro que ganham hoje em dia, os livros, filmes e programas de TV passam a ser feitos para eles, de modo que os realizadores possam pôr a mão nesse dinheiro.

Samira sorriu e se pôs a examinar as tábuas do assoalho, como se seguisse a trilha deixada por algum inseto.

Noel hesitou um instante, depois disse:

— Algo parecido aconteceu com você, não foi?

Samira levantou o rosto, o sorriso evaporando dos olhos.

— Algo parecido com o quê? Como assim? Não escrevo músicas nem livros.

— Verdade, mas já foi atriz.

— Atriz? Eu? Do que você está falando?

— O nome Heliodora Locke não significa nada pra você?

Samira esvaziou a taça de vinho com goles grandes.

— Deveria significar?

Noel aquilatou a expressão no rosto dela.

— Sim, deveria.

— Por quê?

— Porque você é ela.

— Meu nome é Samira Darwish.

Noel tentou olhar nos olhos dela, o único lugar em que não é possível esconder a verdade.

— Claro que é. Mas você era atriz, não era? Seu nome artístico era Heliodora Locke.

— Olha, eu... Será que a gente pode mudar de assunto?

— De qualquer forma, isso não é da minha conta.

Samira mordeu os lábios.

— Por acaso você tem um cigarro? — disse.

— Não, mas posso buscar.

— Não precisa... — Aquele maldito filme, ela pensou. Quanto tempo já havia se passado? Oito anos? Nove? Eu estava em plena forma, no ápice da juventude. Envelheci, não uso mais maquiagem, os cabelos viraram essa merda... — Como foi que você... reconheceu...

— As cores da voz.

— Ah.

— Então foi por isso que você cortou os cabelos? Pra não ser reconhecida?

— Não. Porque aquela cabeleira toda, até a cintura, atraía os homens feito a capa do toureiro atrai o touro.

— E você não quer atrair os homens.

— Nem homens nem touros. Fiz um voto de castidade. Não, brincadeira.

Norval e Samira, pensou Noel. Um par perfeito. Ambos haviam conhecido a fama e fugido do fedor. Ambos se sentiam ao mesmo tempo atraídos e enojados pelo sexo oposto.

— Então, você e o Norval têm muito em comum.

— Ele também fez um voto de castidade?

— Não, estou falando do...

— Norval chegou muito mais longe do que eu.

— Por que você parou?

— Com a carreira de atriz ou com o sexo?

— Com a carreira.

— Porque... porque certas pessoas são talhadas pra coisa, outras não. Não gosto de me ver na tela, não gosto de ser reconhecida, não gosto do dinheiro a ponto de ter de lidar com... bem, com a fossa sanitária, como disse o Norval.

— Foi você quem disse.

— Os críticos, os malucos, os arrogantes, os paparazzi... eu não aguentava mais. Na verdade, nunca quis nada disso. Foi apenas uma... obra do acaso. Um período sombrio da minha vida, uma grande mancha escura.

— Por quê? Por causa do... da sua relação com o diretor Federico Zappavigna? Quando você tinha 18 anos, e ele, 48?

— Não. Isso até que foi bom. Por acaso você lê a revista *People*? Ou a *Teen People*?

— Não, é que... fiquei me perguntando o que tinha acontecido a você, então... dei uma pesquisada na internet.

— Ótimo. Aquelas entrevistas imbecis, aquelas biografias ilustradas... Essas coisas vão me assombrar pelo resto da vida. Nunca mais vou dar outra entrevista, nem deixar que outro fotógrafo chegue perto de mim.

— Por causa daquelas cenas de nudez no Adriático?

— Você está falando do filme ou das fotografias que apareceram nos tabloides, tiradas por aquele... mergulhador veneziano com uma teleobjetiva?

— Do filme.

— Bem, você entende o que estou falando, não entende?

— Aquela cena até que tinha uma razão de ser, já que a personagem...

— Eu, deitada nua numa gôndola, passando Coppertone nas coxas? Aquilo não tinha nada a ver com o roteiro, nem com a personagem. Puro merchandising, só isso. Olha. Noel, por favor não comente nada disso com ninguém, está bem? Estou tentando virar essa página. Tenho lá os meus motivos. Você promete?

— Claro que sim. Dou minha palavra.

Samira o encarou novamente. Sim, pensou, posso confiar nele.

— Que tal mudarmos de assunto agora? Posso fazer umas perguntinhas pessoais pra *você*?

— Dentro dos limites do bom senso, pode. Mas antes tenho de ir ao banheiro.

— Isto é, tem de ir ao quarto da sua mãe pra ver como ela está.

— Isso também.

Noel saiu no encalço da mãe e por fim a encontrou sentada na banheira, de biquíni, sobre alguns centímetros de água morna.

— A que horas sai o trem? — ela perguntou, mais de uma vez, trêmula de frio. Onde está a Mulher do Banho quando preciso dela?, perguntou-se Noel. E por que JJ não está com a mamãe?

— Encontre um telefone — continuou Stella. — Chame o diretor. Não consigo lembrar o nome dele. Basta dizer "o diretor". Diga a ele que hoje não vou trabalhar.

Noel levou quase uma hora para acalmar a mãe, quase outra para botá-la na cama.

Ele puxou uma cadeira para junto da cabeceira e demorou um instante tentando encontrar as palavras certas para aquela noite.

— O que a senhora quer ouvir hoje? — disse. — Vejamos... Que tal aquela história de quando estávamos na Flórida e fomos surpreendidos por um furacão? O furacão Emily, lembra? Quando todo mundo fugiu da ilha, menos nós dois? E o governador foi à rádio pra dizer "É fugir ou morrer!"? E a gente ficou sem comida, mas não sem álcool, e nós dois enchemos a cara? — Em vez de sorrir com a lembrança, Stella Burun voltou os olhos mortiços para o teto. — A senhora prefere um poema? Um poema engraçado do Stevie Smith? Não? Ah, já sei. Um dos seus prediletos, lembra?

Wild nights! Wild nights!
Were I with thee,
Wild nights should be
Our luxury!

Futile the winds
To a heart in port,
Done with the compass,
Done with the chart.

Rowing in Eden!
Ah! The sea!
Might I but moor
To-night in thee![35*]

Tombando a cabeça para o lado, Stella mirou o filho com uma interrogação no olhar.

— Já estou melhor — disse baixinho. — Obrigada, querido. Agora vou dormir. — E sonolentamente deitou a cabeça sobre o travesseiro de fronha lilás.

---

* Noites Loucas — Noites Loucas! / Estivesse eu contigo, / Noites loucas seriam / Nosso luxuoso abrigo! / Para Coração em porto — / Ventos — são coisas fúteis — / Bússolas — dispensáveis — / Portulanos — inúteis — / Navegando em pleno Éden — / Ah, o Mar! / Quem dera — esta Noite — em ti / Ancorar! (Emily Dickinson, "Wild Nights", tradução de Paulo Henriques Brito.)

Noel se abaixou para beijá-la na testa. Apagou o abajur e, pé ante pé, saiu do quarto.

No corredor, com a visão embaciada, percebeu a luz que vazava de um dos quartos. O de Samira. Aproximou-se da porta mas não bateu. Pediria suas desculpas pela manhã.

Seguiu então para o próprio quarto, onde o aguardava uma imagem surpreendente: uma ilusão de óptica? Esparramada sobre a cama se encontrava a mulher de seus sonhos, dormindo pesadamente, os cabelos negros abertos em leque sobre a fronha branco-osso. Feito um véu, a gola rulê do suéter lhe cobria metade do rosto. Noel puxou as cobertas sobre as pernas nuas de Samira e apagou o abajur. Depois desceu ao laboratório, onde trabalhou até o amanhecer.

Capítulo 13

Samira & JJ

No dia seguinte, a residência dos Burun se revelou uma colmeia, tamanho o rebuliço. Álbuns de fotografia estavam por toda parte; fotografias avulsas também, em montículos distribuídos sobre balcões e bancadas. Cartas de baralho, numa partida de mau-mau ainda por terminar, jaziam sobre o tapete de sisal da sala de estar; outras, numa partida de crapô igualmente interrompida, se espalhavam sobre o carrinho de bufê da sala de jantar. Objetos de arte interativa, entre os quais certas pinturas em areia que se moviam ao serem viradas, esperavam por interação. Um estojo de aquarelas Pelican esperava por aquarelistas. Um grande relógio de fábrica se destacava na cozinha, sobre um calendário com números grandes e um sistema para marcar a passagem dos dias. Também na cozinha agora havia um "placar da realidade", com data, local e condições do tempo, além de um quadro de avisos com uma "Programação de Atividades".

Depois de um dia exaustivo na biblioteca, Noel chegou a pensar que havia entrado na casa errada, talvez na de um vizinho.

— Pra ajudar sua mãe a se orientar — explicou Samira na cozinha. Ela e JJ usavam no peito adesivos com os respectivos nomes. — Nem *eu* conseguia ler as horas naquele relógio velho, de números romanos. Quanto ao relógio de pulso dela... bem, aquele relógio era minúsculo, só com lupa pra enxergar os números! E ainda por cima precisava de *corda* todos os dias!

— De qualquer modo ela nunca usava — disse Noel examinando o placar da realidade.

— Porque nunca encontrava ou porque não conseguia ler as horas?

— As duas coisas, acho. — Noel olhou para a esquerda. Sobre a mesa de carvalho inglês, entre pilhas de fotografias, encontravam-se algumas sacolas de supermercado e uma caixa de vinho. E acima da caixa, pregada à parede com quatro tachinhas verdes, via-se a seguinte lista, impressa em computador:

COMBUSTÍVEL DA MEMÓRIA

B12
Peixe; espinafre; aves

ÁCIDO FÓLICO
Verduras;
Feijão; ervilha; grão-de-bico
Tomate; laranja, beterraba; soja
Peixe; ovos

VITAMINA E
Verduras;
Batata-doce; abacate
Grãos integrais

ANTIOXIDANTES
Mirtilo; romã
Brócolis; couve-de-bruxelas; cenoura
Cacau em pó

ÔMEGA-3 (ÓLEOS)
Peixes gordurosos (como sardinha e atum)
Castanha; linhaça; canola

— Está vendo o último item da lista? — perguntou JJ. — Sabe de onde isso vem?

— Canola? Claro, é o óleo extraído das sementes de colza, com níveis reduzidos de ácido erúcico.

— É o "óleo do Canadá". Fomos nós que inventamos!

Noel também sabia disso, mas fingiu não saber.

— Verdade? — disse, ainda correndo os olhos pelas diversas mudanças e acréscimos. — Então... de onde saiu tudo isso?

— Quando o gato sai — disse JJ —, o rato faz a festa!

— Mas... quem pagou pela festa?

— Um doador misterioso.

— Deixa de história. Foi você, não foi?

JJ fez que não com a cabeça.

— Então, quem?

— Um cartão de crédito.

— Eu passei a tesoura em todos os cartões da mamãe.

— Não era da sua mãe.

— De quem era então?

— Não podemos dizer. Quando o Norval autorizou a gente a usar o AmEx dele, falou que era pra gente ficar de bico calado.

— Fiquei pensando — interveio Samira rapidamente — se você não podia colocar os números mais importantes na lista de discagem direta do telefone; depois a gente escreve no placar da realidade também. E, sempre que sua mãe receber visitas, elas podem usar um adesivo com o nome, igual a este que a gente está usando. Aliás, sua mãe tem dado um duro danado hoje. Estou trazendo ela na base do chicote. Espero que você não se importe.

Noel estava ficando confuso. Sobrecarga de informações. O cartão era do *Norval*?

— Mas... fazendo o quê? Que tipo de trabalho mamãe andou fazendo?

— Vejamos. Pedi a ela pra colocar a mesa, molhar as plantas, passar duas blusas, separar a roupa suja... entre outras coisas. O JJ ajudou.

— Você lavou roupa? Mas temos uma pessoa pra fazer isso. A Mulher do Banho.

— Ah, estávamos pensando em dispensá-la. Você não precisa mais dela. De qualquer modo, não está mais em condições de pagá-la.

— Não, vocês não podem dispensá-la. Ela... nem custa tanto assim, juro. Os serviços dela são... subsidiados.

Samira refletiu um instante, depois disse:

— Organizei o armário da sua mãe com base nas cores e em sequência. Pra facilitar as coisas quando ela for se vestir. Stella não tem se trocado... o bastante.

— Desculpa, eu...

— Não é culpa sua, Noel. É da Mulher do Banho. E no banheiro da sua mãe, arrumei as coisas pra facilitar o uso também. E incluí um horário de banho na agenda de atividades diárias dela.

— Uau, isso é... impressionante. Como foi que você...

— Pedi alguns conselhos à dra. Rhéaume e ao dr. Ravenscroft. E peguei uns livros na biblioteca.

— Ideia minha — acrescentou JJ.

— Olha — disse Noel —, tudo isso é ótimo. Fico muito agradecido, podem acreditar. Só que... bem, não creio que a mamãe esteja tão mal a ponto de precisar... Quer dizer, ela está bem melhor do que antes, e se depender de mim, vai ficar melhor ainda. Estou trabalhando... quer dizer, eu e o JJ estamos trabalhando... numas coisas aí.

— Eu sei — disse Samira —, e se de fato existe algo que possa ajudá-la, tenho certeza de que vocês dois vão encontrar. Mas enquanto isso, Noel, sua mãe tem problemas. Não dá pra tapar o sol com a peneira. Sei que ela está melhorando, mas ainda tem problemas sérios. Só estou tentando facilitar as coisas pra ela. E pra você também.

— Obrigado, eu... puxa, obrigado mesmo. — Noel rapidamente desviou o olhar dos olhos penetrantes de Samira. No armário ao lado dela, estranhou um espaço vazio. — E a televisão, onde foi parar?

— Na garagem — respondeu Samira. — Junto com as outras duas.

— Mas... mamãe adora os programas de história, os game shows...

— A ideia foi minha — disse JJ. — Estamos na oitava "Semana da TV Desligada", que acontece todos os anos. Ano passado, 6 milhões de pessoas desligaram seus aparelhos. O site da campanha lista 101 sugestões de coisas pra fazer no lugar. Tipo cozinhar, fazer ioga, cuidar do jardim, ler. Existe uma relação direta entre a obesidade e o tempo que passamos vendo TV, surfando na internet e jogando videogame.

— As atividades passivas não ajudam muito no caso do Alzheimer — disse Samira.

— Tudo bem — disse Noel. — Acho que o papai teria aprovado.

— Também fizemos uma *blitz* nos armários da cozinha — disse JJ. — Jogamos fora tudo que continha adoçantes artificiais, incluindo duas caixas de Diet Pepsi.

— Mas por quê? Estou tentando dar uma reduzida nas calorias e...

— Porque o aspartame foi associado ao Alzheimer — disse JJ. — Faz anos que a Monsanto sabe disso. A informação está lá na Web, pra quem quiser ver. O Instituto Palm Springs de Pesquisas Médicas, na Califórnia, diz que o aspartame provoca convulsão, cegueira e perda de memória.

— Tudo isso me parece uma grande bal...

— Ah, e tomamos a liberdade de comprar uma caixa de vinho tinto — disse JJ.

— Pra mamãe? — perguntou Noel. — Mas você não acabou de encomendar extrato de vinho tinto da Suíça?

— O ANOX? Ficou preso na alfândega. De qualquer modo, um estudo novo diz que o próprio vinho produz mais ou menos o mesmo efeito. Uma substância química que eles misturam na bebida. Não me lembro o nome, mas parece que estimula a regeneração dos nervos.

— Resveratrol. Os pesquisadores italianos descobriram que, quando o resveratrol era acrescentado a uma cultura de células nervosas humanas, novos pontos de sinapse cresciam nessas células.

— Pontos de sinapse, isso mesmo. E as pessoas com Alzheimer têm menos pontos de sinapse, certo? Portanto, uma dose diária de vinho ajuda a prevenir a...

— A neurodegeneração. Por falar nisso, por onde anda a mamãe?

— Está ferrada no sono. Exagerou um pouquinho no vinho. Não se preocupe. Estou de olho nela. Ah, também consertei a esteira ergométrica. Vamos ferver o sangue da sua mãe durante 45 minutos todos os dias. Este é o segredo da longevidade e da clareza mental: ferver o sangue durante 45 minutos todos os dias!

— Quando você diz "ferver o sangue"... está querendo dizer "botar o coração dela pra funcionar", certo?

— E o cérebro também. Chamo isso de "neuróbica".

— Quantos anos tinha seu avô quando morreu?

— Cinquenta. Caiu da bicicleta e quebrou o pescoço. Ah! A gente também deu uma olhada nos álbuns da sua mãe. Impressionante. Ela coleciona artigos de jornal sobre seu pai desde a década de 80! E sobre você também, de quando você era criança! Cacilda, vocês dois eram famosos! Alguns têm depoimentos do dr. Vorta também. Vou tirar cópias pra colocar no meu próprio álbum de *clippings*, se você não se importar.

— Também encontramos algumas coisas no sótão — disse Samira. — Espero que você não se incomode com essa nossa bisbilhotice.

— Que foi que vocês acharam?

— Isto aqui. — Da mesa da cozinha, Samira recolheu um maço de cartas em envelopes azul-gelo com selos da Grã-Bretanha.

— As cartas da vovó! Vocês acharam! Isso é fantástico!

— Algumas têm receitas de feitiçaria — disse Samira. — Mas de feitiçaria branca, só coisas do bem.

— Eu sei. Faz anos que procuro estas cartas! Ainda me lembro de algumas, da minha infância. Onde foi que vocês encontraram?

— Aqui. — JJ ergueu um livro de capa em xadrez preto e branco, uma surrada edição de *Better Homes & Gardens*, toda manchada de comida. — Espremidas feito pétalas entre as páginas. Talvez a gente possa experimentar alguns desses feitiços na sra. B.

Noel fitou a capa do livro, lembrando-se de certas páginas que haviam tornado sua vida mais feliz, páginas folheadas com dedos sujos de farinha. Chegou a sentir o cheiro das sobremesas que ajudava a mãe a preparar, como os quadradinhos de flocos de arroz e as tortas de limão ("um saboroso recheio de *fudge* de baunilha com raspas de limão, sob uma fofa camada de suspiro levemente dourada no forno...").

— Tudo bem — ele disse. — Vamos tentar de tudo.

— Só mais uma coisa — disse Samira. — Sua mãe está ficando cada vez mais... calada. Você já deve ter notado. Eu estava pensando em fazê-la pintar. Pra ajudá-la a se expressar. Arteterapia. Sou amadora no assunto, só estudei um semestre, mas vou fazer o que posso. Espero que você não se importe...[36]

— Claro que não me importo! É uma boa ideia. Uma *ótima* ideia!

— E o nosso próximo alvo é você, Noel — prosseguiu Samira. — Porque seu sistema está prestes a dar pau. Isso tem até nome: "colapso do cuidador". Depressão, fadiga, talvez até culpa... É muito comum, segundo me disse a dra. Rhéaume. Portanto, eu e o JJ fizemos uma lista de dez mandamentos pra você.

— Quase todos saíram da cabeça da Sam — disse JJ. — Vê se você consegue adivinhar os dois que saíram da minha. — Ele passou a Noel uma folha de bloco amarela.

Os Dez Mandamentos de Noel

1. Procure dormir o bastante e reservar um tempo de descanso, de modo que possa se concentrar naquilo que é mais importante (encontrar uma cura para a perda de memória!).

2. Faça três boas refeições todos os dias, de modo que tenha energia para se concentrar naquilo que é mais importante (encontrar uma cura para a perda de memória!).

3. Aceite a ajuda de terceiros; cuidar da sua mãe é uma tarefa pesada demais para uma pessoa só.

4. Viva um dia de cada vez, sem se preocupar com o que vai acontecer no futuro.

5. Estruture seu dia; uma agenda organizada facilita as coisas tanto para você quanto para sua mãe.

6. Lembre que sua mãe não está criando dificuldades porque quer; o comportamento e as emoções dela estão sendo distorcidos pelo MDA.

7. Tenha senso de humor; rir nos ajuda a ver as coisas sob um prisma mais otimista.

8. Valorize aquilo que sua mãe ainda é capaz de fazer, em vez de chorar sobre o leite derramado.

9. Procure usar OUTROS RELACIONAMENTOS como fonte de amor e carinho.

10. Busque forças no Poder Superior que você traz dentro de si.

— Adivinha aí: quais são os mandamentos de minha autoria? — repetiu JJ.

— Bem, vejamos... O 7 e o 10?

JJ respondeu com uma sonora gargalhada.

— Bingo! Você sabe o que é o Poder Superior?

— Deus?

— A crença no mistério, na mágica e nos milagres. Os três Ms.

Um vasto céu ensolarado se descortinou na cabeça de Noel.

— Obrigado a vocês dois, por tudo. — As lágrimas ameaçaram brotar, mas foram empurradas de volta para casa. Os braços imploraram para cerrar os amigos, mas permaneceram onde estavam. Noel releu o nono mandamento e se perdeu no vórtice daquelas maiúsculas, desesperadamente procurando nelas uma pista, um discreto piscar de olhos, uma cifrada declaração de amor.

Capítulo 14

Noel & Samira (II)

Não se tratava de nenhuma pista afinal, concluiu Noel, depois de mal ver Samira ao longo da semana seguinte. Quando eles se cruzavam no corredor, não trocavam mais que uma ou duas sílabas. O que não constituía nenhuma surpresa, ele pensou. Quanta tolice, esperar alguma coisa além disso! É sempre assim. De qualquer modo, Samira é uma grande distração. Tenho maneiras melhores de ocupar a cabeça.

Para prová-lo a si mesmo, Noel passou a se enfurnar cada vez mais no porão. Ignorava as súplicas da mãe e de JJ para que ele subisse em busca de ar fresco, do mesmo modo que ignorava os Dez Mandamentos, para ele inexequíveis. Castigava-se cada vez mais. Dormia na cadeira, raramente usando a cama, pois as manhãs pareciam a anos de distância das noites. O tempo era seu inimigo, era o veneno.[37] No entanto, apesar da solidão e da inquietude, sentia que estava fazendo algum progresso. Tinha certeza disso. E ainda por cima perdia peso, um benefício adicional.

Também estava começando a perder o juízo, tal como pôde concluir certa noite. Em busca de inspiração e novas pistas, Noel vinha devorando um livro sobre a química árabe na Idade Média, bem como quatro versões diferentes de *As mil e uma noites*, entre elas uma tradução de Galland, um volume tisnado que tomara emprestado de JJ. Depois de um dia inteiro de leitura dinâmica e intermináveis reflexões, vendo-se à beira do estupor, fechou o livro bruscamente e sussurrou para si:

— É isto. Pirei de vez.

Esborrachado na cadeira giratória do pai, ele olhava catatonicamente para a parede branco-sujo à sua frente, um eco de seu estado mental, quando se assustou com um ruído percussivo. Um ritmo que já ouvira antes. Em sonho, talvez? Rá-tá-tá, rá-tá-tá. Baixinho. Em seguida, uma voz abafada e desencorpada:

— Noel?

Literalmente um *déjà vu* para ele.

— Sim?

— Posso entrar?

— Claro... A porta não está trancada.

— Posso abri-la?

Sentindo o coração galopar, Noel saltou da cadeira e numa fração de segundo abriu a porta. Samira, vestindo uma bata curta de lingerie e calças de pernas largas, ambas pretas, segurava uma bandeja contra a barriga desnuda.

— Desculpa, entra... Deixa que eu levo isto aqui. Desculpa, Sam... é que eu estava... com a cabeça nas nuvens. Como sempre.

— Foi o JJ que fez. Comida para o cérebro. — Samira depôs a bandeja e beijou Noel nas duas bochechas, em meio a um leve abraço.

Com a força de um furacão, o fugidio roçar de pele e cabelos despertou Noel da catatonia em que se encontrava.

— Obrigado. Quer dizer, não pelos... Quer dizer, por eles também, mas, você sabe... — Ele apontou o queixo para o sanduíche de salmão cercado de castanhas, cenouras e tomates-cereja. — Obrigado mesmo. — Ainda sentia o calor dos lábios dela, queimando-lhe a pele. — Sobretudo pela companhia que você tem feito pra mamãe.

— Esse departamento é do JJ, não meu, devo confessar. Não tenho parado muito em casa nos últimos dias. Muito trabalho na escola nesta época do ano.

Noel respirou fundo, pela primeira vez desde muito.

— Sei como é — disse, e levantando o rosto da bandeja, olhou para Samira: beleza em estado puro, o esplendor de sempre!

— Este laboratório é uma maravilha. Outro dia o JJ me chamou pra ver, espero que você não se importe.

— Claro que não. Você... é bem-vinda a qualquer hora do dia. Venha sempre que quiser.

— Obrigada. — Samira desviou o olhar para as fileiras de substâncias químicas, tentando disfarçar o choque que levara com a terrível aparência de Noel. Ele estava pálido como um cadáver, JJ tinha toda razão. — Bem, *bon appétit*. Vou deixar você comer em paz. Depois... sei lá, você devia descansar um pouco. Quer dizer, depois de terminar o que tem de fazer...

— Já terminei. Pelo menos por hoje. Minha cabeça já embotou. Por acaso você... não, deixa pra lá.

— O quê?

— Você não gostaria de beber alguma coisa?

— Claro, adoraria.

— Mesmo? Ótimo. Então... senta aí. Não, esta cadeira é mais confortável. Tenho uma bebida aqui... foi o JJ que destilou. Uma receita de Newfoundland.

Samira riu e se sentou.

— Rum caseiro? JJ seja louvado!

— Amém! — Noel abriu a gaveta inferior de um decrépito arquivo de madeira e de lá tirou uma garrafa com uma caveira no rótulo. Na ausência de copos, encheu dois béqueres pela metade e entregou um deles a Samira.

— Obrigada. الصحة و السعادة. Saúde e felicidade. — Ela ergueu o béquer num brinde, depois deu um tímido gole. — Puxa... nem é tão ruim quanto eu havia imaginado!

Noel riu. E crispou o rosto numa careta quando sentiu o rum, e sabe-se lá o que mais, queimando-lhe a garganta feito lava.

Então foi a vez de Samira rir.

— Da última vez que bebi alguma coisa, acabei apagando na sua cama. Nem pedi desculpas depois.

— A culpa foi minha, eu... eu demorei a voltar pro quarto.

— É. Você saiu quando era minha vez de fazer algumas perguntas pessoais, não foi?

— Sua memória é ótima. — Noel deu um segundo gole, cautelosamente. — Vai, manda bala.

— Eu queria perguntar sobre... — Samira interrompeu o que ia dizendo quando reparou nos livros sobre a mesa. — Isto aqui é... *As mil e uma noites*? — Ela pegou um dos volumes e abriu. — Uma edição bem antiga. Linda. — E com um sorriso, emendou: — Então é isso que você fica fazendo aqui o dia todo, não é?

— Não, eu... eu só estava... conferindo algumas coisas. — Noel tomou o livro das mãos dela. — Então, sobre o que você queria perguntar?

Samira deu mais um gole no rum.

— Sobre as cores que você enxerga na cabeça. Essa história de sinestesia. Eu nem sabia que isso existia até que conheci você, ou melhor, até que o Norval me contou. Quer dizer, já conhecia a sinestesia poética, a gente estuda isso na escola. Mas como é que... o que acontece de fato no seu cérebro? Muita gente também tem isso, é?

Noel retomou o béquer que havia deixado na mesa. As sensações que o acometiam não mais que cinco minutos antes — cansaço, letargia, embotamento — já haviam dado lugar a seus respectivos opostos. Seu horizonte mental agora estava límpido, sem nenhuma nuvem que lhe turvasse o pensamento. Ele se sentia flutuando em algo muito próximo da felicidade, e não só por causa do rum de banheira. Abriu um sorriso, algo que não fazia desde muito.

— Depende de quem você consulta. Segundo alguns pesquisadores, a incidência é de uma em cada 2 mil pessoas; para outros, é de uma em 20 mil. Mas todos nós temos isso... todos fomos sinestetas durante os primeiros três meses de vida. Mas acabamos nos esquecendo, claro. Amnésia infantil.

— O Norval falou que você consegue se lembrar do exato momento em que nasceu.

— É *a cara* dele dizer uma coisa dessas. Frases de efeito são a especialidade do nosso amigo Norval.

— Também prevê que você ainda vai ser um grande artista.

— Assim como prevê os resultados do turfe: mal e porcamente.

— Talvez porque os autores preferidos dele também fossem sinestetas: Rimbaud, Baudelaire, Nabókov...

— Pode ser. Mas a arte sublime que essas pessoas produziram está totalmente além das minhas capacidades. Aliás, a arte medíocre também.

Samira prendeu o olhar de Noel por uns bons 15 segundos, até que ele virou o rosto.

— Também houve algum grande cientista sinesteta? — ela perguntou.

— Richard Feynman, por exemplo.

Samira riu.

— Está brincando! Outro dia mesmo li um artigo sobre ele, numa parte do jornal que não leio nunca, nem quando estou falando com mamãe no telefone. Foi um *superatraso* no metrô. Uma tentativa de suicídio nos trilhos, acho. Ele se interessava pela mecânica quântica, certo? Na década de 60, não é isso?

Noel fez que sim com a cabeça.

— Papai gostava muito dele, por causa da... diversidade. Feynman não era desses cientistas chatos que a gente conhece. Escrevia sobre ciência e religião, sobre o papel da beleza no conhecimento científico, sobre as probabilidades nas apostas... Além disso, decifrava senhas de cofre complicadíssimas, e certa vez tocou bongô numa apresentação de balé.

— Também pintou uma toureira pelada.

Noel sorriu.

— É verdade. Papai uma vez tomou um drinque com ele. No Queens.

— Jura? Uau, um drinque com a genialidade. Estou tentando lembrar... Quais foram mesmo as últimas palavras dele? Ficaram famosas, não ficaram?

— "Eu detestaria morrer duas vezes. Morrer é tão chato..."

Samira deu uma gargalhada.

— Isso mesmo. Quase tão boas quanto as de Dylan Thomas.

— É mesmo? E quais foram as últimas palavras de Dylan Thomas?

— "Dezessete uísques. Um recorde, suponho."

Agora foi Noel quem riu.

— E nós? Estamos em que número? — Ele ergueu a garrafa e renovou os béqueres de rum.

— Três. Temos um grande caminho pela frente... — Samira rodopiou a cadeira e plantou os pés sobre a mesa. — Acho que entendo por que seu pai gostava tanto de Feynman. Talvez um dia você seja como ele.

Noel admirou o ziguezague desenhado pelos cadarços das botas de cano curto que ela usava, de couro marrom-escuro. E no mais carregado sotaque escocês, disse:

— *There's no' a snowball's chance in hell of that happening,** como diria a mamãe.

— Adorei o sotaque! Quase tão bom quanto o do Norval.

— Certo.

Samira roçou o indicador sobre a borda do béquer.

— O JJ está impressionadíssimo com você. Falou que você é um gênio.

— O JJ tem sempre algo gentil a dizer sobre todo mundo. A gente tem de se acostumar. Mas a genialidade envolve

---

* Tradução livre: "Isso nunca vai acontecer, nem que a vaca tussa!" (*N. do T.*)

muito mais que uma boa memória. — A mente de Noel ameaçou vagar, mas foi encurralada a tempo. — O mais engraçado de tudo, voltando ao Feynman, é que, depois de ver um diagrama de Feynman nas anotações do papai, acabei usando nas minhas pesquisas algumas ideias dele sobre a perda de memória, sobretudo a de que a memória é composta de partículas físicas.

— O que é um diagrama de Feynman?

— Bem, em poucas palavras, é uma representação gráfica das interações entre partículas elementares, um instrumento pra calcular os processos que ocorrem, por exemplo, entre elétrons e fótons. Um eixo... digamos, o horizontal... representa o espaço, e o outro, o vertical, representa o tempo. Linhas retas são usadas pra representar férmions, isto é, partículas com valores semi-inteiros de momentum angular intrínseco, ou spin; e linhas onduladas, pra representar bósons, que são partículas de spin inteiro, tal como os fótons...

— Isso não vai demorar muito, vai?

— Desculpa, eu... não sou muito bom de papo, né? Nem um bom professor. As pessoas sempre acabam perdendo a paciência.

— Não, não... a culpa é toda minha. Vai, continua.

— Então vou direto ao ponto. Descartes, que você seguramente conhece, dividiu o mundo em duas partes: de um lado, as coisas, ou seja, o mundo físico; do outro, a consciência, ou o mundo mental. Portanto, pra ele, o cérebro humano se constituía de dois tipos de material: o mental, em que se dá o pensamento, e o físico, em que a memória se armazena. Assim, depois de Descartes, todos os filósofos e cientistas se perguntam se a mente humana algum dia será inteiramente decifrável.

— Porque se não pertence ao mundo físico, como pode ser estudada?

— Exatamente. Mas agora, o ponto de vista predominante entre os neurocientistas é que temos um novo pensamento, ou uma nova memória: nosso cérebro *mudou fi-*

sicamente. Por causa da formação de engramas, de traços deixados pela memória. Pra eles, a mente não existe além daquela papa cinzenta, daquele espaguete de nervos no cérebro, e portanto a memória é um processo biológico que pode ser manipulado como qualquer outra coisa. Não só manipulado, mas aprimorado também.

— Com uma pílula da memória, por exemplo.

Noel sorriu.

— Exato.

— Então Descartes estava errado. Mas o que Feynman tem a ver com tudo isso?

— Bem, ainda temos de entender como se dá a interação entre o mental (a formação do pensamento ou da nova memória) e o físico. Como é que as duas coisas influenciam uma à outra? Descartes achava que a glândula pineal, pela via dos olhos, era o ponto em que as duas coisas interagiam, o que é ridículo, mas hoje os cientistas acham que essa interação se dá no nível *quântico*.

— Daí o seu interesse pelo Feynman.

— Bem... não estou exatamente nesse nível. E nunca vou estar.

— Noel, claro que você vai chegar lá. Se quiser, vai muito mais longe. Você só precisa de... autoconfiança. Ou de arrogância. É isto: você precisa da arrogância do Norval.

À custa de algum esforço, Noel abriu um semissorriso.

— É, acho que posso aprender algumas coisas com ele.

— E com o JJ também.

— Eu sei. Ele é ótimo pra redirecionar meus padrões de pensamento, pra "desenraizar" alguns maus hábitos mentais, se é que existe essa palavra.

— Ele já te converteu à medicina alternativa? À "neutracêutica" em vez da farmacêutica?

— Não. A indústria farmacêutica tem lá seus problemas, mas a indústria do *wellness* consegue ser pior. Não tem normas, é desonesta. Carece de testes, não é confiável. Pelo menos boa parte dela. Mas estou tentando manter a mente aberta: acho que alguma coisa dá pra aproveitar. Além disso, adoro o entusiasmo de JJ, o otimismo dele, que são contagiantes.

Seguiu-se um instante de silêncio, mas nenhum constrangimento se instalou entre os dois. Talvez eles nem sequer o tivessem notado. Noel levantou os olhos na direção da pequena janela do porão, semelhante à de uma masmorra, e viu flocos de neve dançando do lado de fora, colando-se à vidraça. Cada um daqueles flocos mereceria horas de estudo sob a lente de um microscópio, dissera-lhe o pai certa vez; cada um era um pequeno mapa do divino.

— Estou tentando lembrar... — disse Samira, engrolando ligeiramente as palavras. — Como foi mesmo que a gente chegou a esse assunto?

Noel olhou para ela.

— Fui eu que comecei a divagar. Você tinha perguntado sobre a sinestesia.

— Ah, sim. Eu queria saber se isso é uma coisa boa ou não. A sinestesia atrapalha sua vida de alguma forma? Em algum momento você quis se livrar dela?

— Não, nunca. Jamais ia querer uma coisa dessas. Pelo contrário, pra mim é difícil imaginar um mundo em que as letras não tenham cores, que sejam brancas ou translúcidas, sei lá. Às vezes acho que os não sinestetas estão perdendo alguma coisa. Mais ou menos como os daltônicos. Acho que todos os sinestetas pensam da mesma forma. Embora não sejamos todos iguais, claro. A maioria tem um grau moderado de sinestesia, que não chega a interferir na vida diária de ninguém; alguns têm dificuldade pra atuar em sociedade por causa dela, como alguns artistas. E eu.

— Você já buscou algum tipo de ajuda? Já procurou um psiquiatra, um neurologista ou...

— Milhares. Entre eles o dr. Vorta.

— E ele conseguiu te ajudar?

— Ele, sim, mas os colegas dele, não. Teve um que receitou carbonato de lítio, o que só piorou as coisas. Outro tentou a acupuntura; teria ajudado se soubesse o que estava fazendo. Um terceiro me submeteu a 19 sessões de eletrochoque, que quase fritaram meu cérebro. E todos aproveitaram pra escrever artigos a meu respeito.[38]

— Nenhum deles te ajudou a controlar a coisa, a canalizá-la de alguma forma?

— Eu mais ou menos encontrei um jeito de interrompê-la por conta própria.

— Com a música clássica? E certos paladares?

— É. Também aprendi a induzir uma espécie de transe, esvaziando a mente de propósito.

— Como os zen-budistas?

— Só se eles também ficarem com uma terrível enxaqueca depois.

— E os seus sonhos? Também são alucinantes? Coloridos?

— Nem um pouco. Geralmente são em preto e branco e quase sempre têm a ver com programas de perguntas e respostas. Ou labirintos. Além disso, muitas vezes acordo com o desejo de ser transportado no meu colchão de volta pra cama que eu tinha em Babylon... — A cabeça de Noel, vibrante e multívaga, ameaçou partir em viagem, mas ele a refreou, pressionando as mãos contra as têmporas. — No colégio, em Montreal, todo mundo queria que eu participasse de um programa de perguntas e respostas chamado *Reach for the Top*. Mas eu não quis, e pelo resto do ano as pessoas ficaram furiosas comigo, sobretudo o diretor. Nossa escola nem sequer passou da primeira fase...

Samira riu.

— Eu me lembro desse programa. Quer dizer então que as suas feridas do colégio ainda não cicatrizaram. Você ainda não encontrou a saída do labirinto.

Minha cabeça é um labirinto, pensou Noel. Sem saídas, apenas entradas para outros labirintos. Um nó górdio de espirais, elipses e *loops*.

— Pode ser.

— O que o dr. Vorta diz a respeito disso tudo?
— Sobre os sonhos? Não muito. E você... o que acha?
— Bem, as pessoas estão sempre testando você, sua memória, então talvez isso explique os programas de perguntas e respostas. Quanto aos labirintos, talvez eles tenham a ver, sei lá, com as suas tentativas de fugir dos... problemas. — Samira sacudiu os ombros. — Não sou nenhuma especialista. Sei que, para os egípcios, o labirinto representava a criatividade, ou a criação. Uma misteriosa força feminina que gera vida e depois, assim como a rainha da noite ou da escuridão, traz o sono da morte... Como você provavelmente já sabe.

Noel remoeu essas palavras. Quando você encontra a saída, a morte está lá, à sua espera. Morre-se logo na chegada.

— Não, eu não sabia disso.

De um ducto de calefação no teto veio uma voz em surdina: a melopeia dos risos de JJ.

— Por que você não memoriza *tudo*? Seria fantástico andar por aí com a obra completa de Shakespeare na cabeça, ou a de Jane Austen, ou a *Enciclopédia britânica* em vinte línguas diferentes... Não acha?

— Não tem mais espaço. Meu cérebro já está saturado, a ponto de explodir. Além disso, meu problema sempre foi encontrar um meio de *usar* tudo isso que lembro, fazer uma síntese, produzir algo novo.

— Você se lembra de *tudo* que aconteceu a você? De tudo que leu ou ouviu?

— Não. Geralmente preciso fazer um esforço. Quase tudo que está armazenado vem da infância, de quando eu tentava reter as coisas fazendo mapas mnemônicos. Poemas e histórias infantis, na maior parte... Às vezes, meio que fotografo as coisas: quando me concentro, as letras e vozes coloridas podem ficar armazenadas pra sempre, ou pelo menos por um bom tempo. Muita coisa não foi difícil de memorizar... certos poemas e histórias, por exemplo, eu lia 1 milhão de vezes. Ou pedia a meus pais que lessem pra mim. Sempre o mesmo repertório.

— Então, quase tudo que está guardado aí são poemas e histórias infantis?

— Guardei muitas informações sobre Byron, porque ele é um ancestral nosso, segundo o papai, mas não segundo a mamãe. E também sobre química e farmacologia. E agora, sobre distúrbios da memória. Não fico *tentando* guardar as coisas, simplesmente acontece. Às vezes tenho a impressão de que minha cabeça vai explodir feito o saco de um aspirador de pó. Vai ser poeira de memória espalhada pra todo lado.

Samira riu.

— Então está na hora de trocar o saco. Ou de fazer uma lobotomia.

Noel abriu um sorriso frouxo. Já havia cogitado essa possibilidade.

— Quando criança, eu ficava fantasiando que um dia ia encontrar um elixir que pudesse me ajudar, uma espécie de poção nepentiana.

— Poção nepentiana?

— Nepente era uma poção usada na Antiguidade pra induzir o esquecimento. É mencionada na *Odisseia*. E num poema de Spenser também: *The faerie queene*.

— Aposto que você se lembra das passagens.

Noel fechou os olhos e vasculhou sua fototeca mental.

— Não, na *Odisseia* não encontrei nada.

— E no poema de Spenser?

Será que estou cansado demais?, perguntou-se Noel, fechando os olhos outra vez. O download das palavras estava lento, e as letras vinham envoltas numa espécie de névoa, como se escritas num vidro embaciado.

— *"Nepenthe... whereby all cares forepast Are washt away quite from their memorie."*[*]

— É lindo... Continua, vai. Você se importa?

Sim, eu me importo, pensou Noel. Mas não para você. Ele apertou as pálpebras. As letras coloridas agora vinham tortas, caóticas, misturadas numa sopa alfabética de imagens:

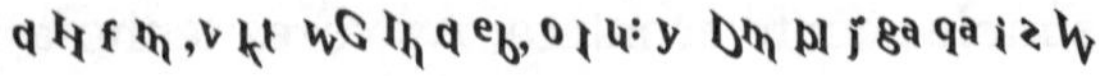

— Estou meio enferrujado, Sam... Não costumo fazer isso. Pelo menos, não mais. E nem sempre o que vem está correto. — Ele esperou que as letras se realinhassem, concentrando-se até a cabeça começar a doer. — Vejamos...

> *Nepenthe is a drinck of soverayne Grace,*
> *Devized by the Gods, for to asswuage*
> *Harts grief, and bitter gall to chace,*
> *Which stirs up anguish and contentious rage:*
> *Instead thereof sweet peace and quiet-age*
> *It doth establish in the troubled mind.*[**]

Samira inclinava-se para a frente, os olhos cintilando de fascinação. Balançou a cabeça, incrédula.

— Isso é impressionante, Noel. Um dom... extraordinário. Quer dizer então que as cores ou formas das letras, ou as vozes, ou os mapas mentais que você desenha, tudo

---

[*] Nepente... por meio do qual todos os dissabores de outrora / São lavados por completo da memória. (*N. do T.*)

[**] Tradução livre: "Nepente é uma beberagem de suprema graça, / concebida pelos Deuses para aplacar / a tristeza do coração, para afugentar o rancor, / para dissipar a angústia e a ira belicosa: / No lugar de tudo isso, a doçura da paz e da tranquilidade / ele infunde na alma conturbada. (*N. do T.*)

isso fica guardado... pra sempre? Tudo isso é indestrutível? Como a caixa-preta de um avião?

Noel esfregou os olhos.

— Mais como um computador que recebe mais dados do que é capaz de processar. O processador fica lento, a tela congela, o computador trava e a gente faz o *reboot*. Em poucas palavras, essa é a história da minha vida.

O silêncio foi se acumulando enquanto Samira digeria essas últimas palavras. Ela encarava Noel com olhos penetrantes, como se enxergasse além do crânio e se condoesse do que via ali.

— Não deve ser fácil — falou enfim. — Sobretudo porque você guarda coisas que talvez preferisse deletar. Lembranças sombrias, opressivas...

— Como o dia em que soube do suicídio de papai. Quando o patrão dele e dois policiais bateram à nossa porta. Essa cena me volta à lembrança quase diariamente, com todas as cores e formas. Assim como certos episódios traumáticos dos tempos de colégio. Mas não estou sozinho nesse aspecto. É pra isso que servem os psiquiatras. Pra ajudar os que não conseguem esquecer.

— É por isso que as pessoas ficam deprimidas? Porque não conseguem esquecer? Ou porque têm dificuldade pra esquecer?

— É difícil saber o que vem primeiro. As pessoas ficam deprimidas porque não conseguem esquecer, não conseguem processar e digerir as coisas como deviam? Ou será que não conseguem processar e digerir porque estão deprimidas?

— Mas ficar lembrando coisas ruins o tempo todo, involuntariamente... isso leva à depressão. Transtorno de estresse pós-traumático, certo? O que antes eles chamavam de "neurose de guerra"?

— Você sabe tanto quanto eu.

— Aprendi semana passada, no curso de arteterapia. Falando nisso... você já tentou pintar? Ou escrever? Como uma válvula de escape, uma maneira de exorcizar os demônios do passado?

Noel voltou a olhar para a janela e viu a neve cair... "a neve cair suave pelo universo afora, brandamente..."* Está vendo? Lá vou eu de novo, ele pensou. Não faço mais que repetir as descrições que outras pessoas fazem da natureza, as emoções que expressam. Sou como o Cristiano do *Cyrano*, que nunca aprendeu a linguagem do sentimento, que precisava de outra pessoa para expressar...

— Humm, Noel? — Por um segundo Samira ficou preocupada. Noel parecia à beira de um ataque apoplético, ou algo assim. — Noel?

Ele despertou assustado.

— Desculpa, é que... eu só estava... Sinto muito, mas você vai ter de se acostumar com essas minhas panes... O Norval fala que parece que estou numa *trip* de heroína. Mas não é tão grave assim. O que é mesmo que você estava dizendo?

— Perguntei se você já tentou pintar, ou escrever, ou compor...

— Todas as opções acima. Diversas vezes. Mas, sempre que produzo alguma coisa, acabo constatando que aquilo é algo pescado da memória, recuperado da... caixa-preta.

— Então por que o Norval tem tanta certeza de que um dia você vai...

— O Norval não sabe do que está falando. Pertenço a uma categoria de pessoas que nunca vai realizar nada, e ponto final. Pessoas que tentam produzir algo belo, descobrir coisas importantes, mas que nunca conseguem. Tudo que já escrevi na vida evoca coisas já escritas por outros autores, autores bem melhores do que eu. Todos os quadros que já pintei, todas as músicas que já compus, lembram os quadros de melhores pintores, as composições de melhores músicos. Todas as "descobertas" científicas que faço

* "Os mortos", em *dublinenses*, de James Joyce. (*N. do T.*)

já foram... descobertas. Portanto, faz tempo que parei de bater em portas pelas quais nunca vou entrar.

Samira sentiu mais uma pontada, ou facada, no coração durante os segundos de silêncio que se seguiram. Nem tanto pelo que acabara de ouvir, mas pela tristeza que vira estampada no rosto de Noel. Esperou, bastante, até que ele levantasse os olhos.

— Você pode fazer qualquer coisa, Noel. É só querer.

"Desejo é criação", o sr. Burun dissera a ele certa vez. "Se pudéssemos medir o desejo de uma pessoa, poderíamos prever o que ela está por realizar."

— Não sei se isso é verdade.

— Por acaso você não pode combinar criativamente as coisas na sua memória, ou então usá-las como ponto de partida ou... sei lá, inspiração? Claro que pode. Não desista nunca, Noel.

A lembrança de Noel retrocedeu para uma antiga partida de Memória, durante a qual seu pai havia dito a mesma coisa...

— Noel? Não dá pra juntar as duas coisas? Imaginação e memória?

— Não. Nem isso sou capaz de fazer. Tenho uma enorme dificuldade pra produzir novos padrões, novas misturas. Minha cabeça é um museu. Não é uma mesa redonda, nem um crisol.

— Talvez você precise apenas do incentivo de alguém pra... — Samira interrompeu o que ia dizendo tão logo viu a nuvem escura que havia encoberto o semblante do interlocutor. — Ei, Noel?

— Oi.

— Sei que Norval é seu melhor amigo, mas me diz uma coisa: você não tem outra pessoa pra... sei lá, uma namorada, alguém com quem você esteja saindo... você sabe, uma garota, uma mulher? Sei que parece bobagem, mas...

A pergunta surpreendeu Noel, que levou alguns segundos para estruturar uma resposta coerente.

— Bem, na verdade não tenho tido muito tempo pra namorar... Quando não estou com a mamãe, estou enfiado numa biblioteca ou num laboratório. Além disso, as mulheres não são... deixa pra lá.

— Não são o quê? A sua praia?

— Não. Quer dizer, são sim! Claro que são a minha praia. Só que... não consigo me aproximar de ninguém. Sou meio travado, tenho dificuldade pra me expressar... Um psicólogo sugeriu que eu tomasse ecstasy.

Samira riu.

— Está brincando. Pra quê?

— Nas palavras dele, pra "estimular a reatividade emocional, debelar as barreiras defensivas e promover uma sensação de proximidade com os outros".

— E funcionou?

— Não, mas continuei a tomar: quatro vezes por ano, em cada um dos equinócios. Mais que isso, ecstasy é um perigo.

— Mas não ajudou no seu relacionamento com as mulheres?

— Não, as mulheres não são... Acho que tenho esse antitalento pra atraí-las, um toque de Midas ao contrário.

— Tenho o mesmo talento... pra atrair os homens errados. Mas você vai acabar encontrando alguém com a química certa, pode apostar. Às vezes é uma questão de paciência. E sorte.

Noel fechou os olhos e disse:

— "Tendência para a introspecção, para a apatia emocional, para a confusão mental." — Ele reabriu os olhos. — Foi isso que disse outro médico. Nenhuma mulher atura isso, nenhuma mulher jamais vai me aguentar. Além disso, sempre fico nervoso, meto os pés pelas mãos quando encontro a mulher dos meus sonhos. Isso assusta as mulheres. E, se não conheço a pessoa direito, tenho de me concentrar tanto que costumo acabar com uma terrível enxaqueca. Escotoma cintilante. Acho que sou um caso perdido. As mulheres geralmente acham que sou retardado.

Como de início eu achei também, pensou Samira.

— Escrotoma cintilante?

— *Escotoma.* Uma espécie de aura que a gente enxerga quando está com enxaqueca. No meu caso é uma linha em ziguezague, muito brilhante, que fica pulsando.

— E você tem isso quando faz amor?

— Quase sempre. E também na primeira vez que encontro alguém, quer dizer, uma mulher... especial.

— Teve quando me conheceu?

— Bem... tive, sim. Portanto aderi à abstinência, ao *coitus nonexistus*. É muito mais simples.

— Bem-vindo ao clube. Também pendurei as chuteiras. Espera aí que eu volto já.

Enquanto esperava, Noel sopesou a meia dúzia de frases, todas encantadoras, que rodopiavam em seu cérebro inebriado. "Você é a encarnação da beleza", era uma delas; "É difícil olhar pra você sem ultrapassar os limites da compostura", era outra, que ele ouvira Norval usar com sucesso. Norval. O grande sátrapa com suas 26 concubinas. Em que letra estaria Sua Serena Alteza?

— Você é a encarnação dos limites da compostura — resmungava Noel quando Samira voltou, apertando um cigarro apagado entre os dedos.

— Que foi que você disse?

Noel sacudiu a cabeça confusa.

— Nada. Você... você está linda, Sam.

Ela arqueou as sobrancelhas, surpresa, e disse:

— Mais uma mentira dessas, Noel, e você vai se transformar numa estátua de pedra.

Noel abriu uma gaveta na bancada do laboratório e de lá tirou um velho isqueiro de prata, já sem brilho, que ele havia reabastecido mas nunca usava. Viu a mão tremer feito a agulha de uma bússola enquanto segurava a chama sob o cigarro de Samira. Cogitou se deveria perguntar se Norval já havia passado da letra S. Não seja burro!, pensou

Relaxa, respira fundo... Depois de fechar a tampa do isqueiro, olhou para a inscrição tegular gravada na prata: as iniciais AP. O último empregador de seu pai.

— Obrigada — disse Samira, com uma expressão confusa no olhar.

Lembranças distantes voltaram à tona.

— Quando eu era pequeno... não, deixa pra lá.

— Você o quê? Vai, fala.

Ele respirou fundo.

— Bem, provavelmente você vai rir, mas eu costumava sonhar que um dia acabaria encontrando uma mulher árabe feito você. Na verdade, uma princesa árabe. Talvez porque meu livro preferido de todos os tempos fosse... este aqui. — Com as bochechas ardendo em brasa e o coração retumbando no peito, ele apontou o queixo para um volume de *As mil e uma noites*. — Por acaso você fala árabe? — cuspiu Noel, no vácuo deixado pelo silêncio.

Um sorriso se insinuou nos lábios de Samira.

— Falo, mas talvez como uma menina de dez anos. Ou menos. Meus pais vieram pra Montreal ainda crianças, então a gente quase só falava inglês em casa, a não ser quando vovô estava por perto. Foi ele quem me despachou pra uma *madrasa*, onde fiquei por dois anos e obedientemente decorei todas as minhas lições.

— Qual a nacionalidade deles? Dos seus avós?

— São persas. Embora o pessoal da vovó seja do Egito. Judeus da Alexandria.

— *Persas*? Que idade eles têm? Ou será que "persas" é um eufemismo pra "iranianos"?

Samira sorriu.

— Eles vieram pra Montreal na década de 30. Quando o país ainda se chamava Pérsia.

— Judeus egípcios... — repetiu Noel. — Você sabia que *As mil e uma noites* têm muita coisa da tradição judaica?

— Não. Pra dizer a verdade, não tenho muita informação sobre... nem uma coisa nem outra.

— Em "Os sultão e seus três filhos", por exemplo; também em "O anjo da morte", em "Alexandre e o devoto", em... — Ele parou quando viu lágrimas se formando nos olhos de Samira, resultantes de um prolongado bocejo. Literalmente fiz a mulher chorar de tédio, pensou Noel. — Quer mais um pouco? — Ele ergueu a garrafa de rum caseiro. — Acha que a gente chega aos 17?

— Já cheguei no meu limite, obrigada. Mas pode se servir, vai.

— Não, também já cheguei ao meu. — Noel tampou a garrafa de novo. — Então você... foi criada aqui mesmo. Fez a universidade em Montreal também?

— Não. Nos Estados Unidos.

— Onde?

— Cornell.

— É mesmo? Foi lá que Nabókov deu aulas. Enquanto escrevia sua autobiografia.[39]

— E *Lolita*.

— A gente morava lá também. Quer dizer, no estado de Nova York. Long Island. Fiquei lá até o segundo ano do primário. Adoraria voltar um dia... — Letras e números começaram a rodopiar na cabeça de Noel: as maiúsculas de BABYLON ELEMENTARY SCHOOL, desenhadas na fonte Baskerville; o número 22 da porta de sua sala de aula, em plástico corrugado preto; as letras escritas no quadro-negro pela canhota sra. Schonborn... Ele esfregou os olhos, concentrou-se novamente. — Você já esteve lá?

— Em Long Island? Só uma vez. Pra ver um jogo dos Islanders.

Noel não pôde evitar que as figurinhas de beisebol da infância subitamente irrompessem do baú de lembranças. Figurinhas amarfanhadas de Mike Bossy e Denis Potvin, Bryan Trottier e Bobby Nystrom, Clark Gillies e Butch Goring... As estatísticas de cada jogador, como se jogadas numa centrífuga, alçaram voo em espiral, espalhando-se por toda parte. Com o polegar e o indicador, Noel pressionou os olhos com bastante força, e dali a pouco disse:

— Então... que foi que você estudou? Em Cornell.

— Bem, papai tinha tudo planejado pra mim. Achava que eu devia estudar marketing, pra ajudar a expandir os negócios da família. Ele tinha um restaurante em Lachine.

— Qual?

— Le Tapis Magique.

— Está brincando! Aquele restaurantezinho na beira do rio, perto da casa de Saul Bellow? Aquele lugar era uma instituição!

— Talvez eu já tenha servido você por lá.

— Não, nunca estive lá. — Noel correu os dedos sobre a caveira desenhada no rótulo da garrafa de rum. — Então você fez um MBA?

Samira fez que não com a cabeça.

— Eu não tinha o *menor* interesse por administração; portanto, depois de um semestre de tédio, e sofrimento, mudei pra humanas. Sem falar nada pro papai, que detestava... coisas inúteis.

— Que matérias você fez?

— Matérias inúteis. Literatura inglesa, astronomia, psicologia, história da arte. Ah, e artes cênicas também.

— Foi assim que você foi parar no cinema?

— Na verdade, não. Minha colega de quarto tinha visto um cartaz no campus, uma produtora de cinema que estava procurando uma "adolescente americana de descendência árabe".

— Aí você foi lá e fez o teste.

— Até hoje não entendo por quê. Nunca quis ser atriz, pelo menos não profissionalmente. Acho que fui porque estava dura e já não aguentava mais trabalhar numa lanchonete. Quando dei por mim, já estava voando pra Veneza.

— Foi lá que conheceu Stirling Trevanne.

— Foi. Cujo nome verdadeiro é Lionel Lifschitz. Um babaca. Mais um pra minha lista de namorados babacas. Mas o filho da mãe era lindo de morrer, como as fanzocas dele faziam questão de me lembrar. Diariamente. Bem, terminadas as filmagens, saí do apartamento de Ithaca, tomei um ônibus pra Nova York e me mandei de avião pra Los Angeles. — Da cidade vertical para a horizontal, Samira pensara à época, um *frisson* lhe perpassando o corpo ao ver ambas as cidades do alto.

— Pra morar com ele — disse Noel.

Samira suspirou.

— É. Depois o filme foi lançado e... foi aí que a merda toda começou. O filme foi um enorme sucesso, pelo menos de crítica, ganhou prêmios em Veneza e Berlim. O Stirling pirou, e papai teve um ataque fulminante do coração.

— Sério? Seu pai teve um infarto?

— Bem no meio do filme.

— Meu Deus... E ele... está bem agora?

— Não. Morreu. Voltei pro enterro, e mamãe ficou me culpando o tempo todo, dizendo que eu tinha matado o papai, que a minha cena de nudez o havia matado. Ela andava pela casa abraçada numa camisa dele, chorando durante horas. Sobretudo quando eu estava por perto pra ver. Deve ser o sangue judeu. Uma situação horrível, eu não tinha como continuar ali. Então voltei pra Santa Monica.

— Pro Stirling.

— É, pro Stirling, que já andava meio estranho.

— Li alguma coisa a respeito. Parece que ele dava nomes pros móveis e pros eletrodomésticos... Depois do acidente, não foi? O que aconteceu exatamente?

— Bem, ele era vegetariano, certo? Até aí nenhum problema. Eu também era, mais ou menos. Só que ele foi ficando cada vez mais radical, cada vez mais obsessivo, doutrinário. Ficava horas nas lojas de produtos naturais, infernizando os vendedores, fazendo um milhão de perguntas sobre os rótulos, o material das embalagens, como e quando as frutas tinham sido entregues na loja, reclamando disso e daquilo outro, o diabo a quatro. Se o vendedor não sabia responder alguma coisa, aí o tempo fechava. Insultos de toda espécie, ameaças... As veias no pescoço dele pareciam que iam explodir. Se tivesse algum contato entre comida e papel, ou papel-filme, ele não comprava. O maluco examinava as prateleiras com um cristal pra medir a "força vital" dos alimentos; às vezes usava um contador Geiger, ou uma pistola de raio que apitava. Não estou brincando. O homem era completamente doido. Só comia coisas cruas: frutas, legumes, verduras. Mas só quando elas eram colhidas menos de 15 minutos antes de serem ingeridas. O que dificultava um pouco as coisas pra ele, *n'est-ce pas*? Além disso, jamais cortava uma folha com faca porque isso destruía o "campo etéreo" da planta. Também não comia nada que tivesse saído de uma panela, pois as panelas estavam contaminadas por "vibrações carnosas". Portanto, vivia basicamente de broto de alfafa, ameixa umeboshi, semente de quinoa... Coisas assim. No fim, estava que nem um Gandhi depois do jejum. Sua grande meta era virar um respiratorianista.

— Um o quê?

— Respiratorianista. Alguém que jejua e sobrevive apenas do ar que respira. E quando a gente falava com ele, alertando sobre a estupidez que era ficar sem comer, ele dizia que estava passando por um "expurgo", uma "limpeza geral". De vez em quando desmaiava. Por causa da deficiência de proteína, eu acho. Depois se meteu naquele acidente horrível, bateu com a Ferrari num salão de beleza. Foi sobre isso que você leu, não foi?

— Mas o que foi que houve exatamente? Ele desmaiou na direção? E agora, como é que ele está?

— Não faço a menor ideia. Depois que ele saiu do hospital, tirei meu time de campo. Nunca mais o vi.

— Fez bem.

— Só que... não tenho tido muita sorte na minha escolha de homens desde então. Norval inclusive.

Noel sobressaltou-se, pelo menos internamente. Precisou fazer um esforço para não se trair.

— Então você... nunca mais voltou a atuar?

— Não. Voltei pra Ithaca, pra universidade. O dinheiro que eu tinha ganhado mais ou menos dava pra pagar a escola; não precisei voltar pra lanchonete.

— E sua mãe? Ela nunca... te perdoou? Quer dizer, não se deu conta de que a morte do seu pai não tinha nada a ver com você? Acho que estou fazendo perguntas demais, não estou?

— Que nada. É muito bom poder conversar. Sobretudo depois de estar com o Norval. Mas, não. Mamãe ainda me culpa por tudo, está sempre me atormentando. Vive no passado. A casa dela virou um museu, um santuário. Tem até um relógio parado, marcando a hora da morte do papai. Ela diz que é uma tradição árabe. E o restaurante foi vendido.

Noel baixou os olhos, condoído.

— Uma pena. Isso é tão... — Ele deixou a frase no ar, não encontrou as palavras certas. — Então agora você está estudando psicologia? Quer dizer, arteterapia?

— Só comecei este ano.

— Então foi por isso que procurou a dra. Rhéaume depois que você foi... drogada? Ela é sua professora, não é?

— É. Ela e o marido, o dr. Ravenscroft, estavam lá naquela noite. Era uma festinha do pessoal da arteterapia. Dessas que eles fazem pras pessoas se conhecerem melhor, sabe?

Noel fez que sim com a cabeça. Já havia comparecido a uma.

— Charles Ravenscroft? É marido dela? Eu não sabia. Então, o que foi que aconteceu exatamente? Uma pergunta estúpida, claro. Você não se lembra de nada.

— Não lembro mesmo. Simplesmente... apaguei. Eu estava bebendo um coquetel de frutas e segundos depois já estava tonta, desorientada, vendo tudo em dobro. E perdendo o controle dos movimentos.

— A dra. Rhéaume ainda estava lá quando tudo aconteceu? Por acaso ela suspeita de alguém? Alguém que possa ter calibrado seu drinque?

— Ela e o marido ainda estavam lá, prestes a ir embora. Na verdade, foram eles que me levaram pra casa. Mas ela não faz ideia de quem possa ter sido. Insistiu pra que eu fosse até a polícia. Chegou até a me levar à delegacia. Ela e o Charles.

— Então a polícia... O dr. Vorta também fez alguns exames, não fez?

— Fez, mas só porque me pagou. Foi ideia do Norval. O Vorta colheu amostras de sangue e urina, depois gravou nossa conversa. Pra um artigo que está escrevendo. Também me inscreveu num estudo sobre a amnésia.

— Foi GHB que colocaram na bebida, não foi?

Samira fez que sim com a cabeça.

— E você foi... Esquece.

— Estuprada? Não, graças a Deus. Ou melhor, graças à dra. Rhéaume. Eu estava num quarto dos fundos, não me pergunte como fui parar lá, e ela entrou... pra pegar o casaco ou se despedir, sei lá. Então viu o sujeito pulando a janela e fugindo pela escada de incêndio.

— Sério? Ela chegou a ver a cara dele? Descreveu pra polícia?

— O quarto estava um breu, e tudo aconteceu muito rápido. Ela não sabia o que estava acontecendo. Provavelmente achou que eu estava dando uns malhos no cara.

— E você... não se lembra de nada?

— Só de um detalhe. Lembro que ouvi aquela história sobre o "excesso" e o "palácio da sabedoria".

— Certo. — Noel visualizou a citação de Blake. — Quem sabe a gente não devia experimentar aquela mistura de ervas outra vez, pra ver se você se lembra de mais alguma coisa?

— Não. Provavelmente não ouvi nada. Só estou imaginando coisas.

— Vou falar com o JJ. Porque eu também senti umas coisas estranhas naquele dia...

— Bem, não custa nada tentar. — Samira tomou o rum que ainda sobrava no béquer e ficou de pé. — Hora do banho. Uau, minhas pernas estão bambinhas. Escuta, Noel, tem certeza de que posso mesmo ficar aqui? Quer dizer, só por mais uns dias?

— Pode ficar o tempo que quiser. A casa é grande. E eu estou... quer dizer, a mamãe está adorando sua presença aqui.

— Obrigada, Noel. Você é um doce. Puxa, como eu queria me apaixonar por uma criatura tão doce como você... Realmente, eu... — Samira se calou de repente, percebendo a bobagem, ou o insulto, que acabara de dizer. Não tinha como voltar atrás.

Noel estremeceu. Sentiu a picada daquelas palavras. Mexeu os lábios: um sussurro gradualmente foi dando lugar a um falatório sem nexo, as palavras atropelando umas às outras, o cérebro em descompasso com a língua.

— Como? — disse Samira. — Não entendi o que...

Uma luz alaranjada invadiu o porão, chamando a atenção de ambos. JJ espiava do outro lado da porta com um sorriso maroto entre os lábios, como se escondesse uma pistola d'água atrás de si.

— Estou interrompendo alguma coisa? — disse. — Ei, vocês dois estão mamados, não estão? Encheram a lata de rum, não encheram? — Ele trazia sob os braços dois livros grandes; entrou no laboratório e despejou-os na mesa. Depois de cumprimentar Noel com um tapinha no ombro, deu um abraço em Samira. Um abraço de urso. Longo demais aos olhos de Noel.

— Você nem vai acreditar no que vou te dizer, meu amigo — ele disse a Noel, com uma piscadela. — Encontrei a pista! A pista pra cura! Nas *Mil e uma noites*! Abra-te Sésamo! — Com gestos frenéticos, abriu os dois volumes em diversas páginas previamente marcadas, que exalavam um discreto cheiro de manteiga de amendoim. Todas exibiam palavras sublinhadas a lápis:

> Então ele seguiu pela estrada que levava à cidade vizinha; entrou nela e foi até o bazar dos perfumistas, onde comprou um bhang de rara potência...

> Não, mais que isso, porventura ela não adultera o chá que todas as noites serve ao marido antes que ele durma, misturando-o com bhang?

> Pois ela havia se drogado com bhang, mas tão logo despertou, lembrou-se...

> Em seguida, o califa alcançou uma taça, despejou nela um pouco de bhang de Creta (...). Abu al-Hasan recebeu a taça e dela bebeu; entretanto, o vinho mal se alojara no estômago quando o irmão do califa derreou a cabeça sobre os calcanhares e foi ao chão como se lhe tivessem ceifado a vida.

— Bhang de Creta! — exclamou JJ, passando o dedo pelas palavras como se estivesse lendo um texto em braille. — Só pode ser isso!

Noel olhou para o dedo gorducho de JJ, e depois para os olhos esbugalhados.

— Mas bhang não é... haxixe?

— Exatamente.

Noel sacudiu a cabeça.

— Obrigado JJ, mas... Já descartei isso como pista possível.

— Está bem, então. Vou continuar procurando. Ah, já ia me esquecendo... sua mãe quer falar com você. Desculpa se interrompi alguma coisa, falou?

— Não interrompeu nada. — Noel olhou de relance para Samira, primeiro para o rosto luminoso dela, depois para os dedos da mão esquerda. Eles estavam entrelaçados com os de JJ. Noel fechou os olhos. *Não, isso não pode estar acontecendo...* Ele ouvia vozes, sabia que se dirigiam a ele, mas ouvia à maneira de alguém que se afoga no mar e ouve o clamor dos que estão na praia. Com o rosto vermelho, e um sorriso enregelado, ficou ali, meio cego e meio surdo, observando as bocas que se mexiam, subitamente desejando fugir daquele laboratório, e sumir.

Capítulo 15

O Diário de Noel (II)

2 de janeiro de 2002. Eu ainda não havia completado cinco anos quando, num domingo de inverno, durante uma partida de Memória, contei a papai sobre as cores que colidiam na minha cabeça e falei como era difícil escapar delas. Papai disse que se tratava de um "colideoescape". Gostei da palavra, e ela se tornou uma espécie de código que usamos durante anos (mais tarde descobri que havia sido roubada do Finnegans Wake.*) Lembrei-me disso agora porque tenho visto a cabeça da mamãe também como um caleidoscópio: os espelhos oblíquos de sua mente andam refletindo coisas do passado e do presente — nomes, rostos, fatos, sonhos —, as quais são embaralhadas por uma mão misteriosa para formar insólitas combinações: o rosto do marido aparece com meu nome; o câncer de mama da vizinha se torna dela; o pai volta à vida; um sonho é confundido com a realidade... Depois o caleidoscópio gira novamente, e os espelhos criam mais uma visão distorcida da realidade, mais um mosaico aleatório.*

7 de janeiro. Mamãe desceu ao laboratório e me encontrou ajoelhado no chão, recolhendo os cacos de um erlenmeyer que havia caído. Depois de olhar a seu redor, observando todos os equipamentos e substâncias químicas, mordeu os lábios, visivelmente emocionada. Nunca foi de chorar muito, mas agora tem chorado quase todo dia. Dessa vez, no entanto, manteve a compostura. Falou, séria, que eu andava passando tempo demais no laboratório, tal como eu fazia quando criança, tal como papai também costumava fazer. Acrescentou que, do jeito como iam as coisas, eu jamais encontraria uma namorada, jamais me casaria.

À noite, com isso em mente, recitei um poema da década de 1890, de Constance Naden, para ver se mamãe ria um pouco (não riu) e se recordava as tantas vezes que o tinha lido para mim (recordou):

I was a youth of studious mind,
Fair Science my mistress kind,
Which held me with attraction chemic;
No germs of Love attacked my heart,
Secured as by Pasteurian art
Against the fatal epidemic.

When my daily task was o'er
I dreamed of H_2SO_4
Whilst stealing through my slumbers placid
Came Iodine, with violet fumes
And Sulphur, with its yellow blooms
And whiffs of Hydrochloric Acid...*

Assim que repeti o nome da poetisa para mamãe, ela falou: "Eu sei, você acabou de dizer. Acontece que aquela senhorinha que mora na minha cabeça, Al Zeimer, precisava ouvir de novo."

Assim que ela dormiu, voltei ao laboratório e lá fiquei, a cabeça caída entre as mãos, pensando na tal senhorinha que

* Eu era um jovem bastante aplicado, / Tinha por amante a formosa Ciência, / Cujos químicos poderes me enredavam; / Nenhum germe do Amor meu coração penetrava, / Protegido que estava por pasteuriana arte / Contra a fatal epidemia. / Terminadas as tarefas diárias, / Eu sonhava com H_2SO_4 / Enquanto, infiltrando-se em meu plácido sono, / Vinham o iodo, com seus vapores violeta, / O enxofre, com suas pétalas amarelas, / E bafejos de ácido hidroclórico... (*N. do T.*)

manipulava o caleidoscópio interno de mamãe. De onde tinha vindo? E por quê? Um rangido, como se a título de resposta, fez que eu me assustasse. Embrulhada na diáfana camisola branca, feito um fantasma, mamãe abriu a porta e entrou. Plantou um demorado beijo na minha testa e agradeceu por eu ter ficado ao lado dela. Disse que me amava, que não sabia o que seria dela sem mim, e saiu sem mais dizer.

10 de janeiro. Eu estava conversando com mamãe hoje de noite quando por algum motivo me aproximei do ouvido dela para repetir algo que havia dito cinco minutos antes, como se isso pudesse ajudar na fixação do conteúdo. A meio caminho parei, subitamente pensando nos "buracos da memória" do 1984, *de Orwell, as fendas ou aberturas espalhadas pelas salas e corredores de todos os prédios. Bastava levantar uma aba e ali jogar um item qualquer, que "descia espiralando por um remoinho de ar quente até enormes incineradores escondidos em algum lugar nos intestinos do prédio". Esses buracos faziam parte de um grande esquema para controlar o passado, para controlar todos os registros e lembranças humanas — a fim de controlar o futuro. Enquanto sussurrava no ouvido de mamãe, comecei a ver seu esquecimento como uma espécie de guerra interna, uma guerra imaginária contra inimigos que andavam devastando os ventrículos de seu cérebro, cometendo atos de sabotagem, podando isto e incinerando aquilo, controlando mamãe mediante a extinção ou distorção de suas lembranças — a fim de controlar seu futuro. Percebi então que minha missão era aniquilar esses inimigos, travando contra eles uma guerra química, uma guerra biológica, o que fosse necessário.*

Mas será que estou preparado? Será que tenho a inteligência necessária? A coragem? Pois também há o medo a ser vencido, não o medo da derrota — as probabilidades são absurdamente contra mim —, mas o medo do fogo aliado, da cura que mata o paciente, da morte que se esconde em cada comprimido.

12 de janeiro. A decadência de mamãe pode ser medida em horizontais e verticais. Quando estava bem, ela fazia as palavras cruzadas do jornal, seu único vício, com os dois pés nas costas: as maiúsculas à caneta preenchiam os quadradinhos num piscar de olhos. Depois de um tempo, comecei a notar uma ou outra sequência deixada em branco — ou preenchida com tinta invisível, tal como eu rezava para ser. Não demorou muito para que os quadradinhos vazios se tornassem mais numerosos que as maiúsculas, que a caneta desse lugar ao lápis de modo que as respostas pudessem ser desmanchadas, para que as palavras fossem sumindo uma a uma, até que um dia elas sumiram de todo, e o jornal permaneceu fechado.

14 de janeiro. Mamãe tem tido altos e baixos, mais baixos do que altos, mergulhando no esquecimento em ritmo de conta-gotas. Ao longo do último ano, nenhuma das drogas "inteligentes" do dr. Vorta deu resultado. A lista é longa:

Difenilidantoína (Dilantina)
DMAE (DiMetilAminoEtanol)
Lecitina / fosfatidilcolina
Nimodipina (Nimotop)
Piracetam (Nootropil)
Selegilina / l-deprenil
Vasopressina (Diapid)
Vincamina (Oxicebral)
Vinpocetina (Cavinton)

Portanto, agora vou tentar algumas das minhas próprias combinações, dos meus próprios contravenenos. Mas antes preciso fazer algumas mudanças domésticas: é impossível cuidar da mamãe e trabalhar no laboratório ao mesmo tempo.

16 de janeiro, 3h20 da madrugada. O termômetro externo marca vinte graus negativos. E faz quase seis horas que estamos sem luz. Agasalhei mamãe com uma manta grossa, acendi três velas e fiquei lendo enquanto ela dormia. Uma história sobre Rá, o deus do sol da mitologia egípcia, que perde a memória e vive para sempre numa névoa senil...

18 de janeiro. Por fim, uma boa notícia: um recado da sra. Holtzberger na secretária eletrônica, dizendo que minha solicitação para uma enfermeira diurna havia sido aprovada pelo serviço de assistência social. Os empecilhos de antes haviam sido, nas palavras dela, "relevados pelas instâncias superiores". Por obra e graça do dr. Vorta, tal como vim a saber! Puxa, como é bom ter amigos nos lugares certos. Imediatamente liguei para a Sancha, para saber se ela ainda estava disponível. Está. Ficou feliz de poder voltar. Começa na semana que vem.

23 de janeiro. Na caixa de correio da universidade, encontrei um convite para uma festa na semana que vem, na casa de Jean-Jacques Yelle, um dos auxiliares do dr. Vorta. Estranhamente, está marcada para começar às 8:02 da noite. Não sei ao certo do que se trata, sei apenas que não vou. Estou ocupado demais, não conheço Jean-Jacques direito, sou um peixe fora d'água em festas.

27 de janeiro. Estou tentando fazer mamãe beber mais café do que chá; segundo o dr. Vorta, há indícios de que a cafeína pode prevenir o MDA.[40]

3 de fevereiro. Enfim decidi ir à festa de JJ: ordens de Norval. Puxa, que noite! JJ é uma figura e tanto. Parece um boticário maluco: tem uma infinidade de kits mágicos, filtros alquímicos e ervas místicas. Todas legais, ao que parece. A certa altura, Norval por pouco não acertou uma almofadada na cara do nosso anfitrião, mas acho que no fundo gosta dele. Samira com certeza gosta. E por falar em Samira... O que posso dizer? Ela é inteligente, simpática, gentil, linda. Fiquei maravilhado com ela a noite inteira, devo admitir, do mesmo modo que ficava maravilhado com Heliodora Locke... Tenho certeza de que ela me vê como um pateta, e tem pena de mim. Bem, depois continuo. Mamãe está chamando.

Pronto. Duas coisas que ainda não mencionei: (1) Por incrível que pareça, a casa de JJ foi atacada por um incendiário (!?). Estávamos todos lá, nós quatro, grogues com o consumo de várias substâncias. Por sorte o estrago não foi muito grande, mais água e fumaça do que fogo propriamente dito, embora o índio de charutaria de JJ tenha sido reduzido a cinzas. Ele vai ficar conosco por um tempo. JJ, não o índio. (2) Descobri uma coisa: Norval não foi para a cama com Samira! Pelo menos não ainda. Tenho um plano em mente, algo a ver com a Mulher do Banho... Mais sobre isso, depois. Mamãe está chamando de novo.

5h15. Uma recaída brutal, uma recaída na Fonte de Lete. Mamãe parece ter chegado ao fundo do poço. Fico pensando se um dia voltará à tona.

8 de fevereiro. Tenho trabalhado com JJ no laboratório. Preciso da parceria dele, do tipo de inteligência dele. Sem querer faltar ao respeito, JJ é uma espécie de tolo-sábio, um idealista que atua por vias bastante singulares, justamente o que meu projeto requer. Ele se deixa guiar por caprichos e instintos, não tem medo de dar o salto, o salto da loucura. Quanto a mim, sou um literalista, um racionalista, sem nenhum talento para a intuição. Apesar da excelente memória, passo batido nas coisas, nas associações mais óbvias. Sou cego para o milagre.

Acima de tudo, JJ é um anjo para minha mãe: é gentil e confiável, não tem preconceitos e sempre vê o lado bom das coisas (referindo-se ao estado da mamãe, ele disse: "Às vezes é preciso piorar pra depois melhorar"). Além disso, tem uma qualidade que para mim está acima de todas as outras: é leal. Instalou uma mesinha de baralho e um computador ao lado da minha mesa; portanto, dividimos diversos equipamentos de trabalho. JJ está sempre falando ou assobiando, mas quando começa a navegar ou a misturar suas ervas, fica absolutamente mudo. Às vezes o silêncio se estende por horas, interrompido apenas pelos flatos ou, se ele está com os fones de ouvido, pelos vocalises *de JJ. Em seguida trabalhamos juntos em alguma coisa, comparamos descobertas etc. Ele se interessa por tudo que faço, e eu estou tentando aprender com ele, pois JJ é um homem de conhecimento, tem a mente aberta e um coração de ouro.*

9 de fevereiro. JJ tem se concentrado na insônia e nos périplos noturnos da mamãe. Suspendi o Halderon *e comecei a dar a ela uma infusão espumosa que ele fabricou e apelidou de "*Earth Shake*", um chá quente de camomila, escutelária, lúpulo e verbena, acrescido de uma solução à base de aveia. Mamãe até que gostou. Para mim, a poção de JJ tem gosto de feno cozido no vapor. Ontem à noite, ele deu a ela um dos sais bioquímicos de* Schuessler *(fosfato de potássio, triturado até ficar solúvel).* E *hoje, por volta das dez horas, fez uma longa massagem com óleo de mandarim, dedicando cinco minutos a cada um dos seguintes pontos da reflexologia: 3, 4, 9, 17, 20 e 52. (Sei os números, mas não o que significam.)*

10 de fevereiro. Mamãe dormiu por dez horas! O sono profundo do qual ela tanto precisava. Dessa vez, nada de passeios pela casa de lanterna em punho.

12 de fevereiro: Dia tranquilo. Nada digno de menção.

14 de fevereiro: Inexplicavelmente, mamãe está ficando cada vez mais silenciosa. JJ tem puxado a língua dela, forçando-a a falar da própria vida com álbuns de fotografia. Dá a impressão de que adora reviver o passado dela: faz um monte de perguntas sobre a infância da minha mãe, para depois falar animadamente da sua. Ontem, encontrou um teipe velho na estante de livros, uma gravação que mamãe e eu fizemos de uma "peça" que tínhamos escrito a quatro mãos, chamada O fantasma fantasmagórico de Florença. *Não temos mais um gravador de rolo para tocá-la; portanto JJ foi buscar o seu em casa. Depois colocou a fita para ouvirmos. Fala, Memorex! Mamãe havia escrito o papel dela: o de uma princesa florentina trancafiada num castelo cercado de fosso. E eu havia escrito o meu: o de um cavaleiro medieval com o dom da invisibilidade, que salva a princesa com armas anacrônicas e usa palavras rebuscadas como "quimeras" e "vicissitudes". Mamãe se desmanchou de tanto rir, talvez porque JJ estivesse rolando no chão.*

17 de fevereiro. Nos primeiros dez dias desde que veio morar conosco, JJ passou o tempo quase todo no laboratório, inclusive fazendo as refeições lá embaixo, os sanduíches que mamãe ainda prepara para ele, embrulhados em papel-filme e alojados numa merendeira, como se ele fosse um colegial. JJ chega ao ponto de beber chocolate quente da minha velha garrafa térmica. Mas agora passa a maior parte do tempo aqui em cima: com a mamãe. O que é ótimo, não só porque ela gosta muito dele — às vezes ela chora de tanto rir com os trocadilhos e as maluquices dele —, mas também porque isso me permite ficar mais tempo no laboratório, sem interrupções ou maiores preocupações.

18 de fevereiro. Tirei as duas últimas noites de folga. Hoje pedimos comida chinesa pelo telefone, alugamos Um visto para o céu *e* Os desajustados, *comemos pipoca queimada e rimos incontrolavelmente — assim como rimos na noite anterior, quando assistimos aos mesmos filmes.*

19 de fevereiro. Mamãe levantou cedo hoje, vestiu-se com elegância, maquiou-se e passou o dia inteiro de ótimo humor. Parecia novinha em folha, cheia de energia, como se a qualquer momento fosse dançar um tango ou uma dança do ventre. A terapia do riso de JJ claramente está dando resultados.

Faz tempo que não vejo Norval, que cancelou duas matinês seguidas; na de hoje, ele simplesmente não apareceu. Quando liguei para saber o que tinha acontecido, ele falou que havia "esquecido" que a gente se encontrava às terças. Esquecido?

Também faz algum tempo que não vejo Samira.

20:02, 20/02, 2002. O instante palindrômico acabou de passar, sem nenhuma fanfarra. Todos, inclusive JJ, parecem ter se esquecido dele. E do segundo encontro que havíamos marcado também.

21 de fevereiro. Mamãe voltou a perambular pela casa durante a noite, com sua inseparável lanterna. Então JJ preparou algo novo para ela: uma base de açúcar de bordo com extratos de poejo e capim-limão, misturados a uma decocção de papoula da Califórnia, corniso da Jamaica e vinca da Jamaica.

O estranho é que mamãe toma tudo que JJ e eu damos a ela, sem ao menos perguntar o que é, feito uma criança que confia nos pais. Só espero que a confiança dela não se revele um equívoco...

24 de fevereiro. A memória da mamãe tem começado a apresentar incríveis melhoras. Preciso contar ao dr. Vorta, ver o que ele acha.

26 de fevereiro. Hoje não tem matinê. Tentei falar com o Norval a semana inteira, mas não consegui. Talvez ele esteja fora da cidade. Com a Samira?

1º de março. A memória de JJ para piadas parece infindável. Tanta leveza, tantas gargalhadas no interior daquele cérebro... A expressão "fastio do mundo" simplesmente não consta no dicionário dele. Preciso conversar com o dr. Vorta sobre isso.

No café da manhã, entre colheradas de cereal, ele saiu com esta: "A loura estava tomando banho de porta aberta, daí o pai pergunta: 'Por que você não fechou a porta, minha filha?' E ela: 'Pra ninguém espiar pela fechadura!'"

Nenhuma das piadas dele, isso eu garanto, é especialmente engraçada (a não ser pela total falta de graça ou pela maneira de contar), e essa última não foi exceção. Mas por algum motivo, depois de rir educadamente hoje de manhã, passei o dia todo pensando nesse assunto. Talvez porque ele aponte para a principal diferença, ou linha divisória, entre a ciência e a arte. Nosso lado "racional" acha graça na parte final da piada porque ela é contraditória, absurda, adversa ao senso comum. Nosso lado "artístico", no entanto, percebe um traço de verdade nela — algo relacionado aos nossos medos imaginários ou a certas barreiras invisíveis —, porque o paradoxo é a moeda corrente da poesia. Mas a ciência também tem espaço para o paradoxo, tal como nos diz Einstein. Papai também disse certa vez: "Não se deixe escravizar pela razão, filho, senão você jamais inventará alguma coisa, jamais será um grande cientista. A busca da sensatez também é uma forma de loucura, não se esqueça disso."

Depois continuo. Mamãe está chamando...

3 de março. Algo incrível acabou de acontecer. Ainda acho que foi um sonho. Samira Darwish está aqui! Chegou depois da meia-noite... assim, do nada. E o mais incrível é que vai ficar. Heliodora Locke! Falou que é só por uma noite, mas estou torcendo para que sejam 1001. Mais sobre isso depois. Já está quase amanhecendo.

5 de março. Feito um zumbi, passei a tarde inteira na biblioteca da faculdade de medicina, onde o dr. Vorta havia reservado para mim alguns livros "restritos", apenas para consulta in situ. *Mas não cheguei a lugar nenhum. Talvez porque estivesse distraído com... outras coisas. De qualquer modo, quando cheguei em casa, levei um baita susto. Samira e JJ haviam feito algumas mudanças, ou melhorias, radicais na nossa casa. Que talvez tenham sido custeadas pelo Norval (?!). Tentei falar com ele hoje, mas nem a secretária eletrônica atendeu. Estou começando a ficar preocupado.*

6 de março. Não vi Samira nem ontem nem hoje (a não ser por um breve instante, ontem à noite, quando JJ e eu queimamos alguns fogos de artifício para divertir mamãe; mas ela, Sam, não demonstrou nenhum entusiasmo, nenhum interesse).

A TV foi novamente entronizada na sala depois que encontrei mamãe, aos prantos, procurando por ela na garagem, com sua lanterna de caçador.

7 de março. Mamãe teve pesadelos terríveis essa noite. Portanto, JJ preparou para ela mais um sal de Schuessler: Natrum Sulphuricum, 12X. Louvado seja JJ. Simplesmente não tenho tempo para esse tipo de coisa. Tenho trabalhado 12 horas todos os dias, tanto no laboratório quanto na universidade. O dr. Vorta tem sido bastante generoso com o tempo e o material que me concede. O que seria de mim sem ele?

Hoje de manhã, mamãe desceu ao porão e perguntou se eu dispunha de algum dinheiro extra, só uns trocados, porque tinha um presente de aniversário para comprar. Aniversário de quem, mãe? Do seu tio Phil, ela disse. E não havia se enganado.

À noite, subi para fazer companhia à mamãe (JJ foi trabalhar no conserto de sua casa queimada), e ela passou o tempo todo assistindo a uma partida de tênis, pois o jogador predileto dela, apesar das testeiras, estava jogando: Roger Federer.[41] *"O Federer tem um talento federal", ela costumava dizer. Bem, depois que ele venceu, fui desligar a televisão porque o filme pornô de sexta-feira estava prestes a começar na TVQ. Mamãe perguntou se eles iam mostrar mulheres ou homens pelados. "As duas coisas", falei. E ela: "Volto no mesmo pé. Só vou limpar os óculos."*

Não vi Samira hoje.

8 de março. Mamãe assistia a um programa de perguntas e respostas quando, durante o intervalo comercial, mostraram o trailer de um filme sobre Iris Murdoch. "Psiu!", ela disse, "É sobre o MDA, e eu quero ouvir!" Ela está visivelmente melhor. Mas qual dos medicamentos seria o responsável? A Hiperzina A ou o qian ceng ta *que JJ tem colocado no chá dela?*

9 de março. Quase não tenho visto Samira. Tivemos uma ótima conversa outro dia, e só. A gente se cruza pela casa, nada mais que isso. Ela passa o dia inteiro fora. Na universidade ou com Norval?

10 de março. Às duas da manhã, aproveitei que todos estavam dormindo para assistir, de fio a pavio, a fita que tenho do filme de Samira. Queria verificar algo. Sua voz tem cores, de gradações muito sutis, que nunca ouvi na vida real, apenas no filme. São aveludadas e produzem o mesmo halo do vanádio trivalente; agora sei que elas surgem apenas nas cenas com Stirling Trevanne. São os sons e as cores do amor.

11 de março. Vimos um programa de perguntas e respostas na TV, eu e mamãe. Lá pela metade, Samira se juntou a nós, mas só por dois minutos. Sugeriu que eu participasse de um programa desses, falou que eu me sairia muito bem e decerto ganharia algum dinheiro para ajudar nas despesas da casa. Disse ainda que ficaria muito orgulhosa de mim. Depois sumiu.

12 de março. Vi Sam outra vez hoje... por alguns segundos. Ela parecia irritada, mal notou minha presença. Eu havia passado pela sala do dr. Vorta (para entregar uma cópia das minhas anotações de laboratório, que incluíam as poções de JJ) e já ia saindo quando ele me apresentou a uma companheira sinesteta, uma mulher de Chicago chamada Kelly. (Eu já a tinha visto meses antes, no dia em que perdi as estribeiras com o dr. Vorta, mas ela não se lembrava de mim, nem da minha voz, o que prova que os sinestetas não são todos iguais.) De qualquer modo, conversamos durante um tempo, rimos muito, e foi então que Samira surgiu do nada e passou por nós sem dizer palavra.

Kelly e eu fomos tomar um cafezinho no Apollinaire, e começamos a falar sobre os sotaques americano e canadense. Ela disse que Jane Mackay, a pintora inglesa, era capaz de diferenciar os dois sotaques porque o canadense era "mais amarelo". Depois comparamos o que víamos nas letras do alfabeto e nos números cardinais. Como eu, ela também atribui um gênero às letras e aos números — embora suas visões fossem bem diferentes e muito mais detalhadas que as minhas.[42] *Concordamos nas cinco consoantes mais frequentes (n, t, d, s, l), mas não nas cores delas. Tampouco nas cores dos dias da semana. Discordamos em todos os casos (inclusive no da "terça rubi" dela), exceto no da quarta-feira. E a única letra sobre a qual chegamos a um acordo foi o O (branco; quase cinquenta por cento dos sinestetas veem o O como branco). Bem, apesar das discordâncias, nossa conversa foi bastante divertida. Kelly tem um sorriso que resplandece, feito o holograma de um cartão de crédito, com laivos de amarelo-manga e azul-centáurea.*

Quando ela começou a falar sobre o dr. Vorta, sobre a admiração que tinha por ele, perguntei sobre o tal episódio, quando invadi a sala dele e a encontrei seminua. Kelly disse que tudo não havia passado de um mal-entendido: enquanto esperava pelo dr. Vorta, ela simplesmente decidiu trocar de roupa porque ia patinar com o namorado mais tarde...

Acompanhei Kelly até a estação de metrô; quis perguntar a ela se o tal namorado ainda existia, mas mudei de ideia, pois isso não é pergunta que um adulto faça. Então, perguntar o quê? Você está comprometida? Seu afeto tem dono? "Que tal bebermos alguma coisa?", eu quase disse, mas quase digo coisas muito mais do que as digo de fato. As palavras simplesmente não saíram, ficaram entaladas no céu da boca como se fossem manteiga de amendoim. "Tchau", foi o que consegui balbuciar. Depois resolvi voltar para casa a pé, talvez como autopunição, e a caminhada durou uma boa hora. Cinco minutos não haviam passado quando uma chuva gélida começou a cair em pancadas violentas. Cheguei em casa ensopado, e mamãe, como nos velhos tempos, ficou preocupadíssima ao me ouvir tossindo: logo levou a mão à minha testa, mas eu já estava um pouco febril mesmo antes da tempestade. Num inesperado surto de memória, ela foi à cozinha preparar os remédios de sempre — vitamina C, aspirina, inalação de vapor (com uma toalha sobre uma infusão de folhas de eucalipto) e caldo de galinha — enquanto, obedecendo às ordens dela, fui tomar um banho quente. "Depois vá ver desenhos na TV", ela disse. "Subo em dois tempos pra te ver."

Eu já ia fechando as cortinas do quarto quando vi um arco luminoso no céu, uma refração produzida pela neve. Exatamente como um arco-íris, porém de um branco luminoso. Um bom augúrio? Antes que eu pudesse chamar mamãe, ou quem quer que fosse, o arco se desfez.

14 de março. Mamãe passou o dia bastante animada, e eu, bastante doente. Nem tanto por causa do resfriado, mas sobretudo por causa do cansaço, do embotamento mental. Mal conseguia me mexer. Volta e meia mamãe aparecia no quarto para perguntar se podia trazer alguma coisa, ou pedir algum remédio pelo telefone, ou fazer um caldo qualquer. Enquanto JJ trabalhava no porão, eu e ela ficamos no meu quarto, vendo o Show do Milhão; *aqui e ali, mamãe berrava as respostas, quase todas erradas. Depois vimos um programa semelhante, chamado* Na Ponta da Língua, *num desses canais vagabundos da TV por assinatura. O concorrente escolheu História como tema, e mamãe soube responder algumas das perguntas, o que a deixou feliz da vida. Faltavam uns cinco minutos para o término do programa quando Samira surgiu à porta e ficou assistindo dali, em meio a uma coluna de luz do entardecer. Sorriu para mamãe, depois para mim, e quando olhei de novo, ela já não estava mais lá.*

4:20 da madrugada. Não consigo dormir. Sam deixou resíduos cromáticos em meu cérebro, feito a cauda de um cometa, e eles me catapultaram rumo ao passado. Dessa vez não foram as cores da voz, mas as da roupa que ela vestia: uma bata diáfana, de um marrom muito escuro, que deixava os ombros de fora. Em razão da luz da tarde, e do tom de pele de Samira, esse marrom assumiu a profundidade de um marrom rembrandtiano, com reflexos de folha de ouro e ocre romano. Quase a cor da Coca-Cola. Uma tonalidade que vi pela primeira vez em algum momento entre o jardim de infância e o primeiro ano primário, quando misturei todas as tintas a óleo da mamãe sobre as pedras do nosso pátio. E pela segunda vez nas montanhas Adirondack, ao norte de Ticonderoga, quando acompanhei papai numa de suas viagens de trabalho. Ele me colocou nos ombros sob uma cachoeira, e de lá vi o sol iluminar uma borbulhante corredeira de Coca-Cola...

As águas nas quais ele se afogaria mais tarde ficavam a menos de dez minutos dali.

15 de março. Desde que visitei o túmulo do papai, duas semanas atrás, tenho refletido sobre uma sucessão de "coincidências" que giram em torno de As mil e uma noites. *Fiz o que pude para não pensar nelas — coincidências não fazem parte da ciência e da lógica, pertencem ao domínio da superstição. (1) Finalmente descobri de onde vem o labirinto sem saída do meu pesadelo recorrente: vem do frontispício da edição traduzida por Sir Richard Burton. Por que diabos demorei tanto para ligar uma coisa à outra? (2) JJ possui um exemplar da tradução de Galland, que eu ainda não havia lido. (3) Embora tudo não passe de uma farsa, Norval diz que* As mil e uma noites *são uma das fontes que inspiraram sua aposta alfabética. (4) Samira Darwish entrou na minha vida. (5) No cemitério, enquanto olhava para o túmulo do papai, calculei o tempo decorrido entre as primeiras suspeitas de perda de memória da mamãe e os primeiros sinais mais evidentes de melhora: dois anos e nove meses. Ou seja: 1001 dias. Isso é o mesmo que cortejar a loucura, eu sei. Talvez eu tenha sido infectado pela numerologia e pelas inclinações místicas de JJ. Ainda assim, se eu insistir nesse caminho (afinal, papai sempre disse que a arte irracional e a ciência racional deviam andar juntas), talvez o item (6) esteja relacionado à cura propriamente dita. Quem sabe os ingredientes dela, como um mapa do tesouro, não estejam escondidos nas páginas de* As mil e uma noites*?*

Depois de três copos de vinho quente temperado com mel e especiarias, contei tudo isso a JJ, o único que jamais riria de mim, e ele foi logo berrando: "É claro! É claro! É claro!" Começou a pular feito um maluco e por pouco não borrou as calças. Depois recolheu os volumes da minha edição traduzida por Burton e Lane (buscou no porão os que não estavam no quarto) e, deitado na minha cama, começou a ler passagens em voz alta à procura de pistas. Não sei por que teve de fazer isso no meu quarto, na minha cama.

O que não contei a ele é que já tenho uma pista em mente, baseada no fato de que nós três (eu, ele e Norval) muito provavelmente estamos apaixonados por Samira. Um triângulo semelhante pode ser encontrado em "O príncipe Ahmed e a fada Pari Banou". Nessa história, os três filhos do sultão (Ali, Houssain e Ahmed) se apaixonam pela tutelada do pai, a princesa Nouronnihar. Para determinar quem se casará com ela, o sultão pede aos pretendentes que tragam "a coisa mais extraordinária" que cada um puder encontrar. O que apresentar o objeto mais raro receberá a mão da princesa em casamento. Pois Ali volta com um tubo de marfim com uma lente capaz de fazê-lo enxergar o que bem quisesse; Houssain, com um tapete mágico capaz de transportá-lo a qualquer parte; e Ahmed, com uma maçã artificial cujo perfume cura todos os males. Eles estão exibindo suas respectivas oferendas quando Houssain olha através do tubo e vê a princesa aparentemente à beira da morte. Os três irmãos saltam sobre o tapete mágico e são levados para os aposentos de Nouronnihar, onde Ahmed usa a maçã para reanimá-la...

Pois bem: Norval não só tem um telescópio como também menciona um telescópio "mágico" em seu romance; portanto, é

Ali. Eu estou pesquisando uma cura para a doença da mamãe; portanto, sou Ahmed. O que significa que JJ é Houssain; logo mais vou perguntar se ele tem um tapete mágico...

17 de março. Acabei de reler a entrada de ontem. Será que eu estava bêbado? Claro que não perguntei nada a JJ. Será que estou pirando? Não, não estou, porque hoje me dei conta de algo: todo esse meu trabalho de pesquisa não passa de um capricho; não vou descobrir porcaria de cura nenhuma, e mamãe, como todos os pacientes com MDA antes dela, vai piorar até morrer.

18 de março. Passei a manhã inteira, a tarde inteira e boa parte da noite no porão, debruçado sobre um quarteto de traduções de As mil e uma noites, *parando apenas quando já não enxergava mais as palavras. O que eu estava fazendo? Tentando montar um quebra-cabeça impossível de ser montado, um maldito urso-polar numa tempestade de neve, com metade das peças faltando.*

A certa altura, parei e fiquei olhando para a parede, esvaziando a mente, esperando que... Esperando o quê? Que um fantasma entrasse ali e me tocasse no ombro? Que papai sussurrasse uma pista do além?

Alguém bateu à porta: Samira, que veio me salvar da loucura com uma bebida forte, e com sua presença mais forte ainda.

20 de março. A febre voltou. Estou péssimo. Os olhos e os ouvidos queimam, as bochechas tremem.

Não voltei a ver JJ e Samira de mãos dadas, nem percebi nenhum sinal de um possível caso entre eles. Não que esteja procurando; não que isso tenha alguma importância. Desejo a ambos toda a felicidade do mundo.

*23 de março. Passei os últimos três dias, cada segundo deles, trancafiado na masmorra do porão. Inclusive dormi lá, oscilando entre o sono e a vigília feito um sentinela bêbado em sua guarita. Não quero ver ninguém. A febre está queimando meu cérebro. Nesta última madrugada, já passavam das quatro horas quando saí ao quintal e deixei a neve cair sobre minha cabeça desnuda, sobre os pés descalços. Com a clareza mental que advém da falta de sono e alimentação, fiquei lá, balbuciando para mim mesmo: "*alkahest, alkahest...*"*

7:09. Um raio de luz perpassou a escuridão. Finalmente encontrei a pista. Não estava na tradução de Lane, na de Burton, tampouco na de Payne, mas sim na edição de JJ, traduzida por Galland, em "A história do dorminhoco despertado":

> *Sem titubear, ela procurou o boticário e lhe pediu uma droga que costuma ser administrada aos que padecem do esquecimento. Sem dizer palavra, o boticário se pôs a macerar pétalas de jasmim alepino e nenúfar damasceno, bulbos de narciso-dos-poetas, raízes de cúrcuma, sementes de licopódio e caules de amaranto...*

*26 de março. Passei os últimos três dias pesquisando as estruturas fitoquímicas de cada um desses ingredientes. Três deles, ou quatro, talvez mereçam uma tentativa, sobretudo se misturados num composto: o narciso, que já é usado no paliativo Galantamina; o licopódio (*o qian ceng ta *de JJ, ou a Hiperzina A); a cúrcuma, cujos polifenóis protegem o cérebro da peroxidação lipídica e limpam os resíduos de radicais livres do óxido nítrico; e o amaranto, cujo caule e cujas raízes contêm carboidratos coloidais semelhantes aos da pectina da maçã, os quais neutralizam certos metais tóxicos que provavelmente favorecem a demência. Uma tentativa desesperada, patética, mas... seja o que Deus quiser. Quando combinadas, pelo menos no papel, as equações químicas se alinham magnificamente, beiram as raias da arte.*

29 de março. Uma mudança radical no estado da mamãe. Hoje ela conseguiu completar as palavras cruzadas do jornal, o que fez pela última vez há dois anos. JJ disse que não ajudou em nada, e acredito nele. Talvez eu esteja às vésperas de uma grande descoberta... Algo que funcione quase imediatamente, como uma droga intravenosa.

30 de março. Dia de muito é véspera de pouco. Talvez minha droga milagrosa não seja tão milagrosa assim. Não está produzindo os efeitos que eu esperava. O dr. Vorta não leva a menor fé nas minhas tentativas. "Surtos de lucidez não chegam a ser incomuns", ele diz. Pensei numa outra coisa, um composto bem simples, mas não vou falar nada agora, para não dar azar.

1º de abril. Bons sinais ao longo desses dois últimos dias. Hoje de manhã, por exemplo, mamãe disse que estava completamente curada, que se lembrava de tudo e que ia voltar a dar aulas em tempo integral. "Primeiro de abril!", acrescentou.

3 de abril. Acho que encontrei o que estava procurando. Uma pílula da memória à qual dei o nome temporário de Nepente-Amaranto-56.[43] *Vai precisar de meses — anos — de testes em animais e aprimoramentos, mas não vou esperar. Não dispomos de meses nem de anos.*

5 de abril. Por fim consegui falar com o Norval. Até perguntei sobre sua Alpha Bet. "Está em dia", ele disse. Perguntei em que letra ele estava. "Não é da sua conta, mas se você quer mesmo saber, estou na letra do plural. Uma letrinha enjoada, devo admitir." A letra do plural! Será possível? O prazo dele termina em cinco semanas. Será que está marcando passo porque agora está com Samira? Não perguntei, claro. De qualquer modo, tenho coisas mais importantes com as quais me preocupar.

6 de abril. Mamãe passou o dia de ótimo humor. E Sam, de péssimo. O JJ está mais feliz do que nunca. Depois continuo. Ainda trabalhando feito um louco naquele porão.

9 de abril. Minha mente está viscosa, lenta, parece mucilagem. Ou melhor, parece um carro que foi ao México e voltou, sem parar, rodando 24 horas por dia. Portanto, hoje tirei um dia de descanso: pela primeira vez em dois meses, Nor e eu nos encontramos para nossa matinê. Enquanto esperávamos pelo filme, ele fez uma estranha confissão. Indiretamente. Ao que parece, JJ o tem "infernizado" para que ele produza algumas listas de "Dez Melhores" (poemas — uma em inglês, outra em francês, sem nenhuma ordem em particular). Norval não quis revelar sua lista de poemas franceses, mas, surpreendentemente, revelou a de ingleses:

> *Rochester, "Song" ("Love a woman? You're an ass!")*
> *Larkin, "Aubade" e "The old fools"*
> *Lorde Byron, "Don Juan" e "Darkness"*
> *Delmore Schwartz, "Calmly we walk through this April's day"*
> *Donne, "Go catch a falling star" ou "Woman's constancy"*
> *MacNeice, "Sunlight on the garden"*
> *Dante Rossetti, "Without you"*
> *Dowson, "Cynara"*

Tudo bem. A não ser pelo fato de que nem todos esses poemas são de poetas decadentistas e simbolistas, a lista de Norval não traz nenhuma grande surpresa — exceto pelos últimos dois ou três poemas, que são lamentos pela amada falecida.[44] *É mais ou menos disso que trata o romance dele. Além disso, percebi uma expressão estranha no olhar de Norval enquanto ele dava sua lista; era como se estivesse fazendo uma confidência para mim. Preciso chegar ao fundo dessa história — mas agora tenho mais o que fazer.*

10 de abril. Não consigo me concentrar. Estou completamente embotado. Portanto, passei o dia na biblioteca, memorizando passagens da literatura árabe e aprendendo coisas sobre a língua. Por quê? Porque semana passada, no laboratório,

Samira parecia encantada com o "conhecimento" que Norval tinha do árabe (nada mais que três malditas frases, duas delas obscenas). Patético, eu sei. Mas, de qualquer forma, eu precisava tirar minha cabeça daquela masmorra.

O dr. Vorta ligou depois do jantar. Quer experimentar algo "revolucionário" em mim, um estimulador transmagnético de sua própria invenção. Parece um tanto perigoso, mas confio nele. Falou que é para estudar minha sinestesia, mas segundo me disse Norval pelo telefone, o real objetivo do tal estimulador é eliminar a sinestesia! Não quero isso, claro. Receio perder a memória junto com ela.

15 de abril. Mamãe está toda empolgada: mês que vem Norval vai tentar participar de um dos programas prediletos dela, o Na Ponta da Língua. *(Eu me recusei.) Ela mal pode esperar. O programa não podia ser mais vagabundo: cenários pobres; aplausos pré-gravados; um apresentador tipo Las Vegas, com topete, cinta na barriga etc. O estúdio fica na zona Norte de Montreal, uma área industrial. Para os alunos da universidade, o programa tem certo sabor cult, talvez porque vá ao ar à meia-noite de sexta-feira e inclua, aqui e ali, algumas perguntas de natureza sexual. O grande prêmio é de 50 mil pratas. Mas até hoje ninguém ganhou, o que é muito estranho para um programa que já está no ar há dois anos. As rodadas finais são extremamente difíceis, quase impossíveis. Portanto, a maioria dos concorrentes desiste antes do final: embolsa o dinheiro já conquistado e cai fora. Seja como for, acho muito difícil que Norval sequer seja escolhido como candidato. Estamos todos torcendo por ele. JJ falou que o dr. Vorta também está pensando em participar.*

21 de abril. Ainda não estou conseguindo me concentrar no trabalho. Ando completamente travado. Tive uma ótima semana no fim de março, mas os dias que se seguiram foram uma grande e nebulosa derrocada.

23 de abril. Na esperança de destravar a cabeça, mais uma vez fui me encontrar com Norval para nossa matinê. Em homenagem ao aniversário de Shakespeare, eles exibiram o Rei Lear *de Peter Brook. Sempre me comovi com os últimos atos (triste demais para expor em palavras), mas hoje eles foram simplesmente acachapantes. Tentei segurar as lágrimas, escondê-las de Norval, mas não consegui. Foram as seguintes falas que abriram as comportas:*

Temo não 'star co'a mente muito clara.
Devia conhecer-te, e a esse senhor,
Mas hesito, ignorando totalmente
Qual seja este lugar; e nem com esforço
Reconheço estas vestes, ou recordo
Onde dormi...
São lágrimas?
Choras? Mas não, nada de pranto, eu peço.
Se me trazes veneno eu o tomarei... *

27 de abril. Finalmente consegui um pouco de clareza, uma visão de outro reino, por vinte e seis horas seguidas. Onde antes havia paredes agora há portas. Resolvi não desistir do NA-56, ainda que o Vorta e o universo inteiro estejam contra mim. Fiz uma pequena adição e uma pequena subtração, epifanicamente, como certo escultor sagrado. Resultado: meu composto começou a exalar um discretíssimo perfume de... maçã verde.

---

* Tradução de Bárbara Heliodora. (*N. do T.*)

Capítulo 16

O Diário de Samira

4 de fevereiro, 2002

Hoje deixei o Norval. Ou melhor, deixei o loft dele e me mudei para outro lugar... Fui sua inquilina durante o mês de janeiro, só isso. Quase não nos vimos.

Nos poucos momentos que passamos juntos, ele praticamente me ignorou: se não pegava algo para ler, ficava obsessivamente brincando de arco e flecha, ou, nas palavras dele, "aperfeiçoando suas técnicas de arqueiro". Com arcos turcos e mongóis, fabricados por um "mestre-arqueiro húngaro"... Nheeec, wuuuf, nheeec, wuuuf... Geralmente acertava a mosca, feito Robin Hood. Ou a maçã, feito Guilherme Tell.[45]

Para mim foi um longo período de castidade, e tesão. Norval possui uma espécie de campo magnético, uma presença forte, como alguém que esteve no Céu e no Inferno e voltou trazendo o melhor de ambos. Ou o pior. Puxa, como era frustrante ficar a seu lado, ouvindo sem ser ouvida, de joelhos no altar de seu ego... Norval tem o dom de fazer tudo que digo parecer uma bobagem, muito antes de eu abrir a boca para dizê-lo. Naquele loft eu me sentia uma mosca prestes a ser pisoteada a qualquer instante, sem nenhum aviso prévio. Eu era um S, caramba, e nada mais! Quando disse que não contribuiria para sua aposta ridícula, que não seria mais um nome incinerado e jogado na vala comum de suas vítimas, pronto, foi o que bastou. Depois disso ele nunca mais se insinuou para o meu lado. Passou a me olhar com aquela indiferença dos passageiros de metrô, a me ouvir com os ouvidos de uma parede: nem sequer notaria caso eu dissesse que ia me enforcar num daqueles candelabros.

5 de fevereiro

Agora estou morando com o Ted, um velho amigo (platônico) dos tempos do colégio. Foi uma das vítimas da crise de dois anos atrás no Vale do Silício, perdeu rios de dinheiro. Depois de um único dia na companhia dele, já sei que nosso arranjo não vai funcionar. Entre outras coisas, ele não fala de outro assunto que não seja "fundos de investimento".

Eu teria dormido com o Norval — caso ele abrisse mão de sua aposta. Sobretudo em razão daquilo que ele falou, sobre se matar depois de chegar ao Z. Quer dizer, se existe algum fundo de verdade nisso, eu não poderia ajudá-lo a passar do S, não é?

Ou talvez ele seja bom demais para mim: inteligente demais, bonito demais (o corpo seguramente teria preenchido os requisitos de Michelangelo). E eu, sou o quê? "Quase mediana." Palavras dele.

6 de fevereiro

Ted não tem tirado os olhos de mim. Em certas culturas são os bebês que se interessam pelos peitos de uma mulher, não os homens adultos.

7 de fevereiro

Sei que estou sendo burra, autodestrutiva, mas não consigo parar de pensar em Norval, na esperança de que ele... De que ele o quê? Me dê amor? Afeto? Um telefonema? Ainda não entendo o porquê de tanta burrice. Por acaso não é coisa de homem se interessar apenas pela beleza física e não dar a menor pelota para o resto?

O Stirling era lindo, mas quando falava raramente ia além das abobrinhas típicas de uma celebridade. Depois dele, jurei que eliminaria todos os atores e artistas da minha vida amorosa. Esses caras não têm ideia de quem são, e fazem que todos a seu redor se sintam da mesma forma. São poços de vaidade, patologias ambulantes. Geralmente estão amarrados numa relação de codependência: ou com o terapeuta, ou com a mãe, ou com a ex-namorada. E agora estou sendo sugada de volta para tudo isso... Serei mais uma dessas pessoas que tiram tanto prazer dos desastres iminentes quanto outras tiram do sucesso iminente?

E Norval? Será que tem outras qualidades além da beleza? Tem. Quando quer, é incrivelmente engraçado, mordaz, irônico. (Muito verniz para pouco sentimento! A ironia é o sal da conversa, como dizem por aí, mas não a substância.) E, embora deteste a espécie humana, Norval adora bichos. Falou que seu sonho é fazer um safári na África só pra caçar os caçadores de elefantes.

13 de fevereiro

Já estou "por aqui" com o Ted. Sobretudo com a namorada dele, um pastelzinho de vento chamado Galaxy. Mas não sei para onde ir. Estou quase dura. Não sei o que faria se não fosse o dr. Vorta.

20 de fevereiro

Hoje é o dia palindrômico de JJ, um dia mágico segundo ele. Parece que todos se esqueceram disso, bem como do segundo encontro do nosso clube. Não me dei ao trabalho de lembrá-los. Norval não teria comparecido mesmo. Além do mais, a sede do clube está fechada para reformas. Estou com saudades daqueles caras, juro que estou, mas duvido muito que volte a vê-los, nem mesmo socialmente.

21 de fevereiro

Quando Ted não está falando do mercado futuro da carne de porco, ou contando um de seus intermináveis casos de golfe, está dando em cima de mim. Além disso, a namorada dele e eu estamos quase chegando às vias de fato. Ela já deu "pequenas" indiretas de que quer me ver pelas costas: ontem à noite, por exemplo, mandou aos berros que eu deixasse o namorado dela em paz (?!); hoje de manhã, sugeriu que eu ficaria "muito mais feliz" em outro lugar.

22 de fevereiro

Topei com o JJ no elevador do prédio da Psicologia Experimental. Adorei revê-lo. Ele estava trazendo um café e um *doughnut* para o dr. Vorta (achei que fosse assistente de pesquisa, mas parece que é um *office boy*, um estafeta). Seja como for, ele largou a bandeja no chão, me deu um grande abraço, depois pediu algo bem estranho: que eu ajudasse o Noel e a mãe dele, que aparentemente tem algum problema de memória. Como não se lembrava do telefone do Noel, escreveu o endereço num papelzinho e me passou. Fiquei sem saber o que dizer; simplesmente recebi o papel e disse que pensaria no assunto. Afinal, ajudar como? Não sei quase nada sobre essas coisas.

3 de março

Galaxy subiu nas tamancas ontem à noite: ela acha que estou dormindo com o Ted. Contou as camisinhas e não encontrou o resultado que esperava. (Não contei a ela que Ted anda dormindo com outra mulher.) Pois bem: ela acabou jogando todas as minhas coisas na rua, ou pelo menos quase tudo. Uma hora da manhã, e eu lá, encalhada num banco de neve! Por obra de um milagre, consegui parar um táxi e já estava a caminho da casa da mamãe quando, vasculhando a bolsa em busca de alguns trocados, encontrei o endereço de Noel. Destino? Pouco provável, mas seja como for, resolvi ir para lá. Sem ligar, naquela hora da noite, no meio de uma nevasca. Além disso, a corrida seria mais barata. Se encontrasse uma luz acesa, eu pararia. Encontrei e parei.

De início quase morri de vergonha, mas aos poucos fui me acalmando. Noel e eu conversamos durante horas. Pela primeira vez na vida. Ele é um cara bem estranho — e fascinante. Agora entendo por que o Norval gosta tanto dele. Noel tem aquela gentileza e aquela doçura que não existem mais, é um cara generoso, acolhedor, o tipo de homem que adoro mas pelo qual não me sinto atraída: uma doença, acho, uma disfunção genética que ainda vai me levar à ruína.

Ao que parece, a vida do Noel está em suspenso por causa da doença da mãe. Apesar da memória extraordinária, ele acabou se esquecendo de si mesmo.

Foi muito estranho conversar com ele sobre... sobre a minha "vida pregressa". Mas não tive saída, porque ele detonou a bomba: descobriu meu segredo por causa das "cores da minha voz". Pedi-lhe que não contasse nada a ninguém, e por algum motivo acho que posso confiar nele.

Mas uma das coisas que não contei a ele foi sobre o aborto, talvez o real motivo para o descarrilamento do Stirling. E para o ódio que mamãe tem de mim. Esse aborto é um assunto tabu, não falo dele com ninguém. Talvez porque produza em mim essa terrível intuição, essa nefasta bola de cristal que diz: VOCÊ NUNCA VAI ENGRAVIDAR DE NOVO!

Stirling certa vez disse que eu não fazia bem aos homens. Que eu era como uma doença contagiosa, um retrovírus que se infiltrava neles e os deixava doentes...

5 de março

Enquanto Noel estava na biblioteca, passei o dia com JJ fazendo compras, limpando a casa e fazendo alguns ajustes para facilitar a vida da sra. Burun: coisas que aprendi num curso, e também com o dr. Vorta. Rimos o tempo todo, e sobre as coisas mais idiotas. JJ é como uma pílula da alegria. Apesar de certas... idiossincrasias, digamos assim. Por exemplo, ele tem o hábito compulsivo de apertar o bumbum: aperta e solta, aperta e solta, uma centena de vezes por dia. Não importa o que está fazendo: andando no corredor, preparando o almoço, ou simplesmente conversando com a Stella. É difícil não olhar. Dá até vontade de contar, de bater os dedos do pé no mesmo ritmo, e se não ficamos espertos, lá estamos nós também, apertando o bumbum com ele.

7 de março

Hoje tive a oportunidade de ver Noel interagindo com a mãe. De longe, meio que bisbilhotando. Aprendi algumas coisas com ele: paciência, atenção, carinho... Todas as noites, segundo me disse o JJ, ele lê alguma coisa para ela dormir, ou preenche as lacunas da vida que ela esqueceu. Ontem à noite, a pedido dela, Noel e JJ fabricaram uns fogos de artifício incríveis, e queimaram no quintal. Stella ficou assistindo a tudo feito uma criança, embevecida. (JJ parecia um meninão, literalmente saltitando pelo quintal.) É tão bom ver Noel com a mãe... os sorrisos que eles trocam, os carinhos, as comunicações sem palavras. Adoraria ter uma relação semelhante com a minha mãe. Aliás, com qualquer pessoa.

Melhor parar por aqui: já estou ficando meio Poliana.

8 de março

As coisas estão indo bem. A escola está ótima, morar aqui é ótimo. Não tenho visto a sra. Burun, pois tenho passado a maior parte do tempo na escola ou na biblioteca — estudando o material das aulas que perdi. Também não tenho visto o Noel, que raramente sai daquele laboratório. O único porém é que não tenho ajudado muito com a mãe dele, tal como prometi.

10 de março

Desconfio que Noel está gostando de mim. Desconfio, não, tenho certeza. Nem sequer precisei da intuição feminina pra me dar conta disso. Preciso tomar cuidado: Noel é a última pessoa no mundo que pretendo magoar.

Fiquei pensando se seria possível, ainda que remotamente, algum tipo de relação com ele. Não, não seria. Não dá para ser. Nunca. Primeiro: estou enfeitiçada pelo melhor amigo dele. Segundo: Noel é "irremediavelmente esquisito", segundo diz o Norval; ele tem problemas demais, e eu já tenho os meus, obrigada. Terceiro: não preciso de mais homens com uma relação de codependência com a mãe. Quarto: por azar, não sinto atração por "caras legais"; nunca senti nem nunca vou sentir. Quinto: não sou boa o bastante para ele; não sou a santa que ele pensa que sou.

11 de março

Acho que JJ está fazendo um grande bem para o Noel, vendo coisas que ele, Noel, não é capaz de enxergar. Como o cara que encontra um bando de engenheiros pelejando com uma máquina quebrada e vê que não ocorreu a nenhum deles ligá-la na tomada. Hoje eles não saíram do laboratório, portanto fiquei o tempo todo com a mãe de Noel: uma mulher elegante, refinada, linda, sobretudo depois que dei um jeito no cabelo dela e ajudei a escolher uma roupa. O armário dela está repleto de clássicos: Diane Von Furstenberg, Kate Spade. A mulher ficou um espetáculo! Cinquenta e seis anos, com carinha de 36. Folheando livros e álbuns de fotografia, fiquei sabendo de muita coisa sobre a vida dela. Stella é, ou era, historiadora; entre outras coisas, escreveu biografias de Hipácia de Alexandria e Ada Byron, a condessa de Lovelace (pedi a ela que me emprestasse os dois livros, pois nunca tinha ouvido falar de nenhuma dessas mulheres).

12 de março

Faz tempo que não vejo Noel. Parece que ele está me evitando, que está irritado comigo. Talvez porque eu não esteja ajudando muito na casa. Ou talvez porque ele não esteja interessado em mim do modo como achei que estava. Ou talvez porque ande ocupado demais, obcecado demais com o trabalho naquele porão. Ou talvez porque tenha arrumado uma namorada nova. Ou talvez eu esteja ficando paranoica...

13 de março

É possível que a namorada nova de Noel seja a "Mulher do Banho", uma divorciada alegre que está sempre de batom vermelho-flamenco e blusa pra lá de decotada, e que por pouco não sufoca Noel com os peitões aparentemente infláveis quando o abraça. Segundo a sra. Burun, faz meses que ela arrasta uma asa para o lado de Noel. Tudo indica que eles têm certa intimidade... Encontrei alguns bilhetes que ela escreveu, coisas sem importância sobre a sra. Burun, com abraços e beijinhos no final. Sei que isso não é da minha conta, mas não creio que ela seja a mulher certa para o Noel; não gostaria de vê-la fincando as garras (compridas e pintadas) nele. De qualquer modo, depois que JJ e eu viemos para cá, a perua nem é mais tão necessária assim. Noel faria uma boa economia se a dispensasse.

14 de março

Pela segunda vez encontrei Noel e a mãe assistindo a um programa qualquer na TV. Quis me juntar a eles, mas pelo modo como me olharam, fiquei me sentindo uma intrusa, prestes a invadir a intimidade deles.

18 de março

Passei uma noite adorável com o Noel no laboratório, bebendo um rum vulcânico fabricado pelo JJ e conversando sobre uma infinidade de assuntos. Incluindo alguns dos problemas que Noel teve de enfrentar ao longo da vida, os "distúrbios de personalidade" que aos 16 anos lhe valeram o rótulo de "incapaz". Tipo o medo que ele tinha de sair de casa sozinho, de estar na presença de terceiros, um medo que o paralisava feito "um sol ofuscante". Mas Noel buscou ajuda — na medicina, na terapia, do domínio da mente sobre a matéria — e agora está mais ou menos bem. Estaria melhor se não se preocupasse tanto com a mãe, se comesse e dormisse direito.

Nossa conversa já chegava ao fim quando JJ apareceu no porão e Noel nos viu de mãos dadas. JJ faz isso o tempo todo, inclusive com a sra. B, como um menino que instintivamente busca a mão da mãe. Mesmo assim fiquei constrangida, quis me desvencilhar. Mas não o fiz. Talvez porque quisesse provocar algum tipo de reação em Noel. E ele, reagiu? Não. Nem sequer piscou.

19 de março

Por incrível que pareça, bateu em mim uma súbita felicidade. Tenho aprendido muita coisa, estou gostando das aulas de arteterapia, morando de graça num quarto lindo com vista para as montanhas e o cemitério... e acho que estou apaixonada por três homens! Será que isso já aconteceu alguma vez na história da humanidade?

22 de março

Faz dias que não vejo Noel. Ele voltou a se trancafiar no porão, raramente dá as caras. E como JJ tem passado a maior parte do tempo com a sra. B, ando me sentindo um tanto solitária. Não tenho a menor saudade dos amigos de antes, daquela gente maluca que vivia pulando de bar em bar, sapecando pílulas goela abaixo, sempre no cio. (Segundo Norval, o cio é o caminho mais curto para o túmulo.) São pessoas ótimas, mas acho que já virei essa página. Perdi muito tempo, e queimei muita grana, com as drogas. Já estou até começando a culpar a mim mesma por aquela tentativa de estupro. Porque, quando cheguei à festinha, já estava chapada com diversas substâncias, o que me deixou bastante vulnerável. Segundo a dra. Rhéaume, essa linha de raciocínio é "atrasada e contraproducente".

Por pouco não liguei para o Norval: cheguei a digitar os números, mas desliguei o telefone logo em seguida. Depois liguei pra mamãe. Ela parece ter ficado feliz com minha chamada, e mais feliz ainda com as perguntas que fiz sobre certas receitas do nosso antigo restaurante. Vou visitá-la no fim de semana — a convite dela, por incrível que pareça.

24 de março

No fim das contas, o jantar de domingo com mamãe transcorreu razoavelmente bem. Pelo menos ninguém berrou com ninguém. Chegamos até a conversar como amigas, não exatamente como fazíamos antes, mas já é um começo. Eu já estava de saída quando, de uma hora pra outra, ela tirou da manga o seguinte provérbio árabe: "Jamais se case com um homem que não gosta da mãe. Ele acabará não gostando de você também."

2 de abril

Hoje não me senti muito bem. Uma espécie de exaustão misturada com enjoo e tonteiras. Talvez por causa da escola, ou de alguma coisa que o dr. Vorta me deu para tomar, alguma coisa das pesquisas dele. Noel e JJ foram encantadores. Ambos me deram comida na cama e, quando me viram melhor, leram poemas e histórias: Noel, com sua memória de elefante, contou uma história das *Mil e uma noites* sobre um sultão e seus três filhos; JJ, lendo de um livro decrépito, recitou poemas de sua infância, poemas sem pé nem cabeça que me mataram de rir (talvez por contágio, porque JJ se dobrava de tanto rir, enxugando as lágrimas do rosto).

3 de abril

JJ é um sonho. Acabou de me presentear com um *kit*, com os votos de melhoras. Deve ter custado uma fortuna. Eu estava pulando de alegria, abraçando o JJ no quarto, quando Noel passou pelo corredor. Antes que eu pudesse mostrar o presente, ele desceu correndo para o porão.

De qualquer modo, quando ofereci para pagar, JJ disse que o dr. Vorta lhe devia um favor e lhe tinha dado aquilo de graça: um "Kit de Neuro-Arteterapia". Acondicionado numa caixa grande que se converte em cavalete, que acabei de abrir, o tal *kit* inclui um estojo com 12 cores de tinta-pastel, um CD com exercícios de memória e concentração, jogos de computador e exercícios de desenho concebidos como terapia para casos de "traumatismo cerebral, acidentes vasculares, Mal de Alzheimer, distúrbios de aprendizagem, memória, raciocínio espacial e percepção sensorial". Puxa, quanto carinho... Ainda vou pedir esse cara em casamento!

4 de abril

JJ falou que está trabalhando num tipo "revolucionário" de cigarro, um substituto saudável para o tabaco. Pediu que eu não contasse nada ao Noel.

7 de abril

Hoje, no laboratório da universidade, recebi uma visita do... adivinha quem? Do ultradescolado senhor dos bulevares, do leão por quem todas as minas dobram, de ninguém menos que o dândi-alfa... Norval Blaquière. Para surpresa minha, ele não disse nenhuma barbaridade. Soube que eu andava doente e perguntou se eu havia melhorado. Tentei manter a mesma fleuma dele, mas foi difícil: o coração dava cambalhotas para trás, e a cabeça, feito mijo de bêbado, ia de um lado para o outro. Acabei derramando uma xícara de café Maxwell House sobre a blusa. Mas depois que ele saiu, fiquei espantada com o que senti: alívio, por ele ter ido embora!

12 de abril

Parece milagre, mas a sra. B está ótima, como se afinal tivesse voltado a seu normal. Lembra uma daquelas assistentes de mágico que entram na caixa e saem do outro lado completamente transformadas. Está sorrindo, fazendo piadas... E a memória de curto prazo voltou, apesar de algumas derrapadas. Noel disse que todos nós contribuímos com alguma coisa, mas alertou que nossa guerra ainda está longe do fim.

O único problema agora é... o próprio Noel. Ele está um caco, parece que ficou rodopiando semanas dentro de uma secadora. As mãos e as roupas estão manchadas de substâncias químicas, e ele anda exausto, virou um saco de ossos. Até onde sei, não tem comido nada, a não ser alguns biscoitos de vez em quando — embora outro dia eu o tenha visto atacando a geladeira feito um cão faminto. Qualquer hora dessas vai ter um treco, isso é quase certo. O mais estranho de tudo é que, à medida que vai perdendo peso, vai ficando cada vez mais parecido com... o Norval.

13 de abril

Noel parece bem mais animado. Tem saído mais daquele porão, e de casa também, só não sei para onde. Talvez esteja se encontrando com aquela garota americana com quem estava conversando outro dia na universidade, a sinesteta com decote em forma de coração. Quando os vi, eles estavam rindo feito duas hienas. A garota jogava os cabelos de um lado para o outro, e não se importava de mostrar as pernas quando se sentava. Ou talvez ele esteja se encontrando com a Mulher do Banho. Na verdade, não estou nem aí.

14 de abril

Estou adorando cada vez mais o curso de arteterapia. Só tenho tirado notas boas. Depois de anos sem rumo, de muito tempo perdido em bares e empregos sem nenhum futuro, acho que finalmente encontrei uma vocação. E agora posso usar a sra. B como cobaia. Ela já pintou seis quadros, todos magníficos. É supertalentosa; se quisesse, podia até expor numa galeria. Aliás, se eu tivesse a iniciativa e a força de vontade necessárias, o que não tenho, tomaria alguma providência nesse sentido. Fico pensando se não foram os problemas com a memória que a deixaram mais criativa. Numa ótima aula que deu na semana passada, o dr. Vorta disse que surtos de criatividade são possíveis em casos assim, que a DFT (Demência Frontotemporal) pode produzir efeitos dessa natureza. Que os danos causados a um lado do cérebro (o esquerdo) podem liberar as capacidades do outro. Ou algo assim.

E por falar no Vorta (que tem andado, digamos, meio saidinho nos nossos encontros na universidade), perguntei a Stella sobre ele, na tentativa de descobrir se há algum fundo de verdade no que ouvi dizer: segundo Norval, os dois tiveram um caso no passado, principal motivo para o suicídio do sr. Burun. Mas ela só encontrou coisas boas para dizer, falou que o dr. Vorta era um grande amigo do marido dela, um anjo da guarda para Noel, um brilhante cientista etc. etc. Eu deveria ter dado o assunto por encerrado. Mas não resisti e, à queima-roupa, perguntei se eles haviam tido um caso. Stella riu. Depois piscou o olho e disse: "Ah, ele bem que andava atrás de mim. Um homem muito persistente." Quando seu marido ainda era vivo?, perguntei. "Não. A não ser por uns flertezinhos sem importância, tudo começou muito depois. Mas a certa altura, de uma hora pra outra, ele parou." Nesse ponto, Stella também parou, decerto uma indireta para que eu cuidasse da minha própria vida. Mas por que ele parou?, insisti. Ela permaneceu calada por alguns segundos, depois mordeu os lábios e disse: "Bem, certa noite ele apareceu aqui, com uma dessas desculpas absurdas que só os homens são capazes de inventar, e me entregou um envelope. Insistiu pra que eu abrisse imediatamente. Então abri, meio aflita, até com um pouco de medo. Pois o tal envelope continha uma carta cheia de frases duras, quase científicas, além de um poema que ele mesmo havia escrito... Uma carta de amor. E pronto. Tudo terminou aí." Mais uma vez, e com a mesma discrição de antes, Stella olhou para mim com uma ligeira expressão de censura, deixando claro que eu já havia ido longe demais. Mas por quê?, continuei. Por que tudo terminou aí? Ela voltou a hesitar, encarando-me por alguns segundos, talvez cogitando se podia confiar em mim. Afinal disse: "Talvez porque, por mais que tivesse tentado, simplesmente não consegui parar de rir..."[46]

16 de abril

Estou começando a gostar da Mulher do Banho. Muito. Morro de arrependimento quando penso que quase sugeri a Noel que a dispensasse.

17 de abril

Hoje fez um dia lindo. Um ensolarado dia de primavera. Fiquei horas ouvindo Arcade Fire and the Dears no *discman* do Noel. Sem parar, feito uma pré-adolescente. JJ foi até a casa dele e voltou com uma sacola de equipamentos: joelheiras, cotoveleiras, capacetes. Achei que fosse me convidar pra alguma coisa, mas não tive essa sorte. Com o *Sk8ter Boi* de Avril Lavigne berrando no aparelho de som, rindo feito dois malucos, ele e Stella vestiram a tralha toda e depois saíram à rua. Pra andar de patins. Pela janela da sala, vi os dois seguindo de mãos dadas pelo asfalto enlameado, às gargalhadas, mal conseguindo ficar de pé, volta e meia caindo nos braços um do outro.

A Mulher do Banho — ou, melhor dizendo, Sancha — chegou dali a pouco. Perguntei se ela tinha visto o Noel, e ela disse que não. Depois, sem mas nem por quê, falou que eu devia me casar com ele (!?)

21 de abril

Fim de semestre na universidade. Já fiz todas as provas. Agora é só rezar.

22 de abril

Hoje fiz um cuscuz; passei o dia inteiro no fogão e acabei jantando sozinha. JJ e a sra. B foram ver uma peça de teatro no Centaur, e Noel ficou o tempo todo no porão: pilhado de café e com olheiras profundas, marcando o tempo de alguma coisa com um cronômetro em punho, disse que não estava com fome. “A comida embota os sentidos”, falou como um robô, “e deixa o raciocínio lento.”

Portanto, depois de duas ou três emocionantes partidas de paciência, peguei a bicicleta da sra. B e dei uma volta pela vizinhança, uma menininha de seis anos de idade, chegando em casa com o dia já escuro, ensopada de suor.

23 de abril

Chove a cântaros lá fora, e o vento parece estar tocando um instrumento antigo, uma sacabuxa ou um cromorno, nas calhas bambas do telhado. Hoje é aniversário de Shakespeare, talvez seja por isso. Eu tinha pensado em convidar o Noel pra sair e comemorar, mas ele passou direto por mim rumo à sua sagrada matinê com o Nor. (Claro, nem sequer pensou em me chamar.) Resmungou alguma coisa como "descobrir o segredo do Nor", seja lá o que isso signifique.

JJ e Stella patinavam pelos corredores do andar de baixo, ao som de Steppenwolf (*Magic carpet ride*) quando, deitada na cama do Noel, não me perguntem por quê, subitamente me lembrei de algo sobre aquela noite em que colocaram GHB na minha bebida. Eu estava numa festa, sim, mas quando acordei... estava num laboratório (!?!)

Capítulo 17

Noel e Norval (II)

Depois do cinema, num bistrô do outro lado da rua, Noel se viu diante de uma mesa atulhada com os restos mortais de uma lauta refeição: ossos de frango, conchas de mexilhão, cascas de batata e migalhas de pão, dentro e fora do prato; além das garrafas de cerveja e vinho, xícaras de café e vidros de ketchup. Num pires, um cigarro esquecido fumava a si mesmo. Enquanto ele timidamente tentava chamar a atenção de uma garçonete, alguém se aproximou da mesa. Um cumim? Não, um homem de aspecto desinteressante, com um laptop sob o braço. Tudo levava a crer que conhecia o dr. Vorta. Como se soubesse da sinestesia de Noel, falava pausadamente, escandindo as sílabas e repetindo as coisas duas ou três vezes. A voz roxo-amor-perfeito tremulava feito um trampolim, espargindo um verde-pólvora no registro mais agudo.

Passados dois ou três minutos daquele monólogo, Noel avistou Norval saindo do banheiro. Um homem parrudo veio no sentido contrário e se plantou no caminho dele. Vestia roupas de couro preto. Na nuca, exibia um fiapo de rabo de cavalo; na fronte, uma monocelha: sob o nariz, os bigodes curvos de uma foca. Uma foca mal-encarada.

— Você não vai sair daí, estou vendo — disse Norval.

— Não dou passagem pra babaca — disse o sujeito, numa voz que Noel enxergou tentacular e viscosa, amarelada como uma lula.

— É mesmo? Pois eu sempre dou — devolveu Norval, abrindo caminho para que o homem passasse.

O senhor com o laptop, vendo a aproximação de Norval, recolheu suas coisas e chispou dali, como se os vikings estivessem chegando.

Norval viu o homem bater em retirada.

— Quem é essa figura afinal? Essa maricona de laptop e calças bufantes? Nem os eunucos palacianos usavam calças tão largas assim! Faz semanas que ele está me perseguindo. — Constatando a desordem da mesa, chamou uma garçonete a uns vinte metros de distância com um soberano meneio da cabeça.

— É um... *ghostwriter*. O nome dele é Geoff alguma coisa. Está fazendo um trabalho pra Memento Vivere.

— A editora-vitrine do Volta? Que trabalho será esse? Uma hagiografia do editor-chefe?

Enquanto a garçonete sisuda limpava a mesa, habilmente jogando as coisas num cesto, Noel olhou de relance para o senhor em questão. Sentado à sua mesa, semiescondido por um pilar, ele apertava botões numa maquineta.

— Ele... bem, ele pediu que eu não dissesse nada.

— Não está escrevendo aquele folheto publicitário do Vorta, está? O tal romance em que todo mundo toma café Maxwell House?

— Creio que não.

— As memórias dele?

— Mais ou menos isso.

— Memórias... — disse Norval, balançando a cabeça. — O gênero predileto dos que nunca tiveram uma ideia memorável.

— Puxa, Nor. Tem muitos...

— Aposentados de imaginação tão estéril que não conseguem escrever ficção. E de memórias tão estéreis que não conseguem escrever a verdade.

Noel novamente virou a cabeça para espiar. E dessa vez pôde identificar a tal máquina que o homem manuseava: um minigravador de CD-R.

— Deve estar ganhando uma ninharia — disse Norval —, tão irrisória quanto seus talentos de escritor. Se está trabalhando pro farsante anão...[47]

— E por que ele tem te "perseguido"?

— Por algum motivo, quer permissão pra publicar um capítulo do meu livro. Não vai ter nunca, claro. Também andou cercando a Samira semana passada. Acho que está apaixonado por ela.

Noel franziu o cenho.

— Foi o JJ que descolou o trabalho pra ele. Depois que o Vorta demitiu dois outros escritores.

— Provavelmente porque escreveram a verdade. Quer dizer então que o picareta atrás do pilar é um "último recurso"?[48]

Nesse instante veio à mesa uma mulher de cabelos muito louros e quase nenhuma roupa; o sutiã de enchimento dava aos peitos proporções descomunais, coisa de videogame. Quando Norval se levantou, como se fosse abraçá-la, ela fincou o indicador no peito dele e irrompeu num falatório, os decibéis rapidamente passando de vinte a setenta. Quanto mais furiosa, menos compreensível ficava, como se estivesse falando numa língua estrangeira. De repente começou a chorar e a gemer, sacudindo o corpo. Norval não fez mais que observá-la com surpreendente calma.

— Volto já — disse, acompanhando a histérica para fora do bistrô.

Olhando pela janela, e decifrando a mímica entre eles, Noel deduziu que Norval havia conseguido domar a tal mulher, que já não chorava mais. Agora ela beijava os dedos dele. Noel balançou a cabeça. Se soubesse as vilezas que aquelas mãos haviam cometido, ela pensaria duas vezes antes de levá-las à boca. Depois foi se afastando, com calma, e aparentemente feliz, a julgar pela maneira como olhou para Norval. Por que as mulheres se prestam a isso? Surtos como esse não são nada sensuais, e o truísmo seguramente não procede: o de que as mulheres, sobretudo as mais bonitas, são atraídas pelos homens que mais as desprezam, que fazem delas gato e sapato.

Norval voltou à mesa com um cigarro equilibrado no canto da boca e dois drinques numa das mãos.

— Devia ter um depósito onde a gente pudesse deixar pessoas assim. Com anestesistas de plantão. E jaulas.

Noel não estava ouvindo. Remoía as mesmas coisas que já vinha remoendo ao entrar no bistrô. Samira. O amor dela por Norval. As tentativas que ela havia feito para compreendê-lo. Os sentimentos de Norval por ela. A capacidade de amar de Norval. Em seu romance, ele havia descrito o amor de um modo realista, pungente. E já havia confessado que o poema "Cynara", de Dowson, constava de sua lista dos Dez Melhores. Mas o que fazer diante de tudo isso? Noel bebeu da cerveja que Norval havia colocado à sua frente.

— Não entendo você — disse afinal.

— Em geral, ou em referência a algum particular?

— Quando você diz que nunca amou.

Norval deu um gole no uísque irlandês.

— E que palavra exatamente escapa da sua compreensão?

— Não entendo o conceito. Tenho certeza de que você está mentindo. Não está?

— Nunca fui tão verdadeiro. O amor existe por uma única razão: espalhar os genes da pessoa que ama. Talvez tudo se reduza a uma substância química chamada oxitocina. Conhece?

— Humm... claro.

— Portanto sou incapaz de amar uma mulher. Porém capaz, muito capaz, de amar centenas delas. É uma compulsão.

— Quando você diz "amar", você quer dizer "fazer sexo com". Mas por que tantas?

— Porque os melhores momentos de uma relação ocorrem no *começo*, quando ainda acalentamos a ilusão de que as possibilidades são inúmeras. O meio e o fim são uma longa reta rumo ao desastre.

— Por acaso você já chegou ao meio de uma relação qualquer?

Norval se esquivou da pergunta com um gesto da mão, como se pudesse fazê-la sumir na fumaça do cigarro.

— Além disso, chega uma hora na vida de todos nós em que uma operação aritmética muito séria precisa ser feita: a comparação entre a somatória dos prazeres que a vida ainda nos reserva com a somatória das dores. E essa comparação conduz, depois de certa idade, ao suicídio. Pelo menos para os corajosos. Assim, antes que eu chegue lá, enquanto ainda me sobram forças, vou continuar fazendo aquilo que me dá mais prazer.

Noel balançou a cabeça. Já ouvira esse sofisma antes.

— Mas deve ser tão... frustrante. Não chegar ao estágio final. Ao compromisso, ao casamento, ao final feliz...

— Final feliz? Você não ouviu o que acabei de dizer? Feliz no meu caso é quando começo e fim vêm embolados logo no primeiro encontro.

— ...sem falar no delicioso processo de se apaixonar. Acho que a paixão é o mais próximo que já chegamos da utopia.

— Ah, deixa disso. O sexo e as drogas nos levam muito mais perto. Noel, você é daqueles que se apaixonam num piscar de olhos, e de que isso adiantou? O lugar de toda essa merda romântica é o vaso sanitário. O mundo não é como o *Romeu e Julieta*, com setas aleatoriamente disparadas pelo arco de um Cupido. O amor romântico nada mais é que um truque darwinista pra nos deixar cegos aos defeitos dos outros. Tanto o francês quanto o inglês são bem claros nesse aspecto. *Tomber amoureux* ou *fall in love*: em ambos os casos está implícita uma queda. E "cair" implica que antes estávamos numa posição de estabilidade, num ponto mais alto qualquer. Pois eu não tenho dúvida: prefiro ficar nesse ponto mais alto e mais estável.

— Mas não foi você mesmo que disse, na festinha do JJ, que gostava de cair? De "saborear a estética da queda" e tudo isso?

Norval arqueou uma sobrancelha enquanto batia no cinzeiro o cigarro sem cinzas para cair. Desacostumado a emboscadas da lógica, foi tomado de surpresa pela argumentação de Noel.

— Eu estava... Estamos falando de duas metáforas diferentes.

Noel sorriu.

— Talvez você não tenha tido sorte até agora. Nor, a seta boa ainda não te acertou. Cupido arremessa setas de chumbo e de ouro, lembra? Para o amor falso e o amor verdadeiro. Até agora você só levou chumbo, só isso. Não perca as esperanças.

Norval revirou os olhos.

— Mais um demônio da esperança... Acontece que a esperança do amor verdadeiro é assombrada pela mortalidade.

— Os filhos estão aí justamente pra resolver esse problema.

— Filhos? Filhos são instrumentos de tortura. Byron estava coberto de razão quando disse: "Até hoje nenhuma virtude, a não ser o jejum, foi capaz de aniquilar o pior dos vícios: a propagação."

Noel já havia se desligado completamente. Agora pensava em Samira, em como seria ter um filho com ela...

— Por acaso você viajou de avião recentemente? — continuou Norval. — Devia ser proibido entrar a bordo com um bebê. Será que não dá pra mandá-los pelo correio? Ou então dopá-los e colocá-los no compartimento de carga junto com os cachorrinhos? Noel? Está me ouvindo?

Não, ele não estava.

— Claro, eu... só estava pensando. — A ideia de conceber um filho com Samira não era a única que povoava seus pensamentos. Noel agora se debatia com a pergunta que vinha planejando fazer a Norval desde que os dois haviam sentado à mesa. Buscava as palavras certas. Já havia feito a mesma pergunta a JJ, que respondera "não", e uma pergunta semelhante a Samira, que também respondera "não". E Norval, responderia o quê? Segundos se passaram até que ele conseguiu domar os lábios que se moviam por iniciativa própria.

— Norval, em que letra... você está... apaixonado pela Sam? — Pelo menos foi isso que ele quis dizer, ou quase isso. A primeira parte saiu baixinho, engrolada, e a última foi cuspida a uma velocidade quatro vezes maior.

— Isso foi inglês? Você está bem, Noel? Já ouvi dizer que as pessoas começam a falar em línguas mortas quando estão delirando de febre.

— Você está apaixonado pela Sam?

Norval ficou imóvel com o cigarro recém-aceso pairando sobre o cinzeiro; parecia examinar as guimbas amarfanhadas que o atulhavam. Mas quando viu a expressão no rosto do amigo, amoleceu por um segundo e disse:

— Não, não estou.

Noel ouviu essas palavras em meio ao troar do próprio coração. No entanto, não ficou nem um pouco aliviado. Que diferença faz se Norval está ou não apaixonado por Samira? Que diferença faz pra *mim*? Um peão apaixonado pela rainha! Estanho apaixonado pelo irídio! Decerto ela tem pretendentes numerosos o bastante pra encher um iPod.

— Mas o que eu... o que eu não entendo é... Bem, todo mundo já... ou melhor, quase todo mundo...

— Desembucha, homem.

Noel encheu os pulmões sem saber ao certo aonde queria chegar com aquela conversa, muito menos por quê.

— É que todo mundo tem um amor na vida... ou pelo menos a lembrança de um amor. A Samira tem, o JJ tem, minha mãe tem, e eu...

— Pois *eu* não tenho.

— Mas... mas ninguém escreve um romance como o seu se um dia não foi perdidamente apaixonado por alguém!

— Eu mal tinha saído da adolescência quando escrevi aquela bobagem. Além disso, *Degraus imotivados* era uma paródia romântica.

— Não foi assim que a crítica viu.

— A *crítica*? A crítica elogiou as partes mais fracas dos capítulos mais fracos e passou batida em todo o resto.

Arranhando o rótulo da cerveja, Noel lembrou-se de uma conversa que havia tido com Samira.

— Nós... quer dizer, eu tenho uma teoria a seu respeito. Quer ouvir?

— Não.

— Não chega a ser uma teoria. É mais uma intuição, um palpite. Não cheguei a elaborar todo um...

— Acaba com isso logo de uma vez, pelo amor de Deus.

— Sua vida foi... ou tem sido sacrificada por conta de uma única lembrança. Aquilo que aconteceu na sua infância... quando sua mãe traiu seu pai, quando o abandonou pra ficar com o tal velho rico...

— Meu pai era rico também.

— Desde então você tem procurado por um antídoto nas mulheres, um antídoto para a dor de... bem a dor de perder sua mãe daquele jeito. No entanto, como está buscando outra mãe e não uma amante, você sempre acaba se decepcionando.

— Noel... Tem alguma coisa atrapalhando sua capacidade de raciocinar. Acho que já sei o que é: privação sexual. O acúmulo de sêmen está embotando seu cérebro.

— E porque sua mãe era promíscua e infiel, você receia ter os mesmos defeitos dela. Receia ter sido geneticamente maculado.

— *Geneticamente maculado*? Sacode essa cabeça aí, meu amigo, pra ver se ela começa a funcionar!

— Portanto, é incapaz de recusar qualquer mulher cujos avanços provam que você é... atraente e passível de ser amado.

Norval sacudiu a cabeça como se tivesse concordado, como se afinal tivesse enxergado a luz.

— Interessante — disse. — Muito interessante essa sua teoria, Noel. Ela padece apenas de um pequeno problema: é uma consumada tolice!

— Daí esse seu comportamento esnobe, essa sua revolta, esse seu desprezo pelas mulheres... desprezo que, pelo menos em parte, tem a ver com essas antigas e mal-resolvidas questões com sua mãe.

— Já terminou, *Herr Doktor*? Porque, se terminou, eu gostaria de tomar a palavra e agradecer você, do fundo do coração, por ter esclarecido minha vida inteira!

— Às vezes um pouco de psiquiatria...

— *Psiquiatria*? A psiquiatria é o erro mais espetacular do pensamento deste século! Deveria ser consignada, se é que já não foi, como o maior engodo de todos os tempos! O maior papo furado! O século XXI vai se incumbir de colocar os psiquiatras na mesma enfermaria dos astrólogos e dos médicos alternativos! Quer saber por quê? Porque os distúrbios do cérebro são de natureza *química*. Nosso cérebro não passa de um pedaço de carne com substâncias químicas, descargas elétricas e interruptores. Sentir, pensar, imaginar... são apenas formas diferentes de processar informação. Cada aspecto da nossa vida mental depende inteiramente de acontecimentos *fisiológicos* nos tecidos cerebrais. A personalidade, por exemplo. A personalidade pode ser definida pelos *espaços entre as nossas células cerebrais*: as sinapses, que são distintas para cada pessoa.

— Então por que você colabora com o dr. Vorta? Ele não é psiquiatra?

— Porque ele me abastece de drogas que alteram a consciência. Depois me paga pra dizer uma interminável sucessão de mentiras que ele usa como matéria-prima pra escrever uma interminável sucessão de artigos que ninguém lê.[49]

— Claro que lê, Norval. Os trabalhos do dr. Vorta são citados o tempo todo. Um dos livros chegou até a fazer parte da lista de mais vendidos.

— Qual?

— *Drogas inteligentes*.

— Você *só pode* estar brincando. A Halcyon comprou 75 mil exemplares daquele... daquela fábula, depois distribuiu pra médicos e farmacêuticos mundo afora. Quer saber por quê? Porque o Vorta endossou *ativamente* um dos remédios produzidos pela Halcyon, que acabou se tornando o maior sucesso de vendas do laboratório.

— Como você sabe de tudo isso?

— E ele só endossou o tal remédio porque foi pago com ações de uma subsidiária da Halcyon, uma espécie de banco de investimento do setor farmacêutico, chamado Helvetia Capital Management.

— Como você sabe de tudo isso?

— Porque estou escrevendo um artigo sobre esse charlatão. Uma denúncia. Vou botar a boca no famoso trombone.

— Puxa, Nor, convenhamos...

— O homem despirocou, perdeu completamente o juízo. Vai ser internado qualquer dia desses, pode apostar.

— O dr. Vorta é um cientista brilhante, reconhecido no mundo inteiro. Estudou com ninguém menos que o dr. Penfield, ora essa! Passou a maior parte da vida pesquisando sobre os distúrbios de memória, procurando curas pra...

— O que a gente precisa é de uma cura pra homens como ele. Pra médicos que se equivocam nos diagnósticos e assassinam pessoas em nome da pesquisa e do progresso científico. Mas... por que você tanto defende esse sujeito? Por que tanta lealdade? Por acaso ficou cego? Ninguém precisa ter visão de raio X pra enxergar o pulha que aquele homem é!

Noel suspirou.

— Porque ele era o melhor amigo do papai, e também porque...

— Era um *conhecido* do seu pai, comprava as drogas que ele vendia. E não cobrava pelas suas consultas porque *usava* você como cobaia nas pesquisas dele. Tudo bem, empregou você no laboratório da universidade... mas só pra ter você por perto, Noel, pra chupar suas pesquisas e ideias e publicar artigos assinados por ele! É um absurdo, você prostituir sua genialidade pra um anão larápio desses.

— Ele... ele orientava minhas pesquisas, estruturava os artigos, conseguia publicá-los. Também conseguiu me empregar em dois outros laboratórios, não se esqueça disso. Quando eu não conseguia nada porque não tinha credenciais nem experiência. Ele não estava me explorando. Estava interessado em mim. O Vorta tem um amor genuíno pela ciência. E pelas artes também, igualzinho ao papai. Dedicou a vida inteira a ajudar a humanidade.

— Qualquer enfermeira de posse de um marreco já fez mais pela humanidade. Pro Volta, os pacientes não passam de recheio pra alguma pesquisa subsidiada, algum artigo científico. Ele não hesitaria um nanossegundo antes de sacrificar uma vida humana ou, claro, a de um animal indefeso, só pra acrescentar mais uma partícula, mais um artículo, a seu gigantesco monturo de pesquisas ilícitas, de publicações irrelevantes.

— Que diabos você... Não acredito que você disse uma coisa dessas. Esse papo de sacrificar vidas humanas. Como você pode pensar uma barbaridade dessas? Eu simplesmente... não consigo entender o que você tem contra ele. Por que não deixa o homem em paz? É um senhor de idade, está cada vez mais fraco...

— Assim como os criminosos de guerra nazistas.

— *Criminosos nazistas*? Norval, você é um mestre da hipérbole, da arte de chocar. Que diabos o Vorta fez que, mesmo de longe, possa ser comparada aos crimes nazistas?

— Em Buchenwald, eles faziam experimentos com seres humanos vivos. Pra estudar os efeitos de doenças artificialmente induzidas.

— Repito: que diabos o Vorta fez? De onde é que você tira... esse lixo?

Norval refletiu um momento antes de responder, algo que raramente fazia. Talvez estivesse prestes a revelar um segredo. Decerto uma grande mentira, pensou Noel, que mal podia respirar enquanto esperava pela resposta.

— A mulher e a filha que me contaram — enfim disse Norval.

Noel fechou os olhos.

— *A mulher e a filha*? Fala sério. A mulher do dr. Vorta tem um monte de segundas intenções, além de um ótimo advogado pra cuidar do divórcio. E a filha tem ódio do pai porque ele a proibiu de sair com você!

— Entre outras coisas.

— Que foi que elas disseram afinal? Acusaram o dr. Vorta de quê?

— De ser responsável pela primeira indução controlada do Mal de Alzheimer em animais de laboratório.

Noel mordeu o lábio, coçou a lateral do polegar.

— Isso foi feito por um motivo.

— E depois num grupo-teste de seres humanos, nos quais ele induziu propositalmente a doença.

Noel por pouco não saltou da cadeira.

— Olha, Norval. Até já ouvi essa... esses boatos absurdos antes. Sabe quem foi que começou com a história? Um colega dele, um arquirrival muito invejoso, possivelmente um psicótico, que mês passado foi demitido pela universidade, e não pelo Vorta. Essa acusação é ridícula, e nunca foi corroborada.

— Quer saber uma coisa sobre o "arquirrival" do Volta? Pois bem. Esse arquirrival, Charles Ravenscroft, tinha obtido resultados bastante surpreendentes nos testes clínicos de uma droga fabricada por ele, para ser administrada nos estágios iniciais do MDA. Chamava-se PYY-16. Que depois virou SB-666.

— SB-666? Foi o Vorta que descobriu. Por conta própria.

— O Ravenscroft manteve seus resultados em segredo até pouco antes de publicá-los. Acontece que o Volta teve a oportunidade de vê-los de antemão, porque fazia parte da banca examinadora que liberou os fundos pra pesquisa.

— Norval, você tem essa antipatia gratuita por ele desde que te conheço. Esse preconceito horroroso. E o nome dele não é "Volta". Onde é que você foi buscar toda essa... sujeira?

— Tropecei nela. Durante anos ele foi varrendo tudo pra debaixo do tapete, até que formou um enorme volume.

— Ele é um neurologista de renome internacional, pelo amor de Deus! Uma *autoridade* em tudo que tem a ver com a memória. E com os sonhos também. A História ainda vai colocá-lo lado a lado com dois outros médicos famosos de Montreal: Wilder Penfield e William Osler!

— William Osler? Não era ele que achava que o melhor método de diagnóstico era enfiar um dedo na garganta e outro no reto? Aliás, pelo que ouvi dizer, esse também é o método predileto do Volta, nos testes de memória que ele faz.

Noel mais uma vez fechou os olhos.

— Se isso era pra ser uma...

— E, se ele é o deus supremo da neurologia, por que então não está trabalhando no Instituto Neurológico de Montreal, como trabalhou o Penfield, e sim naquele laboratoriozinho de quinta, administrado pela mulher vesga do ministro da Saúde? Que aliás ele vem comendo durante anos.[50]

— Não vou entrar no mérito desses... dessas invencionices fabricadas por advogados e colegas invejosos. Não têm nada a ver com o que estávamos falando antes.

— E nós estávamos falando sobre...

Noel respirou fundo, tentando apagar da mente as acusações absurdas de Norval. Sentiu a cabeça rodar e misturar as cores feito uma máquina de lavar roupa. Seguramente não havia nenhum fundo de verdade em nada daquilo.

— Traumas de infância — falou por fim, quase sussurrando. — E amor verdadeiro.

Norval encarou o amigo, que desviou o olhar.

— Algum comentário final sobre uma coisa ou outra, de modo que possamos enterrar ambas de uma vez por todas?

— Sim. Aposto que um dia, num futuro maravilhoso, você ainda vai jogar uma pá de cal nessas suas feridas do passado. Vai encontrar a tal "closure" de que fala a psicologia da Gestalt. Também vai encontrar alguém com a química certa e ficar perdidamente apaixonado.

— Noel, você vai me prometer uma coisa.

— O quê?

— Nunca mais usar essa palavra na minha frente.

— Que palavra? Química? Amor?

— *Closure.*

— *Closure, closure, closure...*

— Mas o que é isto agora? Uma regressão para... os cinco anos de idade?

— Só estou fazendo uma previsão.

— Mudou de carreira, foi? Virou profeta?

Noel permaneceu calado. Sabia que Norval escondia algo. Sabia disso desde o início da amizade entre eles. Tratava-se de um palpite, de uma intuição, muito embora ele jamais tivesse tido um palpite correto na vida. Esperou um pouco antes de tentar outra abordagem.

— O que aconteceu a seu pai?

— Meu pai?

— Enlouqueceu, não foi?

— Bebeu até morrer.

— Por causa da traição da sua mãe?

— Bebeu pra esquecer.

— Então agora, a título de vingança, você trepa com o maior número possível de mulheres, tratando-as feito objetos, ou melhor, letras. Degradando as mulheres, rebaixando-as, em nome das feridas de sua infância.

— Não seja idiota. As coisas vão começar a clarear assim que você conseguir botar o sono em dia. Ou procurar um bordel.

— Você tem duas meias-irmãs, certo? E fez amor com as duas?

— Correto.

— É esse o segredo sombrio que está escondendo?

— Não tem segredo nenhum, Noel, muito menos sombrio. Quantas vezes vou ter de repetir? Não dou a menor importância a esses episódios, não tenho uma centelha de remorso. Elas tampouco.

— Seu amor por uma delas, talvez seu primeiro amor verdadeiro, é o que impede você de se entregar a outra mulher?

Norval irrompeu numa gargalhada.

— O que é isso agora? Uma audição de "comédia em pé"?

— Então por que não consegue se comprometer com ninguém?

— Não quero isso no meu currículo.

— E aquela espanhola que a gente encontrou outro dia? A de Barcelona. Ela disse que era uma velha namorada sua.

— Um namorico, fogo de palha.

— E a tal de... Kayleigh? A que você perdeu pra Scott Free, aquele artista performático?

— Não perdi ninguém. Limpei a garota da sola do meu sapato, só isso.

— Tudo bem. E aquela franco-canadense, linda, que foi embora pra Bélgica? Ela não partiu seu coração?

— Que franco-canadense? Essa gente brota feito mato nessa cidade.

— A que você ficou conhecendo no Ex-Centris. A Chantal.

— Chantal? A jornalista? Aquela lá, só com uma empilhadeira pra carregar.

— Não estou falando dessa Chantal. Mas da outra, a dançarina.

— Foi um C, e nada mais. Colhida ao sabor do acaso. Ou melhor, ao esporro do acaso.

— Mas ela era... *linda*.

— Mostra-me uma mulher bonita, diz um provérbio hindu, e eu te mostrarei um homem cansado de comê-la.

— E aquela Lise, a acrobata do Cirque du Soleil?

— No final das contas, não era acrobata porcaria nenhuma. Pelo menos não do circo. A garota era uma *fluffer* profissional.

— *Fluffer*? Que diabos é isso?

— O trabalho dela era manter a ereção dos atores pornôs entre uma cena e outra.

— Certo... Mas você não disse que ela era uma ex?

— Um ex-casinho sem nenhuma importância. Ela sumiu por três meses durante o nosso primeiro *affair*.

Noel balançou a cabeça. Não podia sequer *imaginar* como seria ter tantas mulheres assim em seu campo gravitacional, como seria estar na pele de Norval apenas por um dia. Às vezes chegava a pensar que faria qualquer coisa para trocar de lugar com ele: botar fogo num orfanato, empurrar o papa de um penhasco... Mas a vontade logo passava. Porque ele estava à procura de algo mais romântico e mais duradouro, algo semelhante a um conto de fadas em technicolor. Cogitava se esse tipo de coisa de fato existia no mundo real. Decerto não para ele. Com o fardo de sua memória, e agora a memória da mãe, não fazia nenhum sentido correr atrás do amor ou do casamento. Essas coisas eram tão possíveis quanto confeccionar uma aliança de mercúrio, ou passar a lua de mel em Atlantis. Ele encarou Norval por um instante, sem dizer palavra. Depois disse:

— Como foi que nos tornamos amigos, Nor? Em todos os aspectos, somos tão...

— Assim que você me disse seu nome. Você tem o prenome adotado por Byron, e as mesmas iniciais de Bonaparte. As minhas também.

A contragosto, a resposta insolente de Norval catapultou Noel rumo ao passado, à sua infância no laboratório, à tabela periódica que adornava uma das paredes. Partículas de memória o cobriram como flocos de neve.

Norval logo reconheceu o olhar perdido do amigo.

— O que você está vendo, Noel? Ei, Noel!

— Só... poeira de memória, nada importante.

— Vai, diz.

— Agora não, Norval. Não estou a fim dessa brincadeira.

— Relaxa, homem, pelo amor de Deus!

— Não estou com vontade.

— Só mais uma vez. Anda, solta essa maldita língua.

Noel suspirou. Tudo bem, pela última vez.

— Eu estava pensando no Nb. Nióbio. Grupo Vb da tabela periódica.

— Aspecto físico?

Noel fechou os olhos.

— Parece aço, só que é mais maleável e dúctil. Quando polido, parece platina.

— É raro?

"O mordomo entrou, trazendo consigo um grande baú de substâncias químicas, com uma bobina de platina e duas braçadeiras de chumbo..." Noel abriu os olhos, apagando imagens lúgubres do *Dorian Gray*.

— Não. É mais abundante que o chumbo.

— Aplicações principais?

Noel novamente fechou os olhos e esperou que o mapa ficasse mais nítido, como uma foto imersa em emulsão.

— Ferramentas e cunhos, ímãs supercondutores. Revestimento de reatores nucleares, às vezes em combinação com o zircônio, já que é compatível com o urânio e resistente à corrosão provocada por resfriadores à base de metais alcalinos...

Norval desandou a rir.

— ... e tem um baixo valor de seção de choque para nêutrons térmicos.

— Claro, não poderíamos deixar de lado a seção de choque para nêutrons térmicos. Número atômico e massa?

— Quarenta e um, 92,906.

— Continua.

— Ponto de fusão: 2.468 graus Celsius; ponto de ebulição: 4.927.

— Em Fahrenheit?

— 4.474 e 8.901.

— Em Kelvin?

— Sei lá, idiota.

— Continua.

— Gravidade específica: 8,57; configuração eletrônica: $(Kr)4d^{4}5s^{1}$.

— E o nome, vem de onde?

— De Níobe, a filha de Tântalo.

— O rei mitológico? Que foi condenado a ficar à beira da água e vê-la recuar sempre que ele tentava beber? Ou era um fruto que recuava quando ele tentava comer?

— As duas coisas.

— Mas o que isso tem a ver com o nióbio?

— Acontece que os dois elementos, o tântalo e o nióbio, sempre são encontrados juntos.[51]

— Noel, você entende agora por que gosto tanto da sua companhia? Você é um espanto! Possivelmente possui o maior lixão craniano do mundo! Mas talvez fosse boa ideia escrever tudo isso. Vai que você está inventando.

— Quisera eu, pode acreditar.

— Então, sobre o que mesmo estávamos falando? Esqueci completamente.

— Eu também.

— Mentiroso.

— Estávamos falando sobre... — Noel exalou um suspiro, seguramente não o primeiro do dia. — ...sobre a psicologia do amor. Depois começamos a falar sobre as mulheres que você amou e perdeu.

— Ah, sim. As nulidades. — Norval conferiu as horas no relógio de bolso. — Sugiro que mudemos o assunto.

— Espera aí, eu volto já.

Noel se levantou e caminhou a passos largos para o banheiro, onde um homem cambaleante ocupava os dois mictórios, bem como o espaço entre eles. Portanto entrou na única cabine do lugar. Vou tentar uma última abordagem, pensou. Vou perguntar sobre o poema "Cynara". Depois de mais um drinque. Ele fechou o zíper, mas não deu descarga: o vaso se entupia com uma lâmpada e um rolo ensopado de toalhas de papel.

No balcão, precisou gritar para se fazer ouvir, algo que detestava fazer.

— O banheiro! O vaso está entupido! E um homem apagou lá dentro! Na própria urina!

— O senhor vai beber o quê?

Noel pensou um instante. Como era mesmo que Norval dizia?

— Um irlandês simples, copo longo; e uma Blanche de Chambly. — *Muito* mais elegante quando ele dizia. Numa tentativa de reproduzir a fleuma norvaliana, ele olhou de relance para a loura de sobrancelhas pinçadas, sentada no banco a seu lado; depois olhou para a mesa, agora vazia, onde antes se achava o homem do laptop; por fim, examinou os pôsteres pregados a um quadro de avisos, anunciando dois espetáculos: *Orgasmos induzidos por hélio: o musical* e *Quem colocou o KY em FUNKY ASS?*

Enquanto isso, Norval conversava com dois sujeitos: um deles era o motoqueiro com roupas de couro que havia bloqueado seu caminho pouco antes; o outro, um homem alto, magricela e esverdeado, com uma cabeça minúscula e calva, semelhante a uma escultura de Giacometti.

— Minha namorada falou que tu é um escritor hypado — disse o motoqueiro, tão monocórdio quanto o sinal de um telefone. — Antes que eu te mate, tu vai ler o roteiro que meu brother aqui escreveu. — Ele apontou o queixo para o companheiro magricela, que olhava cautelosamente a seu redor, como se montasse guarda.

Norval olhou calmamente para os dois homens, e depois para a ruiva bonita, sentada à mesa vizinha.

— Você é um homem morto — disse o Giacometti; os dentes pretos pareciam sementes de abóbora. — Já deixou de existir.

— O nome é *Os Phylliscidas* — disse o motoqueiro, passando um palito entre um canto da boca e outro. — É sobre dois caras que estupram e matam mulheres. Mas só vagabas chamadas Phyllis.

Norval sacudiu a cabeça.

— Uma comédia sentimental? Vocês já procuraram a Disney?

— Não tem porra de comédia nenhuma, presunto! — rosnou o Giacometti.

— Não? Então é baseado na sua tese de doutorado sobe a tragédia grega...

— Você sabe como é que acabam os babacas feito você, não sabe?

— Andando de motocicleta?

— No fundo do São Lourenço, seu escroto. A gente sabe onde você mora, presunto. Da próxima vez não vamos errar de casa. Entendeu, seu viadinho francês?

— Em outras palavras — disse o motoqueiro —, se você chegar perto da minha namorada outra vez, passo a faca no seu pau e mando pra ela via correio...

Noel voltava do balcão quando viu os dois motoqueiros marcharem na direção da porta. Viu também que eles haviam sido substituídos à mesa por uma mulher de cabelos vermelhos. Escondeu-se atrás de uma coluna de madeira, com nichos para vasos de plantas, e largou os drinques sobre a mesa mais próxima. Decidiu esperar que a tal mulher fosse embora. Receava fazer papel de bobo. Espiou através da coluna. Talvez aprenda alguma coisa, pensou. Foco, Noel, foco! Não deixe a roda das cores girar novamente...

— Deixe-me ver se entendi direito — disse a mulher em francês. — Eu disse meu nome, e como o nome estava certo, o senhor me concedeu a honra de ir para a *sua* casa.

— Correto. Você atende às expectativas.

— Eu atendo às expectativas. — A mulher refletiu um breve instante, remoendo o interior da boca. — Vou lhe dizer uma coisa: *você* qualifica se tiver 1 milhão de pratas no banco, se tiver o corpo de um ginasta e se for tão bem-dotado quanto um cavalo.

Norval lentamente exalou a fumaça do cigarro e, através da nuvem que se formou, encarou a interlocutora.

— As duas primeiras condições eu posso satisfazer — retrucou. — Quanto à terceira, ainda está pra nascer a mulher que me obrigará fazer uma cirurgia de redução peniana.

Através da folhagem espessa, Noel viu a mulher jogar para trás os cabelos vermelhos e elétricos, ouviu sua risada repentina e estridente. *Isso*, ele pensou, a gente tem de fazer as mulheres rirem, algo que eu nunca serei capaz de...

A mulher, rebolando nas calças de lycra muito justas, foi acompanhada até a porta por alguém com a autoridade de um namorado. Mas tivera tempo, Noel notou ao se aproximar da mesa, de deixar um papelzinho branco. Um cartão de visitas? Seria um S ou um T? Noel espichou o pescoço para ver melhor. Cores de doces: cereja-selvagem, mentol, mirtilo, chocolate branco, maçã verde, hortelã. *Simone*?

— Deu pra ler tudo? — disse Norval. — Ou quer que eu leia o resto pra você?

— O quê? Ah, desculpa, eu... — Noel depôs os drinques na mesa, puxou uma cadeira. — Então, quem eram aqueles dois sujeitos? Boa coisa não devia ser.

— Dois zeros à esquerda. Excrementos descartáveis.

— Certo.

— A menos que você tenha mais perguntas, acho que vou me mandar. — Com um abano da mão, Norval dispensou o uísque trazido por Noel.

— Bem, na verdade tenho mesmo mais uma pergunta... mas, você sabe, não precisa responder.

Norval baixou os olhos para a camurça das calças, para as cinzas de cigarro que a haviam manchado.

— Folgo em saber.

Noel deu dois grandes goles na cerveja.

— Quem é Terry?

Norval levantou os olhos rapidamente, e com a mesma rapidez deu o último trago no cigarro. Deduziu que Samira havia bisbilhotado suas coisas.

— Me diga você.

Noel decidiu arriscar uma resposta.

— A pessoa que você amou um dia. Que você chama de Bess no seu romance.

Norval esmagou o cigarro no cinzeiro.

— *Je vai aller pisser*. Não sei se volto.

Noel ficou esperando à mesa, repetindo mil vezes o nome Terry, vendo as letras cromatóforas que aos poucos se transformavam nas letras de "Cynara". Isso! A verdade sobre Norval estava naquele poema. Aquela era sua confissão. Ele fechou os olhos e conjurou a última estrofe. Quando os reabriu, deparou-se com Norval sentado à sua frente, estatelado na cadeira. Segundos se passaram antes que ele levantasse o rosto. Noel aquilatou o amigo, tentando ler a verdade nos olhos dele, cogitando se deveria insistir naquele blefe.

— Você *realmente* amou esse ou essa Terry. Porque o relacionamento estava condenado; porque ele ou ela estava doente; porque, como a Cynara do poema e como a Bess do romance, Terry estava morrendo. Acertei?

— Vai te catar.

— Diz, Norval, que foi que aconteceu? Foi como está no livro?

Norval ficou mudo alguns instantes.

— Não — disse afinal, com um tom de voz inusitadamente modesto, com uma expressão no olhar que Noel jamais tinha visto. Não era raiva. Mas uma tristeza profunda, um acachapante cansaço do mundo. A máscara havia caído. Pela primeira vez desde que haviam se conhecido, a expressão de Norval era a mesma de Noel.

Capítulo 18

O "Diário" de Norval[52]

Num dia persistentemente monocromático do outono de 1989, ao fim de uma rua sem saída e ladeada de árvores, próximo a Nottingham, Norval bateu à porta da sra. Pettybone. Aliviou-se da mochila de couro e virou-se para examinar o quintal dianteiro: caminhos varridos e revarridos, sebes podadas com precisão euclidiana, canteiros impiedosamente capinados, folhas imaculadamente limpas, gnomos de banho tomado.

Ele bateu de novo a aldraba polida, agora mais forte, e foi respondido pelo tilintar de uma corrente, pelos ruídos de ferrolhos sendo destravados e de uma chave virando na fechadura. Feito uma cadela mastim espiando para fora do canil, eis que surge a cabeça de uma mulher — tensa, apressada, hostil. Ela examinou Norval de cima a baixo, e não gostou do que viu.

— O que você quer? — rosnou.

— Um quarto.

— E o que te faz pensar que tenho um quarto?

— Aquela placa diz "Bed & Breakfast".

— Ah, ainda não tiraram aquilo.

— E o capacho diz: "Seja bem-vindo."

A sra. Pettybone correu os olhos pelo rosto mal barbeado de Norval, pelos cabelos desgrenhados, pelo casaco salpicado de lama e pelas botas de cano alto, que lembravam relíquias de uma guerra antiga.

— Você não é bem-vindo. Lotação esgotada — ela disse, e bateu a porta.

— Foi o Gally que me deu seu endereço! — berrou Norval, irritado, contra o carvalho à sua frente. Tinha percorrido, a pé, um longo e lamacento caminho.

Centímetro a centímetro, rangendo, a porta novamente se abriu. Agora lívida, a sra. Pettybone parecia lutar contra as lágrimas.

— Entra. Rápido. E pode ir tirando estas botas.

O interior da casa, tiranicamente limpo, exalava o cheiro forte de desinfetantes que guerreavam com odorizantes de ambiente. Uma estampa de cravos rosa nas cortinas e no papel de parede, narcisos de plástico no consolo da lareira, móveis funestos encerados e polidos à exaustão.

Eles ficaram ali, imóveis e mudos, avaliando-se mutuamente. Um vulcão de cinquenta anos, concluiu Norval, cabelos pintados de vermelho, olhos faiscantes e raivosos, mas de certa maneira atraentes... Um arruaceiro preguiçoso, concluiu a sra. Pettybone, até bonito se lhe tirassem a casca de sujeira, ainda assim um arruaceiro.

— Você está precisando é de uma boa escovada — ela disse.

— Está incluída no preço?

— Não me falte com o respeito, rapaz. Quantos dias, senhor...

— Blaquière.

— Quantos dias o senhor pretende ficar, senhor... Black sei-lá-o-quê. Sr. Francês com sotaque de Oxbridge.*

Norval olhou para o assoalho lustroso e para as paredes imaculadas. Uma reprodução de *A noite estrelada,* com o nome de Van Gogh impresso em letras grandes no alto, pendurava-se a uma delas, e no chão logo abaixo jazia um martelo de gongo, de aspecto oriental.

— Exatamente este.

— É casado?

---

* Fusão de Oxford e Cambridge. (*N. do T.*)

Norval esboçou um sorriso e fez que não com a cabeça. *Où est le rapport?*

— Por que a senhora quer saber?

— Porque tenho uma filha, e ficarei muito grata se o senhor se mantiver bem longe dela. Nesta casa não é permitido nenhum comércio carnal, estamos entendidos? Vocês são todos iguais, vocês, homens. Também não quero ver o senhor balançando os documentos na minha direção, como fez certo hóspede, o finado reverendo Hickenby.

— Pensando bem, sra. Pettybone, talvez seja mais conveniente alugar um quarto na cidade...

— Venha comigo — ela disse. E por algum motivo Norval obedeceu, adentrando cada vez mais o labirinto da casa, subindo por uma escada nos fundos, íngreme e estreita, talvez destinada aos criados, no topo da qual a sra. Pettybone abriu uma porta sem precisar destrancá-la. Do outro lado, uma pequena suíte reformada e com banheiro.

— O senhor sabe pra que serve um bidê, sr. Black? Sabe que função tem? Ano passado um garoto americano defecou no bidê. Não quero saber de barbaridades semelhantes na minha casa, ouviu bem? Nada de vandalismo ianque!

— Sou francês, sra. Pettybone. Fomos nós que inventamos o bidê.

— Ali está o chuveiro. E os sabonetes. — Ela apontou para as barras de sabão bactericida alojadas na saboneteira e nas prateleiras. — Use-os. — Isso posto, saiu e fechou a porta com um clique, como se a tivesse trancado.

Sentindo-se na pele de uma mosca presa à teia de uma aranha, Norval correu os olhos pelo quarto. Uma cama com dossel com um retrato do Menino Jesus sobre a cabeceira, rosas de plástico num vaso sobre a mesinha lateral; cortinas com os mesmos babados vermelhos das urnas funerárias, papel de parede iridescente com ramalhetes de lírios rosados cascateando em cada uma das quinas. Os mesmos lírios, observou Norval, que estampavam a cerâmica branca do vaso sanitário, da pia e do chuveiro.

O banheiro, como o resto da casa, era tão frio quanto uma cripta.

Norval se despiu e abriu o armarinho da pia à procura de um xampu. Mas só o que encontrou foram latas e mais latas de aerossol, arranjadas em grupos de três: Alpine Rose, Cinnamon Apple, Citrus Fresh; Country Air, Country Breeze, Country Cornucopia; Hawaiian Breeze, Island Breeze, Jasmine Utopia; Lavender Meadow, Lavender Mist, Minty Jamboree; Mountain Berry, Mulberry, Oceanside Breeze; Ocean Spray, Passion Fruit, Spicy Potpourri; Spring Rain, Summer Rain, Wintergreen Bouquet...

— Isso *não pode* estar acontecendo — Norval resmungou no chuveiro, enquanto lavava os cabelos com sabão bactericida. — Ordem alfabética, tenha a santa paciência! A mulher não bate bem da cabeça. Preciso dar o fora daqui.

Na manhã seguinte, Norval abriu os olhos e foi cegado pela claridade que vinha da janela. A sra. Pettybone havia erguido as persianas branco-hospital e ainda segurava a cordinha. De moletom vermelho, avental branco e luvas de jardinagem vermelhas, ela se pôs a catar as roupas espalhadas pelo chão. Um esgar de nojo deformava suas feições a cada peça que ia jogando num grande saco branco.

— Café da manhã às sete — ela rugiu a caminho da porta. — Em ponto! — acrescentou já no corredor, arrastando o saco de roupas sujas como um anti-Papai Noel. — E aqui é proibido fumar!

Apertando as pálpebras, Norval conferiu as horas no despertador. Seis e meia. Balançou a cabeça, esfregou os olhos, afastou as cobertas, xingou, xingou mais um pouco, virou para o lado e imediatamente voltou a dormir.

Quinze minutos mais tarde, sentiu o corpo vibrar com uma sucessão de pancadas fortes em algum instrumento de percussão. Um gongo.

— Sr. Black! — gritou alguém, aparentemente debaixo do colchão. Segundos depois, a sra. Pettybone ressurgiu à porta, espargindo algo com um spray.

Norval abriu apenas um dos olhos e disse:

— Qual é a fragrância do dia, sra. Pettybone? Neutralizador de Hóspede? Norvalicida?

— O café de Vossa Alteza está servido.

E de fato estava. Pratos tão cheios que Norval se preparou para ver um batalhão de estivadores descendo as escadas a qualquer instante. Ovos fritos, fatias de bacon, salsichas, tomates, batatas fritas, torradas de pão preto pingando margarina. Potes de geleia e mel, duas caixas em miniatura de Corn Flakes, um jarro de leite, outro de suco de laranja, além de algo cinzento e viscoso que parecia um pote de cola.

— Está atrasado, sr. Black. Nesta casa vigora a lei dos três pês: pontualidade, propriedade, limpeza.

Norval arqueou uma sobrancelha, mas decidiu relevar. A sra. Pettybone andava agitada de um lado para outro. Volta e meia arrumava algo na mesa, desnecessariamente. Com seu moletom vermelho, parecia uma atleta em prova de revezamento, esperando o bastão.

— Coma — ela ordenou, e marchou de volta à cozinha.

Norval, que estava faminto, obedeceu com gosto. Devorava a comida quando notou o *Nottingham Post* meticulosamente dobrado ao lado do prato. A mulher tem lá seus méritos, pensou. Preciso falar com ela sobre dinheiro. E sobre o Gally. Norval mordia uma salsicha engordurada quando ouviu passos no andar de cima, na vizinhança de seu quarto.

A sra. Pettybone voltou à sala com um bule de inox.

— O senhor gosta de café com leite ou de leite com café? Não ofereço chá porque vocês, franceses, comem rã mas não tomam chá. — Ela disse essas palavras com a rapidez de um leiloeiro, como se ela própria tivesse tomado um ou dois bules inteiros de café.

— Não tomo leite — respondeu Norval. — Olha, segundo me disse o Gally...

— Suponho que o senhor não tenha dinheiro pra pagar pelo quarto. Estou certa, sr. Black? Pois saiba que não estou nem aí para os apertos financeiros dos meus hóspedes. Sobretudo se são franceses.

— Bem... Na verdade estou mesmo um tanto descapitalizado, sra. Pettybone. Ocorre que meu contador enterrou minha fortuna inteira em paraísos fiscais, em contas *offshore* de dificílimo acesso.

— Muito engraçado — retrucou a sra. Pettybone, apertando os olhos. — Ocorre que, se eu gostasse de palhaço, não teria me divorciado do meu marido. — Ela começou a despejar leite no café de Norval. — Então, sr. Black, o senhor trabalha com o quê? Qual é o seu ramo?

Norval hesitou um instante, procurando o que responder.

— Sou ator profissional.

A sra. Pettybone recuou assustada, como se ele tivesse dito: "Sou um leproso; tome aqui meu braço e vamos dançar."

— Na verdade — prosseguiu Norval —, é por isso que estou aqui na Inglaterra. Mas tive alguns problemas e... Bem, o Gally disse que...

— Que eu tenho o coração mole, não é? Sobre isso falaremos mais tarde. — Agora com luvas de borracha laranja, a sra. Pettybone recolheu o prato de Norval e lhe tomou a faca da mão. — Vou lavar um pouco de roupa — disse. — E o senhor, nem pense em acender esse cigarro!

Norval continuou à mesa, servindo-se de mais café. Quando enfim terminou de ler o jornal, suas roupas já haviam sido lavadas, secadas e passadas. Impossível, ele calculou. Só pode ser um recorde. Chamem o Guinness! Até mesmo as meias e a cueca haviam sido passadas. Depois de vestir as roupas perfumadas com amaciante, ele saiu à rua, fumou seu cigarro e, de carona, foi para Nottingham à procura de trabalho.

Essa mesma rotina se repetiu, sem variações, ao longo dos sete dias seguintes. Norval, o único hóspede da casa, era acordado pela luz ofuscante do dia ou a do próprio quarto; voltava a dormir e era novamente acordado pelo gongo; devorava o café da manhã, feito um porco, de modo que pudesse abrir mão do almoço e do jantar; saía à procura de trabalho e voltava à noitinha, sem trabalho. Por que continuava ali? Porque não tinha um centavo no bolso, porque a sra. Pettybone já não falava mais de dinheiro, porque ele começava a gostar da mulher. Os cuidados que ela lhe dispensava, as meias que cerzia, os botões que pregava nas camisas, a graxa que repetidas vezes passava nas botas, o talco desodorante que jogava nelas. Verdade, ele não fazia nenhuma questão das cuecas passadas, muito menos dos frisos nas calças jeans. Verdade, a mulher não era lá muito boa da cabeça. Mas não dava para ter tudo na vida. Além do mais, havia mistérios a serem deslindados. Quem exatamente era Gally? E por onde andava a inviolável filha da sra. Pettybone?

No oitavo dia, Norval conseguiu emprego: faria o papel de Rimbaud aos 18 anos num filme sobre a passagem do poeta por Londres, na década de 1870. Mal podia acreditar na própria sorte. O diretor ficou maravilhado, pensou, nasci para o papel...

Voltando para casa já bem depois da meia-noite (debaixo do braço, um roteiro; na boca, o bafo das cervejas comemorativas), ele se perdeu pelos meandros do casarão escuro. Pé ante pé, virava ora para a direita ora para a esquerda, seguindo por este ou aquele corredor. Não se lembrava de rigorosamente nada. A certa altura, subiu o que pensou ser a escada que levava a seu quarto, mas, ao chegar ao topo, constatou que a tal escada não levava a lugar nenhum: simplesmente terminava a menos de dois metros do teto. Então deu meia-volta e desceu, balançando a cabeça, achando-se mais bêbado do que estava. Quando chegou ao sopé, viu uma porta se abrir.

Das sombras emergiu um vulto feminino, usando uma camisa branca masculina à guisa de vestido, meias desfiadas e um par de botas de cadarço sem os cadarços.

— *Monsieur Blaquière, je présume?*

Norval esquadrinhou as feições dela, o rosto pálido e sem nenhuma maquiagem, os cabelos radicalmente curtos, as roupas surradas. "Ela estava em total desalinho", disse a si mesmo, relembrando as falas que tivera de dizer pouco antes, no teste para o filme. "Silvos de morte e anéis de uma música surda faziam-lhe o corpo adorado erguer-se, expandir-se e tremular como um fantasma..."*

— Sou Teresa, filha da sra. Pettybone. Você... por acaso ficou surdo?

— Não, desculpa, só um pouquinho... perdido. Quer dizer, mais que um pouquinho. Completamente. Subi essa escada aqui e...

— Degraus imotivados.

— ... e depois... Como é que é?

— É assim que se diz: degraus imotivados. Vovô gostava deles por algum motivo, pela irracionalidade da coisa. Aliás, eu também.

A luz do corredor começou a piscar.

— Teresa? — cacarejou alguém no andar de baixo. A sra. Pettybone. — Tudo bem com você, minha filha? Aquele rapaz não está violentando você, está? É do teatro!

— Estou bem, mãe!

— E é francês!

— Pode voltar a dormir, mãe! — Para Norval, *sotto voce*, ela disse: — Melhor a gente conversar aqui dentro. Quer beber alguma coisa? — E sentindo o hálito de cerveja que vinha dele, sugeriu: — Café?

---

* Arthur Rimbaud: "Being Beauteous", *Illuminations*. (*N. do T.*)

Norval olhou de relance para o decote da camisa dela, que havia escorregado a ponto de revelar a renda de um sutiã branco.

— Humm, pode ser, obrigado...

— É que... faz tempo que não converso com ninguém, a não ser com mamãe. E o médico. Estou numa espécie de quarentena.

— Quarentena? O que você tem?

— A lista é longa. Acho que consegui deixar meu médico com os cabelos em pé. Ele disse que, se eu fosse um prédio, estaria condenada.

— Muito sutil, esse seu médico.

— Provavelmente achou que eu fosse desabar ali mesmo, no consultório dele. Mas agora vamos mudar de assunto. Senão você vai achar que sou uma velhota hipocondríaca... Vem, entra.

Ignorando a luz âmbar que acendera dentro de si, bem como os rigores da sra. Pettybone, Norval entrou no quarto de Teresa. Uma pocilga. O cômodo recendia a doença, afundava-se num turbilhão de roupas sujas, revistas, canecas vazias, frascos de remédio, palavras cruzadas ainda por terminar, páginas arrancadas de um caderno de esboços, além de algumas antiguidades de aspecto lupanário, como uma lamparina a óleo e um par de apagadores de vela de estanho. Uma série de velas iluminava dois De Chiricos na parede — *piazzas* desertas, sombras ilógicas, arcadas obscuras, perigo à espreita —, bem como pinturas assinadas pela própria Teresa, mostrando casas de veraneio fechadas, parques abandonados, degraus de mármore cobertos de mato, caminhos salpicados de folhas mortas. Dois pequenos desenhos a carvão jaziam no chão: um retrato da sra. Pettybone, décadas mais jovem, e outro da própria Teresa, com os cabelos longos, espiralados até a cintura.

Depois de estudar atentamente esse último, Norval acomodou-se numa cadeira de vime bamba. Teresa ligou uma chaleira elétrica na tomada. À luz bruxuleante das velas, ele pôde vê-la melhor: vinte e poucos anos, bonita e frágil, absurdamente pálida, olhos tão insolitamente azuis que pareciam pertencer a outra espécie, ou a outro universo. Foi quando olhava para esses olhos que Norval surpreendeu a si mesmo com a seguinte premonição: o futuro daquela mulher, por mais breve que fosse, estava entrelaçado com o dele.

— Mas como foi que você veio parar aqui afinal? — perguntou Teresa, com um discreto sorriso. Os lábios eram carnudos e naturalmente vermelhos; os dentes, brancos como neve. — Faz tempo que não temos nenhum hóspede.

— Foi o Gally que me deu o endereço.

— Gally Santlal? Jura? E você contou a mamãe?

— Caso contrário, ela nem sequer teria aberto a porta. — Norval vasculhou os bolsos e de um deles fisgou um maço de cigarros vazio. — Por acaso você fuma?

— O médico me fez a mesma pergunta. Quando falei que não fumava, ele disse: "Bem, se quiser você pode até fumar; não vai fazer muita diferença." — Teresa tirou dois cigarros de um pote e os bateu contra o dorso da mão. Ambos foram acesos com o mesmo palito de fósforo. — Então, como tem andado o Gally? O que ele tem feito?

Norval deu de ombros.

— Não sei muita coisa a respeito dele. Sei que é vidraceiro... mas isso você decerto já sabe. — Recebeu o cigarro oferecido e tragou-o como se fosse o último de sua vida. — Ele tinha acabado de trocar os vitrais de uma igreja qualquer. Que haviam sido quebrados ou roubados. Em Hucknall, acho. Vejamos... ah, a mulher dele morreu, o que permitiu que ele fosse comigo para...

— A mulher dele morreu? Está brincando. Eu não sabia disso. Recentemente?

— Não faço a menor ideia. Mas ele não parecia muito abalado.

Teresa despejou a água fervente numa caneca e esvaziou um sachê de café solúvel nela.

— Como foi que vocês se conheceram afinal?

— Num restaurante em Newstead Abbey. — Norval bebeu do café e fez uma careta. — Não me lembro o nome. Aquele com forrinhos de crochê, carpete cor de vômito e pavões gritando do lado de fora...

— Sei qual é — disse Teresa, rindo. — The Buttery.

— Já passava das três da tarde, eu estava muito mais bêbado do que estou agora, a ponto de cortar os pulsos no meio daqueles pavões. Falei que tinha pavões, não falei?

— Cortar os pulsos?

— Sou ator, é só um modo de expressão. Um modo bem livre. Eu tinha sido chamado pra um trabalho, mas a peça acabou sendo cancelada.

— Em Nottingham? No Playhouse? No Theatre Royal?

— Numa biblioteca que pegou fogo dias antes da nossa chegada. Eles bem que podiam ter avisado. E pagado o que deviam.

Teresa riu novamente, deixando à mostra os lindos dentes brancos.

— Desculpa, sei que não é engraçado. E a tal peça, o que era?

— *Tartufo.*

— Molière?

Norval fez que sim com a cabeça.

— Ainda por cima em francês. Um desses projetos desmiolados do governo. Não teria mais que quatro pessoas naquela plateia, já contando os lanterninhas e o faxineiro. Bem, voltando ao Gatty. Eu estava bebendo uma... — Aqui, Norval tirou do bolso do casaco um desses discos de papelão que vêm sob os copos de cerveja. — ...uma "Worthington Creamflow Bitter", quando o Gally passa a cabeça pela janela e quase me mata de susto.

— E por que ele faria uma coisa dessas? Ah, claro, estava trocando o vidro da janela.

— A janela estava sem vidro, mas eu nem tinha notado. Então começamos a papear, e ele me oferece mais uma... — Norval tateou todos os bolsos de que dispunha.

— Uma Worthington Creamflow Bitter — disse Teresa.

— Correto. Aí, antes de ir embora, ele me passou o endereço da sua mãe. Junto com o cartão dele e o nome de uma produtora de cinema pra qual ele costumava trabalhar Onde, por obra de um milagre, consegui um trabalho hoje. — Norval ergueu o roteiro. — Quer dizer, não foi exatamente um milagre. O sujeito que ia fazer meu papel agora está no Queen's.

— O hospital?

— Depois de cheirar ou fumar ou injetar alguma coisa *muito* barra-pesada, ele pulou de cabeça numa piscina vazia.

Teresa estremeceu, depois voltou para a cama sem se dar ao trabalho de tirar as botas.

— Parabéns — disse, e tomou um punhado de comprimidos com o líquido de uma garrafa âmbar. — Quer dizer...

Seguiram-se alguns segundos de silêncio e constrangimento. Bebericando seu Maxwell House, Norval olhou para os cabelos dela. Por que tão curtos? Um arroubo *fashion*, ou algum motivo menos óbvio e mais sinistro? Ele começou a folhear seu roteiro. "Ferimentos rubros e negros irrompem nas carnes esplêndidas. As próprias cores da vida esmaecem, dançam, desprendem-se..."

— Quem é esse Gally exatamente? — ele perguntou de súbito. — Quer dizer, qual é a relação dele com sua mãe?

Teresa deu um longo trago no cigarro.

— Ele queria se casar com a mamãe... pelo menos até descobrir que ela estava grávida. De mim. Depois mudou de ideia. Bem, isso é o que a mamãe conta. Pra mim foi outra coisa.

— O quê?

— Acontece que o Gally é... de Trinidad e Tobago. Na época, isso era um problema pra mamãe, sobretudo pra família dela. Seja como for, eles nunca mais se falaram depois do casamento dele, há uns vinte anos. Mamãe jamais se recuperou dessa história, que virou um câncer na vida dela, que todos os dias come um pedacinho das entranhas dela.

— Ela era apaixonada por ele?

Teresa fez que sim com a cabeça, bateu as cinzas do cigarro numa caneca cheia de guimbas.

— Ela flertava com dois homens ao mesmo tempo, o Gally e meu pai, mas amava só um deles. O Gally. Mas papai era um sujeito, digamos, persuasivo, e de algum modo conseguiu fazer amor com ela... você sabe, sem proteção. Mamãe nunca conseguiu lidar com essa vergonha, com essa culpa. Portanto, depois de se divorciar do papai, transformou esta casa num Bed & Breakfast e desde então não faz outra coisa além de limpá-la: varrendo, espanando, desinfetando... Como se quisesse embrulhar a casa numa camisinha.

Norval tentou sorrir, mas não conseguiu, vencido por uma súbita tristeza. Passeou os olhos pela imundície do quarto.

— Suponho que ela não tenha permissão pra subir aqui — disse.

Teresa riu.

— Faz anos que me rebelei. Mas isso que ela faz, essa guerra diária contra os germes, também é pro meu bem. Faz tempo que estou doente. É engraçado. Quando eu era menina, volta e meia ela me levava ao médico, ou pra um hospital qualquer, mas não havia nada de errado comigo. E agora... Bem, a essa altura você deve estar achando que ela é uma caipira maluca, não é?[53] Mas mamãe é uma pessoa boa. Generosa, carinhosa, faz qualquer coisa por mim.

— Também fez muito por mim, não sei bem por quê.

— É um pouco estranho mesmo, devo admitir. Geralmente ela não simpatiza muito com... você sabe, os estrangeiros. Muito embora você não tenha nada de francês.

— Pensei em dar a ela alguma coisa. Fora o dinheiro do quarto, claro. Sua mãe tem algum hobby? Gosta de ler?

Teresa apagou o cigarro contra o vidro da garrafa.

— Ela gostava de ler, sim. Livros de astronomia, quase sempre. Tinha um telescópio, um telescópio bem legal que o Gally tinha dado de presente pra ela há anos. Adorava o tal telescópio, ficava horas espiando o céu com ele. Era o grande tesouro dela. Até que um dia... quebrou o aparelho em pedacinhos.

O filme estava sendo rodado em Londres, com ensaios no porão de uma igreja em Harlesden. Problemas de produção, e as chuvas de inverno, resultaram em enormes atrasos: Norval se ausentou por mais de quatro meses. De início não tinha a intenção de voltar para a casa de Nottingham, mas com o passar dos dias se deu conta de que não conseguia parar de pensar tanto em Teresa quanto na sra. Pettybone. Depois do primeiro mês de ausência, enviou à sra. Pettybone uma ordem de pagamento e um presente; depois do segundo, enviou a Teresa uma carta, com beijos no final, e instruções relativas ao presente. Lembrando-se do beijo de despedida que eles haviam trocado, incluiu os seguintes versos de Rimbaud:

Fists in torn pockets I departed.
And I listened, sitting by the road
In soft September, where the dewdrops
Were strong wine on my forehead;

And in fantastical shadow rhyming,
I plucked like lyres the laces
Of my ruined boots,
*One foot against my heart.**

* Adaptação de "*Ma bohème*", de Rimbaud: Punhos enterrados nos bolsos descosidos, parti.(...)/ E ouvia, sentado à beira do caminho, / sob as noites belas de setembro, sentindo na fronte/as gotas de orvalho, qual gotas de um vinho forte;/e versejando em meio a sombras fantásticas,/ tangia, feito liras, os cadarços/dos sapatos arruinados,/um dos pés junto do coração! (*N. do T.*)

Só posso ter ficado louco, pensou Norval, assim que postou a carta. Passou os dedos pela fenda da caixa dos correios e espiou dentro dela, cogitando pescar o envelope de volta.

Duas semanas depois recebeu uma resposta, passada sob a porta de seu quarto no Staunton Hotel de Bloomsbury. Um envelope azul e fino, com um cartão-postal no interior: uma fotografia em preto e branco da igreja de Hucknall, em cujo cemitério eles haviam bebido uma garrafa de vinho e trocado o primeiro beijo; no verso, um retrato em pastel do próprio Norval, numa pose byroniana:

No último dia de filmagem, Norval chispou do set para a estação de trem, onde tomou o expresso para Nottingham. Decidiu abrir mão da festinha de encerramento, bem como das propostas interessantes que havia recebido de duas atrizes e uma maquiadora. Medida em tempo de relógio, a viagem foi curta, mas Norval se sentiu a bordo do Transsiberiano. Depois de baldear para a Linha Robin Hood, viu-se chapinhando num lamaçal à beira de um açude, correndo sob a chuva do crepúsculo.

— Perdi a cabeça... — concluiu, mas sem nenhum laivo de autocensura. Ofegava como um maratonista quando chegou ao B&B da sra. Pettybone.

O lugar estava irreconhecível. Uma van desconhecida se achava estacionada à entrada; o jardim se cobria de mato; calhas e valas de escoamento encontravam-se entupidas. No interior, poeira se acumulava nos móveis, pratos e panelas se empilhavam na cozinha, odores transitavam à solta. A sra. Pettybone não mais corria de um lado para outro, não mais usava seu moletom, não mais se levantava de madrugada. Durante o dia, podia ser encontrada esparramada num divã, lendo, cantando ou tagarelando sobre as luas de Júpiter, os picos de Vênus ou as paisagens lunares; à noite, sumia misteriosamente: subia a escada dos fundos e se empoleirava, durante horas, no topo dos degraus imotivados.

Para todos os efeitos, a sra. Pettybone finalmente havia cruzado a fronteira da insanidade, finalmente havia perdido o pouco de lucidez que ainda lhe restava. Ou talvez, como pensavam os vizinhos, houvesse desistido de sua guerra contra os germes porque a filha havia morrido. Mas os vizinhos estavam enganados: sobre a guerra e sobre Teresa também.

Certo dia, durante a ausência de Norval, a sra. Pettybone fazia suas compras na cidade quando Galahad Santlal chegou à casa dela, pela primeira vez em 22 anos: munido de espátula, martelo, compasso, pregos, alicates e corta-vidros. Com Teresa supervisionando ao sopé, Gally escalou os degraus imotivados, cortou um buraco redondo no teto e lá instalou uma claraboia pivotante. Bem como uma cadeira, um tripé para o presente de Norval e uma pequena prateleira para dois livros sobre as galáxias, de sua própria coleção. Depois ficou esperando pela volta da sra. Pettybone.

Os minutos iam se passando enquanto Noel, aflito, observava Norval beber.

— Tudo bem — ele disse afinal —, não precisa contar nada. Seja lá o que aconteceu, aposto que você se comportou como um canalha, um cafajeste insensível, frio e autocentrado.

Contrariando sua natureza, Norval olhava para baixo, a cabeça derreada. Estava no quarto uísque duplo.

— Acertou na mosca.

— Você amava essa Terry, não amava? Que foi que houve afinal? Ela te abandonou, não foi? Por isso você gostou tanto dela. Porque ninguém nunca te deu o fora, nunca te tratou dessa forma.

Norval rodopiou as pedras de gelo no pouco que ainda restava do uísque.

— Não sou meu pai. Bati em retirada, *point final*. Pensei no que estava fazendo, depois tomei o primeiro avião de volta pro Canadá.

— Mas por quê? Quer dizer, se você...

— Eu estava numa idade... Não que eu seja muito diferente agora, mas... Naquela idade eu não conseguia lidar com essa história de... deixa pra lá.

— Não conseguia lidar com o amor. É isso que você ia dizer, não é?

— É como sarampo. Tive uma vez e agora estou imune.

Eu sabia!, exclamou Noel para si mesmo.

— Mas... você acha que é tarde demais? Não dá pra voltar lá e...

— Tarde demais.

— Por quê? Ela se casou? Morreu? Conta, que foi que houve?

— Não. — Norval, bêbado, encarou Noel com hostilidade. — Você nunca vai saber. — Cambaleando, ficou de pé. Do bolso das calças tirou uma nota de valor absurdo e jogou-a sobre a mesa. — Pelo menos não da minha boca.

Norval ficou dois meses no B&B da sra. Pettybone. Ela o transferiu para o melhor quarto da casa, que por acaso ficava de frente para o quarto de sua filha. Gally também recebeu um quarto, no andar de baixo, próximo ao da proprietária. Mas Gally permaneceria ali muito mais do que Norval; na verdade, jamais iria embora. Uma semana depois de instalar a claraboia, pediu a mão da sra. Pettybone em casamento, pela segunda vez em 22 anos, e dessa vez ela aceitou. O casamento seria na primavera, uma cerimônia civil na Orangery da Newstead Abbey.

Ocorreu a Norval casar-se no mesmo dia, na mesma cerimônia. A ideia era de tal modo absurda, tão contrária aos princípios de um bastião do celibato, que ele não hesitou em sugeri-la a Teresa. Uma ideia surreal, anacrônica, estapafúrdia... mas na medida certa. Teresa não tem muitos anos pela frente, ele raciocinou, no máximo um ou dois (e eu, quantos anos terei *eu* pela frente?); nesse caso, por que não soltar as amarras e fazer algo inusitadamente desinteressado? "Desinteressado" não é bem a palavra: quero ficar ao lado dela até o último segundo. E talvez eles encontrem uma cura...

Teresa, depois de perceber que Norval não estava brincando, recusou a proposta.

— Você só pode estar louco. Ninguém... ninguém faz isso mais!

— Então vou falar com sua mãe. Ela vai obrigar você a se casar. E se você estiver grávida? E se o Gally aparecer atrás de mim com uma garrucha na mão? Uma garrucha, não, uma espátula de vidraceiro?

Teresa riu.

— É, um casamento até que deixaria mamãe feliz. Aliás, felicíssima. Mas um casamento duplo? Nem pensar. Eu não ia querer roubar as atenções dela. Além disso, não tenho a menor vontade de lidar com essa história de convidar parentes, amigos... Por outro lado, Norval... Se você estiver mesmo falando sério, se não estiver apenas dando uma de Bom Samaritano só pra ganhar uma medalha no clube de escoteiros, então eu topo *fugir* com você. Pra onde você quiser, quando você quiser.

Pela primeira vez desde os nove anos, Norval se sentiu feliz. Pela primeira vez se viu num relacionamento que havia durado mais de uma semana. Mal podia acreditar no que estava acontecendo: caramba, ele estava *se apaixonando*, algo até então impensável, um estado emocional que ele havia ridicularizado a vida inteira. Mas isso havia sido antes de Teresa...

Eles combinaram se casar em Londres, no distrito de Camden, em parte porque Norval precisava refilmar as cenas finais de *Rimbaud em Londres*. Os dois tomaram o trem juntos, mas Teresa, que vinha passando mal desde cedo, começou a enxergar imagens duplicadas. Norval já havia notado que um dos olhos dela vagava, e que ela inclinava a cabeça para a direita. Portanto, Teresa saltou do trem para ver seu médico em Nottingham, mas insistiu que Norval seguisse viagem. Eles se encontrariam no dia seguinte, ela prometeu, na escadaria da prefeitura de Camden.

No dia seguinte, com uma hora de antecedência, Norval já estava lá, esperando, preocupado, recostado contra o prédio para se abrigar da chuva. Esperou por duas horas, espiando o relógio a cada cinco minutos, procurando por Teresa em meio ao aguaceiro. Eu já desconfiava que ela não viria. Quanta ingenuidade! Ela mudou de ideia, desistiu de tudo! Ou será que há o dedo de alguém nisso tudo? Craig Slandon, o ex-dela. Aquele pateta beberrão de 21 anos! Outra hora se passou, talvez mais, até que ele decidiu ligar para o B&B da sra. Pettybone. Não, ela não estava lá. Pensávamos que ela estivesse com você em Londres. Meu Deus.

Norval tomou o primeiro trem expresso para Nottingham, depois um táxi para o Queen's Hospital. Sim, informou-lhe a recepcionista, Teresa havia passado a noite ali, mas voltara para casa logo de manhã. Norval correu de volta à rua para tomar outro táxi. Na estação de trem, viu-se obrigado a esperar mais outra hora, angustiante e interminável, em razão de uma árvore que havia caído pelos lados de Newstead. Enfim ele embarcou. Passando de um vagão a outro, fumando sem parar, saltou do trem ainda em movimento, na altura de Hucknall, e seguiu correndo, cruzando campos de vegetação moribunda, atropelando poças de água estagnada, os pulmões prestes a explodir, rumo ao B&B da sra. Pettybone.

Teresa não estava lá. Feito um louco em pleno surto, Norval subiu e desceu todas as escadas da casa, abrindo portas e armários de quartos que não haviam sido ocupados durante anos, inclusive subindo ao sótão.

— Teresa! — ele gritava sem parar. — Terry!

Os três — Norval, a sra. Pettybone e Gally — reviraram o quarto de Teresa à procura de alguma pista, um bilhete de despedida, ou de suicídio. Nada. Ela havia sumido, e claramente não queria ser encontrada.[54]

Capítulo 19

Norval & Companhia

O *Poema sinfônico nº 2*, de Liszt, começava a tocar quando Noel colocou uma tora artificial na lareira. Espichado na poltrona reclinável do sr. Burun, o lado direito do rosto ligeiramente tisnado, bem como partes da camisa de seda nepalesa, Norval observava seu novo hábitat enquanto partia nozes e inalava Armagnac.

— A regra do peixe está em vigor — ele disse.

— Regra do peixe?

— Um velho ditado dinamarquês: "Os peixes, assim como os hóspedes, começam a feder depois de três dias." Pensando bem, vou procurar um hotel. — Norval se pôs a relembrar os acontecimentos da noite, mal acreditando que estava onde estava. Menos de uma hora antes ele havia saído do bistrô, tomado um táxi de volta para casa (onde deparou com algo que imediatamente o deixou sóbrio) e depois tomado outro táxi para a casa de Noel. Onde pela primeira vez foi recebido — pela sra. Burun.

— Pode ficar quanto tempo quiser — disse Noel. — Depois de tudo que você passou...

Norval parou para ouvir os violoncelos e contrabaixos que evocavam o espírito do Tasso de Byron.

— Você tem cigarro? Aliás, onde estão o JJ e a Sam? Trepando lá em cima? Ah, olá, sra. Burun.

A sra. Burun havia voltado do banheiro.

— Pode me chamar de Stella — ela disse, buscando um estojo de cigarros sobre o consolo da lareira. — Noel, acho que este senhor não exercerá boa influência sobre você.

— Todo mundo precisa desse tipo de influência de vez em quando, concorda comigo, Stella?

— Foi assim que me apaixonei por meu marido.

Norval riu e disse:

— Posso lhe servir um conhaque?

— Claro, por que não? E você, quer um destes? — Ela abriu o estojo de prata e esmalte *cloisonné*, presente de aniversário do sr. Burun.

— Muito gentil da sua parte. — Ele começou a servir o conhaque. — Diga quando chegar.

— Mamãe, talvez não seja boa ideia... — Noel interrompeu o que ia dizendo, distraído pela cabeça cúprea que surgira à porta e se escondera segundos depois, à maneira de uma tartaruga que se recolhe no casco. — *Salut*, Jean-Jacques.

JJ gradualmente se materializou, e olhou assustado para Norval. Vestia um pijama de tecido azul brilhante, estampado com planetas, estrelas e luas sorridentes. Um celular vazava do bolso.

— Nor? É você? — Ele esfregou os olhos feito um ator canastrão ao se deparar com o milagre. — Fazendo o quê aqui, cara? À uma da manhã?

Norval alcançou uma almofada no sofá, examinou os babados ao redor dela.

— São duas da manhã.

— O loft do Norval foi incendiado — explicou Noel. Ele vai ficar uns dias conosco. Três dias.

— Outro incêndio... Jesus, Maria, José... A coisa está ficando séria. Sinto muito, mas dessa vez a gente precisa avisar a polícia. — JJ tirou o celular do bolso e discou o zero. — Alô, telefonista? Por favor me dê o número do 911. Quer dizer, o número da...

— Desliga isso aí, JJ — disse Norval, com um semissorriso paternalista. — Todas as providências já foram tomadas.

— Telefonista, todas as providências já foram tomadas — repetiu JJ ao telefone. — Desculpe o incômodo. — Ele desligou o celular, jogou-o ao chão e, aflito, foi logo perguntando: — Você já sabe quem foi, Nor? Está tudo bem? Tudo bem com você?

— Tudo, JJ. Amanhã a gente conversa, pode ser?

— E o estrago, foi grande? Você não desconfia de ninguém? Tem certeza de que não quer chamar a polícia? Realmente acho que...

Nesse ponto Norval se levantou e, almofada em punho, foi caminhando na direção de JJ. Para surpresa de Noel, em vez de silenciar o falante JJ com a tal almofada, ele se abaixou para recolher o celular e devolvê-lo ao bolso do pijama. Em seguida pousou a mão no ombro de JJ e disse:

— Obrigado por se preocupar comigo. Agora vou tomar um banho e depois vou direto pra cama. Estou morto. Amanhã conto todos os detalhes.

— Vou lhe mostrar onde fica o banheiro — disse a sra. Burun. — Depois também vou me deitar.

— Então... boa noite pra vocês dois! — disse JJ, vendo Norval e a sra. Burun seguirem pelo corredor. — Ah, Noel, antes que eu me esqueça: o Sol está em quadratura com Saturno. Marte e Júpiter estão na sua quarta casa. Não é hora de comprar sapatos novos.

— Entendi — disse Noel.

Noel fixou os olhos nas chamas multicoloridas que tremulavam como um cardume de peixes tropicais. Orpimenta, nacarado, aurora, cinábrio, ultramarino... Ele bebeu do suco de *cranberry*, mas não sentiu o gosto de nada: perguntava-se o que tinha acabado de fazer. Norval e Sam, ali, juntos? *Minha mãe e Norval?* Aquilo não podia acabar bem.

Norval recostou-se na cadeira e alcançou a garrafa de Boingnères Folle Blanche, 1994.

— Adorei aquele banheiro, Noel — disse, despejando a bebida na maior taça de conhaque que Noel jamais tinha visto em sua vida. — Sempre quis uma coisa dessas: um manual de instrução na hora de cagar.

— É, eu sei... vou arrancar aquilo tudo... assim que tiver um tempinho.

— Por que você não me disse nada?

— Sobre?

— Sobre sua mãe.

— Porque... o JJ já havia contado.

— Por que *você* não me contou?

Noel suspirou, deu mais um gole no suco.

— Porque... porque você teria ridicularizado a coisa toda, dizendo que eu era um "filhinho da mamãe" ou qualquer coisa assim, sugerindo que a levasse para um asilo, falando que eu estava perdendo meu tempo...

— Teria sugerido, sim. E você está, sim, perdendo seu tempo.

— Certas coisas são muito particulares.

— Isso explica esse seu aspecto terrível nos últimos tempos. Bem como o estado desta casa, que lembra uma daquelas mansões decrépitas do Poe.

— Estava bem pior antes de a Sam e o JJ chegarem.

— No entanto sua mãe parece bem... quer dizer, pelo menos a julgar pelas poucas palavras que tivemos a oportunidade de trocar.

— Está melhorando.

— É... Alzheimer?

Noel fez que sim com a cabeça.

— Aos 56 anos? Diabos. Não era essa mesma idade que Claude...[55]

— Era.

— Então... você temia o quê? Achou que, só porque não suporto minha mãe, eu não seria capaz de compreender... a devoção que você tem pela sua? Esse seu martírio, esses tantos sacrifícios?

— Martírio? Sacrifícios? Não estou sacrificando nada. Mamãe é tudo que me resta. Passou praticamente a vida toda cuidando de mim. Saía do seu caminho *todo santo dia* só pra que eu pudesse estudar numa escola especial, a uns cinquenta quilômetros de distância. E, depois que papai morreu, as coisas ficaram ainda mais difíceis pra ela. Nunca mais quis saber de outro homem. Falava que não tinha tempo. — Nessa altura, Noel lembrou-se de um colega que Stella tinha no Departamento de História: o homem era louco por ela, mas Noel, sem nenhum motivo razoável, tomara antipatia por ele, fazendo que Stella imediatamente se afastasse. — Portanto, por que eu não cuidaria dela? Por que eu não faria, numa escala bem menor, o mesmo que ela fez por mim?

Norval surpreendeu-se com esse repentino desabafo. Também estava emocionado, numa escala bem menor, mas fez questão de não demonstrar nada. Abriu um dos botões perolados da camisa e cobriu o rosto com a taça de conhaque, inebriando-se com o buquê de amêndoas, baunilha e peras cozidas.

Noel pôs-se a observá-lo, até com uma pontinha de inveja. Jamais seria capaz de dar um gole tão copioso sem correr o risco de vomitar.

Norval saboreou o gostinho residual de cravo e pimenta.

— Ouvi dizer que você tem trabalhado com o JJ — ele disse calmamente, apaziguado pelo calor interno que a bebida produzia. — Lá na masmorra.

— Verdade.

— Muito promissor... Pra economizar tempo, por que não amarra uma pedra ao pescoço e se joga logo nas águas do São Lourenço?

— Você não conhece o JJ...

— Que diabos é aquilo ali? — Norval apontou para uma bancada de mármore e estrutura de bronze, onde se viam pilhas e mais pilhas de papel encardido e envelopes de postagem aérea.

— Foram a Samira e o JJ que encontraram. Coisas da vovó. Documentos, cartas etc. Vovó era bruxa. Fazia feitiços.

— Sua avó fazia feitiços.

— Isso mesmo. Também tinha uma ótima memória. Provavelmente era sinesteta também, embora eu não tenha encontrado nenhuma referência a isso nos escritos dela. Acabou seus dias num hospício.

— Onde você também acabará os seus.

— Provavelmente.

— Então, o que vai fazer com essa tralha toda? Mandar pra reciclagem, eu espero.

— Bem, a Samira e o JJ sugeriram que eu temperasse minhas pesquisas com... com um pouco de misticismo, de espiritualidade, de irracionalidade.

— Ou seja, você vai fazer feitiços também.

— Pode-se dizer que sim.

— Ótimo. Agora só falta você sair por aí trocando vaca por feijões mágicos.

— Alguns resultados estão começando a aparecer. A Samira, por exemplo, se curou com um feitiço contra a insônia.

— Não quero nem perguntar que feitiço foi esse. Olho de lagartixa com dedo de sapo? Seis pitadas de extrato de testículo de orangotango?

— Olha, está bem aqui: "Leite quente, peru, noz-moscada e orégano." A lactose é um sedativo, essa é a parte científica da coisa, e o leite é "sagrado para a Deusa Mãe, pois tem o poder espiritual de reconfortar, aliviar e nutrir". O peru contém triptofano, um aminoácido que produz sonolência. A noz-moscada tem propriedades medicinais e mágicas semelhantes às dos derivados de ópio e às do peiote. Depois é só repetir o seguinte canto...

— Tenha dó, Noel. Será que o JJ mordeu sua perna? É isso que vocês três têm feito ultimamente? Tentado evitar o inevitável com *feitiçaria*?

— Não tem nada de "inevitável" no estado da mamãe. Você vai ver.

A televisão ecoava na sala de teto catedralesco quando, na manhã seguinte, por volta do meio-dia, Norval cambaleou escada abaixo e, feito um sonâmbulo com um toco de cigarro entre os lábios, arrastou-se até a cozinha. Não se dera ao trabalho de pentear os cabelos, fazer a barba ou trocar de roupa. Olheiras profundas faziam par com as manchas escuras nos dedos de fumante.

À mesa da cozinha, ainda atulhada com os destroços do café da manhã, Noel displicentemente preenchia os quadradinhos de um jogo de palavras cruzadas.

— O que você quer comer, Nor? — perguntou.

Norval olhou rapidamente para um cinzeiro antes de arremessar na pia o toco de cigarro, que chiou como um curto-circuito.

— Sei lá — ele respondeu com a voz rascante. — O que vocês, escoceses, comem pela manhã? *Haggis*? Salsichas defumadas de Arbroath com *stovies*?* Ameixas azedas com...

— Tem café aí, atrás de você.

Na sala de estar, Samira arrumava lírios azuis em dois vasos sobre uma mesinha de bambu. O sol formava poças douradas sobre o tapete de sisal a seu redor. Atrás dela, esparramados num polpudo sofá, JJ e Stella assistiam a uma partida de futebol num misterioso canal de esportes que talvez só eles conhecessem.

"Certo, Brian, vamos para o segundo tempo da nossa partida de hoje, Holanda versus *Arábia Saudita. Tudo indica que..."*

---

* *Haggis*: prato típico da Escócia em que o coração, o fígado e os pulmões de um carneiro ou de uma vitela são misturados a sebo, cebola e aveia e cozidos no estômago do animal. *Stovies*: outro prato típico da Escócia, de receitas variadas, mas que consiste basicamente numa mistura de batatas, cebola e carne fria (embutidos, restos de um assado, etc.). (*N. do T.*)

— Arábia Saudita? — disse Norval à porta, xícara de café numa das mãos, cigarro na outra. — Desde quando essa gente sabe o que é uma bola?

Samira virou-se e disse:

— *Oh la la*... Os franceses e seu *savoir-faire*...

— Ei, Nor! — disse JJ, espevitado como um esquilo. — Junte-se aos bons! Vem, senta, aqui. — Ele se arrastou para o lado da sra. Burun, abrindo espaço no sofá.

Norval permaneceu onde estava, deu um gole no café.

— Diz aí, Nor. Quantos lados tem uma bola?

— Veja lá o que vai dizer. Não quero cuspir meu café.

— Dois. O de dentro e o de fora!

— Puxa, JJ, com essa você alcançou os píncaros da genialidade cômica. Sugiro um intervalo de cinco minutos pra que possamos molhar as calças de tanto rir.

Uma tardia gargalhada se fez ouvir no sofá. A sra. Burun. JJ olhou para ela e logo se desmanchou numa gelatina de risinhos, o que bastou para atiçar Samira também.

— Ei, sra. B — disse JJ. — Qual é a modalidade de golfe em que as pessoas jogam num tapete e não na grama? Golfe Pérsico!

Mais uma explosão de risos da sra. Burun, seguida de outra, de Samira. Norval permaneceu imóvel enquanto as duas mulheres se dobravam de rir.

— Um cara estava no restaurante, Nor.

— JJ...

— "Garçom, tem uma girafa na minha omelete..."

— JJ...

— Diga.

— Me poupe.

— Tá bem.

"Arábia Saudita no ataque. Estamos a dois minutos do segundo tempo, e a Holanda segue vencendo por seis a zero..."

— Voto numa mudança de canal — sugeriu Norval.

— Que tal passarmos pra Fashion TV? — sugeriu JJ, limpando as lágrimas do rosto. — Acho que a sra. B vai gostar. — Ele apertou um número no controle remoto.

— Só tem um jeito de assistir a esta porcaria — disse Norval.

— É mesmo? Como?

— Com o som desligado.

— Você não gosta de nenhum esporte, Norval? — perguntou Samira, enquanto JJ baixava o som da TV. — Além de natação e arco?

— De alguns momentos de certos esportes. Adoro, por exemplo, ver um toureiro ser eviscerado pelo touro. Ou um cavaleiro ser pisoteado pelo cavalo.

Tapando a boca para não rir, JJ novamente mudou o canal, agora para um programa chamado *Ayoye!*, uma produção local do Quebec.

— Vamos ser obrigados a ouvir *essa* língua? — disse Norval.

— *Essa* língua? — disse Samira, já com uma ponta de irritação. — Essa é a *sua* língua natal. E a do JJ também.

— Olha, já é tempo de pararmos com essa bobagem politicamente correta. Todo mundo sabe que o "francês" falado nesta província é uma vergonhosa degeneração do original, um rebento espúrio da realeza. O governador sabe disso, o ministro da Educação sabe disso, e qualquer um que ouvir o primeiro-ministro do Canadá sabe disso também. Mas ninguém tem coragem de falar. O vocabulário das pessoas desta província não chega a cem palavras, e como se isso não bastasse, elas falam com o sotaque mais hediondo e mais vulgar de todo o planeta.

— Por que você não diz logo o que realmente pensa, Norval? — disse Samira. — Não seja tímido.

— O francês do Quebec é o "O novo francês do imperador".

— Você realmente chega a pensar alguma coisa? — devolveu Samira. — Ou apenas cospe as palavras feito um bonequinho de corda? Preconceitos, frases de efeito, generalizações... Ao que parece, você nunca vai além disso.

— Frases de efeito são as únicas dignas de serem ouvidas. Opiniões equilibradas são para os chatos e os fracos de espírito.

— Por que você recorre sempre aos aforismos, à falsa sabedoria? Quem você está tentando ser? La Rochefoucauld? *Todos* os lugares do mundo têm pessoas que fazem mau uso da sua língua. O Quebec não é nenhuma exceção. Hediondo? Vulgar? São termos subjetivos. Eu, por exemplo, adoro o sotaque dos canadenses francófonos. Quem foi que nomeou você como árbitro do bom-gosto e da beleza? Quem lhe deu esse título? Por que você despreza as pessoas diferentes de você?

— Desprezo as que são iguais a mim também.

— Você odeia a tudo e a todos. Não passa de um amargurado, um cético de meia-idade.

— Meia-idade? Eu já era cético no jardim de infância.

— Um reclamão, um eterno insatisfeito.

Norval exalou um demorado jato de fumaça enquanto encarava Samira.

— JJ, muda aí para o canal do tempo — disse. — Vi a previsão ontem, mas ninguém falou nada sobre uma tempestade de asneiras.

— Ei, ei, ei! — exclamou JJ. — E o amor, cadê? Somos amigos ou não somos?

Norval o fulminou com o olhar; pensou em dizer algo, mas preferiu apagar o cigarro na terra de um vaso de gerânio.

— Amigos e parentes — continuou JJ — produzem um efeito calmante. Reduzem o estresse e o risco de infarto ao mesmo tempo que aumentam a longevidade. Aumentam inclusive nossa imunidade contra a gripe!

— É mesmo? — disse Norval. — E aqueles amigos parentes que mentem e traem? Que levam à depressão e ao suicídio?

— Homens casados vivem mais que os solteiros. Fatos são fatos.

Norval deu um gole em seu *café au lait*

— Eles não vivem mais — disse. — É que a vida deles *parece* mais longa.

JJ deixou escapar uma risada estridente.

— Como é que você ficou assim, tão pessimista?

— Convivendo com otimistas feito você.

Outra risada estridente.

— Boa. Então, o que você achou do meu *café au lait*?

Norval sentiu uma espécie de fogo anfetamínico correndo nas veias.

— Até que não é mau, devo admitir. O que você pôs nele?

— Café tricafeinado, guaraná em pó e leite de soja, que contém um equivalente natural da Benzedrina.

Norval esvaziou a xícara.

— Tem mais?

— Não, mas também fiz um pouco de chá. Uma velha receita dos índios algonquim. Ramas jovens de sorbo com ramas velhas de pícea; folhas de gualtéria e flores de sabugueiro canadense. Uma bomba energética.

— Ótimo. Depois vou pintar o rosto e vestir meu bonezinho de guerra.

JJ fez um bico, como se fosse assoviar alguma coisa.

— Por que você não dá seus avisos agora, JJ? — sugeriu Samira assim que viu Noel chegar da cozinha, hesitante e tímido, como se não estivesse na própria casa.

— Está bem. Ora, ora, quem vem lá! É o Noelmeister! Senta aí, amigo. Tenho alguns comunicados pra fazer. Quatro ao todo. Só coisas boas. Mas antes vamos desligar essa TV. Pronto. Primeiro: vamos formar um clube, com nós cinco como membros e a casa da sra. B como sede. Com isso vamos conseguir botar a mão numa boa grana das verbas municipais. Os Alquimistas do Alzheimer, esse é o nome que sugiro. Quem estiver a favor, diga...

— JJ — disse Norval.

— Sim?

— Anda logo com isso.

— Número dois: as verbas provinciais e federais virão logo em seguida, pra amortização da hipoteca da nossa sede, pra compra de remédios e equipamentos de laboratório, pra aliviar... eventuais apertos de caixa. Aliás, num dos formulários que mandei, tive de dizer que vamos filmar um documentário de longa metragem. O que acabará trazendo o setor privado pro nosso barco também, e enchendo nossos cofres mais ainda! Com a experiência que tenho no cinema, posso cuidar da publicidade e da produção financeira! E querem saber de uma coisa? Resolvi processar todas as distribuidoras que roubaram meu bordão. Danos morais, materiais, gerais... Todas as indenizações serão revertidas para o nosso clube. As cifras serão de ordem astronômica! — Nessa altura, JJ ficou de pé e levantou os braços como se fosse dar início a uma *hola*.

Ninguém entendeu nada. Alguns segundos de silêncio se passaram até que Samira disse:

— Parabéns, JJ. Que bom pra você!

— Mas as boas notícias não param por aí — ele prosseguiu. — Comunicado número três: a CBC4, da TV por assinatura, está recrutando participantes pra um programa de perguntas e respostas. Em maio. Com certeza vocês conhecem. Chama-se *Na Ponta da Língua!* — JJ olhou diretamente para Noel. — E o melhor de tudo vocês ainda não sabem. Adivinhem qual é o tema para o mês de maio?

— O tema não importa — disse Norval. — Seja qual for, o Noel decora tudo que já foi escrito a respeito. Certo, Noel?

— Certo coisa nenhuma — disse Noel. — Não vou participar de programa nenhum.

— Qual é o tema? — quis saber Samira.

— Estão prontos? O tema é... poesia! *Poesia*, cara, dá pra acreditar? Só pode ser coisa do destino! Oportunidade é tudo na vida, minha gente!

— E o prêmio, de quanto é?

— Pra quem chega à última rodada? Cinquenta mil pratas! Acontece que o Norval tem um plano. Não tem erro. Coisa de gênio.

— A genialidade já viu dias melhores — interveio Norval.

— *Veux-tu continuer, boss?* — disse JJ, passando a palavra ao autor da ideia.

— Há alguns anos, um major do exército britânico ganhou o prêmio máximo da versão inglesa de *Quem quer ser um milionário.* Acontece que ele foi ajudado por um sujeito na plateia, um comparsa, com quem havia combinado um sistema de tosses. Vocês decerto já ouviram essa história. Pois bem. Se o Noel se recusar a participar, e eu tiver de ir no lugar dele, e for recrutado, vamos fazer algo nessa mesma linha. Não com tosses, claro, que é banal demais, mas com um dispositivo auditivo supersônico. Todas as perguntas que eu não souber responder serão respondidas pelo Noel, que enviará sinais com um apito de cachorro.

— E o Norval vai estar usando meu relógio-transponder! — acrescentou JJ. — Não é brilhante, Noel?

Mas Noel não estava ouvindo: mentalmente reorganizava as letras coloridas de *supersonic* em seu anagrama *percussion.*

— Na verdade é muito simples — prosseguiu Norval. — Noel dirá se a resposta correta é *a, b, c* ou *d* soprando uma, duas, três ou quatro vezes no apito. Isso posto, acho que podemos dar essa reunião por encerrada.

— Calma, calma, calma... — disse JJ. — Pra que tanta pressa? Ainda temos um último tópico. — Ele deixou alguns segundos transcorrerem a título de suspense. — Tópico número cinco: incêndio doloso.

— Meu Deus! — exclamou Samira. — Eu até já tinha esquecido. Foi grande o estrago, Nor?

— Alguns móveis e alguns quadros foram chamuscados... mas eu já andava cansado deles. Todos segurados.

Aliás, o reembolso do seguro será suficiente pra arrumar a casa do JJ também.

— Quem você acha que fez aquilo? — perguntou Samira. — O mesmo pessoal da outra vez?

— Isso é o que vamos descobrir agora mesmo — disse JJ, indiferente à menção que Norval acabara de fazer ao seguro. Com a mesma inflexão detetivesca, acrescentou: — Algo me diz que... alguém nesta sala é o responsável por ambos os incêndios. E ninguém vai a parte alguma até que o mistério seja elucidado.

Silêncio. Samira sacudiu a cabeça, surpresa com a lógica inerente à suspeita. Seria Noel o responsável, localizado por um dos pacientes malucos de suas pesquisas? Ou Stella, zanzando por aí, sem saber o que estava fazendo? Quantas vezes ela já não havia disparado o alarme de incêndio? Mas isso era impossível. Não, o responsável só poderia ser o Norval.

Stella correu os olhos ansiosamente por cada um dos rostos, farejando algo sinistro no ar. Qual deles seria o incendiário? Eu não sou. Meu filho não é. Esse aí também não, é bonzinho demais. A moça também não, é boazinha demais. Só pode ser o outro, o bonitão...

Noel também ficou inquieto. JJ tem razão, pensou. O responsável é um de nós. Olhando a seu redor, ele foi eliminando cada um dos possíveis candidatos até que chegou a Norval, que havia enterrado o rosto entre as mãos. É ele quem está por trás disso tudo, aposto. Será que vai confessar?

Todos na sala agora olhavam para Norval, que começou a tamborilar o pé no chão, devagar. Levantando a cabeça, a culpa aparentemente estampada na testa, ele disse:

— JJ, estou fazendo o que posso pra ver as coisas sob um ângulo positivo. Até o presente momento, tenho dado às suas ideias, deturpadas pelo consumo excessivo de ervas, o pouco-caso que merecem. Mas agora estou estupefato. Foi difícil, afinal seus padrões são altíssimos, mas tudo indica que você conseguiu superar a si mesmo na porra-louquice. Cada dia a seu lado é como uma viagem à Ilha do Absurdo.

— Mas vi na TV esse filme de mistério em que o cara arma um incêndio pra botar a mão no seguro e...

— Decerto era um filme pra maiores de 18 anos mentais. O responsável pelos dois incêndios é um sujeito que andava atrás de mim, com contas a acertar. Um sujeito que me pegou em flagrante delito com a namorada dele. Depois fui eu quem o pegou, no meu loft, com uma bomba caseira na mão. Mas ninguém precisa se preocupar mais. O pilantra não vai riscar um fósforo tão cedo.

JJ só faltava cair do sofá.

— Verdade? Você pegou o cara? Fez o quê com ele? Imobilizou até a polícia chegar, não foi?

— Mais ou menos isso.

Capítulo 20

Norval & Stella

Homem é Atacado com Flecha

Presse Canadienne

MONTREAL, QUE. — Um homem de 28 anos deverá receber alta do hospital ainda hoje, depois de ter uma flecha retirada do rosto pelos médicos.

A flecha acertou a parte superior da órbita ocular esquerda, alojando-se no sínus frontal, por pouco não atingindo o cérebro.

A vítima, cujo nome não foi divulgado, tem diversas passagens pela polícia, sempre em episódios associados ao tráfico de drogas. É o principal suspeito em um caso de incêndio doloso na *rue* de la Commune, no distrito histórico de Montreal. Alega que estava saindo do loft de um amigo quando foi atacado por uma flecha, atirada por um desconhecido, que ficou alojada em sua cabeça. Os peritos da polícia estão examinando a flecha em busca de pistas.

No dia seguinte, confortavelmente esparramado numa cama retrátil em seus aposentos, a caverna secreta e sagrada na qual o jovem Noel ardilosamente havia transformado o sótão, Norval lia seu jornal quando alguém bateu à porta, distraindo-o da leitura de uma nota de interesse.

— Entra — ele comandou. Estava de costas para a porta e assim permaneceu: não se virou para ver quem havia entrado.

— Norval... eu estava pensando se... se você não queria beber alguma coisa.

— Quero, sim. Pode deixar aí na mesa.

— Quer dizer, lá embaixo, com a mamãe. Talvez você possa... sei lá, fazer um pouquinho de companhia pra ela. Até o JJ e a Samira voltarem. Ela está sozinha e... eu estou com umas coisinhas fermentando no porão...

Norval ainda não havia virado a cabeça para seu visitante. Um cigarro ardia entre os mesmos dedos que viravam a página do jornal. Ele agora parou para ouvir, não o que o amigo estava dizendo, mas a canção dos Herman's Hermits (*"Mrs. Brown, you've got a lovely daughter"*) que vinha do quarto da sra. Burun, no andar de baixo.

— Pouca gente sabe disso — ele disse —, mas o Herman gravou outra versão dessa música. Uma versão gay.

— É mesmo? — disse Noel. — E como se chama?

— *"Mr. Brown, you've got a lovely pecker."**

Noel esperou um pouco, depois, com a cara mais séria do mundo, se pôs a cantar o refrão:

— *Love-ly pe-cker...*

Norval, contrariando seu feitio, caiu na gargalhada.

— Então, o que você está lendo aí? — perguntou Noel. Sentindo as tábuas do assoalho ondularem sob os pés, aproximou-se da cama e espiou por sobre os ombros de Norval.

Norval imediatamente baixou o jornal, irritado.

— Noel. Detesto quando fazem isso. Sobretudo durante o sexo, porque isso significa que estou sendo enrabado.

— Eu não estava lendo por trás de você. Só estava tentando ver a capa deste livro ao seu lado. — Noel espichou o pescoço para ler o título: *Elogio às mulheres maduras*. Um fusível começou a piscar em seu cérebro, inflamado por uma letra em particular: o sinuoso S dos plurais. — Norval, você não está pensando em... você sabe...

* *"Mrs. Brown, you've got a lovely daughter"*: Sra. Brown, a senhora tem uma filha adorável; *"Mr. Brown, you've got a lovely pecker"*: Sr. Brown, o senhor tem uma pica adorável. (*N. do T.*)

— Desembucha, Noel. Você quer saber se estou pensando em seduzir sua mãe, é isso? Nem um pouco. *Apesar* da admiração que tenho pelas mulheres maduras.

Você não pode estar no S ainda, pensou Noel. Que foi que houve com a ruiva Simone?

— Na verdade — prosseguiu Norval —, resolvi adotar Byron como modelo. Ele comeu a condessa de Benzini, de Verona, quando ela estava com 61 anos.

— Ela era de Veneza.

— E depois se superou indo pra cama com Lady Melbourne, que tinha 62, e alguns dias depois seduziu a filha de Lady Oxford, que tinha 11.

— Ele estuprou a menina e foi pilhado pela mãe dela. Com quem estava tendo um *affair*.

— Verdade? Fiz algo semelhante com uma dupla de mãe e filha. A diferença de idade, no entanto, não era tão grande assim. Além disso, foi um *ménage à trois* consensual.

— Aposto que esta é mais uma das histórias que você inventa pro dr. Vorta.

— Dificilmente. O *ménage* foi com a mulher e com a filha dele.[56]

— Muito bom, Noel, este porto que vocês têm aqui. Mas por que servi-lo numa taça de rosé? — Norval ergueu o cristal contra a luz.

— Não amola.

— Notei um cachimbo no consolo da lareira. Um Comoy, creio. Por acaso você teria um pouco de tabaco em casa?

— Tenho um pouco de Latakia.

— Não conheço. Como é?

— Do Oriente Médio. Escuro. Aromático.

— Perfeito.

— Mas você não vai fumá-lo. Fumar o cachimbo de outra pessoa é como usar as cuecas de outro homem, papai costumava dizer.

— Com toda a razão. Noel, a taça de sua mãe já está vazia. Aliás, a minha também. Será que vou ter de tocar o sininho?

— Mamãe já bebeu uma taça. Acho que pra ela basta.

Sentada na poltrona azul, sua predileta, a sra. Burun observava calmamente a conversa entre os dois homens.

— Claro que não basta — disse Norval. — Ao que parece, você não está em dia com as últimas pesquisas. O álcool faz bem para o Alzheimer. Ele quebra... ou libera... sei lá, alguma coisa que precisa ser quebrada ou liberada.

— Quebra as plaquetas sanguíneas e libera acetilcolina no hipocampo.

— Exatamente. O que é excelente pra aprendizagem e pra memória, *n'est-ce pas*?

— É verdade. As bebidas alcoólicas mais aromáticas, com grupos fenólicos intactos, agem como neuroprotetores, evitando a oxidação e a morte de células nervosas.

— Exatamente o que eu queria dizer.

— Mas outra pesquisa sugere que o mérito não é do álcool, mas da uva vermelha. Essa mesma pesquisa diz que o consumo excessivo de álcool conduz diretamente à demência. Aliás, levando-se em conta o tanto que você já bebeu desde o café da manhã, falta pouco pra você chegar lá.

Inspecionando as próprias unhas, Norval disse:

— Lá na Escócia talvez isso tenha alguma graça.

— E por que diabos mamãe está mascando chiclete?

— Foi o JJ quem deu. Falou que um estudo da Northumbria University...

— Sugere que chiclete faz bem pra memória.

— Isso mesmo. Na verdade, produz uma melhora de trinta por cento. Ele vai te contar tudo a respeito, e mais um pouco, se você não ficar esperto.

— E pelo visto você convenceu mamãe a voltar a fumar. Fazia 25 anos que ela não punha um cigarro na boca. Estes cigarros eram só para as visitas.

— Foi sua mãe que pediu. Falou que gostava de um pito. Não foi, Stella? Além disso, o tabaco também é bom pra memória.[57] Especialmente pro Alzheimer.

— O tabaco duplica as chances de se contrair o Alzheimer.

— Bobagem. Meu avô está com 93 anos. Fuma como uma chaminé. E é mais lúcido que nós dois juntos. Sabe quem é o norte-americano mais velho hoje? John McMorran, de 113 anos. Um tabagista inveterado. Mas não vou dar mole pra sua mãe. Estabeleci o limite de um maço por dia.

— Não quero minha mãe fumando.

— Deixa a mulher se divertir um pouco, Noel! Pelo amor de Deus! Deixa sua mãe comer, beber, casar de novo se quiser!

— Não. O álcool não interage bem com alguns dos compostos que estou dando a ela. A nicotina também não.

— Vamos beber e comemorar e afogar a melancolia! — disse Stella, erguendo a taça num brinde escocês. Já um tanto alterada, pensou Noel. — *Slàinte mhath!*

— Pronto — disse Norval. — Você não pode desobedecer sua mãe.

— Já disse que não quero...

— Que diabos está acontecendo com as pessoas desta casa? Estou cercado pela polícia do prazer! A Sam é vegetariana de carteirinha. JJ é um charlatão/chatão da homeopatia. E você... você é um factualista cegado pela ciência. "Sabedoria, sempre à espreita para subtrair a alquimia do Prazer!"[58] O que será que está acontecendo com a sociedade de hoje?

Noel olhou para o relógio. Sabia que aquilo era apenas o preâmbulo de uma longa preleção.

— Olha, Norval, preciso descer pra...

— Os xiitas da saúde, os cheerleaders da nutrição, os patrulheiros do bem-estar... esse pessoal está governando nossa vida do mesmo jeito que a Igreja costumava fazer. Querem ver a gente numa eterna Quaresma. Antes a moda era o "consumo conspícuo", agora é a "autoprivação conspícua". Se alguma coisa dá prazer, vamos lá, é só pesquisar que a gente acaba encontrando alguma coisa de errado com ela! Vamos fazer as pessoas acreditarem que, se comerem a comida que a gente mandar, elas estarão trilhando o caminho da virtude: viverão para sempre, serão lindas para sempre, sustentarão os pilares da moralidade! E aquele que fumar ou beber, que comer um hambúrguer ou uma mísera batata frita, será excomungado, afastado do convívio social como um pária indesejável!

Norval falava lentamente para dar a impressão de que estava improvisando. Um velho truque seu.

— Certo, Norval, você já deu o seu recado. Agora preciso...

— O mundo cedeu ao *medo*. A população se reduziu a um rebanho de hipocondríacos e bundões. Uma legião de chatos. De insípidos que se guiam mutuamente. Os pais são os piores. "Põe o capacete, filhinho, porque papai vai abrir uma latinha de Coca-Cola." Por falar nisso, onde fica mesmo o armário de bebidas?

— Acabei de dizer que não é pra você...

— Basta instilar o medo nas pessoas pra que elas consumam o que quer que seja. É assim que funciona o mundo corporativo de hoje. As empresas se transformaram em verdadeiras fábricas de medo. Sem falar nos médicos, claro, que atraem hordas cada vez maiores a seus consultórios, em busca do milagre do mês. Mas será que precisamos dessa merda toda? Quinze mil remédios novos são lançados todos os anos. É muito remédio pra pouca doença. Então, o que faz a indústria farmacêutica? Eles contratam os psiquiatras pra inventar mais doenças. O que foi mesmo que disse Oliver Wendell Holmes? Você está me acompanhando, Noel?

— Sobre o quê? Wendell Holmes disse muita coisa.

— Ora, sobre isso que estamos falando: remédios!

Noel exalou um suspiro de exaustão.

— Holmes disse que, se a farmacopeia do mundo inteiro fosse jogada ao mar, isso seria ótimo para a humanidade e péssimo para os peixes.

— Exatamente.

— Mas ele disse isso no século XIX.

— E você sabe o que dizem os velhinhos quando lhes perguntam qual é o segredo da longevidade?

— Sei, porque fui eu que te contei.

— "Mantenha distância dos médicos e dos remédios!" Todos dizem a mesma coisa.

— Mas no caso da mamãe...

— A Revolução Francesa — interveio a sra. Burun, deixando as palavras suspensas no ar.

Seguiu-se um instante de mal-estar. Noel esperou aflito que a mãe desse um trago no cigarro.

— O que tem a Revolução Francesa, Stella? — perguntou Norval.

— Norval, deixa a mamãe em...

— Mudanças na filosofia da saúde — respondeu a sra. Burun, e apagou o cigarro na taça de porto.

— É mesmo? Que mudanças?

Uma expressão de dúvida sombreou o rosto de Stella, que não sabia mais se o que tinha a dizer ainda era relevante. Qual havia sido mesmo o último tópico? A medicina coercitiva? O excesso de medicação?

— Bobagem... — ela disse. — Acho que... o assunto já é outro. Vocês já estão falando de outra coisa.

— Estávamos falando sobre a filosofia da saúde. Que foi que aconteceu durante a Revolução Francesa?

— Norval — disse Noel entre dentes. — Sugiro que a gente...

— Mudanças — prosseguiu Stella. — Com base no conceito de que uma dieta apropriada e um estilo de vida apropriado eram as melhores maneiras de tornar as pessoas obedientes, submissas... E na Alemanha, nessa mesma época, as classes mercantis dominantes tiveram mais ou menos a mesma ideia. Pra manter as coisas do jeito que estavam, pra evitar qualquer tipo de mudança ou sublevação, o melhor a fazer era garantir que os trabalhadores fossem saudáveis.

— O mesmo raciocínio das galés — acrescentou Norval. — Alimentar os escravos pra que eles não parassem de remar...

— Eles até usavam termos como "patrulha da medicina" ou "patrulha da saúde". Mais tarde, claro, veio o movimento da eugenia, segundo o qual apenas uma variedade "superior" de pessoas deveria se reproduzir.

— A ideia até que não é má.

— Portanto, os problemas de saúde, que até então eram vistos como inevitáveis, como golpes da sorte, passaram a ser vistos como resultado de hábitos questionáveis, de estilos de vida equivocados. E daí foi um pulo para outra teoria: a de que o controle da procriação e dos estilos de vida era da alçada dos governos.

— A filosofia do Terceiro Reich — disse Norval.

— Exatamente.

Norval ergueu sua taça e brindou com Stella.

— Noel, nós *precisamos* de maus hábitos, pelo amor de Deus! De comportamentos arriscados, perigosos. Sabe por quê? Porque, depois que todas essas pessoas ultrassaudáveis se aposentarem, o Estado não terá condições de bancar o ócio delas! Esse pessoal não vai morrer! Eles vão continuar lá, dando pinta nas academias, puxando ferro! Vai chegar uma hora em que a gente precisará de carrocinhas pra recolher os velhotes que estão fazendo *jogging* nas ruas mas não lembram o caminho de volta pra casa! Portanto, os defensores da saúde estão completamente equivocados. Os fumantes e os alcoólatras deveriam ser condecorados pelo desprendimento, pela abnegação de abreviar a vida em alguns anos! Os glutões que se empanturram de sanduíches e frituras, que passam o dia com a bunda plantada num sofá... eles deveriam ser canonizados pela valiosa economia que proporcionarão aos cofres do Estado!

Stella deu uma bela gargalhada, dessas de sacudir a barriga, algo que Noel não via desde muito.

— Minha mãe pensava da mesma forma — ela disse. — Tinha todos os maus hábitos que você possa imaginar. E mandava os médicos para o inferno!

Noel agora sorria, encantado com a inesperada lucidez da mãe, com a droga que a tornara possível.

— Tudo bem, mãe. Desisto. Se a senhora quiser beber e fumar, vá em frente. — Ele mal podia esperar para contar a JJ. Aquela melhora repentina só podia ser obra do A-1001, sua mais recente criação. Ele deveria produzir mais. — Olha, tenho algumas coisas pra fazer no laboratório, certas ideias que preciso desenvolver. Vocês dois vão ficar bem aqui? Querem que eu busque alguma coisa?

Norval o dispensou com um discreto meneio da cabeça. Tão logo ouviu a porta do porão se fechar, ofereceu-se para acender mais um cigarro para Stella.

E, quando ela se abaixou na direção do fósforo, ele viu de relance o vale entre os seios dela, a renda preta do sutiã. Em seguida, pôs-se a estudar as feições da anfitriã: os cabelos grisalhos penteados para trás, o rosto aristocrático, o desenho do lábio superior... Mais uma Lauren Hutton que uma Catherine Deneuve, concluiu. Ambas tinham aproximadamente a mesma idade, além daquele mesmo espaço entre os incisivos, tão charmoso, quase um convite para a língua... Sem falar no delicioso sotaque escocês.

— Stella, estou aqui pensando... No interesse da arte, será que você se disporia a ajudar num projeto em que estou trabalhando?

Capítulo 21
O Diário de Stella (II)

20 de abril de 2002. The quick brown fox jumps over the lazy dog. The quick brown fox jumps over the lazy dog. The quick brown fox jumps over the lazy dog. Jackdaws love my big sphinx of quartz.*

Pronto, agora sim. Os dedos estão bem melhores, a cabeça também. Ainda não estou totalmente boa, mas acho que pelo menos consigo terminar as frases. E lembrar o que comi no café da manhã.

Se a espada de Dâmocles caiu, não me acertou.

21 de abril. Bate na madeira. Hoje me lembrei de uma coisa. Sempre que o Noel lê pra mim à noite, tal como eu fazia com ele séculos atrás, muitas vezes ele sussurra algo antes de começar, quase como se estivesse rezando. O que às vezes me faz chorar. No entanto, por mais que eu tentasse, eu não conseguia lembrar o que era. Mas hoje lembrei: "Para a senhora, mãe, aqui estão estas linhas, por amor aos nossos dias inesquecíveis."

24 de abril. Finalmente conheci o melhor amigo do Noel, um francês chamado Norval Blaquière. O tipo de homem que

* Frases que utilizam todas as letras do alfabeto, usadas como exercícios de datilografia nos países de língua inglesa. (*N. do T.*)

minhas alunas chamariam de "gato". Jamais achei que um dia fosse usar essa palavra. Além de bonito (é quase idêntico a um Burun!), é elegante. Vestia roupas aparentemente feitas sob medida: camisa de musselina branca com botões de pressão brancos, jaqueta de couro de um verde bem fechado, calças pretas de lã grossa... Mas tudo com muito charme, com despojamento, como se tivesse recolhido aquelas roupas no lixão de um aristocrata.

Também pode ser bastante encantador, apesar do ar de superioridade e da inclinação à egolatria quando o assunto gira em torno da estética e do intelecto. Além disso, tem um tom cortante quando fala, dá a impressão de que esconde uma machadinha na manga da camisa. Ainda assim ele me faz rir – até mais que o JJ. O mais estranho de tudo, a julgar pelo olhar penetrante, é que ele parece estar atraído por mim, dá a impressão de que está "fazendo amor" (no sentido antigo do termo) quando conversa comigo. Será que estou imaginando coisas? Mas acho que senti alguma coisa – a menos que, como todo o resto, minha intuição de mulher já não esteja tão afiada quanto antes.

25 de abril. Quando meu marido morreu, meu relacionamento com os homens parece que morreu junto – exceto por dois ou três casinhos sem importância e sem final feliz. A química nunca estava certa. Ou talvez fosse o passado que se interpunha no caminho. Sempre tive muito respeito pela mulher de Shelley, a primeira delas, cujo nome agora me escapa. Ela se afogou no Serpentine, deixando o marido na condição de "presa para as reprimendas da memória". Durante anos foi assim que me senti, o que decerto afetou minha interação com os homens. Talvez eu esteja errada. De qualquer modo, minhas mãos já estavam ocupadas demais com a sobrevivência, com a criação de um filho – confusões românticas eram a última coisa de que eu precisava. O trabalho na escola e Noel (na ordem inversa) – essas eram mi-

nhas duas grandes paixões. Mas, quando Noel saiu de casa, e pelo visto estava feliz, comecei a pensar nos homens outra vez, nos relacionamentos. Fiquei bastante entusiasmada com um colega do Departamento de História, que permanecerá anônimo, e ele parecia corresponder. Já havia me chamado para sair diversas vezes, mas eu nunca havia aceitado, sempre por um motivo ou por outro. Depois, quando mudei de ideia, quando afinal resolvi tomar a iniciativa e chamar a ele para sair, comecei a perder a memória!

Harriet Westbrook. (Obrigada, Noel.)

26 de abril. Nem sei direito por onde começar. Achei que já tivesse virado essa página em minha vida. Norval, esse amigo do meu filho... a modéstia me impede de terminar a frase. Basta dizer que eu estava certa: ele estava mesmo atraído por mim. Será que as surpresas nunca acabam? Norval falou de um "projeto artístico", ou algo parecido – devo admitir que não me lembro de todos os detalhes (um pilequinho, só isso), e que fiquei sem saber se ele estava falando sério ou não. Mas que diferença isso faz? Foi ótimo. E assustador. Dúvidas, inibições, medos... tudo isso foi para o espaço, e pela primeira vez não retrocedi no tempo, não voltei para o "peso": permaneci no presente, na "leveza".

Sei que isso não vai voltar a acontecer, e talvez seja melhor assim. O coração de Norval pertence a outra pessoa, muito embora ele não tenha dito abertamente. Mas eu logo soube, pelo modo como ele não disse abertamente.

Ambos concordamos que o melhor seria não contar nada a Noel. Pelo menos por ora.

27 de abril. Mais uma coisa sobre ontem. Pela manhã, já com a cabeça mais clara, perguntei a Norval por que ele havia me escolhido como S, e não outra mulher qualquer,

mais jovem, mais bonita... feito a Samira, por exemplo. "Quando um não quer, dois não dançam o tango", foi o que ele respondeu. Assim, sem rodeios, sem falsos cumprimentos. "Quando eu estava interessado, ela não estava; e quando ela estava interessada, eu não estava." Então perguntei: "E por que você não estava... interessado?" "Não é da sua conta", ele respondeu, as palavras misturadas a um jato de fumaça. "Com todo o respeito." Fiquei ali, sem dizer mais nada, vendo a dança do anel que havia se formado no ar. Eu já sabia a resposta. Por causa do Noel.

Domingo, 28 de abril de 2002. Sei que dia é hoje. Sei em que ano estamos. Durante toda a semana consegui me lembrar das datas. Ainda não estou completamente boa, mas quase. ("Bem está o que bem acaba", disse o Norval. Tomara que ele esteja certo.) Amanhã vou me consultar com uma neurofarmacologista ou neuropatologista (esqueci o nome dela, mas só ouvi uma vez!) que tem desenvolvido compostos para o MDA semelhantes aos que Noel tem me dado, ou que visam às mesmas funções cerebrais, não sei ao certo. Torço muito para que isso leve a alguma coisa, não só por mim, mas pelo mundo inteiro. Será que poderei dar aulas de novo? Ou visitar a Escócia pelo menos mais uma vez? Se sobreviver aos testes e exames, quem sabe?

Norval veio me ver esta noite. Com um buquê de flores, que ele entregou sem nenhuma timidez, sem fazer nenhum segredo, mas com displicência... bem na frente do Noel! "São pra você, Stella", ele disse.

"São lindas!", exclamei. "Rosas amarelas... isso significa alguma coisa, não significa, Noel? Amizade, não é?"

Noel olhou para as pétalas, sério. "Amarelo significa inveja", respondeu. "Também pode significar culpa, traição ou paixões depravadas..."

"Significa", disse Norval, "que eles não tinham rosas vermelhas na loja."

1º de maio. Cada vez mais lúcida, quase nenhuma "área cinzenta". Será um milagre? Às vezes tenho a impressão de que nunca tive MDA. O Noel, segundo disse o JJ, está se tornando um neurofarmacologista brilhante. Ou será o Émile quem está por trás disso tudo? Seja como for, o último composto fabricado pelo Noel tem dado excelentes resultados. Apesar dos efeitos colaterais. Efeitos inacreditáveis. Tive a sensação de estar flutuando próximo ao teto, olhando para meu próprio corpo, feito uma alma liberta de suas amarras mundanas! Ou talvez eu estivesse quase morrendo e aquilo fosse um ensaio geral...

11 de maio. Noel está apaixonado pela Samira, e nem preciso do Norval pra plantar essa semente na minha cabeça. Mesmo sabendo que devo ficar de fora dessa história, vou ver se dou um jeitinho de aproximar os dois.

14 de maio. Espero não estar fazendo tempestade em copo d'água, nem dando uma de mãe chata, mas ao longo das últimas semanas tenho andado preocupada com a saúde do Noel. Ele diz que só perdeu um pouco de peso, mas para mim ele não parece nada bem. Pedi ao Norval que conversasse com ele.

15 de maio. Estranha coincidência. Há alguns dias aventamos a possibilidade de participar de um programa de perguntas e respostas na TV (que o Noel detesta), e, hoje de tarde, JJ e eu estávamos assistindo a um episódio de *The honeymooners*, aquele em que o Ralph vai a um programa de TV chamado *A Resposta de 99 mil dólares* e escolhe a categoria Música Popular. Estávamos rindo feito dois malucos, mas devo admitir que fiquei arrasada quando o Ralph, que conhece o assunto pelo avesso, não soube responder quem era o compositor de *Swanee River*, logo a primeira pergunta. Sei que é bobagem minha, mas estou ficando aflita com essa participação do Norval. Só faltam dois dias! Vamos ficar de dedos cruzados.

Capítulo 22
O Pesadelo das Arábias
(O Diário de Noel III)

17 de maio. O sinal de aplauso piscou, e meia dúzia de gatos pingados obedeceu, entre eles um frenético JJ (num dos lados da plateia) e um irrequieto ghostwriter *(no lado oposto), que tentava equilibrar no colo uma prancheta e um CD-R Memorex. Mamãe e Samira trocavam sorrisos enquanto aplaudiam. Quanto a mim, estava paralisado de nervosismo, mas entendia todas as palavras, ou quase todas.*

— Bem-vindos a mais esta edição de Na Ponta da Língua! *Uma produção da CBC4, gentilmente oferecida por... Memorex! E agora, uma salva de palmas para o nosso mestre de cerimônias, Jack Lafontaine!*

Parado à entrada do estúdio, Jack Lafontaine veio trotando pelo corredor, oferecendo a mão para pessoas que não ofereciam a sua de volta, acenando para uma plateia que não parecia saber quem ele era.

— Corta! — berrou o diretor, um garoto de cabelos desgrenhados e voz de pré-adolescente. — Pessoal, a gente precisa de mais animação! Quando o sinal de aplauso piscar, por favor, façam o maior...

— A gente pode dar uma turbinada depois — sugeriu o operador de som, fungando sonoramente por causa de uma gripe, ou de uma carreira de pó.

— Não quero turbinar nada depois. Já fomos criticados por isso. Como é que vamos vender esse programa para os Estados Unidos se ele tiver a cara de um vídeo caseiro? E esse

cachorro no corredor, de onde foi que saiu? É, esse mesmo. Tirem esse bicho daí. Mais algum cachorro na plateia? Por acaso estamos filmando os 101 dálmatas? *De novo, do início. Três, dois, um...*

Jack voltou a descer pelo corredor; os cabelos tingidos de preto nem sequer mexiam, e o smoking, apertado demais, dava ao mestre de cerimônias o aspecto de um pinguim. Ele subiu os degraus até o palco do cenário. Os aplausos foram apenas um pouco mais entusiasmados.

— Muito obrigado, senhoras e senhores, pela calorosa recepção. É um enorme prazer tê-los a bordo do nosso programa! Só um segundinho pra que eu recupere o fôlego. Pronto! Nosso tema de hoje é... poesia! Esta edição é a de número 77, e até agora ninguém conseguiu chegar à última rodada de perguntas. Vamos torcer para que o sete dobrado traga sorte para um dos concorrentes de hoje! Portanto, sem mais delongas, aqui está o novo grupo de candidatos que competirá pelo grande prêmio de... 50 mil dólares.

Sinal de APLAUSO.

— As perguntas de hoje foram elaboradas pelo dr. Émile Vorta, renomado neurologista da Universidade de Quebec e poeta, ele também. Será o árbitro deste programa. Muito bem, senhores candidatos, estão prontos? Podem ir esquentando os neurônios, pois vamos dar início à primeira rodada de perguntas. Responderá aquele que apertar primeiro o botão à sua frente. Vamos lá. Quero que vocês ponham em ordem cronológica os seguintes poemas, com base no ano de publicação:

(1) "In memoriam" — Lorde Tennyson
(2) "Remember" — Christina Rossetti
(3) "Much madness is divinest sense" — Emily Dickinson
(4) "I remember, I remember" — Thomas Hood
(5) "The old fools" — Philip Larkin

Tempo expirado! A resposta correta é 4, 2, 1, 3, 5. Vejamos quem acertou. Sylvie Viau e Ronald Sheldrake. Sylvie respondeu em 8,7 segundos, e Ronald... em 9,3! Parabéns, Ronald, quer dizer, Sylvie. Venha até aqui, por favor! Não, você não, Ronald.

Norval, com os dedos ainda no botão, parecia perplexo. JJ se derretia na poltrona. Samira e mamãe se entreolhavam decepcionadas. Apesar de distraído pelas inusitadas formas coloridas que enxergava à minha frente, compreendi a pergunta quando a vi estampada no monitor, com todas as opções enumeradas. Fiquei sem saber se deveria dizer algo. Virei para Samira e cochichei no ouvido dela.

— Tem certeza? — ela disse, e em seguida cochichou no ouvido de JJ; ele espichou o pescoço na minha direção, e eu confirmei com a cabeça.

— Parabéns, Sylvie...

— Espera aí — berrou alguém na plateia. JJ. — Houve um engano!

— Corta! — disse o garoto desgrenhado.

Aflito, o dr. Vorta levantou o rosto barbado de um livro de consulta.

— Sim, parece que houve mesmo um engano. Os números 1 e 2 devem ser invertidos.

— Tem certeza, doutor? — disse o desgrenhado. — Absoluta? Certo, Pierre, pode mudar os caracteres, por favor. Jack, vamos começar de novo a partir de "a ordem correta é...". Está pronto? Três, dois, um...

— E a ordem correta é 4, 1, 2, 3, 5. Vejamos quem acertou... Novamente, duas pessoas. Quer dizer, duas pessoas responderam corretamente. E a que obteve o menor tempo foi... Norval Blaquière! Norval, pode vir pra cá!

Dessa vez os aplausos foram estrondosos, sobretudo porque JJ estava ensandecido, praticamente fora de controle. Com o sorriso irônico de sempre, Norval caminhou com displicência até o palco e se acomodou no banco com os braços cruzados sobre o peito.

— Muito bem, sr. Blaquière. Então, como se sente aí, no calor da nossa berlinda!

— O plástico está um pouquinho frio, Jack...

— Muito bom... Um candidato espirituoso. Já vi que hoje vamos nos divertir mais que de costume! Diz aqui na minha ficha que você é professor. Pois bem, meu amigo, onde é que você dá aulas?

— Não vejo motivos pra constranger minha escola, Jack. Logo, logo serei demitido por falta de ética.

— Vamos começar, então? Você já conhece as regras. De agora em diante, as perguntas serão cada vez mais difíceis. Mas lembre-se: você pode desistir a qualquer instante e embolsar o dinheiro conquistado até então. Mas, se for adiante e responder incorretamente, será eliminado e voltará para casa sem nenhum tostão no bolso, entendido? Portanto... respire fundo. Pronto?

Norval revirou os olhos.

— Vamos lá! A resposta deve estar Na Ponta da Língua! Estes envelopes lacrados são guardados toda semana nos cofres do Laurentian Bank, e lá permanecem até poucos minutos antes do programa. Falando nisso, não deixem de dar uma conferida nas taxas de hipoteca do Laurentian Bank, as mais baixas do mercado! Podemos começar? Primeira pergunta, valendo cem dólares: o que é um abecedário? (a) Um acróstico, em que as letras iniciais dos sucessivos versos obedecem à ordem alfabética; (b) um poema disposto de tal modo a formar nomes com as iniciais de cada verso; (c) um caderno para a anotação dos rudimentos de determinado assunto; ou (d) o diário de um amante cujas conquistas são listadas alfabeticamente?

— A.

— Você acaba de embolsar cem dólares! A pergunta seguinte tem duas partes. A que gênero pertence este poema, e que métrica tem? Dê uma olhada no monitor...

A lesbian Bride and her groom
Asked a gay man up their room
They spent the whole night

In a hell of a fight
Over who should do what, and to whom.*

Isto é (a) um soneto; (b) uma vilanela, (c) um...

— Isto é um limerick.

— Humm... A resposta está correta. Segunda parte. Quanto à métrica, os versos são (a) iâmbicos; (b) jônicos; (c) trocaicos; ou (d) anapésticos?

— Anapésticos.

— Tem certeza? Não quer voltar atrás? Fico feliz em saber, porque você acaba de ganhar quinhentas pratas! Uma salva de palmas para Norval Blaquière, senhoras e senhores!

Sinal de APLAUSO.

— Pois bem, Norval, diz aqui no seu currículo que você trabalhou como ator em um filme...

— Inventei isso pra conseguir participar do programa.

Jack desandou a rir.

— Não conta pra ninguém, mas também foi assim que cheguei até aqui! Muito bem, terceira pergunta, valendo mil dólares. Minha ficha está correta? Está? Então vamos lá. Mais uma pergunta de duas partes. Uma das amantes de lorde Byron, que num acesso de ciúmes mordeu a taça de cristal quando viu o poeta se insinuar para outra mulher, mais tarde enviou a ele uma mecha de seus cabelos, pedindo em troca uma mecha dos cabelos dele. Valendo mil dólares: como se chamava essa amante, e qual foi a resposta do poeta?

— Caroline Lamb. Byron lhe mandou uma mecha, sim, mas de outra mulher: uma mecha dos pelos pubianos da condessa de Oxford.

Jack parou um instante para conferir a resposta em sua ficha.

---

* "Uma lésbica e sua namorada / convidaram um gay para subir ao quarto. / Passaram a noite inteira / numa terrível briga / decidindo quem fazia o quê, e com quem." Um *limerick* é um poema humorístico de cinco versos. (*N. do T.*)

— Alguém pode me trazer um extintor de incêndio! Porque o cérebro do nosso Norval aqui está em chamas! Parabéns, meu rapaz! Três respostas corretas até agora! A noite promete, senhoras e senhores!

Sinal de APLAUSO.

— Já pensou no que vai fazer com o dinheiro do prêmio?

— Já, sim, Jack. Vou mandar pra África, pra custear os estudos universitários de 12 crianças que adotei por lá.

— Maravilha. Quem sabe uma delas não participa do nosso programa um dia, hã? Muito bem. Agora é hora da rodada-relâmpago de cinco perguntas. Você precisa acertar no mínimo três para seguir em frente. Está pronto? Você tem vinte segundos para dizer os autores destes versos estampados no monitor.

(1) He is crazed with the spell of far Arabia,
They have stolen his wits away.

(2) Ah tell me not that memory
Sheds gladness o'er the past;
What is recalled by faded flowers
Save that they did not last?

(3) Forgetfulness has made its country your red
Mouth, and the flowing of Lethe is in your kiss.

(4) A dream before the ledger flitted,
A dream before the brain;
Ah, yet the toil is unremitted,
The journeying is vain!
The train the city never quitted,
'Twas but a phantom train!

(5) The Clock! Sinister, demonic god that makes us tremble,
With threatening finger tells us: Remember!

Sem nenhuma pressa aparente, Norval correu os olhos pela plateia. Procurava por mim? Não. Por Samira.

— Um. Walter de la Mare. Dois. Letitia Elizabeth Landon. Três. Baudelaire. Quatro. May Kendall. Cinco. Baudelaire.

Jack mordeu os lábios, lentamente sacudiu a cabeça.

— Impressionante. Absolutamente IMPRESSIONANTE! Todas as respostas estão corretas, o que equivale a 5 mil dólares! Mais uma rodada de aplausos para nosso fenomenal professor, Norval Blaquière! Que talvez chegue aonde nenhum candidato chegou até o presente momento!

Sinal de APLAUSO.

— No início da década de 1970, uma imagem se imortalizou: a de uma taça de vinho sendo estilhaçada pela voz límpida de Ella Fitzgerald. A locução dizia: "É ao vivo, ou é Memorex?", o que imediatamente se tornou um bordão repetido no mundo inteiro. Pois bem. Dando continuidade a essa tradição de excelência, agora temos o prazer de apresentar ao nosso público o Pocket Memory CD-R! Com apenas sete centímetros de diâmetro, esse dispositivo de armazenagem chega aonde nenhum outro ousou chegar!

— Muito bem, senhoras e senhores, quem está na nossa berlinda de hoje é o professor Norval Blaquière, que até agora já ganhou... 5 mil dólares! Por acaso o amigo tem filhos?

— Não.

— Valendo 10 mil dólares, aqui vai mais uma pergunta de duas partes. Primeira parte: o que significa Liebestod? L-i-e-b-e-s-t-o-d. Uma palavra em alemão, certo, dr. Vorta? Significa: (a) morte como resultado da infelicidade no amor; (b) amor correspondido, mas no qual os amantes preferem a união na morte à separação em vida?; (c) estado utópico em que o casamento não existe; (d) um poema de Dorothy Parker?

— B. E também D.

— Correto! Mas você ainda não está livre. Segunda parte da pergunta: em qual destes poemas elisabetanos...

— "Hero and Leander". De Christopher Marlowe.

— Humm... Não prefere que eu termine a pergunta? Tem certeza da sua resposta? Tem? Excelente! Porque você acaba de ganhar 10 mil pratas!

Sinal de APLAUSO.

— Eu estou perplexo, estupefato! E aposto que a plateia também está. Vocês não estão perplexos? Não estão estupefatos? Mais alto! Estão ou não estão? Muito bem, já estamos chegando à fase final do nosso programa. É chegada a hora de estreitarmos um pouco as suas opções. Qual das seguintes línguas você vai escolher: (a) francês; (b) alemão; (c) espanhol; (d) italiano ou (e) árabe.

— E.

— Árabe? Tem certeza? Excelente. Você sabe, meu caro Norval, que as coisas agora vão ficar bem mais difíceis. As perguntas não serão mais de múltipla escolha. Está pronto para seguir em frente?

— Não, eu gostaria de usar um dos meus reservas a essa altura. Gostaria que meu amigo Noel Burun trocasse de lugar comigo. Porque minha memória se apagou de repente.

Silêncio no estúdio.

— Mas... Não temos banco de reservas neste programa! — disse Jack, assustado. — O que o senhor diz, dr. Vorta? Podemos quebrar as regras? Vamos deixar para a plateia decidir? Muito bem, então, o que vocês dizem aí? O destino de Norval Blaquière está em suas mãos! Vamos ajudá-lo ou não?

Sinal de APLAUSO.

Jack sombreou os olhos com a mão, esquadrinhou a plateia e contou as mãos levantadas.

— Não tem dúvida nenhuma. Nossa plateia bateu o martelo. Noel Burun está por aí? OK, depois do intervalo comercial vamos conhecer o parceiro de Norval Blaquière para a rodada final! Como? Nós estamos sem tempo? Muito bem, senhoras e senhores, creio que vocês terão de voltar na semana que vem para ver o que acontece em... Na Ponta da Língua!

Sinal de APLAUSO.

— Break de quinze minutos — disse o desgrenhado. — Depois a gente volta pra encerrar.

O garoto de cabelos desgrenhados sorria à minha frente, esperando por uma resposta. Exalava um cheiro azedo de suor, e sua voz quase não tinha cor, não tinha inflexão.

Minha boca estava seca, um pote de areia.

— Não vou conseguir — falei, petrificado diante da ideia de aparecer na TV. — Tenho... problemas. Medo de palco.

— Pelo menos tenta, Noel — interveio Samira, a voz aveludada, envolta num halo. — Pela sua mãe. Por mim.

Eu podia sentir os dentes rilhando, o lábio inferior sendo mordido, a lateral do polegar sendo coçada até arrancar sangue. Olhei para mamãe, que sorria para mim. Ela jamais me obrigou a fazer nada, não seria agora que agiria de outra forma.

— Tudo bem, meu filho — falou baixinho, num tom consolativo. — Eu entendo...

Uma repentina descarga elétrica fez que as luzes do estúdio piscassem, e de repente me vi nas coxias, em corredores claustrofóbicos, todos incolores, todos cegos.

— Bem-vindos ao nosso programa, Na Ponta da Língua! *Um oferecimento da Memorex, e agora também de mais um gentil patrocinador... o café Maxwell House! Os mais puros grãos do mais legítimo café arábico! Agora em embalagem reciclável! É com o senhor, dr. Volta.*

— Vorta.

— É com o senhor, dr. Vorta!

— O café Maxwell House, segundo nossos pesquisadores, recebeu este nome em homenagem ao hotel Maxwell House de Nashville, Tennessee, que em 1892 adotou os grãos de Joel Cheek como o café oficial da casa. Reza a lenda que, durante uma visita a Nashville em 1907, o presidente Teddy Roosevelt declarou que o café Maxwell House era "bom até a última gota".

Cem anos depois, esse conhecido slogan ainda é a promessa que a marca faz a seus consumidores. Café Maxwell House, bom até a última gota!

— Muito obrigado, dr. Vorta. Vamos torcer pra que nossos telespectadores não tenham se atrapalhado com este seu carregado sotaque suíço! Muito bem. No programa da semana passada, Norval Blaquière, professor de 33 anos de Montreal, solteiro, conquistou um total de 10 mil dólares antes de limitar seu tema para... literatura árabe! Em seguida decidiu passar a tocha para seu melhor amigo, que agora temos o prazer de chamar ao nosso palco. Senhoras e senhores, uma calorosa salva de palmas para... Noel Burun!

Sinal de APLAUSO.

— Bem-vindo ao nosso programa, Noel. Como se sente vindo aqui, para tirar seu melhor amigo da fogueira, hã? Nervoso? Muito dinheiro está em jogo. Noel?

Minhas vísceras se retorciam, os ossos já haviam se derretido. Levei a mão à orelha, como se não estivesse ouvindo direito.

— Perguntei se você está nervoso. Noel? Devemos cortar aqui, Pierre?

— A gente edita depois. Pode continuar.

— Como já foi explicado, você pode desistir agora ou arriscar o grande prêmio de 50 mil dólares. Mas, se errar uma única resposta, perde tudo que Norval Blaquière já ganhou até aqui. Volta para o zero, que aliás é uma palavra de origem árabe. É ou não é, dr. Volta? Então, Noel, o que será?

Como se varridas por uma tempestade de areia, pequenas contas cor de berinjela, revestidas de fiapos de pluma, rodopiavam furiosamente no interior do meu crânio. Fechei os olhos, deixei a cabeça bambear para a frente e para trás e procurei dominar o cérebro, por pouco não o reduzindo a um estado vegetativo.

— Noel? Perguntei o que pretende fazer. Noel, tudo bem com você? É o nervosismo que está começando a bater, não é?

A voz parecia distante, como se viesse do walkman de outra pessoa.

— Não, eu... eu gostaria de continuar, sr. Lafontaine.— Minha voz estava trêmula, eu mesmo podia notar. — Por favor.

— Excelente. Muito bem, nosso tema é literatura árabe, e aqui está o primeiro de três envelopes lacrados, contendo as perguntas do programa de hoje. Segundo fui informado, o dr. Émile Volta, neurologista de renome internacional, concebeu algumas perguntas realmente do cacet... merda.

— Corta! — berrou o garoto desgrenhado. — De novo, a partir de "segundo fui informado".

— Segundo fui informado, o dr. Émile Volta, neurologista de renome internacional, concebeu algumas perguntas realmente cabeludas para esta semana. Portanto, veremos daqui a pouco se Noel Burun tem o conhecimento necessário para nos surpreender. Pronto, sr. Burun? Podemos começar?

Fiz que sim com a cabeça e sequei o suor do rosto com um lenço de papel. Sentia tanto calor que tinha a impressão de estar exalando cheiro de carne queimada. Nas coxias eu havia mascado algumas folhas de betel com limão, que JJ me dera. As vozes agora ressoavam bem mais altas em meus ouvidos, como se eu estivesse usando fones.

— Vamos lá, então. Aqui vai a primeira pergunta! Omar Khayyam, poeta e astrônomo persa do século XI, é mais conhecido por uma coleção de quadras epigramáticas, um total de 101 estrofes, chamada "Os Rubayat". Valendo 25 mil dólares... Queremos que você recite a septuagésima quarta estrofe!

Um zunzum perpassou a plateia enquanto, apertando as pálpebras, eu tentava bloquear tudo aquilo que pudesse interferir com minha memória. Vi o rosto de mamãe — tão mais jovem! —, e depois ouvi sua voz...

— Noel? Está me ouvindo? Quer que eu repita a pergunta?

— Ontem a loucura deste dia preparou;/O Silêncio, o Triunfo ou o Desespero de Amanhã;/Bebe! Pois não sabes de onde vens, tampouco por quê:/Bebe! Pois não sabes por que vais, tampouco para onde.

Jack examinou sua ficha minuciosamente; depois de um tempo, decepcionado e sério, levantou o rosto para dizer:

— Noel, desculpe, mas... sou um leitor muito lento. Li tudo que está escrito nesta ficha, palavra por palavra, e sou obrigado a informar que você está... err... que você está... absolutamente certo! Sen-sa-ci-o-nal! Quanta emoção no programa de hoje, senhoras e senhores! Aposto que vocês nunca se divertiram tanto na vida!

Sinal de APLAUSO.

— Muito bem. Vamos adiante. Segunda pergunta, valendo 35 mil dólares. Em As noites da Arábia, obra também conhecida como As mil e uma noites, há uma história titulada "O comedor de haxixe", que narra o vexame dado pelo personagem principal depois de... comer haxixe. Valendo 35 mil dólares, gostaríamos que você recitasse a passagem em questão.

Fechei os olhos de novo. Essa era fácil. JJ havia me mostrado justamente essa passagem na noite anterior.

— "Ambos apontavam para o zabb desnudo, que se prolongava no espaço até onde era humanamente possível, tão grande quanto o de um jumento ou elefante. Alguns buscavam jarros de água fria para derramar naquela coluna."

Jack Lafontaine olhou para a ficha, depois para a plateia, depois para o dr. Vorta.

— Quanto ao jumento eu não sei, mas nosso Noel aqui seguramente tem a memória de um elefante!

Sinal de APLAUSO.

— Muito bem, excelente... Ah, o rufar dos tambores! Estão ouvindo? Isso só pode significar uma única coisa: a pergunta final! Conseguirá Noel Burun escapar mais uma vez da execução? Como a Sherazade? Como estão os nervos aí, meu amigo?

— Pra dizer a verdade, sr. Lafontaine, estou bastante nervoso. Mas as tonalidades da sua voz são muito relaxantes. Têm aquele branco prateado e suave do potássio...

— Têm... o quê? Bem... muito obrigado, Noel. Muito gentil da sua parte. Será que estou corado? Espero que nosso diretor esteja ouvindo. Ouviu isso, diretor? Noel gosta do branco-

prata da minha voz! Mas agora precisamos seguir adiante. Não sei se vocês aí de casa podem sentir, mas aqui no estúdio a tensão é quase palpável! Por pouco não podemos cortá-la com uma faca! Ou melhor... com uma cimitarra! Agora chegamos ao momento da verdade. Preparado, Noel? Vamos lá: também em As mil e uma noites, *numa fábula titulada "Al-Rachid e o traque", um remédio bastante peculiar é recomendado a um viajante. Valendo 50 mil dólares, liste os ingredientes deste remédio.*

Eu não tinha a menor lembrança da tal fábula. Seria possível que JJ a tivesse contado enquanto eu não estava ouvindo? Ou mamãe, na minha infância? Fiquei ali, esperando que as palavras e as cores se descortinassem na minha mente.

— Ahã. Noel. Algum problema? O tempo está correndo...

Tentei me concentrar, mas no quê? Sentia a cabeça ficando cada vez mais quente, as ondas alfa quebrando umas contra as outras, o mecanismo de busca ameaçando pifar. Olhei para baixo, distraído por algo que se movia: minhas mãos trêmulas. Eu nem sequer conseguia cruzar os dedos para dominá-las. No pulso, pela primeira vez notei o transponder *canino de JJ. A resposta estaria ali? Norval estaria enviando algum sinal? Olhei com mais atenção. O mostrador não acusava nada.*

— Preciso que você responda nos próximos dez segundos, meu amigo; caso contrário, seu dinheiro irá pelo ralo. São 50 mil dólares que estão em jogo...

Fui assolado por uma tempestade de números enquanto se sucediam os segundos: 10 x 1 / 31.556.925,9747 do ano tropical; 10 x 9.192.631,770 ciclos de radiação na transição espectral do césio-133...

– Noel, infelizmente teremos de...

Césio. Metal maleável e esbranquiçado; símbolo Cs; número atômico 55, peso atômico 132,91... Senti uma luz violenta golpear-me com força, mas por trás, na altura da nuca. Olhei para a plateia, mas não consegui enxergar um palmo à frente do nariz! E a voz que acabara de ouvir, uma voz em preto e branco... Virei-me para o apresentador mas foi como se estivesse olhando através daquelas lentes de visão noturna: o rosto dele apresentava um brilho cinzento e leitoso, e os olhos não estavam lá.

— ...acht, sieben, sechs...

Seria o dr. Vorta quem estava fazendo a contagem regressiva? Novamente olhei para a plateia, e dessa vez consegui avistar uma imagem desfocada da mamãe, como se as lágrimas me empanassem a visão. Ela estava do mesmo modo como a vi no dia em que papai morreu: cabisbaixa, olhos fechados, punhos cerrados. Eu não podia decepcioná-la!

— ...drei, zwei...

Alguém da plateia caminhava na direção do palco... Heliodora Locke!

Palavras preenchiam a atmosfera, e de repente percebi que vinham dos meus lábios: "Colha três onças do sopro do vento, três onças dos raios do sol, três onças dos raios da lua..."

— Continue.

— "Misture-as cuidadosamente num pilão sem fundo e deixe-as expostas ao ar durante três meses. Por outros três meses macere o composto; em seguida, despeje-o numa vasilha com furos no fundo..."

O dr. Vorta conferiu o que estava escrito em sua ficha. Vi que ele movimentava a cabeça, mas não consegui dizer se aquilo era um sinal de aprovação ou decepção.

— Qual era o antigo nome de Youssef Islam?

— O quê? — Decerto eu ouvira mal; a pergunta não tinha nada a ver com o tema. Então, ganhei o dinheiro ou não ganhei?

— Qual era o antigo nome de Youssef Islam?

Meu cérebro latejava, e a boca, completamente seca, não conseguia produzir as palavras. Olhei a meu redor em busca de água, mas meu copo estava vazio.

— Cat Stevens — respondi afinal.

— Qual das seguintes palavras não é de origem árabe: alquimia, assassino, álcool, escarlate, xeque-mate, zênite?

— Mas... todas são de origem árabe.

— Qual a etimologia da segunda palavra mencionada?

— Não estou... não estou entendendo. "Assassino" vem de uma palavra árabe que significa "consumidor de haxixe".

— Quem escreveu o romance Zabibah e o rei?

Uma luz brilhava contra meu rosto. A lanterna de caçador da mamãe. Empunhada pelo dr. Vorta.

— Saddam Hussein.

— Quem escreveu O suicídio do astronauta e outras histórias?

— Coronel Muammar Khadafi.

— Quem é o pai da alquimia árabe? Onde e quando morreu?

— Jabir ibn Hayyan. Kufah, Iraque, 815.

— Quem é o "Príncipe da Medicina" da Pérsia, e qual foi seu legado?

— Avicena. Sua obra O cânone da medicina *é o livro mais famoso de toda a história da medicina, tanto no Oriente quanto no Ocidente.*

— Quantas sinapses existem no cérebro?

— Mas o que isso tem a ver com...

— Quantas sinapses existem no cérebro?

Certa vez fiz essa mesma pergunta a papai. O que ele havia respondido?

— São tantas sinapses quantas são as estrelas no céu.

— Correto. O inventor da televisão. Por favor, enuncie sua resposta na forma de uma pergunta.

Baixei a cabeça, cobri os olhos com as mãos.

— Quem é Vladímir Zvoríkin?

— A deusa da memória, e mãe das Musas.

— Quem é Mnemósine?

— Agora, uma pergunta musical. Quero que você me diga o nome do compositor e o título desta canção.

Ouvi os dois primeiros compassos. Em ré maior.

— Stephen Foster. Swanee river.

— Você por acaso tem, ou já teve, alguma fantasia sexual com a própria mãe?

— Não.

— Correto. E com Samira Darwish?

— Sim.

Sinal de APLAUSO.

— Quando você tinha um ano e meio de idade, qual era a cor do seu babador? Era (a) verde; (b) branco; (c) amarelo; ou (d) vermelho?

— Nenhuma dessas cores.

— Correto.

— Dr. Vorta, por que o senhor está me perguntando essas coisas? Não têm nada a ver com...

— Você vai continuar até errar uma resposta.

— Mas... por quê? O senhor vai fazer uma pergunta impossível, uma pergunta irrespondível...

— Usando o alfabeto da ONU, soletre e em seguida defina "olíbano".

— O quê? Mas isso não é um concurso de ortografia!

— Você foi o campeão de Quebec em 79, não foi?

— Sim, mas... ninguém pedia pra gente definir as palavras.

— Soletre e defina "o-lí-ba-no".

— Olíbano: Oscar, Lima, Índia, Bravo, Alfa, Novembro, Oscar. Trata-se de uma goma usada na Arábia para embalsamar. Também é conhecida como "incenso".

— Correto. Você sabe quem são os responsáveis pelos dois incêndios dolosos?

— Não.

— Acha que sou eu?

— Não.

— Sua mãe?

— Não.

— Ela já causou incêndios antes.

— Não foi ela, ouviu bem?

— Então quem foi?

— Não sei. Não sei a resposta. Isso significa que o jogo acabou, certo?

— Que jogo?

— Este... interrogatório. Essa amolação, esse abuso, esse inferno que já dura 25...

— Você encontrou uma cura para o Mal de Alzheimer?

— Encontrei.

— Você acha que induzi a doença em sua mãe de propósito?

— Não.

— Norval é um mentiroso?

— Ele exagera as coisas, mas não mente.

— Você acha que o distúrbio de memória dele tem alguma coisa a ver com meus experimentos?

— O quê? Que distúrbio de memória?

— Acha que sou responsável pelo suicídio dele?

— Que suicídio...

— Acha que sou responsável pelo suicídio de seu pai?

— Claro que não.

— Você está apaixonado pela Mulher do Banho?

— Não.

— Está apaixonado por Samira?

Hesitei um instante, senti o sangue queimar as bochechas. Olhei de relance para Samira, que irradiava contornos de si mesma — duplos, triplos, quádruplos! —, halos que inundavam meu cérebro feito raios de sol, deixando nos olhos milhares de moedas de ouro, de lantejoulas dançantes! Desviei o olhar na direção do dr. Vorta, cujo rosto cintilante foi se transformando no de outra pessoa. Cobri os olhos.

— Sim.

— Sim? — perguntou Jack Lafontaine. — Tem certeza? Não quer reconsiderar? Você pode embolsar o dinheiro e dar o fora agora mesmo! Faço de conta que essa pergunta jamais foi feita... Não? Tem certeza? Absoluta? Bem, então tenho algo a lhe dizer: você acaba de ganhar... 50 MIL DÓLARES!!! Uma grande salva de palmas para Noel Burun!

Sinal de APLAUSO.

— Muito bem, um pequeno intervalo pra recuperarmos o fôlego! Uau! Espero que vocês tenham gostado desta

performance... eletrizante, única! Pois eu gostei, e muito. Será que teremos outra? Agora que vamos doar todo o nosso dinheiro... será que teremos mais uma edição do programa? — *Jack parou um segundo para receber um cheque tamanho gigante.* — *Aqui está, Noel. É todo seu. E aquela ali nas coxias, é sua namorada? Linda, linda, linda. Tenho certeza de que vai adorar ajudar você a gastar sua fortuna! Muito bem, pessoal, na semana que vem, mais um tema e mais um grupo de candidatos novinho em folha! Uau! Não saiam daí!*

Os olhos de Noel foram se abrindo lentamente enquanto o dr. Vorta desligava os fios e removia a touca que ele jocosamente chamava de "o secador de cabelos". Quando ouviu a voz do médico, sentiu lufadas frias lhe perpassarem o corpo inteiro, como se alguém tivesse apertado um interruptor para desconectá-lo. Pela primeira vez na vida, não viu formas nem cores.[59]

Capítulo 23

O Álbum de JJ

O CANADA SCIENCE COUNCIL TEM O PRAZER
DE CONVIDAR O SR. E A SRA. JEAN-JACQUES YELLE
PARA A CERIMÔNIA DE ENTREGA DOS

Filler
Blue-Chip Awards

a ser realizada no dia 21 de novembro de 2002,
às 18 horas, no salão do Hôtel Bonaparte,
em Victoriaville, Quebec.

Os FBC Awards contam com o apoio da
Helvetia Capital Management,
responsável pelo jantar comemorativo e
pela divulgação do evento em jornais de todo o país.

(22/11/2002)

Neurologista de Montreal é homenageado

Nouvelles Télé-Radio

VICTORIAVILLE, QUEBEC. Em cerimônia realizada ontem no Hôtel Bonaparte de Victoriaville, o dr. Émile Vorta, neurologista de Montreal, foi agraciado com o Filler Blue-Chip Award na categoria de melhor livro científico. *Comme si j'avais Mille ans* (Editora Memento Vivere), que trata do fenômeno da sinestesia, foi extremamente incensado pela crítica especializada em razão do rigor nas pesquisas e da originalidade dos insights.

"Émile Vorta é o Colombo do Canadá, um explorador da neurologia, um homem em busca de novos horizontes e territórios desconhecidos", declarou o presidente do júri, o professor Antoine Blorenge da Université du Québec, que também ressaltou a qualidade dos poemas à epígrafe de cada capítulo.

Em seu discurso de agradecimento, que durou quase uma hora, Émile Vorta declarou que "a boa pesquisa é como um bom romance: todos podem compreendê-la, todos podem se relacionar com ela." E depois de tecer loas à "mente inquisitiva" e à "ambição propulsora", prometeu doar parte do prêmio de 10 mil dólares para a Alzheimer Society of Canada.

(20/01/2003)

Congresso sobre o Mal de Alzheimer anuncia importantes avanços científicos

Prêmio é conferido a neurologista

Agence Suisse

Basileia, Suíça — O maior congresso sobre Mal de Alzheimer foi inaugurado hoje na Basileia, prometendo grandes avanços no tratamento dessa doença que ainda acometerá milhões de pessoas com o aumento da expectativa de vida e o envelhecimento da população mundial.

Na cerimônia de abertura, a Alzheimer's Association agraciou o dr. Émile Vorta, professor de neurologia da Universidade de Quebec, Canadá, com o Friederich Caflisch Award for Lifetime Achievement. O prêmio, a maior honra concedida pela Associação, enaltece os pesquisadores cujas extraordinárias realizações servem de inspiração contínua para a comunidade neurológica internacional.

Semana passada, em Haia, o dr. Vorta foi nomeado Cavaleiro da Ordem do Leão Holandês, honra pessoalmente concedida pela rainha Beatriz, da Holanda.

(Continua na página A2)

(20/01/2003)

Publicidade

MAL DE ALZHEIMER

AS PESSOAS NASCIDAS ENTRE OS ANOS DE 1946 E 1964, TAMBÉM CONHECIDAS COMO "BABY-BOOMERS", TÊM EXERCIDO, DURANTE DÉCADAS, GRANDE INFLUÊNCIA NA ÁREA DAS PESQUISAS MÉDICAS. QUANDO ESTAVAM NA FAIXA DOS VINTE ANOS, QUERIAM MELHORES MÉTODOS DE CONTRACEPÇÃO; NA FAIXA DOS TRINTA, EXIGIAM TECNOLOGIAS QUE AS PERMITISSEM TER FILHOS MAIS TARDE; E AGORA, NA FAIXA DOS QUARENTA E CINQUENTA, DEMANDAM MELHORES TRATAMENTOS PARA A MEMÓRIA.

DESCOBERTAS RECENTES SOBRE O FUNCIONAMENTO DO CÉREBRO HUMANO ABRIRAM PORTAS QUE ATÉ HÁ POUCO TEMPO PERMANECIAM FECHADAS PARA A CIÊNCIA. ESSES AVANÇOS REVOLUCIONÁRIOS PROPORCIONARAM AOS TÉCNICOS DA NEUROFARMACÊUTICA OS FUNDAMENTOS NECESSÁRIOS PARA O DESENVOLVIMENTO DE UMA GERAÇÃO INTEIRAMENTE NOVA DE MEDICAMENTOS, OS QUAIS PODERÃO TRATAR E CONTER DIVERSOS DISTÚRBIOS DEGENERATIVOS, ENTRE OS QUAIS, O **MAL DE ALZHEIMER**.

ESTIMA-SE QUE 5,5 MILHÕES DE NORTE-AMERICANOS ACIMA DOS 65 ANOS SOFREM DESSA "EPIDEMIA SILENCIOSA". A PARTIR DESSA IDADE, A INCIDÊNCIA DO MAL DE ALZHEIMER DOBRA A CADA CINCO ANOS, E NA FAIXA DOS 85 ANOS, ACOMETERÁ QUASE METADE DA POPULAÇÃO.

NÓS DA **HCM** ACREDITAMOS QUE ESSA NOVA GERAÇÃO DE MEDICAMENTOS É UM INVESTIMENTO INTELIGENTE PARA O FUTURO. DESCUBRA POR QUÊ.

HELVETIA
CAPITAL MANAGEMENT
(450) 874-9988

(21/01/2003)

The Gazette

Showbiz chez nous

Film Lawsuit Tossed Out

Uma juíza do Quebec determinou como improcedente a ação movida por Jean-Jacques Yelle, escritor *freelancer* de publicidade, contra um grupo de empresas norte-americanas de distribuição cinematográfica. Segundo Yelle, o bordão de sua autoria ("Um filme sobre isto e aquilo e outros..."), usado para a divulgação de filmes, foi reproduzido inúmeras vezes sem a devida autorização.

Mas a juíza Anne Dupré indeferiu a ação antes mesmo que fosse levada a juízo no dia 15 de fevereiro.

"Ficamos extremamente satisfeitos com a decisão judicial", declarou o porta-voz da Warner Bros. "A tese do reclamante é de que nossa empresa deveria ter pedido autorização para usar uma construção sintática de uso absolutamente comum, o que representa uma grave ameaça para a liberdade de expressão."

A MGM saudou o indeferimento como "uma vitória para todos os escritores, que podem continuar a buscar inspiração em frases de efeito e sonoridade rítmica sem que sua criatividade seja cerceada ou comprometida pela censura".

(14/02/2003)

Operação "Boa Noite, Cinderela"

Agence Québec Presse

MONTREAL, QUEBEC — A polícia de Montreal informou ontem que ajudou no desbaratamento de uma quadrilha que vendia substâncias químicas empregadas na confecção da droga GBH, popularmente conhecida como "Boa noite, Cinderela".

Denúncias anônimas levaram à prisão de duas pessoas no distrito de Lachine, em Montreal, nesta última quarta-feira. Numa operação subsequente, um total de 32 pessoas foram detidas em 12 cidades norte-americanas.

Pietro Debeurme, o suposto líder da quadrilha, foi indiciado ontem, em Albany, Nova York, por diferentes delitos, incluindo a importação e a distribuição de GBL. Ele se declarou inocente.

Marc Debeurme, irmão de Pietro, foi arrolado em um processo à parte nos Estados Unidos. Recentemente foi internado no Hôtel Dieu Hospital de Montreal, depois de ser atingido na cabeça por uma flecha.

Os irmãos quebequenses são acusados de operar um site na internet mediante o qual, segundo informou a polícia, foram comercializados mais de 5 mil "kits" de GHB, incluindo substâncias como GBL e BD. As apreensões de GBL, substância legal no Canadá mas não nos Estados Unidos, foram avaliadas em mais de 160 milhões de dólares.

O GHB é um depressor do sistema nervoso, potencialmente fatal, que pode causar sonolência, tonteira, náusea e perda de inibição. Em vários casos documentados, foi usado para sedar e estuprar mulheres na América do Norte e na Europa.

The Link, **Concordia University**

Exposição de arte mostra outro lado do Mal de Alzheimer

Segunda-feira, 5 de maio de 2003
Daphne Dubois, articulista

Stella Burun já estava com 56 anos de idade quando, pela primeira vez na vida, tomou dos pincéis. O que não a impediu de expor seu trabalho aos 57.

Suas telas, bem como as de três outros pacientes com Mal de Alzheimer, poderão ser vistas no saguão principal da prefeitura de Montreal, onde se realiza a exposição *Off by heart*, organizada pelo Departamento de Arteterapia da Universidade de Quebec e pela Canadian Alzheimer Association (seção de Montreal).

"Após o diagnóstico de MDA, há quem diga que a vida, ou pelo menos a qualidade de vida, chegou ao fim", observou a estudante de arteterapia Samira Darwish, uma das curadoras da exposição. "Mas há vida e arte depois do MDA. Esperamos que este evento faça as pessoas perceberem que algo no espírito dos pacientes de MDA transcende a própria doença, a própria morte."

Além das seis aquarelas de Stella Burun, a exposição inclui tapeçarias, esculturas e trabalhos diversos realizados por outros pacientes de MDA, residentes na região de Montreal: Esther Goldbloom, François Hogue e Maria Calderón (recentemente falecida).

Darwish espera que a iniciativa sirva de alerta: "O MDA não precisa ser uma grande tragédia. Estamos celebrando o espírito dessas pessoas, cujas vidas enriqueceram suas famílias e comunidades — até mesmo o mundo."

Para maiores informações, ligue para a Montreal Alzheimer Foundation: (514) 319-0800.

(11/11/2003)

Revolução na batalha contra a demência

REUTERS

Montreal, 11 de novembro de 2003 — Uma nova e potencialmente revolucionária "pílula da memória", com ingredientes que teriam sido usados por boticários árabes na Idade Média, vem apresentando resultados positivos no combate à perda da memória e à decadência física nos pacientes com Mal de Alzheimer, configurando o que talvez seja o primeiro tratamento eficaz para todos os estágios da doença.

Ainda não há cura ou tratamento preventivo para o MDA, que afeta cerca de 250 mil canadenses; os medicamentos aprovados até agora agem apenas sobre os estágios iniciais da doença.

Todavia, um estudo publicado na última edição do *Journal de médecine de Quebec* revela que, nos testes realizados durante seis meses em casos brandos e agudos de MDA, o medicamento A-1001 conseguiu refrear a deterioração física provocada pela doença. O composto é derivado em parte da alfaquetamina, da Hiperzina A (licopódio) e do amaranto. Estes dois últimos ingredientes são mencionados em *As noites da Arábia*.

"*C'est un miracle, rien de moins — à la fois pour les soignants et pour les patients*", disse o dr. Émile Vorta, da Escola de Neurologia da Universidade de *Quebec*, que liderou o estudo.

Noel Burun, ex-membro da equipe de pesquisas, a quem é atribuída a fórmula final do composto, não quis dar entrevista.

A nova droga A-1001 ataca os depósitos de amiloides e inibe a produção excessiva de glutamato, capaz de provocar a morte de células nervosas no cérebro.

(13/11/2003)

Escândalo na Universidade de Quebec

Vídeo incriminatório é encontrado no laboratório de psicologia

Journal de Montreal

MONTREAL — A polícia de Montreal informou ontem que realizou prisões relacionadas com um crime de sedação e estupro cometido em janeiro de 2002.

Denúncias anônimas resultaram na prisão de duas pessoas no distrito de Westmount, em Montreal, na quarta-feira passada.

Um vídeo incriminatório foi encontrado no Departamento de Psicologia Experimental da Universidade de Quebec. Com apenas um minuto e pouco de duração, as imagens mostram a vítima do crime, Samira Darwish, inconsciente, sendo examinada por dois indivíduos de jaleco e máscaras cirúrgicas.

Os nomes dos agressores, cujas vozes foram identificadas por um ex-técnico do laboratório, não foram divulgados.

(01/12/2003)

HONRA MÁXIMA PARA CIENTISTA DE MONTREAL

APQ

OSLO, NORUEGA — Émile S. Vorta, professor de neurologia da Universidade de Quebec, foi laureado com o Edvard-N. Scientific Award por suas valiosas contribuições no combate ao Mal de Alzheimer.

O prêmio é distribuído todos os anos pelo Instituto Norueguês, entidade científica de renome internacional, com sede em Oslo.

O suíço Vorta supervisionou as pesquisas que levaram à criação do A-1001, medicamento que possibilitou a intervenção no estágio de distúrbios cognitivos leves (que antecede a instalação definitiva do MDA), alterando ou impedindo o curso da doença. A nova droga também produziu resultados satisfatórios na reversão de quadros mais avançados.

Pela primeira vez desde a criação do prêmio, a divulgação do nome do premiado com o Edvard-N foi cercada de grande polêmica, visto que recentemente o papel de Émile Vorta na descoberta do A-1001 foi posto em dúvida por três jornais norte-americanos.

O nome do prêmio é uma homenagem ao investidor e filantropo norueguês que tornou possível a gratificação dos laureados com o montante de 2 milhões de coroas norueguesas, o equivalente a 400 mil dólares canadenses.

(24/08/2004)

THE NEW YORK DAILY TIMES

ÉMILE VORTA, 1930-2004

Pioneiro da neurociência criou as bases para o tratamento do Mal de Alzheimer

MONTREAL — Émile S. Vorta, ex-professor de neurologia da Universidade de Quebec e fundador da Editora Memento Vivere, cujas pesquisas no campo da memória resultaram no que muitos consideram a maior descoberta da neurofarmacêutica dos últimos 25 anos, a "pílula da memória" A-1001, morreu ontem, aos 74 anos, no Instituto Philippe Pinel de Montreal.

Vorta afastou-se das pesquisas e do mundo editorial em 2003, ao cabo de uma carreira de 42 anos, repleta de diversas honrarias de âmbito internacional. "Émile Vorta era um dos maiores expoentes da neurociência de sua geração", afirmou Patrick L. Lavigne, reitor da Universidade de Quebec.

O neurologista suíço foi um dos primeiros pesquisadores a mapear o lóbulo frontal do cérebro, antes tido como inacessível e imapeável. Empregou diversas técnicas — impulsos elétricos, neurofármacos, drogas alucinógenas, respostas comportamentais e outros métodos singulares — para explorar e descrever sua estrutura, sobretudo as funções relacionadas à memória.

Vorta foi também pioneiro na investigação da sinestesia e da hipermnésia, fenômenos para os quais criou um estimulador magnético transcraniano modificado, aparelho que batizou com o próprio nome (VTMS).

Foi agraciado com inúmeros prêmios, registrou um sem-número de patentes e publicou mais de quinhentos artigos em periódicos científicos do mundo inteiro. No entanto, sua longa e brilhante carreira não foi isenta de controvérsias.

(Continua na pág. 2)

Capítulo 24

O Diário de Noel (IV)

5 de janeiro de 2004. Como eram mesmo as palavras? "O mundo chegou a um estágio de brilhantismo sem consciência. Vivemos entre gigantes nucleares e bebês éticos." Não me lembro de quem disse isso — qualquer hora vou me lembrar —, mas ele ou ela tinha toda razão. Isso tem a ver com o que JJ disse sobre a inteligência do cérebro versus *a inteligência do coração...*

Também tem a ver com o que papai disse sobre a capacidade dos poetas de libertar aqueles sentimentos que mantemos presos no coração. Pra dizer a verdade, eu nunca soube ao certo que sentimentos eram esses. Que sentimentos deveriam ser libertados, e por quê? Mamãe me deu uma resposta: o que todos buscamos é a liberdade para nos doar. Para abandonarmos nossa autorreferência, para fugir dessa prisão que nos faz viver exclusivamente, egoistamente, só para nós mesmos. Esse é o tesouro, creio, que está escondido no coração encurralado.

Omar Bradley. (Acabei de perguntar a mamãe.)

6 de janeiro. Flocos de neve, enormes, rodopiam no ar. "Estão depenando gansos no céu", disse mamãe quando eu tinha quatro anos, no quintal da nossa casa de Babylon. Ela fechou o zíper do meu casaco de lã, que ela mesma havia tricotado, aterrissou-me na neve e me entregou uma pequena pá. "Era sua avó quem dizia isso", acrescentou, os cabelos acobreados roçando minhas bochechas enquanto ajustava o cachecol em torno do meu pescoço.

Essa lembrança é sólida, mas quase todas as outras são delicadas e fugidias, como os flocos brancos que agora desaparecem quando beijam o vidro.

Esta será minha anotação final.

Mamãe voltou a ser a pessoa que foi um dia, mais valiosa para mim do que receber toda a adulação do mundo, do que ganhar 1 milhão de vezes na loteria. Falou que adoraria que eu continuasse morando com ela, mas acho que é hora de seguir em frente. Há uma pessoa nova na vida dela, e outra na minha também. "Peça ela em casamento", mamãe sussurrou no meu ouvido no aeroporto.

Nunca quis fama nem fortuna, nunca busquei nenhuma dessas coisas. Como os gregos da Antiguidade, não fiz mais do que combinar, de um jeito novo, o trabalho de outras pessoas. Percebi certos padrões que haviam passado despercebidos, fiz conexões "irracionais", vi a beleza das coisas, e só. Mas nada disso teria acontecido sem os mapas e bússolas do meu pai, a bruxaria da minha avó, a "cabeça na lua" de JJ, os "pés no chão" de Norval. Sem Samira, minha musa, meu bálsamo, que provou que dardos de ouro podem advir da química; sem minha mãe, que com seu amor, sua fragilidade, fez que eu alcançasse um plano superior da existência, que eu me transformasse num cavaleiro, num mágico, num bobo, abrindo meus olhos para o milagre.

Capítulo 25

Epílogo do Ghostwriter

A documentação e as observações casuais se esgotam aqui.[60] Infelizmente não dispomos nem das anotações de laboratório de Henry Burun, de 1978, nem as de seu filho, de 2002, as quais incluem importantes detalhes a respeito da evolução e síntese da "pílula da memória". Acredita-se que essas anotações estivessem com o dr. Vorta, que tentava registrar a patente da droga antes de morrer.

Sem dúvida alguma Émile Vorta era um brilhante neurocientista; não era, tal como asseverava Norval Blaquière, um mentor invejoso que tentava sabotar um protegido mais competente. Tampouco era um "charlatão". Com exceção da A-1001, todas as suas descobertas foram comprovadamente legítimas. Todos os prêmios, salvo os relacionados à A-1001, foram merecidos. Ao longo de sua carreira, no entanto, o dr. Vorta colheu diversos inimigos, entre eles sua mulher, os quais tinham como missão desacreditá-lo. A última década de sua vida foi consumida na defesa de uma série de acusações, incluindo erros médicos, negligência e uso indevido de informações privilegiadas.

No início da década de 1990, por exemplo, Émile Vorta desenvolveu uma promissora droga para o tratamento dos estágios iniciais do Mal de Alzheimer, mas, em razão de deficiências nos testes clínicos, a FDC (*Food and Drug Canada*) não autorizou a produção e comercialização dessa droga pela Memoria Drugs, empresa com a qual ele vinha trabalhando. Mais tarde se soube que Émile Vorta vendeu suas ações nessa empresa pouco antes da divulgação do indeferimento da FDC. Foi intimado a depor, mas não chegou a ser indiciado.

Em meados da mesma década, foram abandonadas por falta de provas as acusações de que Vorta vinha pressionando os técnicos da FDC a fim de obter aprovação para os projetos de seu interesse.

No fim da década, Vorta foi acusado pela imprensa de receber comissões de empresas que patrocinavam pesquisas na área psicomnemônica, bem como uma remuneração excessiva para encaminhar pacientes para testes clínicos; rastros financeiros supostamente o vinculavam a dois laboratórios europeus, um fabricante de café solúvel e uma empresa de serviços financeiros, a Helvetia Capital Management.

Em 2002, seguindo acusações não comprovadas de um obscuro "informante" de que os alunos do dr. Vorta haviam escrito muitos de seus artigos, o Departamento de Psicologia Experimental da Universidade de Quebec conduziu "uma ampla investigação". A conclusão unânime, anunciada em 4 de novembro de 2002: "total absolvição".

Em 2003, alguns cientistas, entre eles o dr. Hyalmar Tjarnqvist, do Karlinska Institute da Suécia, contestaram certas realizações do dr. Vorta, em especial a alegação do pesquisador suíço de ter implantado uma memória artificial no hipocampo de Noel Burun. Yolande Foisy, diretora administrativa do Departamento de Psicologia Experimental da Universidade de Quebec, e mulher do ex-ministro da Saúde canadense, supervisionou duas investigações. Eis aqui a conclusão unânime do comitê de inquérito: "corroboração e endosso absoluto" das descobertas do dr. Émile Vorta, cujo laboratório se pautava "pelo rigor científico e por práticas laboratoriais exemplares". Ainda segundo o comitê, todas as alegações em contrário eram "infundadas".

Em dezembro desse mesmo ano, depois de receber o prêmio em Oslo, Émile Vorta foi acusado pelo dr. Charles Ravenscroft, um colega da Universidade de Quebec, de ter administrado uma substância ("Vortagon") para induzir o Mal de Alzheimer em pelo menos dois pacientes: Stella Burun e Norval Blaquière. Nenhuma prova nesse sentido foi encontrada até agora.

Ainda em dezembro de 2003, com relação ao vídeo associado ao caso de "Boa noite, Cinderela", Émile Vorta foi acusado de ter administrado à vítima uma substância nociva para cometer um ato criminoso. Mas não estupro ou nenhum outro tipo de abuso sexual, uma vez que não foram encontradas indícios nesse sentido. Numa audiência disciplinar realizada pelo *Collège des Médecins du Quebec*, Vorta negou qualquer envolvimento, mas não soube explicar as amostras de DNA que o vinculavam ao crime. Numa audiência pré-julgamento, foi declarado mentalmente insano e, em fevereiro de 2004, internado no Instituto Philippe Pinel.

Numa investigação subsequente, conduzida pela *Association des Neurologues du Quebec*, finalmente foi inocentado. Norval Blaquière, que havia realizado a filmagem com uma câmera escondida para suas "investigações particulares", revelou que os dois indivíduos de jaleco (um dos jalecos pertencia a Émile Vorta) eram o dr. Charles Ravencroft e a dra. Isabelle Rhéaume. Suas vozes, numa conversa quase inaudível que incluía as palavras "excesso" e "palácio da sabedoria", foram identificadas por Noel Burun.

Uma audiência preliminar revelou que a intenção do casal era plantar falsos indícios a título de vingança para "injustiças do passado", incluindo a demissão do dr. Ravenscroft. Antes de acompanhar Samira Darwish até a polícia, e depois para casa, eles decidiram (impulsivamente, e por sugestão do marido) levá-la para o laboratório do dr. Vorta com o objetivo de plantar material genético e fibras microscópicas comprometedoras. No entanto, tal como observou o advogado do casal, não foram eles que sedaram a vítima (o responsável pela sedação ainda não foi encontrado); pelo contrário, eles a salvaram de um possível estupro. As negociações judiciais resultaram numa sentença de 18 meses de liberdade condicional, uma multa de 5 mil dólares e 150 horas de serviços comunitários em dois asilos da ilha de Montreal.

Stella Burun, que estava destinada a terminar seus dias num desses asilos, recuperou a saúde por completo e voltou à sala de aula, dando aulas de história num Cégep de Montreal. Atualmente está namorando um colega de departamento, mais jovem, que durante anos foi apaixonado por ela: um viúvo com uma filha de dez anos. O casal pretende se casar em Aberdeen, na Escócia, no verão de 2006.

A regressão infantil de JJ Yelle terminou assim que ele reencontrou uma ex-namorada, na parada do Dia da Independência Grega em Montreal. Prostituta já de uma certa idade, ela havia acabado de sair de uma clínica de desintoxicação: "como se tivesse acordado de um pesadelo depois de ter hibernado no inferno", declarou JJ numa entrevista gravada. Eles viveram juntos por nove meses, mas não se casaram. Depois que JJ a ajudou a se reerguer, financeira e emocionalmente, ela decidiu voltar para os braços de um ex-namorado motoqueiro. O que não chegou a abalar JJ, pois ele se viu livre para propor casamento a Sancha Ribeiro, a Mulher do Banho. Atualmente o casal está morando numa fazenda na parte norte de Vermont, onde tem realizado experiências com um híbrido geneticamente modificado de repolho e sassafrás oriental, um inofensivo substituto para o tabaco. As estimativas de faturamento para

2006, incluindo rendimentos de patente e aportes de capital por parte da R.J. Reynolds, giram em torno dos 6 milhões de dólares. No presente momento JJ está negociando a compra do Cemitério Monte Real.

Norval Blaquière jamais chegou à letra Z, jamais passou do S. Tampouco passou da primeira rodada de perguntas no programa *Na Ponta da Língua*. Depois de completar a 26ª aula na escola dominical de catequese na capela da universidade, e de divulgar seu relatório a respeito do dr. Vorta, foi hospitalizado no início de 2004 com problemas de memória de curto prazo e sintomas de tumor cerebral, supostamente resultantes da ingestão crônica de drogas psicotrópicas experimentais, entre as quais a metaqualona (que produz amnésia e exacerbação dos sonhos), hidrato cloral e Vortagon, droga sem aplicação específica, supostamente desencadeadora do Mal de Alzheimer. Os primeiros lapsos de memória de Norval foram observados por Noel Burun, que em 24 de outubro de 2003 anotou em seu diário:

> *"De que diabos você está falando?", disse Norval. E eu podia ver pela expressão nos olhos dele — eu já tinha visto a mesma expressão nos olhos da mamãe — que ele de fato não estava conseguindo se lembrar. "Que história é essa de alfabeto?"*

Depois de receber alta do Hôpital Hôtel-Dieu, na primavera de 2004, Norval viajou para Hucknall, em Nottinghamshire, onde ficou durante alguns dias no Bed & Breakfast da sra. Pettybone. Num sábado ensolarado de meados de abril, seu corpo foi encontrado na margem norte do lago Byron em Newstead Abbey, o mesmo em que Teresa havia se afogado 12 anos antes.

Desde novembro de 2005, quando a Amarantina-1001 foi aprovada pela FDA, Noel Burun recusou todos os pedidos de entrevista, todas as homenagens públicas, todos os prêmios científicos. Também recusou os créditos pelo composto, atribuindo sua descoberta a uma equipe de pesquisas integrada por Henry Burun (já falecido), Norval Blaquière (já falecido), Jean-Jacques Yelle e Samira Darwish. Assim, toda a renda com patentes será dividida por quatro (as cotas de Henry serão pagas a Stella Burun; as de Norval, à sua mãe).

Quanto à sinestesia de Noel Burun, ela não foi totalmente erradicada pelo dr. Émile Vorta, mas reduzida a um nível brando, que hoje não constitui obstáculo na sua comunicação com terceiros. Da mesma forma, sua memória foi reduzida a apenas uma fração do que era antes. Apesar de sofrer, amargamente, com o roubo de uma grande parcela de sua vida interior, ele passou a aceitar o caráter comum e a tranquilidade de sua nova vida como uma espécie de compensação.

Embora Noel Burun e Samira Darwish não tenham medido esforços para proteger sua intimidade, relatos não confirmados dão conta de que o casal morou por um breve período na costa sudoeste de Long Island, e na lendária cidade de Al-Hillah, onde Samira implantou os alicerces para um centro comunitário de educação artística. Outros relatos, igualmente não confirmados, revelam que a filhinha deles é sinesteta.

Agradecimentos

Gostaria de agradecer a Helen e a Laura pelo estímulo e confiança, e a Seán, pelos conselhos, alguns dos quais foram seguidos fielmente. Para minha pesquisa sobre a sinestesia, as seguintes obras se revelaram verdadeiros tesouros: *Synaesthesia: The strangest thing*, de John Harrisson; *The mind of a mnemonist*, de A.R. Luria; *Synesthesia: A union of the senses* e *The man Who tasted shapes*, de Richard E. Cytowic. A mágica química foi inspirada tanto por Oliver Sacks quanto por meu pai: químico, representante de vendas do setor farmacêutico e criança por natureza, foi ele quem me ajudou a fabricar o iodeto de nitrogênio e outras coisinhas perigosas. Informações sobre o Alzheimer foram colhidas de diversas fontes, tanto institucionais (*Canadian Alzheimer Society, New York Memory & Healthy Aging Services, American Journal of Alzheimer's Care & Related Disorders*) quanto pessoais (Robert e Barbara Moore, meus pais, ambos vítimas do MDA)

Notas

1 Esta anotação, retirada do diário do já adulto NB, foi publicada pela primeira vez em minhas *Curiosités mnémoniques* (Montreal: Memento Vivere, 1993, pág. 27). Inicialmente fadado ao esquecimento, este livro, graças à crítica lúcida de diversos cientistas, gradualmente foi conquistando o reconhecimento de que até hoje desfruta. No verso da capa se encontra a cartela de cores de NB, reproduzida da décima segunda edição do livro.

2 A sinestesia (tal como definida por Fleurnoy 1895, Vernon 1930, Marks 1975, Cytowic 1989, Vorta 1990) é uma condição na qual um tipo de estímulo sensorial evoca a sensação de outro. No caso de NB, os sons desencadeiam a percepção de cores vívidas; do mesmo modo que Vladímir Nabókov e muitos outros, NB também percebe cores quando diante da palavra escrita. Na América do Norte, os sinestetas do sexo feminino predominam numa proporção de cinco para um, e os sinestetas canhotos (como NB), numa proporção de quatro para um. A sinestesia também ocorre em usuários de drogas alucinógenas (ácido lisérgico, mescalina), tal como veremos adiante.

3 Jamais usei chimpanzés em minhas pesquisas.

4 Não existe indício que sugira a sinestesia de Proust. Tampouco me recordo de haver mencionado Proust nessa conversa (possivelmente se trata de uma palavra reproduzida de maneira errada do diário de NB). Seja como for, podemos acrescentar dois pintores à lista, Kandínski e Hockney, bem como o compositor francês

Olivier Messiaen, e (talvez) o cineasta russo Serguei Eisenstein e o poeta japonês Basho. Nenhum par de sinestetas, claro, vê ou ouve as mesmas coisas: para Rímski-Kórsakov, o tom de fá sustenido maior tinha uma tonalidade verde; para Scriábin, violeta. (A partitura do *Prometeu* de Scriábin incorpora luzes multicoloridas.) A sinestesia de Rimbaud ("Eu inventei as cores das vogais! — *A* preto, *E* branco, *I* vermelho, *O* azul, *U* verde. Criei regras para a forma e o movimento de cada consoante", ele diz em *Une saison em enfer*, "Délires II: Alchimie du Verbe") era exacerbada pelo consumo de haxixe e absinto. Quanto a Baudelaire, ele alude à sua sinestesia no poema "Correspondências": "Como ecos longos que a distância se matizam/Numa vertiginosa e lúgubre unidade,/Tão vasta quanto a noite e quanto a claridade,/Os sons, as cores e os perfumes se harmonizam."* E nas *Flores do mal* ele declara, imortalmente: "Possuo mais lembranças do que possuiria caso tivesse mil anos de idade."

5 Entre eles o físico Richard Feynman, que declarou: "Quando vejo uma equação, enxergo letras coloridas — não sei por quê. Quando falo, enxergo imagens vagas da Função de Bessel, do livro de Jahke e Emde, com jotas bege-claros, enes azul-violeta e xis marrom-escuros voando por toda parte. Fico pensando: que diabos passará pela cabeça dos alunos?" R.P. Feynman, *What do you care what other people think?* (Londres: Harper Collins, 1988), p. 59.

6 Gravação realizada em 12 de setembro de 1977. Como já foi dito em outro lugar, os "mapas mnemônicos" de NB lembram aqueles usados pelo poeta grego Simônides (c. 556-468 a.C.), conhecido como o "inventor da arte da memória." Num banquete na corte de Scopas, rei da Tessália, Simônides foi convocado a recitar um poema lírico em homenagem ao anfitrião. O que ele de fato fez, mas não sem incluir os deuses Castor e Pólux em sua elegia. Ofendido em sua vaidade, Scopas informou ao poeta que lhe pagaria apenas metade da quantia acordada, acrescentando que "Castor e Pólux seguramente se [encarrega-

* Tradução de Ivan Junqueira. (*N. do T.*)

riam] de pagar a metade faltante". Em meio às gargalhadas dos cortesãos e sicofantas, um recado foi trazido para Simônides, dizendo que dois jovens a cavalo estavam ansiosos para vê-lo do lado de fora. O poeta se apressou até a porta, mas não viu ninguém. De repente, o teto do salão de banquete desabou com estrondo, soterrando Scopas e todos os seus convidados. Os cadáveres ficaram de tal modo desfigurados sob os escombros que nem sequer puderam ser reconhecidos pelos parentes que haviam acorrido em busca deles. Simônides, no entanto, se lembrava exatamente do lugar em que cada um estava sentado à mesa e, portanto, pôde indicar a cada parente seus respectivos mortos. Para o poeta, o alicerce da arte da memória era a "organização meticulosa". Segundo Cícero, "Simônides inferia que as pessoas desejosas de treinar essa faculdade [da memória] deviam escolher lugares e formar imagens mentais das coisas que desejavam memorizar, e guardar essas imagens nesses lugares de modo que a ordem dos lugares preservasse a ordem das coisas, e as imagens das coisas denotassem as coisas propriamente ditas, e os lugares e imagens fossem utilizados respectivamente como tábulas e letras" (*De oratore*, II, xxxvi, 351-4). A maioria dos sinestetas possui uma memória espacial acima da média e, de modo geral, se lembra de grandes blocos de conversas, prosa, diálogos de cinema, etc.

7 Entre os diversos artigos que fazem referência a meu trabalho encontram-se: "Extra-Sense perception", de Vernon McQueen, publicado no *Beacon* de Babylon (15/12/1977); "Eine Verabedung um grüm Uhr", de Monika Binder, publicado no *Wormser Zeitung* (28/02/1978; "Mommy! I hear colors!", de Felicia Brawne, publicado no *National Enquirer* (09/03/1978). Caso eu fosse uma pessoa suscetível, poderia ofender-me com a descrição que a srta. Brawne faz de meu sotaque como um "mingau seco e espesso [...], por vezes compreensível apenas com o auxílio de legendas". No mesmo artigo se encontra uma fotografia supostamente minha: o senhor fotografado possui a cabeça calva e o rosto coberto por uma farta barba, sendo que meu aspecto é o exato oposto. Além disso, sou consideravelmente mais jovem.

8 Por mais extraordinários que pareçam, esses números nem sequer chegam perto dos recordes mundiais (respectivamente: 34,03 segundos; 22,5 baralhos; um número de quatrocentos dígitos; um número de 1.820 dígitos.) Aliás, a campeã mundial da memória é Svetta Nemcova, uma tcheca bastante vivaz, mencionada em determinados tabloides, sem nenhum fundamento, como o "pivô" de meu célebre divórcio.

9 As confabulações e fantasias de NXB, frequentemente verificadas em casos de Síndrome de Kórsakov, são descritas no meu artigo "Confissões de um mentiroso patológico" (*Frontier Science*, maio de 2001). As "drogas gratuitas", sobretudo LSD, mescalina e psilocina (*Psilocybe mexicana* e *Stropharia cubensis*), referem-se à participação de NXB em meus estudos-piloto sobre a sinestesia induzida por drogas.

10 Heinrich Kluver, um cientista relegado ao esquecimento até que resgatei seu trabalho, identificou quatro tipos básicos de formas alucinatórias: (a) espirais; (b) túneis e cones; (c) teias de aranha; e (d) ranhuras e favos. As formas coloridas da sinestesia idiopática de NB geralmente recaem numa dessas quatro categorias, sobretudo a primeira. As formas da sinestesia induzida por drogas de NXB, por outro lado, incluem essas quatro categorias, além de outras 23: pinças (formas elásticas com pontas que lembram as hastes de uma pinça); suásticas; escudos; cavilhas de tolete; cilindros lumbricais; caramujos; quadrantes (quartos de um círculo); roscas; formas amendoadas; fieiras de contas; plumas; pontas de flecha; anzóis; cerdas; bastões; cilindros de pergaminho; curvas sigmoides.

O comentário de NXB, sobre minha condição de "corno" (ver nota 9 acima), ainda me aborrece. Com relação a meu notório divórcio, o escândalo ganhou alento em razão de invencionices desta ordem: a matéria-prima dos jornalecos especializados em crimes hediondos e irregularidades sexuais apimentadas. Para um relato mais factual do episódio, ver a edição de 2 de abril de 2001 do *Le Devoir* (matéria de primeira página, que começa da seguinte forma: "No universo dos cientistas do cérebro, Émile Vorta é uma estrela de primeiríssima grandeza...").

11 É possível que NB esteja se referindo à seguinte passagem do *Prometheus unbound*, de Shelley, um dos poemas preferidos de seu pai:

> *Prometheus saw, and waked the legion hopes*
> *Which sleep within folded Elysian flowers,*
> *Nepenthe, Moly, Amaranth, fadeless blooms;*
> *That they might hide with thin and rainbow wings*
> *The shape of Death… (II, iv, 59-65)**

12 "Um dia acordamos e nos descobrimos velhos" (literalmente: "fugazes desaparecem os anos"). Como me identifico com Stella nesse aspecto! Infelizmente. Dediquei toda minha vida à ciência, ao custo do amor de minha mulher e minha filha. Houve um momento, no final da década de 1980, em que percebi o que estava perdendo, bem como o que precisava fazer para recuperá-lo. Ainda assim escolhi outro caminho: 16 horas diárias de trabalho, xícaras e mais xícaras de café Maxwell House para me manter acordado, o trabalho acima de todas as coisas, inclusive a idade e a família. Os legítimos cientistas, assim como os legítimos artistas, dão péssimos maridos.

13 Tal como fui informado por um ex-governador do Quebec, o lema da província, "Eu me lembro", vem de um poema anônimo que começa com os seguintes versos: *"Je me souviens/que né sous le lys/Je croîs sous la rose"* ("Eu me lembro/que nascido sob o lírio (francês),/cresci sob a rosa (inglesa)"). Talvez tenham sido minhas convicções soberanistas que me detiveram, pelo menos subconscientemente, de aperfeiçoar meu inglês oral. Ver nota 7, segunda frase, que até hoje me incomoda.

14 Claude Jutras, o cineasta quebequense, era amigo e colaborador de François Truffaut, Bernardo Bertolucci e Jean Rouch, e admirado por Cassavetes, Cocteau e Jean Renoir. (Em abril de 1972, nosso

---

* Prometeu viu, e despertou as legiões de esperanças/ que dormiam em meio às dobras de flores elísias, / Nepente, Móli, Amaranto, flores sempiternas; / Que talvez escondessem sob asas finas e multicolores / o vulto da Morte... (*N. do T.*)

primeiro aniversário de casamento, minha mulher e eu assistimos ao *Mon oncle Antoine*, de Juras, em Genebra.) Ele estudou medicina na Universidade de Montreal e durante um tempo trabalhou como residente, época em que o conheci. Mais tarde fiquei sabendo que Jutras era filho de um conhecido radiologista e descendia de uma linhagem de médicos. Era um "homem do Renascimento", pois em seguida foi trabalhar como ator, escritor, pintor e, claro, diretor de cinema. Depois do diagnóstico de Mal de Alzheimer, saiu de casa, em novembro de 1986, e nunca mais voltou. Cogitava-se que ele tivesse se perdido, que já não se lembrasse mais de quem era. O mistério só seria deslindado alguns meses depois, quando o corpo dele, já em avançado estado de decomposição, foi encontrado flutuando em meio ao gelo do rio São Lourenço. Foi identificado por um bilhete no bolso das calças: "Sou Claude Jutras".

15 Quem disse que os suíços não produziram nada além do relógio de cuco? Esse ilustre médico e alquimista quinhentista, rebento da minha cidadezinha natal de Einsideln, definiu o papel da química na medicina e plantou as sementes da homeopatia. Publicou *Der grossen Wundartzney* (*O grande livro da cirurgia*) em 1536, bem como uma descrição clínica da sífilis em 1530.

16 Minhas barbas jamais foram "quimicamente alvejadas". Quanto ao resto, continue a ler.

17 Como de hábito, trata-se de um grande exagero por parte de NXB. A memória dos seres humanos se processa a uma taxa de dois bits por segundo. Ao longo da vida, essa taxa pode produzir 109 bits, ou seja, apenas algumas centenas de megabytes. De qualquer modo, a analogia não vai muito longe: o computador é um processador serial, ao passo que o cérebro humano é paralelo. Ver "Dracula, let me count the bytes" (*Journal of Cognitive Science* 12, 1998, pp. 244-65), escrito por um aluno sob minha supervisão.

18 Ver nota 15, primeira frase.

19 No artigo "Oedipus Anorex" (*Scottish Journal of Art and Cognitive Neuropsychology*, abril de 1991), comparo a obsessão de lorde Byron pelas dietas, e a associação que faz entre a fome e o autodomínio, às práticas atuais dos jovens anoréxicos. É óbvio que a

repulsa que Byron sentia pela imagem de uma mulher comendo tanto tinha a ver com sua compulsão dietética quanto com a obesidade da mãe. Quanto à ocasional "gordura e loucura" de Noel Burun, o peso de Noel sempre esteve de acordo com os padrões para sua idade e altura, e de louco ele não tem rigorosamente nada.

A essa altura o leitor já terá notado meu interesse pelas artes. Minha editora, apesar de especializada em textos científicos, também publica poesia, romances e contos relacionados a temas científicos. Pois um dos principais propósitos da arte está em sua função cognitiva: um meio de alcançar a verdade. O pai de NB, Henry Burun, ia mais longe: considerava a arte um meio de acesso às formas mais altas de conhecimento disponíveis ao homem, impossíveis de serem alcançadas por qualquer outro caminho.

20 Cabe aqui uma explicação: trata-se de uma referência ao famoso (ou infame) comentário do príncipe Phillip, o qual contém, sejamos bem francos, um fundo de verdade. Em 1996, contratei um paquistanês que instalou em meu laboratório um sistema elétrico não muito diferente do de JJ.

21 Émile Nelligan (1879-1941) geralmente é tido como o poeta nacional do Quebec (embora fosse filho de um dublinense). Depois de "esgotar" sua criatividade aos 19 anos, Nelligan passou o resto da vida internado em instituições psiquiátricas. Ver meu artigo "La schizophrénie et la poésie", em *Art et neuropathologie* (Memento Vivere, 1988).

Cabe esclarecer que não sou apenas um teórico da arte, mas também um praticante: tal como meus leitores bem sabem, tenho o costume de "dar o tom" de meus artigos científicos, ou capítulos de obras mais extensas, com um poema epigramático ou "*intermezzo*" de minha própria autoria. (Durante um tempo, fui semioficialmente considerado o *Mundartdichter*, ou poeta local, de meu cantão na Suíça.) Estarei enganado se um único desses poemas não preserva pelo menos um resquício da emoção pela qual teve de passar antes de ser vertido pelos lábios da Musa. Um deles, intitulado "Der Regenbogen" (*O arco-íris*), recebeu a seguinte crítica: "Cada verso é tão meticulosamente calibrado que o verso final produz no leitor o efeito de uma trovejada" (*Neue Zürcher Zeitung*, 09/08/99).

22 Longe de ser "doido", seja "o tempo inteiro ou de vez em quando", JJY é de modo geral um indivíduo bastante centrado, com um QI bem acima da média (120-125). Em razão de um histórico de ligeiros distúrbios comportamentais na infância, incluindo enurese, incontinência intestinal, sonilóquio e bruxismo, o médico da família de JJY o encaminhou a um psiquiatra, que por sua vez o encaminhou a um neurologista de nosso departamento, o dr. Charles Ravenscroft. Depois de diversos exames, o dr. Ravenscroft descobriu uma deficiência de grandes células nervosas conhecidas como "células de Purkinje", bem como um excesso de serotonina; por conseguinte, concluiu que JJY sofria de um caso leve de autismo, de componente genético. Suspeitando de certa negligência nos procedimentos e irregularidades nas análises, repeti pessoalmente todos os testes e tomografias, e cheguei à minha própria conclusão: mais uma vez o dr. Ravenscroft havia se equivocado na diagnose.

A capacidade mnemônica de JJY também está acima da média. Testes revelaram uma excelente memória para imagens: JJY se lembrou de dez dos 12 objetos que lhe haviam sido mostrados quarenta minutos antes; no mesmo intervalo, reproduziu perfeitamente todos os desenhos de Weschler. A memória para elementos verbais não se mostrou tão boa, mas ficou na média da Escala de Memória Lógica de Weschler. Perfil psiquiátrico: exibindo uma série de traços pedomórficos, JJY se encontra mais ou menos estacionado no segundo estágio do desenvolvimento psicossexual. Com a morte dos pais, e a perda da namorada, JJY buscou refúgio numa juventude idealizada e nostálgica: no "Peterpandemônio" (termo que cunhei em 1992) que caracteriza sua geração. Ver meu artigo "Peterpandemônio", *Zeitschrift für die Gesamte Neurologie und Psychiatrie*, LX, pp. 399-419.

A essa altura, meu interesse nos protagonistas desta história já deve estar evidente. Para os mais lentos, no entanto, aqui está o pentagrama de pesquisa: (I) NB — sinestesia/hipermésia (idiopáticas); SB — amnésia (Mal de Alzheimer); (3) NXB — sinestesia (induzida por drogas); (4) SD — amnésia (de curta duração, antidotista); (5) JJY — (nostalgese/criatividade (induzidas por Estímulo Magnético Transcraniano).

23 Ver nota 15. Ulrich Boner foi um escritor suíço do século XIV, cuja coleção de fábulas em verso foi o primeiro livro a ser impresso na língua alemã (1461). Chamava-se *Der Edelstein* (*A pedra preciosa*), pois à época vigorava a crença de que as pedras preciosas tinham o poder de encantar, e Boner desejava que suas fábulas tivessem o mesmo poder.

O escritor francês mencionado antes dele, Antoine Galland, publicou a primeira tradução em língua ocidental de *As mil e uma noites* entre os anos 1704 e 1717. Uma das histórias dessa obra-prima da literatura persa, "A história do dorminhoco despertado", será uma grande fonte de inspiração para NB.

24 Meus pesquisadores garantem que esta cifra está longe de ser um recorde. Ao longo de sete anos, um escritor britânico chamado John Creasey escreveu inúmeros romances para os quais, até 1925, ano em que finalmente foi publicado seu primeiro livro, ele recebeu 743 cartas de rejeição. Dois desses livros, segundo afirmou o próprio Creasey, foram escritos em uma semana, com jogos de críquete durante as tardes.

25 Achei que era minha obrigação moral.

26 Em termos psiquiátricos, NXB sofre de satiríase ou dom-juanismo: uma excessiva preocupação com a gratificação sexual ou com as conquistas sexuais, uma busca constante por comportamentos de alto risco que resulta em relacionamentos de curtíssima duração e natureza abusiva. Recusou-se terminantemente a seguir meu conselho de procurar um psicossexólogo.

27 *The feverish room and that white bed,*
The tumbled skirts upon a chair,
The novel flung half-open where
Hat, hair-pins, puffs, and paints, are spread:

The mirror that has sucked your face
Into its secret deep of deeps,
And there mysteriously keeps
Forgotten memories of grace;

And you, half dressed and half awake,
Your slant eyes strangely watching me,
And I, who watch you drowsily,
With eyes that, having slept not, ache;

This (need one dread? Nay, dare one hope?)
Will rise, a ghost of memory, if
Ever again my handkerchief
Is scented with White Heliotrope
*— Arthur Symons, "White heliotrope" (1895)**

28 NB, como de costume, está correto: os leões-marinhos têm a melhor memória dentre todos os animais. Embora muitos outros mamíferos, entre os quais o macaco e o chimpanzé, tenham uma impressionante memória de longo prazo, o leão-marinho supera a todos. No ano 2000, uma das fêmeas de um aquário na Califórnia, chamada Rio, quebrou o recorde do mundo animal ao se lembrar de um complicado truque envolvendo letras e números — *dez anos* depois de tê-lo aprendido. Biólogos marinhos (Kastak e Schusterman, 2001), empregando um modelo mnemônico estranhamente semelhante a outro que concebi para macacos Rhesus em meados da década de 1980 (Vorta e Rhéaume, 1986), ensinaram leões-marinhos a associar gestos específicos a determinados objetos (bastões, bolas, aros), a atributos (grande, pequeno, preto, branco) e a ações (buscar, tocar com a cauda, tocar com as nadadeiras). Por exemplo, na instrução mais simples, envolvendo um único objeto, a apresentação das placas PEQUENO/PRETO/ARO/CAUDA fazia que o animal tocasse o pequeno aro preto com a cauda, ignorando os demais objetos no

* A alcova febril e a brancura daquela cama, / As saias jogadas sobre a cadeira, / O romance abandonado semiaberto entre / chapéu, grampos, pompons e pó de arroz; / O espelho que sugou tua face / Para suas profundezas secretas, / Onde misteriosamente ele guarda / Lembranças felizes por ora olvidadas; / E você, semivestida e semidesperta, / Teus olhos que, não tendo dormido, doem; / Tudo isso (haveremos de temer? Não, ousaremos esperar?) / Virá à tona, o fantasma de uma memória, / Sempre que meu lenço for / perfumado com Heliotrópio Branco. (*N. do T.*)

tanque. Há alguns anos, quando levei minha filha de dez anos ao MarineLand de Niagara Falls, ela ficou encantada com os leões-marinhos, a ponto de sugerir que nos mudássemos para Ontario a fim de estudá-los. Em vista dos problemas que hoje enfrento no Quebec, eu deveria ter atendido ao pedido dela!

29 Terminando a frase de JJY, o que lhe dei foi um "estimulante" (essencialmente, bálsamo de Gilead e salva) que ele próprio expôs no simpósio *Cultiver sa mémoire* de Montreal, no ano 2000. O composto não teve o menor efeito sobre a memória dele.

30 Na mitologia muçulmana e na demonologia árabe, um *jinni* é um dos espíritos capazes de tomar forma humana ou animal e exercer poderes sobrenaturais sobre as pessoas. O que me traz à mente um comentário feito em 1989 por um crítico de televisão de Genebra que, ao se referir a um de meus poemas epigramáticos (ver nota 21), disse: "Os versos parecem sussurrados por um *jinni*, comunicados por meio de um sonho, ou revelados por um anjo das alturas..."

31 Henry Burun era bipolar, o que antes chamávamos "maníaco depressivo" — como também eram inúmeros artistas, incluindo os poetas Robert Lowell e Sylvia Plath, os pintores Vincent Van Gogh e Georgia O'Keefe, o pianista de *jazz* Charles Mingus e outros. Caso tivesse tido acesso à atual geração de antidepressivos, Henry teria conseguido "afastar o dragão", tomando de empréstimo a metáfora dele. Talvez ainda estivesse vivo.

32 No clássico *The mind of a mnemonist*, o neurocientista russo Aleksandr Lúria registrou o caso de "S" (Solomon Cherechevski), um homem que supostamente não se esquecia de nada. S também era sinesteta; depois de um encontro com Serguei Eisenstein, na década de 1930, ele descreveu a voz do lendário cineasta como "uma chama com fibras salientes". Embora possuísse uma memória eidética bem mais poderosa que a de NB, S tinha dificuldades semelhantes para compreender e se adaptar ao mundo cotidiano ao seu redor (*die alltägliche Umwelt*). Nenhum dos dois, diga-se, pode ser considerado um sinesteta típico.

33 Nesse caso, o erro de NB foi dar crédito a informações passadas por NXB. Não estou usando cloral ou hidrato de cloral em nenhum de meus estudos sobre a amnésia ou sobre o câncer cerebral. E, embora a droga fosse claramente de meu laboratório, não fui eu quem a encomendou. Talvez tenha sido adquirida por NXB como material para seus "estudos literários" de NXB, uma vez que essa perigosíssima substância, que causa dependência, foi receitada para insônia no século XIX. Acelerou o colapso mental de Friedrich Nietzsche, produziu alucinações paranoicas em Dante Rossetti e Evelyn Waugh, e destruiu a memória de André Gide.

34 Por coincidência, Alois Alzheimer, que clinicava na Alemanha na década de 1890, interessou-se pelos decadentistas de seu próprio país, sobretudo Jakob Wassermann, Frank Wedekind e Hanns Heinz Ewers. No entanto, cita apenas superficialmente os decadentistas franceses mais antigos, como Baudelaire, Verlaine, Rimbaud, Mallarmé e Huysmans; e em nenhum momento cita os decadentistas ingleses dos "Yellow Nineties": Arthur Symons, Oscar Wilde, Ernest Dowson e Lionel Johnson.

35 "Wild Nights", de Emily Dickinson em *Poemas* (1890).

36 A arteterapia se baseia na premissa de que as palavras podem constituir obstáculos, impedindo as pessoas de expressar o que guardam na mente, e de que a arte pode ser um instrumento de comunicação sem palavras. Quando fazem arte e conversam com o terapeuta sobre o processo de fazer arte, os pacientes podem "aumentar o nível de autoconhecimento; lidar melhor com sintomas, estresse e experiências traumáticas; aprimorar sua capacidade cognitiva; desfrutar dos prazeres vitais que a criatividade artística proporciona". Estou citando um folheto da Art Therapy of America, propriedade de minha mulher, que fez diversos cursos (caros) sobre o assunto. Muitas dessas afirmativas são no mínimo excêntricas, quase todas sem nenhuma base científica.

Muito mais interessantes são meus experimentos com a estimulação magnética transcraniana, que terão aplicação nas áreas da cognição, da criatividade e do bem-estar. Usando um estimulador modificado de minha própria invenção (VTMS®), aprimorei as memórias visual e espacial do sujeito de pesquisa JJY, bem como suas capacidades criativas e seu quociente de prazer. Escolhi como alvo uma ilha de tecido no giro humano, próximo à orelha esquerda, que tem a função de um "espevitador" da criatividade. Seguem-se abaixo os resultados de um teste no qual pedi a JJY que desenhasse a figura de um gato quatro vezes, em diferentes estágios de sua exposição ao VTMS®:

1. Treino **2. Antes** **3. Durante** **4. Depois**

Eu então pedi que ele reescrevesse esta frase do romance *Right Chemistry*

Sua blusa era de um vermelho gritante	*Sua blusa era escarlate, semelhante ao grito de alguém a despencar de uma claraboia.*
Antes	**Depois**

Ao cabo desses testes, JJY apresentava no rosto um amplo sorriso. Assim como fazer sexo e comer, criar e vivenciar a arte são atos de prazer. Visto que o cérebro reforça os atos criativos recompensando as células cerebrais com o neurotransmissor dopamina, a criatividade desempenha um papel de evidente importância em nossa saúde e sobrevivência. A expressão criativa, na verdade, talvez seja o método natural que o cérebro emprega para se proteger das doenças. Eu, por exemplo, toco xilofone como meio de prevenir a neurodegeneração: comparando-se com a população em geral, um percentual bem mais baixo de músicos sofre do mal de Alzheimer. Ver meu artigo: "A arteterapia e o mal de Alzheimer", em *Psychology Tomorrow*, inverno de 2001.

37 "O veneno mais certeiro é o tempo", Waldo Emerson em "A velhice", *Sociedade e solidão* (1870). Desmemoriado e demente, Emerson morreria de Alzheimer 12 anos depois de escrever estas palavras.

38 Nem sempre é possível controlar as ambições de um subalterno. Nesse caso, NB flertou acintosamente com a falta de profissionalismo. Um dos experimentos ao qual ele se refere foi realizado com o intuito de averiguar se danos eram causados à memória de um sinesteta após um estímulo elétrico, tal como costuma acontecer aos não sinestetas. Outro foi inspirado por experimentos conduzidos pelo neurologista Wilder Penfield, residente em Montreal (o qual certa vez foi aclamado como "o maior canadense vivo", muito embora tenha nascido e realizado seus estudos nos Estados Unidos). Penfield constatou que, ao estimular os lóbulos temporais, ele podia relembrar episódios que incorporavam sons, movimentos e cores, muito mais vividamente que em circunstâncias normais; em muitos casos, episódios que costumavam permanecer esquecidos. Em termos bem simples, ele fazia seus pacientes reviverem o passado como se estivessem lá. A experiência foi genialmente descrita por Cytowic (1989) da seguinte maneira: "Era como se Proust estivesse na mesa de cirurgia, uma versão eletrificada de *Em busca do tempo perdido*." Os pacientes ficavam chocados (com perdão do trocadilho) ao relembrar conversas desde muito esquecidas, uma sala de aula do jardim de infância, determinada canção, a vista de uma janela dos primeiros anos de vida. Convenciam-se de que haviam passado por uma experiência real, mesmo tendo consciência de que estavam deitados numa mesa de cirurgia em Montreal. Agora, o passo seguinte mais evidente será abrir o crânio de um sinesteta, estimular o córtex visual e averiguar até que ponto a experiência resultante se assemelha à experiência que ele ou ela tem com a sinestesia. Um procedimento no mínimo duvidoso do ponto de vista deontológico, você decerto estará pensando. Talvez, mas não com a estimulação magnética transcraniana, o procedimento usado em NB. Esse método bem menos invasivo de estimular o córtex gera um impulso magnético que perpassa o crânio e faz que as células nervosas do cérebro "disparem". No caso dos não sinestetas, pude

trazer à tona percepções cromáticas, ou cromatofenos, mediante a estimulação dos lóbulos occipitais. O próximo passo será estimular as mesmas regiões no cérebro de um sinesteta e comparar os dois eventos "ópticos". Caso sejam semelhantes, poderemos, todos nós, saber como é o mundo versicolor dos sinestetas!

39 Nominalmente, *Fala, memória*, em que Nabókov (que passou os últimos 18 anos de sua vida na Suíça) descreve assim a sua sinestesia:

> Sofro de um caso ligeiro de audição cromática. Talvez "audição" não seja a palavra exata, já que a sensação cromática por vezes é produzida meramente pelo ato de imaginar o contorno de determinada letra. O longo *a* do alfabeto inglês tem para mim a cor de madeira exposta ao tempo, mas o *a* francês evoca o ébano polido. Esse grupo negro também inclui o *g* (borracha vulcanizada) e o *r* (um trapo tisnado sendo rasgado). Dão cabo das letras brancas o *n* farinha de aveia, mole como um macarrão fervido, e o *o* marfim de espelho de mão.
>
> (*Fala, memória*, Weidenfield & Nicolson, 1967)

Os pais, a mulher e o filho de Nabókov, curiosamente, eram todos sinestetas.

40 Minhas pesquisas preliminares sugerem três modos pelos quais a cafeína pode prevenir ou reverter mudanças cerebrais relacionadas à demência: (1) pode estimular as células cerebrais a absorver colina, necessária à produção de acetilcolina, que é reduzida pela demência; (2) pode interferir com outro neurotransmissor chamado adenosina, poderosa arma para estancar os mecanismos do MDA; (3) tudo indica que arrefece a atividade das células "de limpeza", as glias, que apesar de importantes para expurgar o cérebro de células mortas ou danificadas, por vezes se excedem no zelo e danificam as áreas adjacentes. Atualmente, meu departamento na universidade realiza um estudo duplo-cego com as versões cafeinada e descafeinada do café Maxwell House.

41 Ver nota 15.

42 Na contracapa encontra-se a tabela alfanumérica de KL (esta tabela e a outra, da primeira nota, explicam o preço ligeiramente superior deste livro):

43 Em suma, foi isto o que NB descobriu: a Cinderela da farmacêutica, a bala mágica, o Viagra da Mente. Talvez caiba esclarecer aqui o papel que tive nessa descoberta. (1) Pelo menos dois dos ingredientes utilizados (não aprovados pelo governo à época) foram pessoalmente obtidos por mim, para NB, sob grande risco para minha carreira e reputação; e pelo menos outro foi espagiricamente produzido por JJY, que então trabalhava sob minha orientação. (2) Não é segredo para ninguém que as anotações de Henry Burun serviram de bússola para a pesquisa do filho. No contexto de nosso relacionamento profissional, Henry e eu muitas vezes discutimos questões psicofarmacológicas associadas à mnemôminca e aos nootrópicos, tal como está claramente registrado em seus escritos. (3) A "pílula da memória" Nepente-Amaranto-56 (mais tarde rebatizada de Amarantina-1001) tem como base uma descoberta realizada por um ex-professor meu, o neurocientista Wilder Penfield, que em 1955 publicou um estudo no qual foram descritos os estranhos efeitos produzidos pela aplicação de correntes elétricas no cérebro, incluindo alucinações, perda de memória e, no caso de certa mulher, a sensação de abandono do corpo. Os instrumentos rudimentares da época não conseguiam determinar exatamente em que parte do cérebro se davam tais efeitos, tampouco reproduzir o efeito de abandono do corpo; em 2002, no entanto, cientistas suíços identificaram a parte do cérebro envolvida: o *giro angular direito*, localizado cerca de 2,5 centímetros acima e atrás do ouvido direito. Embora minha genialidade não fosse, a rigor, do mesmo calibre titânico da do dr. Penfield, na condição de estudante-técnico trabalhando sob a orientação dele, eu já acalentava fortes suspeitas de que essa era a área envolvida, e é bem possível que, mais tarde, tenha comentado isso com Henry Burun. Uma desordem induzida no giro angular direito (responsável pelo processamento de informações dos sistemas visual, somatossensorial e de equilíbrio)

cria a ilusão de flutuação, de afastamento da consciência. O fenômeno deu azo à ideia de um "ser espiritual" capaz de se destacar do corpo e, segundo os relatos de diversos pacientes, de vê-lo antes de retornar da antessala da morte; muitos viram nisso uma prova de vida após a morte. Eu próprio me interessei pelo assunto quando, ainda um estudante na Universidade da Basileia, durante uma indescritível brincadeira de salão em que alguém usou tesouras para "esculpir" um animal em minhas barbas, sucumbi a uma intensa sensação de distanciamento do corpo, visitando a casa de Renoir em Cagne-sur-mer na Côte d'Azur. Para verificar se realmente havia saído do corpo, no dia seguinte subi ao telhado para ver se de fato tinha as telhas convexas de terracota que eu havia visto enquanto flutuava sobre o dormitório. Tinha, sim, para meu grande espanto. Mas estou divagando. A pílula A-1001 é um composto à base de benzoquinona, naftoquinona e metaqualona, com um duplo *modus operandi*: (a) ativa o giro angular direito e o hipocampo, aprimorando o metabolismo cerebral e protegendo as membranas das células contra a peroxidação lipídica e o cálcio desregulado; (b) inibe uma enzima que quebra o mensageiro químico acetilcolina, agindo simultaneamente sobre importantes receptores do cérebro e estimulando a produção de mais acetilcolina. Fundamenta-se numa importante descoberta: o "elo perdido" entre placas, nós, e a morte de neurônios produtores de acetilcolina. O vínculo entre esses três processos por muito tempo permaneceu um mistério para os cientistas. Como costuma acontecer na ciência, sua descoberta foi mera obra do acaso; por iniciativa própria, procurei por ele durante anos, de modo metódico e persistente, até que, por fim, o aprendiz de feiticeiro NB o descobriu mais ou menos por acidente. (Embora sua concepção estivesse correta, NB era um pesquisador casual.) Voltarei ao assunto num artigo futuro.

44 O poema "Without her", de Rossetti (1881), começa assim:

What of her glass without her? The blank grey
There where the pool is blind of the moon's face.
Her dress without her? The tossed empty space
Of cloud-rack whence the moon has passed away...

Her pillowed place without her?
Tears, ah me! For love's good grace
*And cold forgetfulness of night and day...**

O citadíssimo poema de Ernest Dowson, de 1891, "Non sum qualis eram bonae sub regno Cynarae" ("Não sou mais o que fora sob o reino da boa Cinara") termina assim:

I have forgot much, Cynara! gone with the wind,
Flung roses, roses riotously with the throng,
Dancing, to put thy pale, lost lilies out of mind;
But I was desolate and sick of an old passion,
Yea, all the time, because the dance was long:
I have been faithful to thee, Cynara! In my fashion.
I cried for madder music and stronger wine,
But when the feast is finisched and the lamps expire,
Then falls thy shadow, Cynara! the night is thine;
And I am desolate and sick of an old passion,
Yea hungry for the lips of my desire:
*I have been faithful to thee, Cynara! in my fashion.***

45 Ver nota 15.

46 Fico feliz em saber que minha "caricatura" romântica, uma paródia do poeta grego Anacreonte, alcançou seu objetivo.

---

* Seu espelho sem ela? O gris vazio / Lá onde o lago deixou de refletir a face da lua. / Seu vestido sem ela? O espaço vazio / De nuvens encapeladas pela fuga da lua... / Seu leito sem ela? / Lágrimas, ai de mim! pela boa graça do amor, / pelo frio olvido das noites e dos dias... (*N. do T.*)

** Muito já esqueci, Cinara! Varridas pelo vento, / Rosas arremessadas em tumultuada voragem, dançando, / Para apagar da lembrança teus lírios pálidos, perdidos; / Mas cá estou eu, triste e doente de uma velha paixão, / Sim, o tempo todo, pois a dança foi longa: / Fui fiel a ti, Cinara! à minha maneira. / Clamei por música mais feérica, vinho mais forte, / Mas terminado o banquete, apagadas as luzes, / Recaiu sobre mim tua sombra, Cinara! a noite é tua; / E cá estou eu, triste e doente de uma velha paixão, / Sim, sequioso dos lábios de meu desejo: Fui fiel a ti, Cinara! à minha maneira. (*N. do T.*)

47 Dificilmente 1,76 metro será a estatura de um anão.

48 Houve apenas mais um escritor contratado, dispensado não porque tivesse dito a verdade, mas porque suas interpretações não se coadunavam com minhas notas de fim. Em outras palavras, seu talento estava aquém do material que lhe foi confiado. Com relação às demais insinuações de NXB (merchandising, sovinice, charlatanismo etc.), ver nota 9. Quanto ao "capítulo do romance de Norval", mencionado pouco antes, ele foi reproduzido no capítulo 18 deste livro. Norval talvez não tenha dado a autorização solicitada, mas sua editora deu. O que pode ser creditado a meus contatos no setor, bem como à minha reputação. Ver nota 51.

A essa altura o leitor estará se perguntando por que tenho minha própria editora (descrita por Norval, ignorantemente, como "editora-vitrine"). A resposta é bastante simples: as pessoas muitas vezes são refratárias a ideias novas. Sobretudo às dos cientistas. Nem sempre logrei fazer que minhas complexas pesquisas fossem compreendidas ou apreciadas por algumas das editoras e publicações científicas mais "famosas". Além disso, estou longe de ser o único gênio, nos anais da ciência, a ter enfrentado esse tipo de problema! Apesar de ter tentado, inúmeras vezes, explicar isso à minha mulher, bem como as tantas horas extras dedicadas aos assuntos editoriais, ela sempre se mostrou inarredavelmente cética, me qualificando certa vez, para um jornal inglês, como um "monomaníaco vaidoso, deslumbrado, presunçoso, ambicioso e adúltero". Uma vez que ela não é fluente em inglês, só me resta concluir que essa sucessão de epítetos foi cunhada por sua advogada feminista.

49 Ver nota 9.

50 Ver nota 9. A bem da verdade, a diretora de nosso departamento, uma competentíssima administradora, não é "vesga". É portadora de um olho de vidro.

51 Níobe tem uma relação especial com minha própria vida. Na mitologia grega, ela é o protótipo da mãe enlutada, que pranteia a morte de seus filhos. Foi transformada num rochedo no monte Sípilo e continua a derramar lágrimas quando a neve se derrete sobre o tal rochedo. A história de Níobe traz à lembrança

uma viagem que eu e minha mulher fizemos à Turquia em 1996. Nossa última. Subimos ao topo da lendária montanha (Yamanlar Dag, a nordeste de Izmir) e vimos a petrificada Níobe. *"Du hast mich betrogen"*, minha mulher disse calmamente à luz do entardecer. Lembro-me de estar usando *lederhosen* tiroleses e um chapéu alpino com penas de galo *à la* Bersaglieri. De volta a Montreal, ela e minha filha abandonaram minha casa oitocentista (agora vazia a ponto de produzir ecos) para nunca mais voltar.

Sim, fui infiel — o que confesso, aqui, pela primeira vez. Sou um homem fogoso, não vou negar. As mulheres do laboratório se jogavam em meus braços, se ajoelhavam a meus pés. Ora, com uma esposa que sistematicamente deixava de cumprir com seus "deveres conjugais", e com os estudos que à época eu vinha realizando sobre o Viagra (o daltonismo azul-verde associado ao consumo da droga), quem haverá de censurar minhas eventuais aventuras? Por acaso isso significa, tal como afirmou um tabloide de Montreal, que sofro de "satiríase"? Por acaso mereço ser equiparado a um suíno como NXB? (Ver nota 26.)

52 Este capítulo, salvo as duas últimas seções, foi transposto diretamente do romance autobiográfico *Degraus imotivados* (Londres: Faber, 1992), de Norval Blaquière, com a seguinte modificação: os nomes reais foram substituídos por outros, fictícios.

53 Florence Crandall evidentemente sofria de misofobia, um medo mórbido de sujeira ou contaminação. Misófobos famosos incluem Jonathan Swift, Louis-Ferdinand Céline, George S. Kaufman, Aleksandr Scriábin e Charles Baudelaire. (Os irmãos Goncourt descreveram da seguinte forma as mãos de Baudelaire: "lavadas, esfregadas, bem-cuidadas como as mãos de uma mulher"; Rímski-Kórsakov descreveu Scriábin, que andava sempre de luvas, como "um quase maluco"; Kaufman lavava as mãos quarenta vezes por dia.) Para um abrangente relato sobre a relação dessa fobia com a literatura, ver o capítulo 7 do meu livro *Art et Neuropathologie* (*op. cit.*).

54 Desse ponto em diante o romance resvala numa implausibilidade sentimentalista, calcada em referências literárias gastas: os amantes se reencontram e depois de um tempo entram de mãos

dadas no lago de Newstead Abby, num ato de *liebestod*. Uma versão moderna de Hero e Leandro! Ou de Tristão e Isolda, ou de Rosmer e Rebecca! (Ou, na vida real, de Heinrich Kleist e Henriette Vogel, Stefan Zweig e Lotte, Arthur Koestler e Cynthia, *et. al.*)

Com base no segundo sonho recorrente de NXB, em seus inúmeros episódios de alucinação induzida por drogas e nos registros médicos do Queen's Hospital de Nottingham, isto é o que suspeito ter acontecido. Quando a srta. Teresa Crandall tinha 19 anos, os médicos encontraram num de seus seios um nódulo do tamanho de uma bola de gude, o qual se revelou cancerígeno na biópsia. Exames subsequentes indicaram que o câncer havia se espalhado para a espinha e o fígado, o que impossibilitava uma solução cirúrgica. A srta. Crandall foi encaminhada ao dr. Evelyn Nichols, do Queen's Hospital, para quimioterapia. Exames mostraram que o tumor era insensível aos hormônios, o que excluía o uso do bloqueador Tamoxifen. Uma tomografia revelou que três depósitos tumorosos haviam se espalhado do seio para os ossos do pescoço, e outros quatro, para o fígado. Com um tratamento quimioterápico agressivo, foi possível encolher esses depósitos metastáticos; no entanto, nenhuma dose de radiação conseguiria destruir todas as células cancerosas no corpo da srta. Crandall. Em outras palavras, o prognóstico era o pior possível. O tratamento seria apenas paliativo; ela teria, quando muito, dois anos de vida.

O segundo sonho recorrente de NXB, bem como diversas de suas alucinações, inclui uma poderosa sequência em que ele foge de um prédio, às vezes de uma igreja, outras vezes de uma prefeitura. Durante uma alucinação induzida por fenciclidina, o outrora célebre ator e escritor rabiscou as seguintes palavras no chão de meu laboratório:

> *O sr. e a sra. Galahad Santlal*
> *são obrigados a cancelar o convite*
> *para o casamento de sua filha*
> *Teresa Crandall*
> *com*
> *Norval Blaquière*
> *visto que este último é um canalha vil e desumano*

Segundo meus pesquisadores, o escrivão da subprefeitura de Camden tem absoluta certeza de que NXB não compareceu à cerimônia de casamento, e de que a srta. Crandall compareceu, sim. Depois dos exames no hospital, ela tomou o trem para Londres tal como prometido. NXB com certeza se refugiou num bar ou num bordel. Em outras palavras, fugiu covardemente do próprio casamento. E um ano depois, arrependido de sua canalhice, voltou a Hucknall sem avisar, porém tarde demais. Uma semana antes de sua chegada, Teresa Crandall dera cabo da própria vida.

Portanto, a aversão de NXB pelos laços amorosos não está relacionada à traição da mãe, tal como suspeita NB, tampouco à traição de uma namorada, tal como acredita SB. Está relacionada a seu próprio ato de traição.

55 NXB estava prestes a dizer "Claude Jutras" (ver nota 14). Por uma sombria coincidência, Alois Alzheimer descobriu a doença exatamente um século atrás, depois de fazer a autópsia do cérebro da bonita "Augusta D.", uma mulher de 56 anos, natural de Frankfurt.

56 Ver nota 9. Tal como indicado no Prefácio, deixarei intactos este e outros exemplos de calúnia, visto que enriquecem o retrato psicológico de NXB. Quanto aos comentários feitos anteriormente sobre lorde Byron, devo esclarecer que NXB sofre de uma "síndrome de identidade dramática fabricada", uma variedade da esquizofrenia. Quando não assume inteiramente a identidade de personagens históricos ou ficcionais, molda seu comportamento a partir destes. Na adolescência, por exemplo, emulava Astérix, Baudelaire e Poe; depois dos vinte, os decadentistas *fin-de-siècle*; depois dos trinta, os libertinos da Regência. Ver meu livro *Le double psychologique em art: de Cervantes à Cocteau* (Memento Vivere, 2000), no qual, *en passant*, comparo NXB ao sobrinho de Rameau, que Diderot descreve como "...[*quelq'un*] *composé de hauteur et de bassesse, de bon sens et de déraison*".

Talvez seja oportuno apontar aqui a desfaçatez com que o romance supervalorizado de NXB, *Degraus imotivados*, saqueia a obra-prima de Proust, *Em busca do tempo perdido*. A título de exemplo, façamos uma comparação entre as seguintes passagens de Proust e Blaquière, respectivamente:

(1) *A memória nutre o coração e o abate o pesar:* A memória alimenta o coração e mata de fome a tristeza.

(2) *Nossa memória se assemelha a um dispensário ou laboratório químico no qual o acaso guia nossa mão até uma droga balsâmica ou a um perigoso veneno*: O amor é uma farmácia em que o azar guia nossa mão até um analgésico ou um veneno.

(3) *As lembranças se encerram, por assim dizer, em milhares de frascos selados, cada um deles preenchido com coisas de cores, perfumes e temperaturas absolutamente diferentes*: As lembranças são armazenadas em milhões de recipientes, com cheiros, cores e texturas diferentes, e em diferentes estágios de decomposição.

Talvez também seja um bom momento para mencionar um incidente ocorrido recentemente numa penitenciária federal de Donnacona, instituição de segurança máxima a oeste da cidade de Quebec. Ao que parece, escondido num bosque próximo, alguém lançou flechas recheadas de drogas na direção do pátio recreativo da prisão. As drogas, algumas alucinógenas, haviam sido acondicionadas em canudinhos e inseridas nas hastes ocas das flechas. Por que mencionar isso? Porque casualmente sei que NXB fez pelo menos duas viagens à cidade de Quebec na mesma época. Coincidência? Pode ser.

57 NXB sabe do que está falando: por duas vezes se ofereceu para participar de estudos pelo método, duplo-cego, controlados por placebo, os quais indicaram que fumar um cigarro imediatamente antes da apresentação de uma lista de cinquenta palavras aprimora a lembrança dessas palavras depois de intervalos de dez e 45 minutos. Marcas com maior teor de nicotina são mais eficazes que as demais. Há boas razões para não fumarmos, mas a perda de memória não está entre elas: meus estudos demonstraram que, sob condições de laboratório, a nicotina pode estimular a memória factual.

Quanto ao efeito do álcool sobre a memória, outros estudos, também realizados por mim, demonstram que os alcoólatras como NXB, quando sóbrios, têm dificuldade para encontrar coisas que esconderam quando estavam embriagados; quando voltam a beber, as tarefas mnemônicas se tornam muito mais fáceis. Ver meu artigo "Understanding the rise of memory loss: Two factors that explain it and tem that don't", em *Scientific Canadian*, 83, pp. 104-17.

Quanto aos cigarros e ao Alzheimer, NXB não faz a menor ideia do que está falando.

58 Byron, *Don Juan*, II, cciii.

59 Em seu diário, NB registrou este episódio do *game show* como um sonho, ou melhor, como um "pesadelo" hiper-realista (14 de maio de 2002), mas na verdade o que se deu não foi nem uma coisa nem outra. Como o leitor saberá a essa altura, trata-se de um experimento conduzido por mim com um estimulador magnético transcraniano modificado (VTMS®), no qual alterei o córtex de NB mediante impulsos eletromagnéticos, neurofármacos e estímulos verbais, o que gerou essa complexa "lembrança" de um evento jamais ocorrido. Uso o termo "lembrança" uma vez que ela estava armazenada no hipocampo de NB, em meio a outras, legítimas. As implicações desse experimento são extraordinárias. Serão tratadas num artigo futuro.

60 A nota anterior foi a última do dr. Vorta. Depois de anestesiado para uma cirurgia oftálmica de rotina, ele entrou em coma e jamais se recuperou. A pedido de sua mulher, Anna Sautter-Vorta, esta história foi publicada por outra editora, sem adulterações, exceto os três últimos capítulos e esta nota final.

Este livro foi composto na tipologia Palatino,
em corpo 11/13, e impresso em papel offset 63 g/m²,
no Sistema Cameron da Divisão Gráfica
da Distribuidora Record.